为社会更加美好而读书

书籍是人类进步的阶梯。读书是每个人广识增智、修身养性、执业安身的基本功,也是推动整个社会移风易俗、与时俱进、走向更加文明进步的基本途径。周恩来总理少年时曾立志:"为中华之崛起而读书"。当前,中华民族正在为实现伟大复兴的"中国梦"而奋斗,如此关键时期,更需全社会形成读书蔚然之风,铸就文化巍然之魂,凝聚干事创业的强大正能量。

经典,是浩瀚书海中最有思想洞察力的一部分,是凝结人类最高智慧的一部分,是最具人文关怀的一部分。读书,当然要读经典。在今天,我们更应该谨记周总理的心愿,多读好书,多读经典。然而,古今中外,卷帙浩繁,大多数人没有时间和精力去阅读所有的经典书籍。幸好,中共

滨州经济开发区工委和南开大学语文教育研究中心合作编辑出版的"经典悦读"丛书面世，精心搜罗了古今中外一些经典书籍中的名篇名段以飨读者，四年来编印不辍，影响颇广。

书中篇章，或形象鲜明，或事件新奇，或哲理深邃，或文辞优美，不仅给我们以美的享受，更给我们以真的启迪、善的熏陶，读来如品香茗，余香满口；如饮甘泉，沁人心脾，自有一种油然而生的愉悦。相信会对读者大有裨益。

国民之魂，文以化之。知识的力量是无穷的。希望这套丛书能给读者带来学习的持续热情，为了自己的成长进步，更为了让我们的社会变得更加美好，早日实现中华民族伟大复兴的"中国梦"而奋发读书！

中共滨州市委书记 市人大常委会主任

经典悦读·传奇篇

中共滨州经济开发区工委
南开大学语文教育研究中心 ◎编

编 委 会

主　任：姚和民
委　员：周志强　邱延忠　钱　杰
　　　　　时志军　王一澜　窦　薇
　　　　　林诗雯　徐少琼　魏建宇
　　　　　李　飞

主　编：周志强　王一澜
本册主编：李　飞

·广州·

版权所有　翻印必究

图书在版编目（CIP）数据

经典悦读·传奇篇/中共滨州经济开发区工委，南开大学语文教育研究中心编. —广州：中山大学出版社，2014.5
ISBN 978-7-306-04856-1

Ⅰ. ①经… Ⅱ. ①中… ②南… Ⅲ. ①世界文学—作品综合集 Ⅳ. ①I11

中国版本图书馆 CIP 数据核字（2014）第 068132 号

出 版 人：	徐　劲
策划编辑：	邹岚萍
责任编辑：	邹岚萍
封面设计：	林绵华
责任校对：	赵　婷　黄燕玲
责任技编：	黄少伟
出版发行：	中山大学出版社
电　　话：	编辑部 020 - 84111996，84113349，84111997，84110779
	发行部 020 - 84111998，84111981，84111160
地　　址：	广州市新港西路 135 号
邮　　编：	510275　　　　传　真：020 - 84036565
网　　址：	http://www.zsup.com.cn　E-mail:zdcbs@mail.sysu.edu.cn
印 刷 者：	佛山市浩文彩色印刷有限公司
规　　格：	787mm×960mm　1/32　总印张：20　总字数：303 千字
版次印次：	2014 年 5 月第 1 版　2014 年 5 月第 1 次印刷
总 定 价：	48.00 元（共 6 册）　　印　数：1～13000 套

如发现本书因印装质量影响阅读，请与出版社发行部联系调换

文海撷珠 经典相传

转眼间,"经典悦读"丛书已走过了四个年头。在广大读者朋友一如既往的支持、鼓励下,这套丛书已然成为滨州文化的一张靓丽名片,"悦读"经典犹如一缕暖阳、一股春风,温暖了读者的心脾,拂去了苍宇的浮尘。

作为荟萃古今中外文学精华的典藏,这套丛书既有启迪人生的觉悟智慧,也有碰撞思想的哲学思辨;既有撼人心旌的至情至性,也有飘逸飞扬的斐然文采。阅读经典文学作品是涵养性情、净化心灵、提高修养的有效渠道,欣赏《经典悦读》中的系列作品,既有助于我们加强对民族文化的理解和感悟,更有助于实事求是、与时俱进地开展当下的文化建设工作。

志传、觉悟、史鉴、传奇、揽胜、才

情——每一册都是对文学经典闪光点的一次检索和挖掘，也宛如一扇扇崭新的窗口，让传世经典放射出璀璨的光芒。文海撷珠，汇聚先贤才思；时开一卷，氤氲情味无穷。希望"经典悦读"丛书成为传承文化的桥梁和点燃梦想的星火，为构筑我们共同的精神家园凝聚正能量，增添新动力。

中共滨州市委副书记　市长

目　录

文以晓理　论以经世 …………………………… 1
　世说新语三则 ……………………………………… 1
　桥边的老人 …………………………（美）海明威 6
　裁判所 ………………………………（英）王尔德 12
　秋瑾冤死案 …………………………………徐　珂 16

幽深婉转　奇谲瑰丽 …………………………… 20
　死友 …………………………………………干　宝 20
　狄希千日酒 …………………………………干　宝 24
　枕中记 ……………………………………沈既济 27
　镜听 ………………………………………蒲松龄 37

生死契阔　相思无期 …………………………… 41
　本事诗·崔护题诗 …………………………孟　棨 41
　苏曼殊诗三首 ……………………………………… 45
　爱的险境 ……………………………（奥）卡夫卡 47
　爱 ……………………………………（黎）纪伯伦 49

沧桑巨变　世事浮沉 …………………………… 54
　浪淘沙·北戴河 …………………………毛泽东 54

破阵子 …………………………	李　煜	56
别赋 ……………………………	江　淹	57
搭车客（节选） ………………	三　毛	63

倏忽一瞬　变幻无常　　　　　　　　　　　　　67
　幸亏误算（节选）………（日）渡边胜　67
　瓦尔特·本雅明（节选）
　　………………（美）汉娜·阿伦特　72
　八大山人传 …………………… 邵长蘅　76
　一个官员的死（节选）……（俄）契诃夫　83
　巴尔扎克之死 ……………（法）雨果　88
附　　录 ………………………………… 96
编写说明 ………………………………… 98

文以晓理　论以经世

世说新语三则

孔文举年十岁,随父到洛。时李元礼有盛名,为司隶校尉。诣门者,皆俊才清称及中表亲戚乃通。文举至门,谓吏曰:"我是李府君亲。"既通,前坐。元礼问曰:"君与仆有何亲?"对曰:"昔先君仲尼与君先人伯阳有师资之尊,是仆与君奕世为通好也。"元礼及宾客莫不奇之。太中大夫陈韪后至,人以其语语之,韪曰:"小时了了,大未必佳。"文举曰:"想君小时,必当了了。"韪大踧踖。

（选自张万起、刘尚慈译注:《世说新语译注》,中华书局1998年版）

孔文举（融）十岁时，跟随父亲到洛阳。当时李元礼（膺）很有名望，做司隶校尉。到他家拜访的，只有才子名流和李氏近亲才得通报。孔文举来到门前，对差役说："我是李府君的亲戚。"通报后，进见落坐。元礼问："您和我有什么亲戚关系？"回答说："早先，我的祖上仲尼曾向您的先人伯阳拜师求教，所以我和您累世是通家之好呵。"元礼和宾客对他的回答没有不惊奇的。太中大夫陈韪后到，人们把文举的话告诉了他。陈韪说："小时了了，大未必佳。"文举说："想您小时，必当了了。"陈韪非常尴尬。

（选自张万起、刘尚慈译注：《世说新语译注》，中华书局1998年版）

刘庆孙在太傅府，于时人士多为所构，唯庾子嵩纵心事外，无迹可间。后以其性俭家富，说太傅令换千万，冀其有吝，于此可乘。太傅于众坐中问庾，庾时颓然已醉，帻堕几上，以头就穿取。徐答云："下官家故可有两娑千万，随公所取。"于是乃服。后有人向庾道此，庾曰："可谓以小人

传奇篇

之虑,度君子之心。"

(选自张万起、刘尚慈译注:《世说新语译注》,中华书局1998年版)

刘庆孙(舆)在太傅府任职,当时有名望的人士大多被他构陷,唯有庾子嵩(敳)一向超然世事之外,没有什么行迹可以钻空子。后来因为他秉性节俭而家中富有,就劝说太傅(司马越)令他借支千万金,希望他有所吝啬顾惜,这样就可以乘机构陷。太傅在大庭广众中问庾子嵩,当时庾已经颓然醉倒,头巾掉落在几案上,把头伸向头巾去取戴,慢慢地回答说:"下官家确实约有两三千万,随便您取用。"于是刘才服帖了。后来有人向庾谈起此事,庾说:"可以说这是以小人之心,度君子之腹。"

(选自张万起、刘尚慈译注:《世说新语译注》,中华书局1998年版)

向雄为河内主簿,有公事不及雄,而太守刘淮横怒,遂与杖遣之。雄后为黄门郎,刘为侍中,初不交言。武帝闻之,敕雄复君臣之好。雄不得已,诣刘再拜曰:

"向受诏而来,而君臣之义绝,何如!"于是即去。武帝闻尚不和,乃怒问雄曰:"我令卿复君臣之好,何以犹绝?"雄曰:"古之君子,进人以礼,退人以礼。今之君子,进人若将加诸膝,退人若将坠诸渊。臣于刘河内不为戎首,亦已幸甚,安复为君臣之好?"武帝从之。

(选自张万起、刘尚慈译注:《世说新语译注》,中华书局1998年版)

向雄做河内主簿,有件公事与向雄并无关涉,而太守刘准暴怒,便给予杖责并革职遣退了他。向雄后来做了黄门侍郎,刘准任侍中,二人绝不说话。晋武帝(司马炎)听说了这事,就命令向雄恢复与刘准的君臣情谊。向雄无可奈何,去见刘准,拜了拜说:"刚才接了皇帝诏命所以来见你,但君臣的情义已断绝,有什么办法!"说完就走了。武帝听说二人仍然不和睦,就生气地问向雄:"我让你恢复君臣之好,为什么仍然绝情?"向雄说:"古代的君子,任用人依照礼仪,罢免人也依照礼仪。今天的君子,提拔重用人的时候,恨不得把他抱到膝上,罢免人的时候,简直就想把他推到深渊里。臣对刘河内,不刀兵相见，已经万幸了，怎么能恢复君臣的友好关系呢？"武帝就随他去了。

（选自张万起、刘尚慈译注：《世说新语译注》，中华书局1998年版）

知识

孔融，字文举，从少年成名到不得善终，其间颇有士名。在中国，孔融让梨的故事可谓妇孺皆知，然而，他曾经有一番对于父母子女关系的论断，却鲜为人知。他说："父之于子，当有何亲？论其本意，实为情欲发耳。子之于母，亦复奚为？譬如物寄瓶中，出则离矣。"大意是：父亲和子女的关系，只是当时一时的情欲而已；母亲和子女的关系，就如同瓶子和瓶中物品的关系，倒出来，也就没关系了。他这个论断在礼教社会可谓大胆。而曹操后来杀孔融，原因之一即为不孝。当然，曹操实际上早就对孔融有意见，不孝只不过是一个借口而已。

解读

"小时了了"已变成著名的典故。当有人出言不逊的时候，嬉笑中予以回击，确实需要很高的才智。庾子嵩之豁达自如，也并非常人能做到的。这提醒我们，不要带着自己的有色眼镜去看待别人。向雄的故事则告诉我们，对待每一件事都要慎重，因为每件事后边都是人。人，伤害了就难以恢复关系。

经典悦读

夜光之珠,不必出于孟津之河;盈握之璧,不必采于昆仑之山。

——《世说新语》

人患志之不立,亦何忧令名不彰邪?

——《世说新语》

桥边的老人

（美）海明威

一个戴钢丝边眼镜的老人坐在路旁,衣服上尽是尘土。河上搭着一座浮桥,大车、卡车、男人、女人和孩子们正涌过桥去。骡车从桥边蹒跚地爬上陡坡,一些士兵扶着轮辐在帮着推车。卡车嘎嘎地驶上斜坡就开远了,把一切抛在后面,而农夫们还在齐到脚踝的尘土中踯躅着。但那个老人却坐在那里,一动也不动。他太累,走不动了。

传奇篇

我的任务是过桥去侦察对岸的桥头堡，查明敌人究竟推进到了什么地点。完成任务后，我又从桥上回到原处。这时车辆已经不多了，行人也稀稀落落，可是那个老人还在原处。

"你从哪儿来？"我问他。

"从圣卡洛斯来，"他说着，露出笑容。

那是他的故乡，提到它，老人便高兴起来，微笑了。

"那时我在看管动物，"他对我解释。

"噢，"我说，并没有完全听懂。

"唔，"他又说，"你知道，我待在那儿照顾动物；我是最后一个离开圣卡洛斯的。"

他看上去既不像牧羊的，也不像管牛的。我瞧着他满是灰尘的黑衣服、尽是尘土的灰色面孔，以及那副钢丝边眼镜，问道，"什么动物？"

"各种各样，"他摇着头说，"唉，只得把它们撇下了。"

我凝视着浮桥，眺望充满非洲色彩的

埃布罗河①三角洲地区，寻思着究竟要过多久才能看到敌人，同时一直倾听着，期待第一阵响声，它将是一个信号，表示那神秘莫测的遭遇战即将爆发，而老人始终坐在那里。

"什么动物？"我又问道。

"一共三种，"他说，"两只山羊，一只猫，还有四对鸽子。"

"你只得撇下它们了？"我问。

"是啊。怕那些大炮呀。那个上尉叫我走，他说炮火不饶人哪。"

"你没家？"我问，边注视着浮桥的另一头，那儿最后几辆大车正匆忙地驶下河边的斜坡。

"没家，"老人说，"只有刚才讲过的那些动物。猫，当然不要紧。猫会照顾自己的，可是，另外几只东西怎么办呢？我简直不敢想。"

"你的政治态度怎样？"我问。

"政治跟我不相干，"他说，"我七十六

岁了。我已经走了十二公里,我想我现在再也走不动了。"

"这儿可不是久留之地,"我说,"如果你勉强还走得动,那边通向托尔托萨②的岔路上有卡车。"

"我要待一会,然后再走,"他说,"卡车往哪儿开?"

"巴塞罗那③,"我告诉他。

"那边我没有熟人,"他说,"不过我非常感谢你。再次非常感谢你。"

他疲惫不堪地茫然瞅着我,过了一会又开口,为了要别人分担他的忧虑,"猫是不要紧的,我拿得稳。不用为它担心。可是,另外几只呢,你说它们会怎么样?"

"噢,它们大概挨得过的。"

"你这样想吗?"

"当然,"我边说边注视着远处的河岸,那里已经看不见大车了。

"可是在炮火下它们怎么办呢?人家叫我走,就是因为要开炮了。"

"鸽笼没锁上吧?"我问。

"没有。"

"那它们会飞出去的。"

"嗯,当然会飞。可是山羊呢?唉,不想也罢。"他说。

"要是你歇够了,我得走了,"我催他。"站起来,走走看。"

"谢谢你,"他说着撑起来,摇晃了几步,向后一仰,终于又在路旁的尘土中坐了下去。

"那时我在照看动物,"他木然地说,可不再是对着我讲了。"我只是在照看动物。"

对他毫无办法。那天是复活节的礼拜天,法西斯正在向埃布罗挺进。可是天色阴沉,乌云密布,法西斯飞机没能起飞。这一点,再加上猫会照顾自己,或许就是这位老人仅有的幸运吧。

宗白译

[选自(美)海明威著:《海明威文集·短篇小说全集》(上),陈良廷等译,上海译文出版社1995年版]

传奇篇

注释

①埃布罗河:西班牙境内最长的一条河。
②托尔托萨:西班牙塔拉戈纳省城市。
③巴塞罗那:西班牙最大的港市。

知识

海明威(1899—1961),美国记者和作家,被誉为20世纪最伟大的小说家之一,其小说简洁明晰,有"新闻体"小说之称。他本人参加过"一战"、"二战",常年受伤痛折磨,文风强硬有力,故有"文坛硬汉"之说。然而,就是这么一位"硬汉",在1961年饮弹而亡。关于海明威的死因,众说纷纭,大致有以下几个版本:①受不了肉体上的苦痛折磨而自杀;②由于情绪忧郁、创作才能枯竭而自杀;③擦枪时不慎走火而死。时至今日,海明威之死仍然是文学界一件说不清的公案,而且,这件事几乎可以说不会有定论。

解读

关于战争的小说简直是汗牛充栋。《桥边的老人》是海明威在西班牙内战背景下创作的,这篇小说独辟蹊径,没有描写正面战场的残酷,也没描写人的骨肉分离,而是把焦点放在一个孤独的老人和他的动物身上。正是通过描写这些弱者和边缘人物对战争的感受,海明威更加细致地展现了战争对所有人的伤害。

所有的罪恶都始于清白。

——(美)海明威

上帝创造人,不是为了失败。

——(美)海明威

裁 判 所

(英)王尔德

裁判所里寂静无声。人裸着身体来到上帝面前。上帝打开了人的"生命簿"。

上帝说:"你一生都做坏事,对那些需要救济的人你表示残酷;对那些急需帮助的人,你表示凶狠和无情;贫穷的人向你求助,你不去听;你不理睬那些受苦人的哀叫声。你将祖辈遗产据为己有;你把狐狸放进邻人的葡萄园。你夺去小孩们的面包,拿给狗吃;那些麻风病人居住在沼地

传奇篇

上,过着和睦的生活,赞美着我,你却把他们赶到大街上;我用土造出你来,可是你却使我的土地上流着无辜者的血。"

人回答说:"我的确做过这些事情。"

上帝继续翻动人的"生命簿"说:"你一生都做坏事,我显示出来的'美',你追求它;可是我隐藏着的'善',你却毫不注意。你筑了七个祭坛来奉祀我所受的罪孽,你吃了不应当吃的东西,你衣服上绣着三个耻辱的记号。你崇拜的不是能够久存的金或银的偶像,却是会死去的肉身。你用香膏涂在他们的头发上,又放了白榴在他们的手中。你用蕃红花擦他们的脚,又在他们面前铺上地毯。你用锑粉(一种易碎的白色金属)染他们的眼皮,用没药(阿拉伯的一种灌木树皮上渗出来的树脂,可用来制造香料)擦他们的身体。你在他们面前鞠躬到地,你把你偶像的宝座放在太阳里。你给太阳看见你的丑行,给月亮看见你的疯狂。"

人回答说:"我的确做过这些事情。"

上帝继续说:"你以恶报善,用侵害报答仁慈。你弄伤抚养你的双手,你轻视给你吃奶的乳房。叫向你讨水喝的人忍渴而去,亡命的人晚上收留你在他们的帐幕里,你不等天亮就告发了他们。你的仇敌没有害你的性命,你却暗算了他,你的朋友跟你在一块儿走路,你得到钱就出卖了他,对那些给你带来'爱'的人,你却以'欲'报答。"

人回答说:"我的确做过这些事情。"

上帝合上了人的"生命簿"说:"我一定要把你送到地狱里去。"

人叫起来:"你不能!"

上帝对人说:"为什么我不能送你到地狱,你有什么理由?"

"因为我一直就住在地狱里面。"人回答道。

裁判所中寂静无声。过一会儿上帝说话了:"我既然不可以把你送进地狱,那么

我一定要送你到天堂。"

人叫起来:"你不能。"

上帝对人说:"为什么我不能送你进天堂,你又有什么理由?"

"因为不论在什么地方,我绝对想象不出天堂来。"

裁判所里寂静无声了。

[选自《杂文选刊》2008年8月(下)]

知识

宗教裁判所,又称异端裁判所,1231年在天主教教宗格里高利九世的决议下由多明我会设立的宗教法庭。宗教裁判所是负责侦查、审判和裁决被天主教会视为异端者的法庭,其处罚包括没收全部财产、鞭笞、监禁、终身监禁、火刑。宗教裁判所罪行累累,饱受诟病。著名的科学家伽利略就被罗马宗教裁判所判决受软禁。因此,和十字军一样,宗教裁判所给天主教留下了污名。当然,本文的"裁判所"虽然有宗教意味,但是不能等同于宗教裁判所。

解读

人究竟该如何真实地面对自我?这是一个难题。王尔德让人在上帝面前接受裁判,实际上就是让人自我审判。

没错,人的缺点数不胜数,几乎人人负有原罪。三省吾身,孰能无愧?然而这就是生活,平庸却一直如此。如莫泊桑所说:生活不可能像你想象的那么好,但也不会像你想象的那么糟。

秋瑾冤死案

徐 珂

山阴秋女士瑾之死,为绍兴守贵福所杀也。桐城吴芝瑛女士经纪其丧,芝瑛确访其事,而知为冤。盖秋自被逮后,即入山阴狱,次日夜深,正商明禁婆为解刑具,具纸笔作书,忽闻叩门声急,禁婆隔门与语,答以复审之事,趣禁婆速启门。门辟,灯光烛灭,兵士列队,如临大敌。禁婆入见秋,战栗不能出一言,秋曰:"汝勿怖,待我出门往观。"及狱门,知有变,语兵士曰:"汝暂息灯,容我凝神片刻,有语问县官。"及见令,询以:"予犯何罪至此?欲

传奇篇

一见贵福,死无憾。"令曰:"吾极知汝冤,无回天力,奈何?且事已至此,见贵福胡为者?"秋乃与令约三事,一请作书别亲友,一临刑不能脱衣带,一不得枭首示众。令许以后二事,秋谢之,即有兵士前后掖之行,秋斥曰:"吾固能行,何掖为?"及至轩亭口,秋从容语刑人曰:"且住,容我一望,有无亲友来别我。"乃张目四顾,复闭目曰:"可矣。"遂就义。时光绪丁未六月下旬也。秋为贵之义女,嫁湘人某。

(选自乐牛主编:《中国古代微型小说鉴赏辞典》,中国妇女出版社1991年版)

浙江山阴县秋瑾女士的死,是被绍兴太守贵福所杀的。桐城吴芝瑛女士料理她的丧事,芝瑛对这件事做了可信的调查,知道这件事是冤案。秋瑾自从被捕以后,就(关押)在山阴县的监狱中,次日夜深时分,正在商讨让禁婆为她解开刑具,准备好纸笔写信,忽然听到急促的敲门声,禁婆隔着门与之答话。门外人以复审秋瑾之事作应答,催促禁婆赶快开门。打开门,灯光烛光熄灭,兵士列队两旁,好像面临大敌一样。禁婆进入牢中见到秋瑾,吓

得不能说一句话,秋瑾说:"你不要害怕,等我出门去看看。"秋瑾走出狱门,知道情况有变,对兵士说:"你暂且把灯熄了,容许我凝神一会儿,我有话要问县官。"见到县令,询问他说:"我犯了什么罪要受此种刑罚?我想见一见贵福,就死而无憾了。"县令说:"我非常了解你的冤屈,但无力回天,怎么办呢?况且事情已经到了这个地步,见贵福又有什么用呢?"秋瑾于是和县令约定三件事情,一是请允许她写封书信作别亲友,二是临刑不能脱衣解带,三是不能悬头示众。县令答应了后两件事,秋瑾随即感谢了他,马上有兵士前来拽着她的胳膊往外走,秋瑾怒斥兵士说:"我本来就能自己走,为什么拽着我走?"等到了轩亭口,秋瑾从容地对行刑的人说:"等一下,容我看一看有没有亲友来送别我。"于是放眼四望,然后闭上眼睛说:"可以啦!"于是秋瑾牺牲了,那时是光绪丁未年六月下旬。秋瑾是贵福的义女,嫁与湘人为妻。

(编者译)

知识

秋瑾是一位奇女子,曾着男装骑高头大马往来于绍兴街头,身上透出一股革新、求变的气息。她自称鉴湖女侠,有诗:"不惜千金买宝刀,貂裘换酒也堪豪。一腔热血勤珍重,洒去犹能化碧涛。"但是,她有一件小事可能知道的人不多。1904—1906年秋瑾东渡日本留学,1906年2月因日本政府颁发《清国留日学生取缔规则》而回

传奇篇

国。回国前,在陈天华追悼会上,秋瑾拔出了随身携带的日本刀,对反对回国的鲁迅、许寿裳等人怒喝:"投降满虏,卖友求荣。欺压汉人,吃我一刀。"

《秋瑾冤死案》以还原现场的方式展现了一代先觉者——秋瑾的悲剧命运。这种还原现场的方式回避了上帝视角式的宏大叙事,让我们直接走进了人物的内心。在毫无准备的情况下,突然就要被处死,连最后的告别都没有。就是在这一刻,秋瑾的侠骨柔情全部展现了出来。"吾固能行,何掖为",这句话在生命的最后一刻显得豪气万千;而"且住,容我一望,有无亲友来别我",则展现了女侠柔情的一面。

幽深婉转　奇谲瑰丽

死　友

干　宝

汉范式，字巨卿，山阳金乡人也，一名汜。与汝南张劭为友，劭字元伯。二人并游太学，后告归乡里，式谓元伯曰："后二年，当还。将过拜尊亲，见孺子焉。"乃共克期日。后期方至，元伯具以白母，请设馔以候之。母曰："二年之别，千里结言，尔何相信之审耶？"曰："巨卿信士，必不乖违。"母曰："若然，当为尔酝酒。"至期，果到。升堂拜饮，尽欢而别。后元伯寝疾，甚笃，同郡郅君章、殷子徵晨夜省视之。元伯临终叹曰："恨不见我死友。"

传奇篇

子徵曰:"吾与君章尽心于子,是非死友,复欲谁求?"元伯曰:"若二子者,吾生友耳。山阳范巨卿,所谓死友也。"寻而卒。式忽梦见元伯,玄冕垂缨、屣履而呼曰:"巨卿!吾以某日死,当以尔时葬。永归黄泉。子未忘我,岂能相及!"式恍然觉悟,悲叹泣下,便服朋友之服,投其葬日,驰往赴之。未及到而丧已发引。既至圹,将窆,而柩不肯进。其母抚之曰:"元伯!岂有望耶?"遂停柩。移时,乃见素车白马,号哭而来。其母望之,曰:"是必范巨卿也。"既至,叩丧言曰:"行矣元伯!死生异路,永从此辞。"会葬者千人,咸为挥涕。式因执绋而引柩,于是乃前。式遂留止冢次,为修坟树,然后乃去。

(选自干宝著,马银琴等译注:《搜神记》,中华书局2009年版)

汉代的范式,字巨卿,是山阳县金乡人,又叫范汜。他和汝南人张劭是好朋友,张劭字元伯。他二人一起在太学读书,后来告别回家乡,范式对张元伯说:"两年后,我会回来。将去拜访你的父母,看看你的孩子。"于是他们共同约定了会见的日期。后来约定的日期快要到了,张元伯把这件事告诉母亲,请她准备酒食等候范式。他的母亲说:"分别两年了,千里之外的口头约定,你怎么相信得这么真呢?"张元伯说:"巨卿是讲信义的人,一定不会违背约定的。"他的母亲说:"如果是这样,我就为你酿酒。"到了约定的日子,范式果然来了。他登堂拜见张家父母,一起喝酒,尽欢而别。后来张元伯生病卧床,病得很厉害,同郡人郅君章、殷子徵早晚都来看望他。元伯临终前叹息说:"遗憾不能见到我的死友。"殷子徵说:"我和君章尽心对待你,我们如果不是你的死友,你还想见谁呢?"张元伯说:"你们两位,是我的生友。山阳的范巨卿,才是我所说的死友。"不久张元伯就死了。范式忽然梦见张元伯,戴着黑帽,帽檐挂着飘带,拖着鞋子匆匆忙忙地喊他说:"巨卿!我在某日死了,将在某日埋葬。永远回归黄泉地下。你没有忘记我,怎么能赶得及见上一面。"范式一下子醒过来,悲叹流泪,立刻穿上为朋友奔丧的丧服,赶着张元伯下葬的日子,往他家奔驰而去。范式还没赶到,棺材已经送葬启行。到达墓穴后,准备下葬,棺材却不肯进入墓穴。他的母亲抚摸着棺材说:"元伯,难道你还期望什么吗?"于是停下了棺材。过了一会儿,就看见一辆白马拉着的白车,车上有人号啕大哭着赶来。张元伯的母亲远远望见,说:"这个人一定是范巨卿。"范式到来后，吊丧说道："你走了元伯！生死不同路，从此永别了。"送葬的人有一千人，都为之流下了眼泪。范式于是拿起绳子来牵引棺材，棺材这时才往前移。范式于是留在坟旁，修好坟种上树，然后才离去。

（选自干宝著，马银琴等译注：《搜神记》，中华书局2009年版）

知识

干宝（？—336），东晋有名的文学家、史学家。他从小聪慧过人、博览群书，晋元帝时曾奉命领修国史。干宝因为《搜神记》而为后人所知，实际上，当时他是因为《晋纪》而为士人所知。《晋纪》被时人赞为良史。干宝在修国史的过程中，也为创作《搜神记》积累了大量的材料。干宝曾说写《搜神记》是为"发明神道之不诬"，然而后世对于他所谓的"神道"似乎并不热情，倒是对他的故事的奇诡充满了兴趣。此后的各类艺术样式中，《搜神记》提供的原型数不胜数。

解读

在中国古代文学中，关于友情的描写非常多，最为出名的可能就是伯牙和子期的知音故事了。《死友》这篇文章同样是写友情的，通过两年之约（表现两个人的互相了解和信任）、死讯托梦（友情的超自然力量）两件事表现了范式和张劭的死友关系，婉转而深情，读来让人喟叹。

友谊永远是一个甜柔的责任,从来不是一种机会。

——(黎)纪伯伦

世间最美好的东西,莫过于有几个头脑和心地都很正直的严正的朋友。

——(美)爱因斯坦

狄希千日酒

干 宝

狄希,中山人也,能造千日酒,饮之千日醉。时有州人,姓刘,名玄石,好饮酒,往求之。希曰:"我酒发来未定,不敢饮君。"石曰:"纵未熟,且与一杯,得否?"希闻此语,不免饮之。复索,曰:"美哉!可更与之?"希曰:"且归。别日当来。只此一杯,可眠千日也。"石别,似有怍色。至家,醉死。家人不之疑,哭而葬之。经三年,希曰:"玄石必应酒醒,宜往

传奇篇

问之。"既往石家,语曰:"石在家否?"家人皆怪之曰:"玄石亡来,服以阕矣。"希惊曰:"酒之美矣,而致醉眠千日,今合醒矣。"乃命其家人凿冢,破棺看之。冢上汗气彻天。遂命发冢,方见开目张口,引声而言曰:"快哉醉我也!"因问希曰:"尔作何物也,令我一杯大醉,今日方醒?日高几许?"墓上人皆笑之。被石酒气冲入鼻中,亦各醉卧三月。

(选自干宝著,马银琴等译注:《搜神记》,中华书局2009年版)

狄希,是中山人,能造"千日酒",喝了它要醉上千日。当时有个同乡,姓刘,叫玄石,喜欢喝酒,去讨酒喝。狄希说:"我的酒发酵酒性还不定,不敢给你喝。"刘玄石说:"即使还没有成熟,暂给我一杯,行不行?"狄希听了这话,不得已给他喝了一杯。刘玄石喝了还要,说:"美啊,可以再给一杯吗?"狄希说:"暂且先回去吧。改天再来。只这一杯,就能让你睡上千日了。"刘玄石告别,似乎有羞愧的神色。到家后,就醉死了。家里人没有一点怀疑,哭着把他埋葬了。过了三年,狄希说:

"刘玄石应该酒醒了,应该去看看他。"到刘玄石家,狄希说:"玄石在家吗?"家里人都很奇怪:"玄石死了,丧服都已经除了。"狄希吃惊地说:"这酒确实美极了,竟使他醉卧千日,今天应该醒了。"于是叫刘家人凿开坟墓,打开棺材看他。坟上汗气冲天,便叫挖开坟墓,正好看见刘玄石睁开眼睛,张开嘴,拉长声音说:"痛快!把我弄醉了。"于是问狄希说:"你造的是什么酒啊,让我喝一杯就大醉,今天才醒?太阳多高了?"坟上的人都笑他。大家被刘玄石的酒气冲入鼻子,也各醉卧了三个月。

(选自干宝著,马银琴等译注:《搜神记》,中华书局2009年版)

知识

"千日酒"的故事(有《搜神记》和《博物志》两个版本,内容相仿但并不完全一致)非常有名,以至于成为古代诗文中的常用典故。在诗文中出现"千日酒"、"千日醉"、"一醉三年"、"一醉千日醒"、"中山千日"、"中山酒"、"中山醉"、"千日卧"等,均是在用此典源。如孟郊《暮秋感思》中的"亦恐旅步难,何独朱颜丑。欲慰一时心,莫如千日酒",又如杜甫的《垂白》:"垂白冯唐老,清秋宋玉悲。江喧长少睡,楼迥独移时。多难身何补,无家病不辞。甘从千日醉,未许七哀诗。"

传奇篇

 解读

《狄希千日酒》是志怪小说中的一篇典范之作，被誉为六朝志怪小说中最有意趣的作品之一。极精简的语言，刻画出形态鲜明的人物，构造出曲折婉转的情节。这篇小说又暗合了道家的一些思想，每当文人失意之时，或遭遇烦恼之时，千日酒就可以成为一个逃遁现实的隐喻。

枕 中 记

沈既济

 正文

开元七年，道士有吕翁者，得神仙术，行邯郸道中，息邸舍，摄帽弛带，隐囊而坐。俄见旅中少年，乃卢生也。衣短褐，乘青驹，将适于田，亦止于邸中，与翁共席而坐，言笑殊畅。久之，卢生顾其衣装敝亵，乃长叹息曰："大丈夫生世不谐，困如是也！"翁曰："观子形体，无苦无恙，谈谐方适，而叹其困者，何也？"生曰："吾此苟生耳，何适之谓？"翁曰："此不谓适,而何谓适?"答曰:"士之生世,当建功树名,出将入相,列鼎而食,选声而听,使族益昌而家益肥,然后可以言适乎。吾尝志于学,富于游艺,自惟当年,青紫可拾。今已适壮,犹勤畎亩,非困而何?"言讫,而目昏思寐。时主人方蒸黍。翁乃探囊中枕以授之。曰:"子枕吾枕,当令子荣适加志。"其枕青瓷,而窍其两端,生俯首就之,见其窍渐大,明朗。乃举身而入,遂至其家。数月,娶清河崔氏女。女容甚丽,生资愈厚。生大悦,由是衣装服驭,日益鲜盛。明年,举进士,登第;释褐秘校;应制,转渭南尉,俄迁监察御史,转起居舍人,知制诰。三载,出典同州,迁陕牧。生性好土功,自陕西凿河八十里,以济不通。邦人利之,刻石纪德。移节汴州,领河南道采访使,征为京兆尹。是岁,神武皇帝方事戎狄,恢宏土宇。会吐蕃悉抹逻及烛龙莽布支攻陷瓜沙,而节度使王君㚟新被杀,河湟震动。帝思将帅之才,遂除生御史中丞,河西道节度。大破戎虏,斩首七千级,开地九百里,筑三大城以遮要害,边人立石于居延山以颂之。归朝册勋,恩礼极盛。转吏部侍郎,迁户部尚书兼御史大夫。时望清重,群情翕习。大为时宰所忌,以飞语中之,贬为端州刺史。三年,征为常侍。未几,同中书门下平章事。与萧中令嵩、裴侍中光庭同执大政十余年,嘉谟密令,一日三接,献替启沃,号为贤相。同列害之,复诬与边将交结,所图不轨。下制狱。府吏引从至其门而急收之。生惶骇不测,谓妻子曰:"吾家山东,有良田五顷,足以御寒馁,何苦求禄?而今及此,思衣短褐,乘青驹,行邯郸道中,不可得也。"引刃自刎。其妻救之,获免。其罹者皆死,独生为中官保之,减罪死,投驩州。数年,帝知冤,复追为中书令,封燕国公,恩旨殊异。生五子:曰俭,曰传,曰位,曰偱,曰倚,皆有才器。俭进士登第,为考功员外;传为侍御史;位为大常丞；偁为万年尉；倚最贤，年二十八，为左襄。其姻媾皆天下望族。有孙十余人。两窜荒徼，再登台铉，出入中外，徊翔台阁，五十余年，崇盛赫奕。性颇奢荡，甚好佚乐，后庭声色，皆第一绮丽。前后赐良田，甲第，佳人，名马，不可胜数。后年渐衰迈，屡乞骸骨，不许。病，中人候问，相踵于道，名医上药，无不至焉。将殁，上疏曰："臣本山东诸生，以田圃为娱。偶逢圣运，得列官叙。过蒙殊奖，特秩鸿私，出拥节旄，入升台辅。周旋内外，绵历岁时。有忝天恩，无裨圣化。负乘贻寇，履薄增忧，日惧一日，不知老至。今年逾八十，位极三事，钟漏并歇，筋骸俱耄，弥留沉顿，待时益尽，顾无成效，上答休明，空负深恩，永辞圣代。无任感恋之至。谨奉表陈谢。"诏曰："卿以俊德，作朕元辅。出拥藩翰，入赞雍熙，升平二纪，实卿所赖。比婴疾疹，日谓痊平。岂斯沉痼，良用悯恻。今令骠骑大将军高力

传奇篇

士就第候省。其勉加针石,为予自爱。犹冀无妄,期于有瘳。"是夕,薨。卢生欠伸而悟,见其身方偃于邸舍,吕翁坐其旁,主人蒸黍未熟,触类如故。生蹶然而兴,曰:"岂其梦寐也?"翁谓生曰:"人生之适,亦如是矣。"生怃然良久,谢曰:"夫宠辱之道,穷达之运,得丧之理,死生之情,尽知之矣。此先生所以窒吾欲也。敢不受教。"稽首再拜而去。

(选自鲁迅辑录,程小铭、袁政谦、邱瑞祥译注:《唐宋传奇集全译》,贵州人民出版社2009年版)

开元七年,有位道士吕翁,得到了神仙法术。有一天,他在去邯郸道的路上,在一家旅店歇息,他脱下帽子,松开衣带,挨着靠枕坐着。一会儿,看见路上来了位年轻人,是一位姓卢的书生。他穿着粗布短衣,骑着一匹青色小马,正要到田里去,也在旅店停下歇脚,他和吕翁共席而坐,说说笑笑的,十分高兴。

过了好一会儿,卢生看见自己的衣服又破又脏,就长声叹息道:"大丈夫在世上没碰到机遇,困顿到这个地步!"吕翁说:"看你的样子,没受苦没病痛,说说笑笑的正快活,却感叹自己的困顿不遇,这是为什么呢?"卢生回答说:"我这是苟且偷生罢了,怎么能说是快活?"吕翁说:"这不叫快活,那什么才叫快活?"卢生回答说:"男子汉生在人世间,应当建功树名,出将入相,吃着丰盛的菜肴,听着爱听的乐曲,使宗族更加昌盛,使家庭更加富裕,然后才可以说得上快活。我曾经有志于学业,希望自己学识广博,自以为风华正茂,高官显爵俯拾可取。现在我已进入壮年,还在田地里辛勤耕作,这不叫困顿又叫什么?"说完,两眼朦胧欲睡。

这时,旅店主人正在蒸黄米饭。吕翁就从袋中取出枕头递给卢生,说:"你枕着我这枕头睡一会儿,一定能让你像你希望的那样显荣快活。"那枕头是青瓷的,两端镂空。卢生低头靠在上面,就看见那枕头两端的孔洞逐渐变大,里面非常亮堂,就纵身进入那孔洞,最后从那洞中回到了家里。

几个月以后,卢生娶了清河崔家的姑娘。崔家姑娘长得很漂亮,嫁妆尤其丰富。卢生非常高兴,从此,他穿戴的衣物和乘坐的车马日益时髦排场。第二年,卢生被选送参加进士科考试,一举得中。从此脱下布衣,换上官服,被任命为秘书省校书郎;又参加制科考试,转调为渭南尉,不久升迁为监察御史,再升为起居舍人,知制诰。三年后外放任同州刺史,接着转任陕州刺史。卢生性好土木工程,从陕州西部开凿运河八十里,以此改善不通畅的水道。当地百姓普遍感到便利,就刻石立碑纪念他的功德。

传奇篇

后来他被调任汴州，担任河南道采访使，又被召到京城担任京兆尹。

这一年，神武皇帝正与吐蕃等国开战，扩张疆土。正碰上吐蕃的悉抹逻及烛龙的莽布支攻陷了瓜州、沙州，河西节度使王君㚟刚被杀害，河湟地区人心惶惶。皇帝期盼得到将帅之才，于是任命卢生为御史中丞，河西道节度使。卢生率军大破戎虏，斩首七千人，拓展疆土九百里，在那里修筑了三座大城用来防守要害地区。边疆百姓在居延山刻立石碑以歌颂他的功德。回到京城，进行册封他勋位，恩宠礼遇十分深厚。他转任吏部侍郎，升迁为户部尚书兼御史大夫。

卢生地位清要，声望隆重，受到大家拥戴。他因此被当权的宰相忌恨，散布流言蜚语中伤他，于是被贬为端州刺史。三年后，又被征召回朝廷担任散骑常侍。不久，拜同中书门下平章事。与中书令萧嵩、侍中裴光庭共同执掌朝政十多年，皇上的卓越谋划，朝廷的秘密使命，他一天要接到好几次，对皇上竭诚尽职，劝善规过，被称为贤相。同僚们嫉恨他，又诬陷他与边将交结，图谋不轨。皇帝下诏将他投放监狱，府吏带领随从到他家紧急逮捕他。卢生惊慌失措，对妻子说："我家原在山东，有良田五顷，足以维持温饱，何苦要出来追求利禄？今天到了这个地步，想穿起粗布短衣，骑上青色小马，在邯郸路上行走，也不可能了。"于是举刀自刎。他的妻子急忙抢救，才保住性命。那些与卢生一案有牵连的人都被处死，只有卢生因为有宫中太监的保护，才免去死罪，被流放驩州。

几年后，皇上知道了他的冤情，重新启用他为中书令，封燕国公，受到特别恩宠。

卢生有五个儿子，分别叫卢俭、卢传、卢位、卢倜、卢倚，都有才干。卢俭进士登第，担任考功员外；卢传官任侍御史；卢位官任太常寺卿；卢倜官任万年县尉；卢倚最为贤明，年龄才二十八岁，就担任左补阙。和卢家通婚的都是天下望族。卢生有孙子十余人。

卢生两次被流放边荒地区，两次登上宰相高位，历任中央和地方的重要职位，往来于尚书省的机要中枢，长达五十多年，地位显赫。卢生生性十分奢侈放纵，特别喜欢游乐享受，后堂的歌妓美女，都是最漂亮的，前后得到朝廷赏赐的良田、房宅、美女、名马，多得数不清。

卢生后来渐渐年老体衰，多次请求准予退休，皇帝不批准。后来卢生生了病，宫中太监前来探望，在道路上来往不绝；著名的医生，上等的药品，没有什么不为他考虑到。卢生临死的时候，给皇帝上疏说：

我原是山东一介书生，以躬耕田圃为乐。偶然遭逢圣运，得以忝列官位。承蒙皇上破格赏识，给予特别的恩宠，在地方充任节度使之职，在朝廷荣升宰相之位。里里外外周旋应酬，经历了漫长的岁月，对皇上的圣明教化无所裨益，实在有负圣恩，才不称职，致招祸患，如履薄冰，心多忧虑，战战兢兢，日甚一日，不知老之将至。现在臣年纪已过八十，位极三公，生命将要停止，筋骨已经

传奇篇

衰朽，在奄奄一息中迁延时刻，只待生命溘然长逝。回顾一生没有什么功绩可以报答皇上的圣德，空负深恩，永辞圣代，臣心中无限感伤依恋，谨奉表陈谢。

皇帝下诏书抚慰他说：

爱卿凭借杰出的品德，担任我的宰相。出镇地方，是捍卫王室的重臣，在朝为官能佐助和乐生平的盛世，天下升平二十四年，实在是仰仗了爱卿。这次爱卿不幸染疾，朕预计会一天天痊愈。岂料病情恶化，实在让朕伤心痛惜。现在命令骠骑大将军高力士到府上探视。希望爱卿勉力配合针灸药石的治疗，为朕保重自己的身体。朕仍然希望不出意外，病体康复。

当天晚上，卢生去世。

卢生打了个呵欠伸伸懒腰醒来，发现自己正躺在旅店里，吕翁坐在他的身旁，旅店主人的黄米饭还未蒸熟，眼前所见都和睡前一样。卢生吃惊地坐起身来，说："我难道在做梦吗？"吕翁对卢生说："人生的快活，也就是这样了。"卢生怅然失意了很久，拜谢说："对于宠辱之道，穷达之运，得丧之理，死生之情，我已经完全知道了。先生是以此来杜绝我的欲念啊。我怎敢不领受您的教诲呢。"于是叩头再拜而去。

（选自鲁迅辑录，程小铭、袁政谦、邱瑞祥译注：《唐宋传奇集全译》，贵州人民出版社 2009 年版）

知识

沈既济,唐代小说家、史学家,著有《建中实录》10卷,《旧唐书本传》,传奇文《枕中记》、《任氏传》,《全唐文》收其6篇文章。其作品《枕中记》、《任氏传》是唐传奇中创作较早的名篇,标志着唐传奇的创作进入全盛时期。著名的典故"黄粱一梦"即出自他的名篇《枕中记》。他的《任氏传》以狐妖作为传奇的主角,对后世也产生了重大的影响。蒲松龄的《聊斋志异》即受到了沈既济的影响。

解读

如果掐头去尾,这篇传奇就是一本流水账,除了展现一点文采外,了无趣味。然而,正是把卢生的流水账置于梦的背景下,使得这部流水账突然虚幻起来,进而产生幻灭感。作者虽假名道士,但是这篇传奇的佛教意味也很浓郁。实际上,文人多认同功名利禄到头来都是一场空,但仍然不懈追求。只不过僧多粥少,追不到的需要用这一套遁世之词慰藉一下精神。

传奇篇

镜 听

蒲松龄

益都郑氏兄弟,皆文学士。大郑早知名,父母尝过爱之,又因子并及其妇;二郑落拓,不甚为父母所欢,遂恶次妇,至不齿礼:冷暖相形,颇存芥蒂。

次妇每谓二郑:"等男子耳,何遂不能为妻子争气?"遂摈,弗与同宿。于是二郑感愤,勤心锐思,亦遂知名。父母稍稍优顾之,然终杀于兄。

次妇望夫綦切,是岁大比,窃于除夜以镜听卜。有二人初起,相推为戏,云:"汝也凉凉去!"妇归,凶吉不可解,亦置之。

闱后,兄弟皆归。时暑气犹盛,两妇在厨下炊饭饷耕,其热正苦。忽有报骑登门,报大郑捷。母入厨唤大妇曰:"大男中式矣！汝可凉凉去。"次妇忿恻，泣且炊。俄，又有报二郑捷者。次妇力掷饼杖而起，曰："侬也凉凉去！"——此时中情所激，不觉出之于口；既而思之，始知镜听之验也。

异史氏曰："贫穷则父母不子，有以也哉！庭帏之中，固非愤激之地；然二郑妇激发男儿，亦与怨望无赖者殊不同科。投杖而起，真千古之快事也！"

（选自蒲松龄著，张学忠译注：《聊斋志异选译》，陕西人民出版社1980年版）

青州益都县郑家，有兄弟二人，都是念书的。老大先出了名，父母早就过分疼爱他。因为疼爱老大，对大媳妇也另眼看待；老二懒散不务正业，不大被父母所喜欢，因而二媳妇也被厌恶，甚至不以礼相待：一暖一冷比较起来，老二夫妇心中有些怨恨。

二媳妇常对老二说："同样是男子汉，怎么你就不能给老婆争口气？"便把老二赶出去，不跟他睡在一起。老二感慨气愤，于是勤奋起来，专心致志地念书，结果也出了名。父母对他也稍有优待了，但毕竟还比不上哥哥。

传奇篇

二媳妇希望丈夫长进的心情十分殷切。正好下一年将是乡试年,二媳妇便在年三十夜里,暗暗地怀揣镜子到路口去卜吉凶。她看见镜子里有两个人刚刚站起来,相互推操作游戏,说:"你也凉快凉快去!"二媳妇回到家,也不明白是吉是凶,就丢在一边不再去想它。

乡试之后,郑家兄弟二人都回到家里。当时天气还很热,妯娌俩在厨房里给下地干活的人烙饼,正热得透不过气来。忽然有报喜的人闯进门,报告老大考中举人的消息。只见婆婆走进厨房,招呼大媳妇说:"我大儿子考中了,你也该出去凉快凉快了!"二媳妇又生气又难过,一边哭泣一边烙饼。稍过一会儿,又有报告老二考中的人闯进门。二媳妇用力地扔掉擀面杖,直起腰来说:"我也凉快凉快去!"——这个当口,她由于心中激动、感慨,无意中说了这句话。过后一想,才明白是那次卜卦时从镜里听到的话应验了。

异史氏说:"一个人贫穷了,父母都不愿把他当作儿子,这是有其原因的啊!屋室、帏帐之中,固然不是激励感发人的处所,但是郑老二的媳妇能在这里激励、感发她的丈夫,也的确跟一般只知抱怨男人不成才的那种女子完全不属于一类。她终于扔掉擀面杖挺起腰杆来了。这也真是千百年中令人高兴的事!"

(选自蒲松龄著,张学忠译注:《聊斋志异选译》,陕西人民出版社1980年版)

知识

镜听，又称听镜、听响卜、耳卜等，是我国古代民间预测吉凶的一种方式。我国的占卜之法，滥觞于周易，占卜的人需要有一定的文化，民间百姓不易掌握。镜听一般是在除夕或正月初一夜，怀揣着镜子出门，听路人的无意之言，据此来判断吉凶（如预测亲人是否平安及何时归来）。但是具体的操作步骤在不同地方、不同时代各有不同。据元人伊世珍《琅嬛记》："先觅一古镜，锦囊盛之，独向灶神，勿令人见，双手捧镜，诵咒七遍，出听人言，以定吉凶；又闭目信足走七步，开眼照镜，随其所照，以合人言，无不验也。"而据清人编《月令萃编》："元旦之夕，洒扫置香灯于灶门，注水满铛，置勺于水，虔礼拜祝。拨勺使旋，随柄所指之方，抱镜出门，密听人言，第一句便是卜者之兆。"

解读

蒲松龄的《聊斋志异》自诞生之日起，就备受赞誉。蒲松龄并未延续六朝志怪的文路，也未因袭唐代传奇的惯例，而是将两者结合起来。于《镜听》可知一二。本篇小说有很生动的细节描写，情节也不单调，几乎通篇是文言写就，而小说有趣之处在于镜听占卜谜底的揭开，这个谜底在通篇典雅的文言中是极少的白话——"侬也凉凉去"，使得小说活泼生动，意趣盎然。

生死契阔　相思无期

本事诗·崔护题诗

孟　棨

博陵崔护,姿质甚美,而孤洁寡合。举进士下第。清明日,独游都城南,得居人庄。一亩之宫,而花木丛萃,寂若无人。扣门久之,有女子自门隙窥之,问曰:"谁耶?"以姓字对,曰:"寻春独行,酒渴求饮。"女入,以杯水至,开门,设床命坐,独倚小桃斜柯伫立,而意属殊厚,妖姿媚态,绰有余妍。崔以言挑之,不对,目注者久之。崔辞去,送至门,如不胜情而入。崔亦睠盼而归,嗣后绝不复至。及来岁清明日,忽思之,情不可抑,径往寻之。门墙如故，而已锁扃之。因题诗于左扉曰："去年今日此门中，人面桃花相映红。人面只今何处去，桃花依旧笑春风。"

后数日，偶至都城南，复往寻之，闻其中有哭声，扣门问之，有老父出，曰："君非崔护邪？"曰："是也。"又哭曰："君杀吾女。"护惊起，莫知所答。老父曰："吾女笄年知书，未适人，自去年以来，常恍惚若有所失。比日与之出，及归，见左扉有字，读之，入门而病，遂绝食数日而死。吾老矣，此女所以不嫁者，将求君子以托吾身，今不幸而殒，得非君杀之耶？"又特大哭。崔亦感恸，请入哭之。尚俨然在床。崔举其首，枕其股，哭而祝曰："某在斯，某在斯。"须臾开目，半日复活矣。父大喜，遂以女归之。

（选自严杰译注：《唐五代笔记小说选译》，巴蜀书社1990年版）

　　博陵人崔护，天资很高，但洁身自好，很少有合得来

传奇篇

的朋友。他应进士试落选。清明节的时候，一个人到京城南郊游玩，偶然走到一家庄院前。那宅院占地一亩大小，而花木茂盛，里面寂静得像没有人居住。他敲了半天门，有个女子从门缝里看他，问道："什么人呀？"崔护报了自己的名字，说："一个人出来春游，喝了酒口渴，想要水喝。"女子进去，端着一杯水出来，打开大门，摆好交椅请崔护坐，自己靠着小桃树的斜枝久久地站着，情意很深重，容貌漂亮，姿态可爱，非常美丽。崔护用话挑逗她，她不回答，眼睛盯着他看了很久。崔护告别，她送到门口，好像不能承受自己感情冲动似的才进到门里。崔护也留恋不舍地回去了，以后再也没有去过。到了第二年的清明，他忽然想起那个女子，感情压抑不住，径自去那里找她。那大门还像原来一样，却已经锁上了。他就在左边的门扇上题了一首诗："去年今日此门中，人面桃花相映红。人面只今何处去，桃花依旧笑春风。"

几天以后，崔护偶然到京城南郊，顺便又去那里寻访，听见院子里有哭声，就敲门询问，有个老大爷出来说："你是不是崔护呀？"回答说："是的。"老大爷又哭着说："你杀死了我女儿。"崔护吃惊地跳起来，不知道怎么回话。老大爷说："我女儿十五岁，能识字看书，还没有嫁人，从去年以来，常常心神不定，像掉了魂一样。前几天和她一起出去，回来的时候，看见左边门扇上写着字，她读了以后，进门就生了病，几天里不肯吃东西，死了。我老了，这个女儿还没有嫁出去的原因，是想要找到合意的君子来托付我的晚年，现在她不幸死掉，难道不是你杀的吗？"说完，哭得更伤心了。崔护也很感动悲伤，请求进门哭她。她还容貌如生地停在床上。崔护抬起她的头，枕着她的腿，哭着祝祷说："我在这里，我在这里。"一会儿，她睁开眼睛，过了半天，她复活了。老大爷喜出望外，就把女儿嫁给了崔护。

（选自严杰译注：《唐五代笔记小说选译》，巴蜀书社1990年版）

知识

崔护，唐代诗人，字殷功，博陵（今河北定州市）人。唐贞元十二年进士及第。曾任京兆尹、御史大夫、岭南节度使等官职。凭《全唐诗》所存的六首诗跻身诗人之列，尤其流传甚广的《题都城南庄》（去年今日此门中，人面桃花相映红。人面只今何处去，桃花依旧笑春风），更是脍炙人口。实际上，一个诗人，即使只留下一首真正的诗，也会被后人记住。崔护留下六首诗，并不少。有一位诗人在《全唐诗》中只留下一首，也被后人视为了不起的诗人。这个人就是张若虚，他留下的诗是《春江花月夜》。

解读

情不知所起，一往而深。一年光阴逝去，崔护再到城南，已是物是人非。莫以为崔护是痴情人，女孩才是情

种。为一个人、一首诗，可以死生轮回。不过，中国古代小说、戏剧过于依赖大团圆结局，为团圆可以生，为团圆可以死。笔记小说《本事诗·崔护题诗》也是如此模式。这种模式使得中国的文学多了几许温情，少了一些悲情。

苏曼殊诗三首

本事诗七

乌舍凌波肌似雪，亲持红叶属题诗。
还卿一钵无情泪，恨不相逢未剃时！

本事诗九

《春雨》楼头尺八箫，何时归看浙江潮？
芒鞋破钵无人识，踏过樱花第几桥？

过若松町有感示仲兄（其二）

契阔死生君莫问，行云流水一孤僧。
无端狂笑无端哭，纵有欢肠已似冰。

（选自苏曼殊著：《苏曼殊文集》，线装书局2009年版）

知识

苏曼殊是一个名副其实的才子,不但能诗会画,而且通晓日语、英语和梵语。不过"曼殊"不是他的名字,而是他的法号。他很早就因家庭矛盾(他的父亲是广东茶商,母亲是日本人)出家,却不是看破红尘,好事者将他与太虚、弘一等法师相提并论,实属无知。据载他"身世飘零,佯狂玩世,嗜酒暴食",而且积极投身革命活动。苏曼殊文学成就很大,尤其是诗歌,得到极高的评价,有"诗僧"之称。可惜,天妒英才,1918年5月3日,年仅35岁的苏曼殊因穷病而死。

解读

苏曼殊身世特殊,经历坎坷,诗中难免有伤身感怀之情。所选三首诗,皆有一股叹惋之气。然而,这三首诗却又痛快淋漓、了无滞碍,轻世厌俗的态度盖过了伤怀之情,毫无自怨自艾的味道。三首诗都用了古典意象,如钵、芒鞋、行云流水,却明白晓畅,毫不晦涩。狂诞不羁如苏曼殊者,才华横溢如苏曼殊者,才能作出这样的诗。

爱的险境

（奥）卡夫卡

我爱一个姑娘，她也爱我，但我不得不离开她。

为什么呢？

我不知道。情况是这样的，好像她被一群全副武装的人围着，他们的矛尖是向外的。无论何时，只要我想要靠近，我就会撞在矛尖上，受了伤，不得不退回。我受了很多罪。

这姑娘对此没有罪责吗？

我相信是没有的，或不如说，我知道她是没有的。前面这个比喻并不完全，我也是被全副武装的人围着的，而他们的矛尖是向内的，也就是说是对着我的。当我想要冲到那姑娘那里去时，我首先会撞在我的武士们的矛尖上，在这儿就已是寸步难行。也许我永远到不了姑娘身边的武士那儿，即使我能够到达，将已是浑身鲜血，失去了知觉。

那姑娘始终是一个人待在那里吗？

不，另一个人到了她的身边，轻而易举，毫无阻挠。由于艰苦的努力而筋疲力尽，我竟然那么无所谓地看着他们，就好像我是他们俩进行第一次接吻时两张脸靠拢而穿过的空气。

[选自（奥）卡夫卡著，叶廷芳主编，廷芳，黎奇译：《卡夫卡全集1》，河北教育出版社1996年版]

知识

时代的巨变总会投映在最敏锐的天才身上，生于1883年的卡夫卡不幸就是其中之一。社会的急剧变化使得本就敏感、忧郁的卡夫卡对"现代性"带来的困境无所适从。家庭中强势的父亲又促成了卡夫卡自卑和内向的形成，这使得卡夫卡孤立、绝望，甚至略有点神经质。终于，这位在现代享有盛誉的天才作家在1924年病逝于基尔林疗养院，春秋四十有一，正值常人鼎盛之时。这位天才作家留下的大部分作品是死后才发表的，他的三部长篇小说（《城堡》、《审判》、《失踪者》）全部"未完待续"。

传奇篇

解读

庄子所说的"言不尽意",在现代语言学研究中是一个正确的命题。但是,文学的特点就是把不尽之意表现出来。卡夫卡的《爱的险境》是以一种具象化的方式,表现一种难以说清楚的感觉。两个人相爱,却不能在一起,如果是"外部原因",就变成了一个非常俗套的故事。卡夫卡写的偏偏是说不出来的"内部原因",感情、经历、性格、理解、感觉等这些一言难尽的复合体,这些纠集在一起的莫名的感受,被他用一种具体的形象——"矛"表现出来。读者虽然并未直接读到那种复杂的感受,却可以通过形象接触到那种感受。

爱

(黎)纪伯伦

正文

于是爱尔美差说:请给我们谈爱。

他举头望着民众,他们一时沉默了。他用洪亮的声音说:

当爱向你们召唤的时候,跟随着他,

虽然他的路程艰险而陡峻。

当他的翅翼围卷你们的时候,屈服于他,虽然那藏在羽翮中间的剑刃许会伤毁你们。

当他对你们说话的时候,信从他,虽然他的声音会把你们的梦魂击碎,如同北风吹荒了林园。

爱虽给你加冠,他也要将你钉在十字架上。他虽栽培你,他也刈剪你。

他虽升到你的最高处,抚惜你在日中颤动的枝叶,他也要降到你的根下,摇动你的根柢的一切关节,使之归土。

如同一捆稻粟,他把你束聚起来。

他舂打你使你赤裸。

他筛分你使你脱去皮壳。

他磨碾你直至洁白;他揉搓你直至柔韧。

然后他送你到他的圣火上去,使你成为上帝圣筵上的圣饼。

传奇篇

这些都是爱要给你们做的事情，使你知道自己心中的秘密，在这知识中你便成了"生命心"中的一屑。

假如你在你的疑惧中，只寻求爱的和平与逸乐，那不如掩盖你的裸露，而躲过爱的筛打。

而走入那没有季候的世界，在那里你将欢笑，却不是尽量的笑悦；你将哭泣，却没有流干了眼泪。

爱除自身外无施与，除自身外无接受。

爱不占有，也不被占有。

因为爱在爱中满足了。

当你爱的时候，你不要说，"上帝在我心中"，却要说，"我在上帝的心里"。

不要想你能引导爱的路程，因为若是他觉得你配，他就导引你。

爱没有别的愿望，只要成全自己。

但若是你爱，而且需求愿望，就让以下的做你的愿望罢：融化了你自己，像溪流般对清夜吟唱着歌曲。

要知道过度温存的痛苦。

让你对爱的了解毁伤了你自己；而且甘愿地喜乐地流血。

清晨醒起，以喜飏的心来致谢这爱的又一日；

日中静息，默念爱的浓欢；

晚潮退时，感谢地回家；

然后在睡时祈祷，因为有被爱者在你的心中，有赞美之歌在你的唇上。

[选自（黎）纪伯伦著：《我的心只悲伤七次：纪伯伦经典散文诗选》，冰心译，江苏文艺出版社 2012 年版]

知识

被誉为"艺术天才"的纪伯伦，其因以爱和美为主题的诗歌、散文而出名。可是很多人并不知道，纪伯伦也是一位出色的画家。1897 年，14 岁的纪伯伦在黎巴嫩首都贝鲁特的希克玛学校学习阿拉伯语、法文和绘画；1908—1910 年，纪伯伦赴巴黎学习绘画和雕塑，师从著名艺术家罗丹。罗丹对纪伯伦的才华十分赏识，肯定而自信地赞誉他是"20 世纪的威廉·布莱克"。纪伯伦的绘画充满了浓厚的浪漫主义和象征主义色彩，在主题上与诗文互

传奇篇

通。纪伯伦一生留下画作约700幅,多被美国艺术馆和黎巴嫩纪伯伦纪念馆收藏。

爱在恋人之间,在家人之间,在朋友之间。正是爱,使得我们温暖地生活在这个世界上。纪伯伦这首诗充满了领悟和哲思,并没有陷入心灵鸡汤式的说教中。爱,既是幸福的源泉,也是自由的牢笼。"他虽栽培你,他也刈剪你。"爱,正是自己寻求的束缚,正是无法割舍的羁绊。

沧桑巨变　世事浮沉

浪淘沙·北戴河

毛泽东

大雨落幽燕，白浪滔天，秦皇岛外打鱼船。一片汪洋都不见，知向谁边？
往事越千年，魏武挥鞭，东临碣石有遗篇。
萧瑟秋风今又是，换了人间。

（选自毛泽东：《毛泽东诗词集》，中央文献出版社 1996 年版）

北戴河位于河北省秦皇岛市的西部，属于秦皇岛的市区。因属海洋性气候，冬暖夏凉，无空气污染，无噪音污染；前有柔软的沙质海滩，背靠树木葱郁的联峰山，自然环境极其优美。由于这些优点，1898 年清政府就将北戴河开辟为"各国人士避暑地"。1949 年之后，北戴河扩

传奇篇

建,添了不少休养所、疗养院、宾馆等。这里还有中央领导人的别墅,毛泽东的别墅是95号(意思是九五独尊)。更值得一提的是,北戴河区是世界著名的观鸟地,也是我国第一个候鸟保护区。这里可以见到的鸟类有400余种,约占我国现存鸟类总数的45%。

毛泽东主席曾有名言:"与天斗其乐无穷,与地斗其乐无穷,与人斗其乐无穷。"《浪淘沙·北戴河》实际上是毛泽东与大海斗(据工作人员回忆,这首词是毛泽东下海游泳与风浪搏斗之后写下的)所产生的雄伟篇章。上阕极空间之开阔,下阕纵时间之古今,大气魄,大手笔。

彻底的唯物主义者是无所畏惧的。

——毛泽东

自信人生二百年,会当击水三千里。

——毛泽东

破阵子

李 煜

正文

四十年来家国,三千里地山河。凤阁龙楼连霄汉,玉树琼枝作烟萝,几曾识干戈? 一旦归为臣虏,沈腰潘鬓消磨。最是仓皇辞庙日,教坊犹奏别离歌,垂泪对宫娥。

(选自李璟、李煜撰,无名氏辑,王仲闻校订:《南唐二主词校订》,中华书局2007年版)

知识

在中国历史上,有两个皇帝其实更有艺术家气质,只可惜生在了帝王家,其中之一就是南唐后主李煜。李煜,字重光(史载李煜"一目重瞳子",据说项羽也有重瞳),号钟隐、莲峰居士。李煜从小聪颖过人,诗词、文、画、书法、音乐样样精通,尤其工于作词,人称"千古词帝"。他本不是太子,然而机缘巧合,种种因缘将他推到东宫。一个天生的艺术家,能把国家治理得怎么样,他的后果已经给出了证明。另一个极富艺术家气质的皇帝是宋徽宗赵佶,他继位称帝也是一个有争议的过程。赵佶诗书画皆通,尤其是书法,笔势劲逸,人称"瘦金体"。当然,艺术家治国的后果是可想而知的,"靖康之耻"也成了诸多文学抒写的题材。

解读

这首词是李煜降宋之后的作品。此时的后主,受尽凌辱,晓得了亡国之恨。留恋、悔恨、感伤,在词中弥漫开来。俗话说:"国家不幸诗家幸",亡国之痛使得李煜的词具有一种真实流露的哀婉凄美之感,比"强说愁"的词境界高出许多。《破阵子》中的今昔对比,情感舒缓哀怨,连绵不绝,余音阵阵。

别 赋

江淹

正文

黯然销魂者,唯别而已矣!况秦吴兮绝国,复燕宋兮千里。或春苔兮始生,乍秋风兮暂起。是以行子肠断,百感凄恻。风萧萧而异响,云漫漫而奇色。舟凝滞于水滨,车逶迟于山侧。棹容与而讵前,马寒鸣而不息。掩金觞而谁御,横玉柱而霑轼。居人愁卧,怳若有亡。日下壁而沈彩,月上轩而飞光,见红兰之受露,望青楸之离霜,巡曾楹而空掩,抚锦幕而虚凉。知离梦之踯躅,意别魂之飞扬。

故别虽一绪,事乃万族。至若龙马银鞍,朱轩绣轴。帐饮东都,送客金谷。琴羽张兮箫鼓陈,燕赵歌兮伤美人。珠与玉兮艳暮秋,罗与绮兮娇上春。惊驷马之仰秣,耸渊鱼之赤鳞。造分手而衔涕,感寂漠而伤神。

乃有剑客惭恩,少年报士,韩国赵厕,吴宫燕市。割慈忍爱,离邦去里,沥泣共诀,抆血相视。驱征马而不顾,见行尘之时起。方衔感于一剑,非买价于泉里。金石震而色变,骨肉悲而心死。

或乃边郡未和,负羽从军,辽水无极,雁山参云。闺中风暖,陌上草薰。日出天而耀景,露下地而腾文,镜朱尘之照烂,袭青气之烟煴。攀桃李兮不忍别,送爱子

传奇篇

兮霓罗裙。

至如一赴绝国,讵相见期?视乔木兮故里,决北梁兮永辞。左右兮魂动,亲宾兮泪滋。可班荆兮赠恨,唯罇酒兮叙悲。值秋雁兮飞日,当白露兮下时,怨复怨兮远山曲,去复去兮长河湄。

又若君居淄右,妾家河阳,同琼珮之晨照,共金炉之夕香。君结绶兮千里,惜瑶草之徒芳,惭幽闺之琴瑟,晦高台之流黄。春宫闷此青苔色,秋帐含兹明月光,夏簟清兮昼不暮,冬釭凝兮夜何长。织锦曲兮泣已尽,迥文诗兮影独伤。傥有华阴上士,服食还山,术既妙而犹学,道已寂而未传,守丹灶而不顾,炼金鼎而方坚。驾鹤上汉,骖鸾腾天,暂游万里,少别千年。惟世间兮重别,谢主人兮依然。

下有芍药之诗,佳人之歌。桑中卫女,上宫陈娥。春草碧色,春水渌波,送君南浦,伤如之何!至乃秋露如珠,秋月如珪。明月白露,光阴往来,与子之别,思心徘徊。

是以别方不定,别理千名,有别必怨,有怨必盈。使人意夺神骇,心折骨惊。虽渊云之墨妙,严乐之笔精,金闺之诸彦,兰台之群英,赋有凌云之称,辩有雕龙之声,谁能摹暂离之状,写永诀之情者乎?

(选自阴法鲁审订,陈宏天、赵福海、陈复兴主编,于非等译注:《昭明文选译注(第二册)》,吉林文史出版社1988年版)

令人黯然销魂的,唯有死别生离!何况秦楚迢迢极遥远,燕宋相隔数千里。春草吐绿,秋风乍起,更容易牵动愁思缕缕。因此,行人断肠,百感凄戚。听萧萧秋风不同常响,望万里云天色彩奇异。船儿在水边停留不动,车儿在山旁缓慢前行。船儿打旋不愿前进,马儿悲鸣徘徊不已。盖上金樽谁能饮下这美酒?放下琴瑟泪水沾满了车轼。居人愁苦卧空房,恍惚好像有所失。夕阳西下,晚霞隐退;月上长廊,洒满清辉。目睹兰草着露染秋红,眼望青楸遇寒遭白霜。巡视高楼,扬袖掩涕,抚摸锦帐,枉自悲凉。推知行人梦中徘徊不忍离,料想他别绪茫茫无所往。

因此,虽然同是离别,却有种种不同情况。至如骏马银鞍,朱车彩饰,东都门外摆酒宴,金谷别墅送客时。琴奏羽声萧鼓响,燕赵歌声动人心。晚秋,佩珠戴玉人更

传奇篇

美,早春,穿罗着绮色益新。马儿仰头听琴忘吃草,鱼儿赏乐出水耀红鳞。人到分手方下泪,鼓乐无声始伤心。

剑客未报知遇心惭愧,少年欲报国士恩。聂政刺死韩侠累;豫让谋杀赵襄子;专诸酒宴杀吴王;荆轲行刺入秦庭。辞别父母,远离家乡,洒泪而别,泣血相望。驱征马,不欲归,唯见大路尘土飞。只为感恩效一死,非为黄泉买美名。此举动地惊天,金石为之色变。何况骨肉至亲,能不撕心裂肺!

或因边境有战事,扛起武器去从军。辽河水长长无极,燕山山高高入云。闺房之中春风暖,阡陌之上芳草薰。日出青天放光芒,露落大地耀彩文。光照纤尘红灿灿,地覆青气笼缊缊。抚摸桃李不忍别,送爱子啊泪沾襟。

至于去那遥远的异国,哪里还有再见的日子?最后看一眼故乡的树木吧,北梁一别无归期。左邻右舍心感动,亲朋故友泪沾衣。异国相遇,只能铺荆坐地诉离恨,唯有杯酒倾愁绪。正值秋雁南飞日,恰当白露下降时。怨又怨啊,怨那远山多坳曲;走又走啊,走那黄河无尽堤。

又如,丈夫远在淄水西,妻子住在黄河旁。从前,早晨对镜共梳洗,傍晚同熏一炉香。而今,夫佩官印走千里,妻如香草徒芬芳。深闺无心弹琴瑟,高台懒息织流黄。春日堂前长青苔,秋夜帐里明月光,夏天席凉日难落,冬季灯暗夜漫长。织锦寄情泪流尽,写回文诗独彷徨。或有华阴得道者,炼丹服食而成仙。虽有妙术犹苦学,境高尚未得真传。心守丹灶无杂念,一心炼丹志正坚。驾白鹤,上霄汉,骑青凤,而升天,短游天上几万里,小别人间数千年。只因人间重别离,辞别主人心依恋。

下界有情人"芍药"诗,又有说爱"佳人"歌。卫国桑中多情女,陈国上宫美人多;相送春草泛绿色,话别春水荡清波。送君送到南浦上,与君话别多心伤!秋天来到,白露如珠,秋月高悬,明亮如玉。明月白露两相映,月光露珠心相印。自从与君别离后,缕缕愁思牵着心。

因此,离别的方式等等不一,离别的心理多种多样。有离别必有怨恨,有怨恨必满胸膛;令人丧魂落魄,毛骨悚然。纵然有王褒扬雄那样的妙笔,严安徐乐那样的辞采;有金马那里的名士,兰台那里的文人;作赋能享有"凌云之气"的赞赏,措辞可获"雕镂龙文"的声誉,可谁能描绘出暂别之状、永诀之情呢?

(选自阴法鲁审订,陈宏天、赵福海、陈复兴主编,于非等译注:《昭明文选译注(第二册)》,吉林文史出版社 1988 年版)

知识

江淹,字文通,南朝文学家。人们常说的"江郎才尽"中的"江郎"就是指江淹。据钟嵘《诗品》记载:"初,淹罢宣城郡,遂宿冶亭,梦一美丈夫,自称郭璞,谓淹曰:'我有笔在卿处多年矣,可以见还。'淹探怀中,得五色笔以授之。尔后为诗,不复成语,故世传江淹才

传奇篇

尽。"其实,不从神秘主义的角度来看,江郎才尽也是可以理解的。江淹少时孤贫,年轻时仕途并不得意,用心于文章,自成高才;中年之后,他官运亨通,锦衣玉食,大概对文学方面的需求和兴趣都下降了,自然也就"才尽"了。

《别赋》是骈文顶峰作品之一。骈文和散文相对,有极其严格的形式要求,一篇好的骈文要"裁对的均衡对称美、句式的整齐建筑美、隶事的典雅含蓄美、藻饰的华丽色彩美、调声的和谐音乐美"(尹恭弘《骈文》)。江淹把这种戴着镣铐的文体雕饰得珠圆玉润,其铺排、用典、韵律完美地组合出难以描摹的"暂离之状"和"永诀之情"。

搭 车 客
(节选)
三 毛

遇到这样的宝贝,总比看见一个流泪的妓女舒服些。

在镇上,她诚恳的向我道谢,扭着身

躯下车去，没走几步，就看见一个工人顺手在她屁股上用力拍了一巴掌，口里怪叫着，她嘴里不清不楚的笑骂着追上去回打那人，沉静的夜，居然突然像泼了浓浓的色彩一般俗艳的活泼起来。

我一直到家了，看着书，还在想那个兴高采烈的妓女。

这条荒野里唯一的柏油路，照样被我日复一日的来回驶着，它乍看上去，好似死寂一片，没有生命，没有哀乐。其实它跟这世界上任何地方的一条街，一条窄弄，一弯溪流一样，载着它的过客和故事，来来往往的度着缓慢流动的年年月月。

我在这条路上遇到的人和事，就跟每一个在街上走着的人举目所见的一样普通，说起来没有什么特别的意义，也不值得记载下来，但是，佛说——"修百世才能同舟，修千世才能共枕"——那一只只与我握过的手，那一朵朵与我交换过的粲然微笑，那一句句平淡的对话，我如何能够像风吹拂过衣裙似的,把这些人淡淡的吹散,漠然的忘记?

每一粒沙地里的石子,我尚且知道珍爱它,每一次日出和日落,我都舍不得忘怀,更何况,这一张张活生生的脸孔,我又如何能在回忆里抹去他们。

其实,这样的解释都是多余的了。

(选自三毛著:《三毛作品集》,新疆人民出版社2006年版)

知识

三毛,中国当代作家,原名陈懋平,1943年出生于重庆,后随父母迁居台湾。曾在西班牙留学。1973年和西班牙人荷西结婚并定居西属撒哈拉沙漠,1979年荷西去世,后回到台湾,1991年三毛在医院去世,年仅48岁。三毛特立独行,思想独立,被梁羽生称为"奇女子"。出版过《撒哈拉的故事》、《哭泣的骆驼》、《梦里花落知多少》、《稻草人手记》等文集,翻译过西班牙文的《娃娃看天下》,英文的《兰屿之歌》、《清泉故事》、《刹那时光》等作品。在20世纪,三毛是一位影响非常大的女作家。

解读

普通人的一生难以经历什么大事,生活不会很好,也不会很差,唯一的特点就是平庸。三毛告诉我们,正是在我们平庸的生活中,每一次相遇,每一次相知,都有其背后的因缘。爱每一个我们碰到的人,接受自己,接受平庸。这样的生活,平凡但充满了色彩。

倏忽一瞬　变幻无常

幸亏误算

（节选）

（日）渡边胜

"说来话长，肇事已有十五六年了吧！那时，我有个未婚妻。开始，她的父母竭力反对这门亲事，使我伤尽脑筋。不过，由于多次登门央求，经过不懈努力，他们终于同意了，当时，我心花怒放，以为我的人生也会从此一帆风顺，因为我十分钟情于她。可是，好事多磨。当时正值枫叶如火的深秋，我决定邀她去兜风赏景。就在兜风的途中，发生了事故，以此为转机，我的生活充满了不幸。"说着，男子惨然一笑：

"我们决定去T县,从N市到S镇的沿途,以红叶美丽而驰名。果然名不虚传。我们是在离S镇尚有数公里远的地方发生了事故。那是一条劈山而就的公路,右边是劈开的山,左侧是幽深的峡谷,路面仅有4米左右,并不太宽。车行此地,忽然,一位少女从右方的岩石后面跳出,当我发现时,她已在车子的正前方,眼睛透过一顶遮脸的无沿女帽,好像在窥视着我们,身子一动不动。我慌忙扭转方向盘,用力刹车,可是已经来不及。少女当场断了气。本是愉快的旅游,却变成地狱之行;本在幸福的极点,却跌落到痛苦的底层,未婚妻哭叫不止,我也因事故的严重,吓得茫然不知所措。直到今日,我也搞不清究竟是怎么回事儿。"

男子将杯中的威士忌一饮而尽,说:

"这场事故,导致我和未婚妻分了手,因为她的父母反对。由于事故对我打击过大,我失去了再次说服她父母的自信力。

为了平复心灵的创伤，我本希望能得到她的抚慰。木已成舟，责任在我，在痛恨之中，我终于自暴自弃。"

男子长叹口气，看得出他言不由衷，内心仍在追悔，不该放弃对未婚妻的追求。

"自事故以来，随着岁月的流失，我思考了许多，并且，对那场肇事产生了若干疑问。我绝非想转嫁责任，因为我无法改变是我的车轧死了少女的事实。我只想问，为什么那个少女会出现在现场附近？出事地点周围并无人家，那个少女的家距离现场足有3公里。"

"会不会是少女偶然来这里玩耍？"尽管我猜测不出男子心中在想什么，可还是把我的想法和盘托出。他没有同意我的意见。

"至今我还记得车前少女的模样，表情意外地平静，面对急驶而来的汽车，竟无一丝恐惧。"

"大概，少女没料到自己会被车轧着，而是断定车会在她面前停下吧？"

男子不理睬我的话，继续说下去：

"此外，还有个情况，这是我在事后才知道的，就在我肇事的前一个月期间，也是那个出事地点，竟有3台车从左侧的悬崖上滚落下去，车上的人无一幸存。确实，从那个山崖掉下去，根本无法获救。我那时，倘若稍微早一点发现那个少女跳出来，猛然向左转方向盘，我的车子也得落入峡谷。所以，少女是替我们而丧生，对我们来说，这是最痛苦的事情。如果是我们掉了下去，少女就是这场事故的目击者，而且也必定成为发现者，那我就和在我肇事前落入峡谷的3台车，完全同一结局。补充一点，发现从悬崖上滚落下去那3台车的，都是这个少女。而且，自我轧死她后，那个地方再也没有发生汽车坠落事故。"

男子闭上了嘴，似乎表明他要说的话，至此已经全部讲完。

（选自郑允钦主编：《外国微型小说三百篇》，百花洲文艺出版社2001年版）

传奇篇

知识

2012年,莫言获诺贝尔文学奖,这是中国籍作家首次获得该奖。和我们一衣带水的邻国日本,却早在1968年(川端康成)就获得诺贝尔文学奖,1994年(大江健三郎)又获得诺贝尔文学奖。莫言获奖,除了其作品文学价值较高、翻译得比较完善之外,还有一个重要原因就是大江健三郎的大力推荐。大江健三郎曾连续5年大力推荐莫言。诺贝尔奖的评委也高度重视往届得主的推荐,毕竟这些人的文学品位是要高于常人的。所以说,莫言的诺贝尔文学奖,和日本也是有关系的。

解读

《幸亏误算》实际上是一篇容量非常大的小说。表面看来,是男子在自述如何在瞬间决定了谁生谁死,好像命运的天平倒向了这个男子。不过在男子的零星叙述中我们可以看到,男人确实"幸亏误算",他的判断迟了一瞬,但是却很有可能救了更多的人。那个淡定的女孩是前三次车祸的目击者,恰恰是"目击"本身造成了车祸。这次女孩"目击"未成功,果然,此后没再发生车祸。

经典悦读

瓦尔特·本雅明
（节选）

（美）汉娜·阿伦特

1940年9月26日，本来打算移居美国的瓦尔特·本雅明，在佛朗哥——西班牙边境结束了自己的生命。原因是多方面的。盖世太保没收了他在巴黎的寓所，其中包括他的藏书（他能够从德国带出来的"最重要的一半"）和许多手稿；而且他有理由为另外一些书和手稿忧虑，因为从巴黎飞往劳德（Lourdes，法国未被占领地区）之前，他通过乔治·巴塔耶（George Bataille）把它们放在国家图书馆里。①没有藏书他怎么能活下去？没有手稿中收集的引文和摘要他怎么能糊口？除此之外，也没有任何理由推动他去美国：像他过去经常说的那样，在那儿，除了用汽车载着他，到处展览他这位"最后的欧洲人"，人们可能会发现他一无是处。但是导致本雅明自杀的直接事件,却是坏运气非同一般的打击。根据维希政府和第三帝国的停战协议,除政治分子之外,来自希特勒德国的难民们面临被船运回德国的危险。为救助这一类难民,美国通过它在法国未占领区的领事馆发放了一定数目的移民签证;值得注意的是,这中间从未包括非政治的犹太大众,他们后来成为所有人中最危险的。在纽约社会研究所的努力下,本雅明有幸成为马赛首批获得此类签证的人中的一员。而且,他很快获得了西班牙的旅游签证以便能够在抵达里斯本后乘船离开。然而,他却没有法国的出境签证,签证当时还在申请中。而法国政府为讨好盖世太保,无一例外地拒签德国难民。一般来说,这并不成什么问题,翻过山步行到波堡小镇(Port Bou),有一条众所周知的相对近些也不太艰苦的小路,而且没有法国边境警察把守。然而,对本雅明来说,即使最短的散步也相当费力，显然他深受心脏病②之苦。他到达那儿时，肯定是处于严重的衰竭状态之中。而且，他参加的小难民团到达西班牙边境小镇后就得知，就在那一天西班牙关闭了边境，而马赛的边境官员已不再签发签证。难民们第二天应该沿着同一路线返回法国。就在这天夜里，本雅明结束了生命；也就是在这个地方，边境官员在本雅明自杀事件造成的影响下，同意他的同伴们前往葡萄牙。几个星期之后，签证的禁令又解除了。如果早一天，本雅明可以毫不困难地通过边境；而晚一天，马赛的人们就会知道那时已不可能从西班牙过境。唯独在那一天，灾难才成为可能。

[选自（美）汉娜·阿伦特著：《黑暗时代的人们》，王凌云译，江苏教育出版社2006年版]

注释

① 现在看来手稿几乎每一部分都得到了保存：巴黎所收藏的手稿按照本雅明的意愿交给了阿多诺，根据蒂耶德曼的说法（《本雅明哲学研究》，第212页），它们现在放

在阿多诺在法兰克福的"私人收藏室"里；大多数文稿的复制品和抄本同样放在索勒姆在耶路撒冷的私人收藏室里；被盖世太保没收走的那部分手稿则在民主德国找到了。见罗斯玛丽·海泽（Rosemarie Heise）在《替代》（*Alternative*）一书中的《波茨坦的本雅明遗稿》（*Der Benjamin Nachlass in Potsdam*）一文，1967。

② 《书信》，Ⅱ，第841页。

知识

瓦尔特·本雅明（1892—1940），犹太人，德国思想家。本雅明酷爱收藏，喜欢细致入微的东西，曾打算写一部完全由引言构成的作品。他自诩为马克思主义者，却对神秘主义兴致盎然。他有着卡夫卡般的细腻、敏感和脆弱，却碰上了纳粹兴起的时代。他生前落寞，连份像样的工作都没有，妻子也离他而去；死后却在思想界越来越热，被誉为"欧洲最后一名知识分子"。他没有留下成系统的著作，然而《发达资本主义时代的抒情诗人》、《单向街》、《机械复制时代的艺术》、《历史哲学论纲》、《德国悲剧的起源》受到人文知识分子的高度重视，其中提出的概念也被广泛使用。

解读

天才的命运总是让人扼腕，本雅明也不例外。同样是从德国逃出来的犹太人，阿伦特对本雅明的把握可谓独到精准。就是一天而已,早一天也没事,晚一天也没事,恰恰是那一天,恰恰本雅明又等不了明天。命运之神有的时候实在是残酷。当"驼背侏儒"(德国民间俗谚,象征倒运,在本雅明的生命中屡次出现)最后一次出现的时候,他把本雅明也带走了。

警语

极权主义企图征服和统治全世界,这是一条在一切绝境中最具毁灭性的道路。

——(美)汉娜·阿伦特

事实上,在专制条件下行动比思想来得容易。

——(美)汉娜·阿伦特

八大山人传

邵长蘅

正文

八大山人者,故前明宗室,为诸生,世居南昌。弱冠遭变,弃家遁奉新山中,剃发为僧。不数年,竖拂称宗师。

住山二十年,从学者尝百余人。临川

令胡君,亦尝闻其名,延之官舍。年余,意忽忽不自得,遂发狂疾,忽大笑,忽痛哭,竟日。一夕裂其浮屠服,焚之,走还会城。独身倘佯市肆间,常戴布帽,曳长领袍,履穿踵决,拂袖翩跹行,市中儿随观哗笑,人莫识也。其侄某识之,留止其家,久之疾良已。

山人工书法,行楷学大令鲁公,能自成家;狂草颇怪伟。亦喜画水墨芭蕉、怪石、花竹及芦雁、汀凫,脩然无画家町畦,人得之争藏弆以为重。饮酒不能尽二升,然喜饮,贫士或市人、屠沽邀山人饮,辄往;往饮,辄醉,醉后墨沈淋漓,亦不甚爱惜。数往来城外僧舍,雏僧争嬲之索画;至牵袂捉衿,山人不拒也。士友或馈遗之,亦不辞。然贵显人欲以数金易一石,不可得,或持绫绢至,直受之曰:"吾以作袜材。"以故贵显人求山人书画,乃反从贫士、山僧、屠沽儿购之。

一日,忽大书"哑"字署其门,自是

对人不交一言，然善笑而喜饮益甚。或招之饮，则缩项抚掌，笑声哑哑然。又喜为藏钩拇阵之戏，赌酒胜则笑哑哑，数负则拳胜者背，笑愈哑哑不可止，醉则往往歔欷泣下。

予客南昌，雅慕山人，属北兰澹公期山人就寺相见，至日大风雨，予意山人必不出。顷之，澹公驰寸札曰："山人侵早已至。"予惊喜趣乎笋舆，冒雨行相见，握手熟视大笑。夜宿寺中剪烛谈，山人痒不自禁，辄作手语势，已乃索笔书几上相酬答，烛见跋不倦。澹公语予，山人有诗数卷藏箧中，秘不令人见，予见兰人题画及他题跋皆古雅，间杂以幽涩语不尽可解。见与澹公数札极有致，如晋人语也。山人面微赪，丰下而少髭，初为僧，号雪个，后更号曰人屋、曰驴屋、曰书年、曰驴汉，最后号八大山人云。澹公，杭人，为灵岩继公高足，亦工书能诗，喜与文士交。

赞曰：世多知山人，然竟无知山人者！

传奇篇

山人胸次汩浡郁结,别有不能自解之故,如巨石窒泉,如湿絮之遇火,无可如何,乃忽狂忽瘖隐约玩世,而或者目之曰狂士,曰高人,浅之乎,知山人也!哀哉!予与山人宿寺中,夜漏下雨势益怒,檐溜潺潺,疾风撼窗扉,四面竹树怒号,如空山虎豹,声凄绝,几不成寐。假令山人遇方凤、谢翱、吴思齐辈,又当相扶携恸哭至失声,愧予非其人也!

(选自王彬主编:《中华文学经典·散文(下卷)》,中国社会出版社2004年版)

八大山人,是前代明朝的宗室,获得"诸生"的资格,世代居住在南昌。年少时遭遇变故,离开家逃到奉新县的山中,剃发做了僧人。不几年,手持拂尘被称为高僧。

八大山人住在山中二十年,跟随他学习的曾经有一百余人。临川县令胡亦堂听说他的名声,请他到官衙。一年多后,他心中恍惚若有所失,于是就发作疯病,忽而大笑,忽而痛哭,整日如此。一天晚上,他撕裂了自己的僧服,焚毁它,跑回了会城(南昌)。他独自在集市中徘徊，常常戴着布帽，披着长袍，鞋子破烂，露出脚跟，甩开袖子，像跳舞一样轻快地行走。市中的人跟着观看嘲笑他，没有人认得出他。他的一个侄子认出了他，就留他住在自己家。过了一段时间，病才确实好了。

山人擅长书法，行楷学习大令、鲁公（王献之、颜真卿），能够形成自己的独特风格；写的狂草非常怪异而有气势。也喜欢画水墨芭蕉、怪石、花竹及芦雁、野鸭，自由自在而不受画家规矩的约束。人们得到了他的画都争着收藏，把它看得很贵重。他喝酒不能喝完二升，但是喜欢饮酒。贫困的读书人或普通百姓、屠户、卖酒的邀请他喝酒，他就去；每次去喝酒总是喝醉。喝醉后创作时墨汁淋漓，也不很爱惜。八大山人多次到城外僧舍去，小和尚争着纠缠他索要画作，甚至于拉扯他的衣袖衣襟，山人也不拒绝。朋友中有人赠送他财物，他也不推辞。然而达官贵人想要用几两银子换一张水墨画，却得不到；有人拿绫绢来，他就径直接受，说："我把它当作做袜子的材料。"因此，达官贵人求他的书画，竟然反而要从贫困的读书人或和尚僧众、屠户、卖酒的那儿买到。

一天，山人忽然在他的门上写了一个大大的"哑"字，从此对人不说一句话，然而喜欢笑并且更喜欢喝酒了。有人请他喝酒，他就缩着脖子、拍着手掌"哑哑"地笑。又喜欢游戏猜拳，赌酒胜了就"哑哑"地笑，输得多了就用拳打胜者的后背，更"哑哑"地笑个不停。喝醉了就常常叹息抽噎落泪。

传奇篇

我客居南昌,仰慕八大山人,就嘱托北兰澹公约山人前往山寺相见,到这一天,刮大风下大雨,我料想山人一定不会出门,不一会儿,澹公拿着短札说:"山人天刚亮就已经到了。"我又惊又喜,急忙叫了一顶竹轿,冒着雨前去见他,握着手相视大笑。夜里在山中住宿,点烛交谈,八大山人犹如身体发痒忍不住地想要与人交流,就借助手势进行表达。随后竟然索要笔在桌上写字来和我应答,直到蜡烛燃尽露出烛根也不知疲倦。澹公告诉我,山人有数卷诗藏在箱子中,作为秘密不让人发现,我看到的兰人题画诗和一些题跋都非常古雅,中间夹杂着幽深晦涩的话不能全部看懂。看到给澹公的几札诗书非常有兴致,好像晋人语。山人面色微红,下巴丰满但是胡须不多,最初是僧人,号雪个,后来改号人屋、驴屋、书年、驴汉,最后才叫了"八大山人"这个号。澹公,杭州人,是灵岩继公的弟子,也能写文作诗,喜欢与文士交往。

我认为:世上认识八大山人的人很多,却竟没有真正了解他的人。山人心中情感愤激郁结,另有无法自我排遣的原因。如同巨石阻挡了泉水,如同湿絮遇到了烈火,无可奈何,于是忽狂忽哑,潜藏玩世之态,而有的人看待他,说是狂士,说是高人,他们对山人的了解真是太浅了呀!可悲啊!我和山人住在寺中,夜漏时刻,雨下得更大了,房檐上的水哗哗下流,疾风吹动了窗门,四周围竹子、树木发出怒号的声音,如同空旷的山野中虎豹的叫声,凄厉惨绝,让人几乎睡不着觉。假如让山人遇到方凤、谢翱、吴思齐（都是南宋遗民）这样的人，又应该相互扶携着痛哭失声了吧，遗憾的是我不是那类人！

（编者译）

知识

八大山人，即朱耷。明末清初著名的画家、书法家。朱耷是明朝王室子孙，作为遗民，对清朝毫无认同感，于是以佯装狂诞自保。山人的画极富个人色彩，不拘于条条框框，其画笔墨简朴豪放、苍劲率意、淋漓酣畅，构图疏简、奇险。他所画的鱼、鸟，都是白眼向上，充满了倔强傲慢之气。山人的书法，含蓄内敛，圆浑醇厚，亦成高格。山人如此高的艺术成就部分是其心中郁愤所泄，家国破灭，有苦难言，山人的一首诗可以说明：墨点无多泪点多，山河仍是旧山河。横流乱世杈椰树，留得文林细揣摹。

解读

写八大山人这样的人物，实际上是非常有难度的。作者邵长蘅完成得非常漂亮，可以说，形神兼备地描绘出了八大山人的形象。邵长蘅并没有用俗笔去夸耀山人的绘画成就、书法成就，而是通过刻画一个卓然不凡的、风神溢于尘表的灵魂，让人想象山人的绘画和书法的风骨。

传奇篇

一个官员的死

（节选）

（俄）契诃夫

在一个挺好的傍晚，有一个同样挺好的庶务官，名叫伊凡·德密特里奇·切尔维亚科夫①，坐在戏院正厅第二排，用望远镜看戏：《哥纳维勒的钟》②。

……

"我把唾沫星子喷在他身上了！"切尔维亚科夫想，"他不是我的上司，是别的部里的，不过那也还是难为情。应该道个歉才对。"

切尔维亚科夫咳了一声，把身子向前探出去，凑近将军的耳根小声说：

"对不起，大人，我把唾沫星子溅在您身上了……我一不小心……"

"不要紧，不要紧……"

"看在上帝面上，原谅我。我本来……我不是故意要这样的！"

……

"唉,够啦……我已经忘了,您却说个没完!"将军说,不耐烦地撇了撇他的下嘴唇。

"已经忘了,可是他的眼睛里有一道凶光啊,"切尔维亚科夫怀疑地瞧着将军,暗想,"而且他不愿意说话。我应当对他解释一下,说明我完全无意……说明打喷嚏是自然的法则,要不然他就会认为我有意唾他了。现在他固然没这么想,以后他一定会这么想!……"

一回到家,切尔维亚科夫就把自己的失态告诉他妻子。他觉得他妻子对这事全不在意;她光是有点惊吓,可是等到听明白卜里兹查洛夫是在"别的"部里任职以后,就放心了。

……

第二天切尔维亚科夫穿上新制服,理了发,上卜里兹查洛夫家里去解释……他一走进将军的接待室,就看见那儿有很多来请托事情的人,将军本人夹在他们当中,正在接受他们的请求。将军问过好几个请托事情的人以后,抬起眼睛来看着切尔维亚科夫。

"要是您记得的话,大人,昨天在阿尔卡琪娅③,"庶务员开口讲起来,"我打了个喷嚏……不小心喷了您……请原……"

"真是胡闹……上帝才知道这是怎么回事!您有什么事要我效劳吗?"将军对其次一个请托事情的人说。

"他不肯说话!"切尔维亚科夫暗想,脸色惨白了,"这是说:他生气了……不行,不能照这样了事……我要跟他说明白才行……"

……

切尔维亚科夫这么想着,走回家去。给将军的信,他却没写成。他想了又想,怎么也想不出来这封信该怎样写才好。他只好第二天再亲自去解释。

"昨天我来打扰大人,"等到将军抬起询问的眼睛望着他,他就喃喃地说,"可不是照您所说的那样是为了开玩笑。我原是来赔罪的,因为我在打喷嚏的时候喷了您一身唾沫星子……我从没想到要开玩笑。我哪儿敢开玩笑?要是我们沾染了开玩笑的习气,那可就会……失去……对人的尊敬了……"

"滚出去!!"将军忽然大叫一声,脸色发青,周身打抖。

"什么?"切尔维亚科夫低声问道,吓得呆如木鸡。

"滚出去!!"将军顿着脚又喊一声。

切尔维亚科夫的肚子里好像有个什么东西掉下去了。他什么也看不见,什么也听不见,退到门口,走出去,到了街上,一路磨磨蹭蹭地走着……他信步走到家里,没有脱掉制服,往长沙发上一躺,就此……死了。

(选自郑允钦主编:《外国微型小说三百篇》,百花洲文艺出版社2001年版)

注释

①切尔维亚科夫:这个姓是从"小虫"这个字变来的。

②《哥纳维勒的钟》：一个三幕小歌剧的名字。
③阿尔卡琪娅：常用的夏季露天花园和剧院的名字。

知识

契诃夫（1860—1904），俄国作家，与莫泊桑、欧·亨利并称为世界三大短篇小说巨匠。契诃夫一生写了700多篇短篇小说，善于描写小人物和知识分子，代表作有《小公务员之死》、《变色龙》、《套中人》等。

莫泊桑（1850—1893），法国优秀的批判现实主义作家。创作了6部长篇小说和350多篇中短篇小说，其小说布局结构异常精巧。代表作有《羊脂球》、《项链》、《我的叔叔于勒》等。

欧·亨利（1862—1910），美国作家。欧·亨利一生创作了270多篇短篇小说和一部长篇小说，以结局出人意料著称。代表作有《爱的牺牲》、《警察与赞美诗》、《带家具出租的房间》、《麦琪的礼物》、《最后一片叶子》等。

解读

每个人都会打喷嚏，每个人都必须打喷嚏。我们的主人公则比较倒霉，唾沫星子喷到了将军的头上。这是件偶然的事情，也不是一件大事，却在主人公心里留下了巨大的阴影，以至于因这阴影而郁吓而死。一个喷嚏杀了一个人，看起来是多么荒诞的一个故事，然而，在一个等级森严的官僚社会，这并不荒诞。

经典悦读

巴尔扎克之死

（法）雨 果

1850年8月18日,我的夫人去看望巴尔扎克夫人,她回来后对我说,巴尔扎克先生快死了。我急忙赶去看他。

巴尔扎克先生一年半以来一直患心脏肥大症。二月革命①之后,他去了俄国,在那里结了婚。在他去俄国之前,我在大街上遇见他,他哼哼着,喘着粗气。1850年5月,他回到法国。结婚后他有钱了,但身体异常虚弱。回到法国时,他的双腿已经浮肿,四位医生看了他的病,其中的路易医生7月6日对我说:"他最多再活6个星期。他患的是和弗雷德里克·苏利埃②一样的病。"

8月18日,我的叔叔路易·雨果将军在我家吃晚饭。我匆匆吃罢,离开叔叔,

传奇篇

乘出租马车赶往巴尔扎克先生住的博戎区福蒂内大街14号。这是博戎先生府邸中侥幸未被拆毁的几幢房子,房子不高,巴尔扎克把它买了下来,经过豪华的装修,使它成为一座迷人的私宅,宅子的可以走马车的大门开向福蒂内大街,宅子没有花园,铺着石板的狭长的庭院点缀着几个花坛。

我按了门铃。月光被云彩遮住,街上静悄悄的。没有人来开门,我又按了一次铃。门开了,一名女仆人手持蜡烛出现在我面前。

"先生有事吗?"女仆问,她正在哭泣。

我通报姓名后被领进一楼的客厅。客厅壁炉对面的一个托架上,放着大卫③雕刻的巴尔扎克硕大的半身像。客厅中央,一张华贵的椭圆形桌子上点着一支蜡烛,摆着6个精美的金色小雕像。

这时,另一个女仆哭着走过来对我说:

"他快死了。夫人已经回去了。医生们从昨天起就不管他了。他左腿上的伤口已经坏死，医生们不知道该怎么办，他们说先生的水肿像猪肉皮似的，已经浸润，这是他们的说法。他们还说先生腿上的皮和肉像猪膘，已经不可能再做穿刺术。事情是这样的：上个月先生上床睡觉时碰在一个饰有人像的家具上，左腿上磕了一个口子，他身上的脓水都流了出来。医生们看后都惊叫起来，并开始给他做穿刺手术。他们说：咱们顺其自然吧。但先生腿上又出现了脓肿，是卢克斯先生给他做的手术。昨天，医生把器械取走了。先生的伤口没有化脓，但颜色发红、干巴巴地发烫。医生们说先生没有救了，都不再来看他。我们去找过四五个医生，但没有用，医生们都说他们已经无能为力。昨天晚上，先生的情况很糟，今天上午9点，他再也说不出话来了。夫人派人请来了神父，神父给先生施了临终涂油礼。先生示意他明白是怎么回事。一小时之后，他握住了他妹妹絮维尔夫人的手。从11点起，他不断地喘

传奇篇

着粗气,两眼再也看不见东西。他不会活过今天晚上的。先生,如果您愿意,我去请絮维尔先生,他还没有睡。"

女仆离开了,我等了一会儿。烛光暗淡,微弱的光线照着客厅富丽堂皇的陈设,照着墙上挂的波比斯④和霍勒拜因⑤的几幅杰作。在昏暗的烛光中,那尊大理石半身雕像显得模模糊糊,恰似这个垂死之人的幽灵。房子里充满死尸散发的气味。

絮维尔先生走进客厅,他说的和女仆说的完全一样。我要求看看巴尔扎克先生。

我们穿过一条走廊,登上一个铺着红地毯的楼梯,楼梯两旁堆满花瓶、雕像、画、上了釉的餐具橱等艺术品。在穿过另一条走廊后,我看见一扇门敞开着,听见一个人喘着粗气,给人以不祥的感觉。

我走进了巴尔扎克的房间。

房间中央放着一张床,床是桃花心木做的,床头和床脚的横档及皮带构成一种悬挂器械,用以帮助病人活动。巴尔扎克先生躺在床上,头靠着一大堆枕头,枕头上还加上了从房间的长沙发上取下的红锦缎坐垫。他的脸斜向右侧,脸色青紫,胡子没有剃,灰白的头发剪得很短,两眼睁着,目光呆滞。我从侧面看着他,觉得他很像皇帝。

一个老妇人和一名男仆分别站在床的两侧。床头柜上和门旁的小衣柜上各点着一支蜡烛,床头柜上还摆着一只银瓶。

男仆和老妇人面带恐惧,屏声静息地听着临终之人喘着粗气。

床头柜上的蜡烛把壁炉旁挂着的一幅画照得通亮,画上的年轻人红润的脸庞上泛着微笑。

床上散发出一股令人无法忍受的气味。我撩起被子,握住了巴尔扎克的手。他的手上全是汗,我紧紧地握着,他却毫无反应。

一个月以前,我曾来到这个房间里看他。当时他很高兴,充满了希望。他笑指

传奇篇

着身上浮肿的地方,相信自己的病会痊愈。

我们谈了很多,还争论了政治问题。他是正统派,他责怪我"蛊惑人心"。他对我说:"你怎么能那么泰然自若地放弃法兰西贵族院议员的头衔呢?除了国王的称号之外,那可是最尊贵的头衔了!"

他还对我说:"我买下了博戎先生的房子,房子不带花园,但有一个廊台,廊台楼梯上的门对着小教堂,我用钥匙开了门就可以去望弥撒。花园对我无所谓,我更看重这个廊台。"

那天我离开他时,他一直把我送到廊台的楼梯上。他走路很吃力,指给我看那扇门,还大声对他夫人说:"别忘了让雨果好好看看我藏的那些画。"

老妇人对我说:"他活不到天亮了。"

我走下楼梯,满脑子都是他那张没有血色的面孔。穿过客厅时,我又看见了那尊静止不动的、表情沉着高傲的、隐隐约约焕发着容光的半身雕像,我想到了对比鲜明的死亡和不朽。

我回到家里,这是个星期天,好几个人正在家里等我,其中有土耳其代办勒扎-贝、西班牙诗人纳瓦雷特和被流放的意大利伯爵阿里瓦贝纳。我对他们说:"先生们,欧洲马上要失去一位伟人。"

他在夜里去世了,终年51岁。

(选自张秋红主编:《外国散文传世之作》上卷,山东文艺出版社1995年版)

注释

①二月革命:指巴黎人民旨在推翻君主制的1848年二月革命。
②弗雷德里克·苏利埃:法国作家(1800—1847)。
③皮埃-让·大卫:法国雕刻家(1788—1856)。
④波比斯:16世纪佛来米画家。
⑤霍勒拜因:16世纪德国画家。

知识

奥诺雷·德·巴尔扎克(1799—1850),法国小说家,被称为现代法国小说之父。他的第一部作品五幕诗体悲剧《克伦威尔》完全失败。1829年,他发表长篇小说《朱安党人》,迈出了现实主义创作的第一步,1831年出版的《驴皮记》使他声名大振。巴尔扎克一生创作甚丰,写出了91部小说,合称《人间喜剧》。《人间喜剧》被誉为"资本主义社会的百科全书"。但他由于早期的债务和写作的艰辛,终因劳累过度于1850年8月18日与世长辞。

维克多·雨果(1802—1885),法国浪漫主义作家,人道主义的代表人物,19世纪前期积极浪漫主义文学运动的代表作家,法国文学史上卓越的资产阶级民主作家,被人们称为"法兰西的莎士比亚"。他一生写过多部诗歌、小说、剧本、各种散文和文艺评论及政论文章,创作历程超过60年,其作品合计79卷之多。代表作有《巴黎圣母院》和《悲惨世界》。

本文几乎是对巴尔扎克之死的一篇"实录",字里行间蕴藏着雨果对挚友的深沉感情。本文还多次描写环境,景中融情。全文基调一直都处在哀怨悲痛之中,文中对巴尔扎克室内的设施描写得非常详细,表现出雨果的细腻沉思。此文写得文笔朴素,既是雨果沉痛的流露,又把他的悲恸彰显于外。

附　录

拓展阅读书目

李剑国主编：《唐宋传奇品读词典》，新世界出版社2007年版。

冯梦龙、凌濛初著：《三言二拍》，北京出版社2006年版。

张天翼著：《华威先生》，华夏出版社2008年版。

余华著：《现实一种》，上海文艺出版社2004年版。

曹乃谦著：《到黑夜想你没办法》，长江文艺出版社2007年版。

（奥地利）卡夫卡著：《卡夫卡短篇小说经典》，叶廷芳等译，重庆大学出版社2013年版。

（英）毛姆著：《毛姆短篇小说精选集》，冯亦代、傅惟慈、陆谷孙译，译林出版社2012年版。

（俄）契诃夫著：《契诃夫短篇小说选》，汝龙译，人民文学出版社2003年版。

（日）川端康成著：《伊豆的舞女》，叶渭渠译，广西师范大学出版社2002年版。

（美）杜鲁门·卡波蒂著：《卡波蒂短篇小说全集》，冯涛译，上海译文出版社2012年版。

编写说明

传奇在古代指一种文体，其实可以约略等同于今天的小说，特点是"作意好奇"，情节曲折，富有想象力。今天我们在用"传奇"这个词的时候，不再把它看成一种文体，然而，"传奇"一词仍有曲折、不同寻常的意思。总之，传奇是一种想象力，既可以是关于非常规事件的想象，也可以是关于人的、关于情感的、关于永恒价值等的想象。当我们的肉身不得不活在这个已经物化得很严重的社会时，我们需要一点想象，需要一点传奇，我们需要传奇带给我们的一种新的视角。

"文以晓理　论以经世"，告诉我们奇人奇语奇行后面实际隐藏着朴素的道理和逻辑；"幽深婉转　奇谲瑰丽"，通过几篇想象力丰富、故事本身充满传奇色彩的文

传奇篇

章，丰富大家的头脑，给我们大多用来计算的大脑放松一下；"生死契阔　相思无期"，则通过几篇传奇，让我们离开现实中高富帅、白富美的逻辑，用一种新的视角审视爱情；"沧桑巨变　世事浮沉"，既给了我们看待世界的大视角，又提示我们看待自身的小视角；"倏忽一瞬　变幻无常"，通过几篇传奇，展示了一个微不足道的偶然事件，一个我们毫不在乎的时刻，可能对生活影响巨大。

　　需要说明的是，除了中外经典美文外，我们也特别选取了一些堪称精品的当代作家作品，在此对所有选文作者表示感谢。限于各种原因，仍有几位作者一时无法取得联系，对此我们深表歉意，烦请这些作者看到本书后及时与我们联系，以便商讨版权事宜并致以薄酬略表谢意。

编者
2014 年 1 月

经典悦读·揽胜篇

中共滨州经济开发区工委
南开大学语文教育研究中心 ◎编

编 委 会

主　　任： 姚和民
委　　员： 周志强　邱延忠　钱　杰
　　　　　　时志军　王一澜　窦　薇
　　　　　　林诗雯　徐少琼　魏建宇
　　　　　　李　飞

主　　编： 周志强　王一澜
本册主编： 窦　薇

中山大学出版社
·广州·

版权所有　翻印必究

图书在版编目（CIP）数据

经典悦读·揽胜篇/中共滨州经济开发区工委，南开大学语文教育研究中心编. —广州：中山大学出版社，2014.5
ISBN 978 – 7 – 306 – 04856 – 1

Ⅰ. ①经… Ⅱ. ①中… ②南… Ⅲ. ①世界文学—作品综合集　Ⅳ. ①I11

中国版本图书馆 CIP 数据核字（2014）第 068134 号

出 版 人：	徐　劲
策划编辑：	邹岚萍
责任编辑：	邹岚萍
封面设计：	林绵华
责任校对：	赵　婷　黄燕玲
责任技编：	黄少伟
出版发行：	中山大学出版社
电　　话：	编辑部 020 - 84111996，84113349，84111997，84110779
	发行部 020 - 84111998，84111981，84111160
地　　址：	广州市新港西路 135 号
邮　　编：	510275　　　传　真：020 - 84036565
网　　址：	http://www.zsup.com.cn　E-mail：zdcbs@mail.sysu.edu.cn
印 刷 者：	佛山市浩文彩色印刷有限公司
规　　格：	787mm ×960mm　1/32　总印张：20　总字数：303 千字
版次印次：	2014 年 5 月第 1 版　2014 年 5 月第 1 次印刷
总 定 价：	48.00 元（共6册）　印　数：1～13000 套

如发现本书因印装质量影响阅读，请与出版社发行部联系调换

为社会更加美好而读书

书籍是人类进步的阶梯。读书是每个人广识增智、修身养性、执业安身的基本功,也是推动整个社会移风易俗、与时俱进、走向更加文明进步的基本途径。周恩来总理少年时曾立志:"为中华之崛起而读书"。当前,中华民族正在为实现伟大复兴的"中国梦"而奋斗,如此关键时期,更需全社会形成读书蔚然之风,铸就文化巍然之魂,凝聚干事创业的强大正能量。

经典,是浩瀚书海中最有思想洞察力的一部分,是凝结人类最高智慧的一部分,是最具人文关怀的一部分。读书,当然要读经典。在今天,我们更应该谨记周总理的心愿,多读好书,多读经典。然而,古今中外,卷帙浩繁,大多数人没有时间和精力去阅读所有的经典书籍。幸好,中共

滨州经济开发区工委和南开大学语文教育研究中心合作编辑出版的"经典悦读"丛书面世，精心搜罗了古今中外一些经典书籍中的名篇名段以飨读者，四年来编印不辍，影响颇广。

书中篇章，或形象鲜明，或事件新奇，或哲理深邃，或文辞优美，不仅给我们以美的享受，更给我们以真的启迪、善的熏陶，读来如品香茗，余香满口；如饮甘泉，沁人心脾，自有一种油然而生的愉悦。相信会对读者大有裨益。

国民之魂，文以化之。知识的力量是无穷的。希望这套丛书能给读者带来学习的持续热情，为了自己的成长进步，更为了让我们的社会变得更加美好，早日实现中华民族伟大复兴的"中国梦"而奋发读书！

中共滨州市委书记　市人大常委会主任

文海撷珠　经典相传

转眼间,"经典悦读"丛书已走过了四个年头。在广大读者朋友一如既往的支持、鼓励下,这套丛书已然成为滨州文化的一张靓丽名片,"悦读"经典犹如一缕暖阳、一股春风,温暖了读者的心脾,拂去了苍宇的浮尘。

作为荟萃古今中外文学精华的典藏,这套丛书既有启迪人生的觉悟智慧,也有碰撞思想的哲学思辨;既有撼人心旌的至情至性,也有飘逸飞扬的斐然文采。阅读经典文学作品是涵养性情、净化心灵、提高修养的有效渠道,欣赏《经典悦读》中的系列作品,既有助于我们加强对民族文化的理解和感悟,更有助于实事求是、与时俱进地开展当下的文化建设工作。

志传、觉悟、史鉴、传奇、揽胜、才

情——每一册都是对文学经典闪光点的一次检索和挖掘,也宛如一扇扇崭新的窗口,让传世经典放射出璀璨的光芒。文海撷珠,汇聚先贤才思;时开一卷,氤氲情味无穷。希望"经典悦读"丛书成为传承文化的桥梁和点燃梦想的星火,为构筑我们共同的精神家园凝聚正能量,增添新动力。

中共滨州市委副书记　市长

目　　录

曼妙奇幻　美不胜收 ………………………　1
　桃花源记（节选）………………汪曾祺　1
　登勃朗峰 ……………（美）马克·吐温　7
　威尼斯（节选）…………………朱自清　12
　观莲拙政园（节选）……………周瘦鹃　19

法天象地　哲思无限 …………………　25
　圣皮埃尔岛上的欢乐（节选）
　　…………………………（法）卢　梭　25
　日落（节选）……（法）列维·斯特劳斯　30
　金字塔感言 …………（法）夏多布里昂　35
　黄州快哉亭记……………………苏　辙　40

寓情于景　热爱情怀 …………………　45
　贝加尔湖啊，贝加尔湖……（节选）
　　………………………（俄）拉斯普京　45
　卢沟晓月（节选）………………王统照　49
　趵突泉的欣赏……………………老　舍　54
　陶然亭……………………………张恨水　58

托物兴寄　景随情动 …………………………… 67
　醉翁亭记 ………………………… 欧阳修　67
　肖邦故园（节选）…（波）伊瓦什凯维奇　71
　道山亭记 ………………………… 曾　巩　77
　水乡怀旧 ………………………… 周作人　83
附　　录 ……………………………………… 89
编写说明 ……………………………………… 91

曼妙奇幻　美不胜收

桃花源记
（节选）
汪曾祺

汽车开进桃花源，车中一眼看见一棵桃树上还开着花。只有一枝，四五朵，通红的，如同胭脂。十一月天气，还开桃花！这四五朵红花似乎想努力地证明：这里确实是桃花源。

……

刚放下旅行包，文化局的同志就来招呼去吃擂茶。闻擂茶之名久矣，此来一半为擂茶，没想到下车后第一个节目便是吃擂茶，当然很高兴。茶叶、老姜、芝麻、

经典悦读

米,加盐,放在一个擂钵里,用硬杂木做的擂棒"擂"成细末,用开水冲开,便是擂茶。吃擂茶时还要摆出十几个碟子,里面装的是炒米、炒黄豆、炒绿豆、炒包谷、炒花生、炒红薯片、油炸锅巴、泡菜、酸辣藠头……边喝边吃。擂茶别具风味,连喝几碗,浑身舒服。佐茶的茶食也都很好吃,藠头尤其好。我吃过的藠头多矣,江西的、湖北的、四川的……但都不如这里的又酸又甜又辣,桃源藠头滋味之浓,实为天下冠。桃源人都爱喝擂茶。有的农民家,夏天中午不吃饭,就是喝一顿擂茶。问起擂茶的来历,说是:诸葛亮带兵到这里,士兵得了瘟疫,遍请名医,医治无效,有一个老婆婆说:"我会治!"她熬了几大锅擂茶,说:"喝吧!"士兵喝了擂茶,都好了。这种说法当然也只好姑妄听之。诸葛亮有没有带兵到过桃源,无可稽考。根据印象,这一带在三国时应是吴国的地方,若说是鲁肃或周瑜的兵,还差不多。我总

揽胜篇

怀疑,这种喝茶法是宋代传下来的。《都城纪胜·茶坊》载:"冬天兼卖擂茶"。《梦粱录·茶肆》条载:"冬月添卖七宝擂茶"。有一本书载:"杭州人一天吃三十丈木头"。指的是每天消耗的"擂槌"的表层木质。"擂槌"大概就是桃源人所说的擂棒。"一天吃三十丈木头",形容杭州人口之多。

擂槌可以擂别的东西,当然也可以擂茶。"擂"这个字是从宋代沿用下来的。"擂"者,擂而细之之谓也,跟擂鼓的擂不是一个意思。茶里放姜,见于《水浒传》,王婆家就有这种茶卖,《水浒传》第二十四回写道:"便浓浓的点两盏姜茶,将来放在桌子上。"从字面看,这种茶里有茶叶,有姜,至于还放不放别的什么,只好阙闻了。反正,王婆所卖之茶与桃源擂茶有某种渊源,是可以肯定的。湖南省不少地方喝"芝麻豆子茶",即在茶里放入炒熟且碾碎的芝麻、黄豆、花生,也有放姜的,好像不加盐,茶叶则是整的,并不擂细,而且喝干了茶水还把叶子捞出来放进嘴里嚼嚼吃了，这可以说是擂茶的嫡堂兄弟。湖南人爱吃姜。十多年前在醴陵、浏阳一带旅行，公共汽车一到站，就有人托了一个磁盘，里面装的是插在牙签上的切得薄薄的姜片，一根牙签上插五六片，卖与过客。本地人掏出角把钱，买得几串，就坐在车里吃起来，像吃水果似的。大概楚地卑湿，故湘人保存了不撤姜食的习惯。生姜、茶叶可以治疗某些外感，是一般的本草书上都讲过的。北方的农村也有把茶叶、芝麻一同放在嘴里生嚼用来发汗的偏方。因此，说擂茶最初起于医治兵士的时症，不为无因。

上午在山上桃花观里看了看。进门是一正殿，往后高处是"古隐君子之堂"。两侧各有一座楼，一名"蹑风"，用陶渊明"愿言蹑轻风"诗意；一名"玩月"，用刘禹锡故实。楼皆三面开窗，后为墙壁，颇小巧，不俗气。观里的建筑都不甚高大，疏疏朗朗，虽为道观，却无甚道士气，既

揽胜篇

没有一气化三清的坐像，也没有伸着手掌放掌心雷降妖的张天师。楹联颇多，联语多隐括《桃花源记》词句，也与道教无关。这些联匾在"文化大革命"中由一看山的老人摘下藏了起来，没有交给"破四旧"的红卫兵，故能完整地重新挂出来，也算万幸了。

下午下山，去钻了"秦人洞"。洞口倒是有点像《桃花源记》所写的那样，"山有小口，仿佛若有光"，"初极狭，才通人"。洞里有小小流水，深不过人脚面，然而源源不竭，蜿蜒流至山下。走了十几步，豁然开朗了，但并不是"土地平旷，屋舍俨然，有良田美池桑竹之属。阡陌交通，鸡犬相闻"。后面有一点平地，也有一块稻田，田中插一木牌，写着："千丘田"，实际上只有两间房子那样大，是特意开出来种了稻子应景的。有两个水池子，山上有一个擂茶馆，再后就又是山了。如此而已。因此不少人来看了，都觉得失望，说是

"不像"。这些同志也真是天真。他们大概还想遇见几个避乱的秦人,请到家里,设酒杀鸡来招待他一番,这才满意。

(选自汪曾祺著:《汪曾祺游记选集》,新华出版社2010年版)

知识

《湘行二记》(白话文《桃花源记》、《岳阳楼记》)发表之后,李陀调侃汪曾祺轻狂,认为他写作这两篇文章是有意为之,旨在以陶渊明与范仲淹两位古人自比,甚至超越他们:"那可是重写《桃花源记》、《岳阳楼记》呀!这事从来没人干过。"汪曾祺毫不扭捏,豪爽地直接承认:"写了就写了,那有什么?!"由此可见,汪老对这两篇游记的喜爱与信心是非同寻常的。

解读

除了诗化的语言之外,汪曾祺的小说与散文最大的特色之一就是其中蕴含富有生活气息却又清新自然的情趣。这篇游记虽然不乏现实意味,开篇就清醒地认识到桃花源是假的,可是却对其真实的可能性作了一番投入的考证,在描写当地的风土人情时也是用轻松风趣的笔触,细腻地将独具地方特色的景致与特产呈现在读者面前,情感朴实真诚,令人心向往之。

揽胜篇

登勃朗峰

（美）马克·吐温

赴勃朗峰的途中，我们先搭火车去了马蒂尼。翌晨八时许，即徒步出发。路上伴侣很多——乘车骑骡的旅客多，还有尘土多。队伍前前后后，络绎不绝，长可一英里左右。路为上坡——一路上坡——而且也较陡峻。天气又复灼热，乘坐于骡背或车中的男男女女，蠕蠕而前，焦炙于炎阳之下，真是其状可悯。我们尚能祛避暑热于林薮之间，广得荫凉，但是那些人却办不到。他们既花钱坐车，是舍不得因耽搁而轻耗盘缠的。

我们取道黑首而前，抵高地后，沿途景物，颇不乏胜致。途中一处须经山底隧道；俯瞰下面峡谷，有清流激湍其间；环视左右，石如扶垛，丘岗蓊郁，景色殊幽。

经典悦读

整个黑首道上,到处瀑布鸣溅,连绵不绝。

抵达阿冉提村前半小时顷,雪岭一座,巍然在望,日熠其上,光晶耀眼,顶作V形,无异壮峨山门。这时我们乃亲睹了勃朗峰,浑号"阿尔卑斯之王"。我们拾级而上,这座尊严的雪岭也随之而愈升愈高,矗入蓝天,渐而夺据整个穹卷。

环顾邻近诸峰,——一例光突陡峭,色作浅棕——奇形怪态,不可名状。有的顶端绝峭,复作微倾,宛如美人纤指一般;另一怪峰,状若塔糖,又类主教角冠,巉岩峭拔,雪不能积,仅于分野之处见之。

当我们仍高踞山巅,尚未下至阿冉提村之前,我们曾引领遥望附近一座山峰,只见棱镜虹霓般的丽彩,璀璨缤纷,正戏舞于白云之旁,而白云也玲珑要眇,仿佛游丝蛛网一般。那里软红稚绿,灼灼青青,煞是妩媚;没有一种色泽过于凝重,一切都作浅淡,而萦绕交织,迷人心意。于是我遂取坐观,饱览奇景。这一片彩幻,仅

揽胜篇

作片晌驻留,旋即消逸,变幻交融,一时几于无见;俄而又五色繁会,轻柔氤氲的晴光,瞬息万变,聚散无定,纷至沓来,熠耀于缥缈云端,把冉冉白云化作霓裳羽衣,精工绝伦,足堪向飞仙捧供。

半晌,方悟刚才的种种瑰丽色彩,无穷变幻,原是我们在一只肥皂泡中所常见的;皂泡所过之处,种种色泽变幻,无不尽摄其中。天下最美丽最妙造的事物实在无过于皂泡;适才的一天华彩,云锦天衣,恰似碎裂在阳光之下的美丽皂泡一样。我想世上的皂泡如其可求,其价值将不知几何。

马蒂尼至阿冉提之行,计历时八时许。一切车骑,尽抛身后;这事我们也仅偶一为之。俯缘河谷而下,前往沙蒙尼途中,雇得敞篷马车一辆;继以一小时之余裕,从容进餐,这给了车夫以取醉工夫。车夫有一友人一起同行,于是这友人也得暇小酌一番。

起身后,车夫说我们用饭之际,旅客都已赶到,甚至赶在前面了;"但是,"他神气

经典悦读

十足地说"不必为此烦恼——安心静坐吧——不用不安——他们已经扬尘远去了,但不久就会消失在我们背后。劝你安心静坐吧,一切都包在我的身上——我乃是车夫之王啊,看吧!"

鞭梢一振,车遂辚辚而前。颠簸之巨,为平生所未有。最近的暴雨把有些地方的路面冲掉了,但我们也一概不顾,轮不稍停,车不减速,乱石废物,溪谷原野,飞掠而过——时而尚有两轮一轮着陆,大部分时间则几乎轮不匝地,凌空骧腾。每隔一会,这位镇定而慈祥的狂人则必一副庄重神气,调转头来对我们道:"观看到了吧?我一点儿也不虚说——我的确是车夫之王。"每次我们几乎险遭不测之后,他总是面不改色,喜幸有加地对我们说:"只当它是个乐子吧!先生们,这事很不经见,很不寻常——能坐上车王的车,要算是机会难得啊!——请注意吧,我哪就是他啊。"

他讲的是法语,说话时不断打嗝,有类

标点。他的友人也是法人，但操德语——所用的标点系统则完全相同。友人自称为"勃朗队长"，这次要求我们和他一道登山。他说他登山的回数比谁都多——47次——他的兄弟则是37次。他兄弟是世上最好的向导，除了他本人——但是他，请别忘记——他乃是"勃朗队长"，这个尊号别人是觊觎不得的。

这位"车王"果然不爽前言——像疾风一般，他的确赶上而且超过了那长长的旅客车队。其结果是，抵达沙蒙尼旅馆时，我们遂住进了讲究的房间。如果这位王爷的车艺稍欠敏捷——或者说，如果他在离开阿冉提时不是多亏天意，已经颇为酩酊，这将是不可能的。

（选自世界文化名人散文精品编委会编：《世界文化名人散文精品·名人游记》，贵州人民出版社1998年版）

马克·吐温酷爱旅行，有一次他旅经一个英国小镇，在镇上的一间小旅馆投宿。在旅馆的登记名册上签字时，

他发现之前有位旅客炫耀式地写道:"拜特福公爵与他的许多仆人。"于是这位举世闻名的大作家淘气地写道:"马克·吐温与他的一只箱子。"

马克·吐温的作品在语言上以讽刺性的幽默见长,但这篇游记的语言却没有那么激烈锐利。作者用沉郁雄浑的笔法书写山中景致及旅途见闻,将阿尔卑斯山最高峰的磅礴气势浩浩荡荡地呈现在了读者面前,给人一种身临其境的真实感,是登山游记的难得佳篇。

不要放弃你的幻想。当幻想没有了以后,你还可以生存,但是你虽生犹死。

——(美)马克·吐温

威 尼 斯

(节选)

朱自清

威尼斯(Venice)是一个别致地方。

揽胜篇

出了火车站,你立刻便会觉得;这里没有汽车,要到那儿,不是搭小火轮,便是雇"刚朵拉"(Gondola)。大运河穿过威尼斯像反写的 S,这就是大街。另有小河道四百十八条,这些就是小胡同。轮船像公共汽车,在大街上走:"刚朵拉"是一种摇橹的小船,威尼斯所特有,它那儿都去。威尼斯并非没有桥,三百七十八座,有的是。只要不怕转弯抹角,那儿都走得到,用不着下河去。可是轮船中人还是很多,"刚朵拉"的买卖也似乎并不坏。

威尼斯是"海中的城",在意大利半岛的东北角上,是一群小岛,外面一道沙堤隔开亚得利亚海。在圣马克方场的钟楼上看,团花簇锦似的东一块西一块在绿波里荡漾着。远处是水天相接,一片茫茫。这里没有甚么煤烟,天空干干净净;在温和的日光中,一切都像透明的。中国人到此,仿佛在江南的水乡;夏初从欧洲北部来的,在这儿还可看见清清楚楚的春天的背影。

海水那么绿，那么酽，会带你到梦中去。

威尼斯不单是明媚，在圣马克方场走走就知道。这个方场南面临着一道运河；场中偏东南便是那可以望远的钟楼。威尼斯最热闹的地方是这儿，最华妙庄严的地方也是这儿。除了西边，围着的都是三百年以上的建筑，东边居中是圣马克堂，却有了八九百年——钟楼便在它的右首。再向右是"新衙门"；教堂左首是"老衙门"。这两溜儿楼房的下一层，现在满开了铺子。铺子前面是长廊，一天到晚是来来去去的人。紧接着教堂，直伸向运河去的是公爷府；这个一半属于小方场，另一半便属于运河了。

圣马克堂是方场的主人，建筑在十一世纪，原是卑赞廷式，以直线为主。十四世纪加上戈昔式的装饰，如尖拱门等；十七世纪又参入文艺复兴期的装饰，如栏杆等。所以庄严华妙，兼而有之；这正是威尼斯人的漂亮劲儿。教堂里屋顶与墙壁上

揽胜篇

满是碎玻璃嵌成的画,大概是真金色的地,蓝色和红色的圣灵像。这些像做得非常肃穆。教堂的地是用大理石铺的,颜色花样种种不同。在那种空阔阴暗的氛围中,你觉得伟丽,也觉得森严。教堂左右那两溜儿楼房,式样各别,并不对称;钟楼高三百二十二英尺,也偏在一边儿。但这两溜房子都是三层,都有许多拱门,恰与教堂的门面与圆顶相称;又都是白石造成,越衬出教堂的金碧辉煌来。教堂右边是向运河去的路,是一个小方场,本来显得空阔些,钟楼恰好填了这个空子。好像我们戏里大将出场,后面一杆旗子总是偏着取势;这方场中的建筑,节奏其实是和谐不过的。十八世纪意大利卡那来陀(Canaletto)一派画家专画威尼斯的建筑,取材于这方场的很多。德国德莱司敦画院中有几张,真好。

公爷府里有好些名人的壁画和屋顶画,丁陶来陀(Tintoretto,十六世纪)的大画《乐园》最著名;但更重要的是它建筑的价值。运河上有了这所房子，增加了不少颜色。这全然是戈昔式；动工在九世纪初，以后屡次遭火，屡次重修，现在的据说还是原来的式样。最好看的是它的西南两面；西面斜对着圣马克方场，南面正在运河上。在运河里看，真像在画中。它也是三层：下两层是尖拱门，一眼看去，无数的柱子。最下层的拱门简单疏阔，是载重的样子；上一层便繁密得多，为装饰之用；最上层却更简单，一根柱子没有，除了疏疏落落的窗和门之外，都是整块的墙面。墙面上用白的与玫瑰红的大理石砌成素朴的方纹，在日光里鲜明得像少女一般。威尼斯人真不愧着色的能手。这所房子从运河中看，好像在水里。下两层是玲珑的架子，上一层才是屋子；这是很巧的结构，加上那艳而雅的颜色，令人有惝恍迷离之感。府后有太息桥；从前一边是监狱，一边是法院，狱囚提讯须过这里，所以得名。拜伦诗中曾咏此，因而便脍炙人口起来，其实也只

揽胜篇

是近世的东西。

威尼斯的夜曲是很著名的。夜曲本是一种抒情的曲子，夜晚在人家窗下随便唱。可是运河里也有：晚上在圣马克方场的河边上，看见河中有红绿的纸球灯，便是唱夜曲的船。雇了"刚朵拉"摇过去，靠着那个船停下，船在水中间，两边挨次排着"刚朵拉"，在微波里荡着，像是两只翅膀。唱曲的有男有女，围着一张桌子坐，轮到了便站起来唱，旁边有音乐和着。曲词自然是意大利语，意大利的语音据说最纯粹，最清朗。听起来似乎的确斩截些，女人的尤其如此——意大利的歌女是出名的。音乐节奏繁密，声情热烈，想来是最流行的"爵士乐"。在微微摇摆的红绿灯球底下，颤着酽酽的歌喉，运河上一片朦胧的夜也似乎透出玫瑰红的样子。唱完几曲之后，船上有人跨过来，反拿着帽子收钱，多少随意。不愿意听了，还可摇到第二处去。这个略略像当年的秦淮河的光景，但秦淮

经典悦读

河却热闹得多。

……

1932 年 7 月 13 日作。

（选自朱自清著：《朱自清大全集》，新世界出版社 2012 年版）

知识

威尼斯坐落在意大利东北部，是世界著名的水城、历史文化名城，它不仅是威尼斯画派的发源地，而且是世界上唯一一座没有汽车的城市。虽然它的城市面积不到 7.8 平方公里，却是由 177 条运河纵横交错出的 118 个微型岛屿构成的。

据传在本世纪末，威尼斯很有可能会沉入海底成为另一座亚特兰蒂斯，这个说法既增加了这座小城的吸引力，也赋予了这座浪漫之都一些凄美的色彩。

解读

朱自清散文的主要特点是文笔诗意而清丽，文情真挚而隽永，他鲜少有逻辑思维缜密精准的作品，这篇游记是个例外。全文以在威尼斯游览的空间变化为主线，从里到外，秩序井然地勾勒出一幅以圣马克方场为中心向四周辐射的文艺导游地图，其中布局的条理性、情感的真挚性，不仅充分展现了水城的魅力，也彰显出作者丰厚的文化底蕴。

揽胜篇

观莲拙政园
(节选)
周瘦鹃

也许是因为我家祖祖辈辈传下来的堂名是爱莲堂的原故,因此对于我家老祖宗《爱莲说》作者周濂溪先生所歌颂的莲花,自有一种特殊的好感,倒并不是为它出淤泥而不染,是花中君子,实在是爱它的高花大叶,香远益清,在众香国里,真可说是独有千古的。年年农历六月二十四日,旧时相传为莲花生日,又称观莲节,我那小园子里的池莲缸莲都开好了,可我看了还觉得不过瘾,总要赶到拙政园去观赏莲花,也算是欢度观莲节哩。

可不是吗?拙政园的水面,占全园面积的五分之三,池水沦涟,正可作为莲花之家,何况中部的堂啊,亭啊,轩啊,都是配合着莲花而命名的,因此拙政园实在

经典悦读

是一个观莲的好去处。例如远香堂、荷风四面亭、倚玉轩,还有那船舫形的小轩"香洲",以至西部的留听阁,都是与莲花有连带关系而可以给你坐在那里观赏的。

……

从东部新辟的大门进去,迎面就看到新叠的湖石,分列三面,傍石植树,点缀得楚楚可观,略有倪云林画意。进园又见奇峰几座,好像是案头大石供,这里原是明代侍郎王心一归田园遗址,有些峰石还是当年遗物。这东部是近年来所布置的,有土山密植苍松,浓翠欲滴;此外有亭有榭,有溪有桥,有广厅作品茗就餐之所。从曲径通到曲廊,在拱桥附近的水面上,先就望见一小片莲叶莲花,给我们尝鼎一脔;这是今春新种的,料知一二年后,就可蔓延开去了。从曲廊向西行进,就是中部的起点,这一带有海棠春坞、玲珑馆、枇杷园诸胜,仲春有海棠可看,初夏有枇杷可赏,一步步渐入佳境。走过了那盖着绣

揽胜篇

绮亭的小丘,就到达远香堂,顾名思义,不由得想起那《爱莲说》中的名句"香远益清,亭亭净植"八个字来,知道堂名就由此而得,而也就是给我们观莲的好地方了。

远香堂面对着一座挺大的黄石假山,山下一泓池水,有锦鳞往来游泳,堂外三面通廊,堂后有宽广的平台,台下就是一大片莲塘,种着天竺种千叶莲花,这是两年以前好容易从昆山正仪镇引种过来的。原来正仪镇上有个顾围,是元代名士顾阿瑛"玉山佳处"的遗址,在东亭子旁,有一个莲池,池中全是千叶莲花,据说还是顾阿瑛手植的,到现在已有六百多年,珍种犹存,年年开花不绝,拙政园莲塘中自从把原种藕秧种下以后,当年就开了花,真是色香双绝,不同凡卉;第二年花花叶叶,更为繁盛,翠盖红裳,几乎把整个莲塘都遮满了。并蒂莲到处都是,并且一花中有四五芯,七八芯,以至十三个芯的,花瓣多至一千四百余瓣。只为负担太重了,花头往往低垂着,使人不易窥见花芯,因此苏州培养碗莲的专家卢彬士老先生所作长歌中,曾有"看花不易窥全面,三千莲媛总低头"之句,表示遗憾,其实我们只要走到水边,凑近去细看时,还是可以看到那捧心西子态的。今夏花和叶虽觉少了一些,而水面却暴露了出来,让我们欣赏那水中花影,仿佛姹娅欲笑哩。

远香堂西邻的倚玉轩,与船舫形的香洲遥遥相对,而北面的斜坡上有一个荷风四面亭,三者位在三个角度上,恰恰形成鼎足之势,而三处都可观莲,因为都是面临莲塘的。香洲贴近水边,可以近观,倚玉轩隔一条花街,可以远观;而荷风四面亭翼然高处,可以俯观,好在莲花解意,婉娈可人,不论你走到那一面,都可以让你尽情观赏的。穿过了曲桥,从假山上拾级而登,就见一座楼,叫做见山楼,凭北窗可以看山,凭南窗可以观莲,并且也可以远观远香堂后的千叶莲花了。

揽胜篇

走进别有洞天,就到了园的西部,沿着起伏的曲廊向西行进,就看到一座美轮美奂的花厅,分作两半,一半是十八曼陀罗花馆,庭中旧时种有山茶十八株,而曼陀罗就是山茶的别号,因以为名。另一半是三十六鸳鸯馆,前临池沼,养着文羽鲜艳的鸳鸯,成双作对地在那里戏水,悠然自得。池中种着白莲,让鸳鸯拍浮其间,构成了一个美妙的画面;正如宋代欧阳修咏莲词所谓:"叶有清风花有露,叶笼花罩鸳鸯侣",真是相得益彰,而大可供人观赏,供人吟味的。

向西出了三十六鸳鸯馆,向北走过一条小桥,就到了留听阁,窗户挂落,都是精雕细刻,剔透玲珑。我们细细体味阁名,原来是从那句"留得残荷听雨声"的古诗句上得来的。这个阁坐落在西部尽头处,去莲塘不远,到了秋雨秋风的时节,坐在这里小憩一会,自可听到残荷上淅淅沥沥的雨声。

(选自张品兴、夏小飞、李成忠主编:《名家游记学生读本》,华夏出版社 1993 年版)

知识

拙政园被誉为"中国园林之母",是我国四大名园之一。该园起初是唐代诗人陆龟蒙的旧居,明朝时候被御史王献臣买下,经由文徵明主要设计而成。"拙政"二字出于西晋潘岳的《闲居赋》,取在朴实当中建构精巧景致的含义。

解读

鸳鸯蝴蝶派出身的周瘦鹃擅长写情,于是他的"一切景语"也就有了不同寻常的"情语"滋味。这篇文字蕴含着作者对园林与荷花的深挚喜爱,灵巧动人地勾勒出一张精致的工笔园艺画,使读者不仅心中对其所绘景物的憧憬满溢,而且观之还有愉悦的、如亲历般的审美感受。

警语

秋阴不散霜飞晚,留得残荷听雨声。

——李商隐

法天象地 哲思无限

圣皮埃尔岛上的欢乐

（节选）

（法）卢 梭

……

黄昏将近时，我从岛的高处下来，信步来到湖边，坐在某个隐蔽处的沙滩上；涛声阵阵，湖水翻腾，吸引住我的情思，驱除了我心头因别的事引起的激动，使我整个心思沉浸在柔美的遐想之中。这时间，夜晚常常悄然而至，而我还没有察觉。湖水在我眼前时涨时落，喧哗不止，时强时弱的波涛声，不停地在我耳边喧腾。它们取代了我那因幻想而停止了的内心活动，不费心神就足以使我愉快地感到自己的存在。我时不时泛泛而短暂地思考世界上各种事物的不稳定性,水面恰好给我提供了这种不稳定的图景。但是这些浅淡的印象很快就消失在这种单调的持续运动中了。那持续运动安抚着我,用不着我的心主动配合,就不停地把我吸引住了。到了钟点和事先约好的信号把我召唤时,我得很费些劲儿才能从这状态中脱身出来。

……

世间万事万物都在连续的波动中,没有一样东西能够保持它的一种固定而永久的形式。因此,与外界事物相因而生的情感,必然与它们的变迁而一起变异。我们的情感常常在我们之前或在我们之后,去追忆那不可再得的过去,或去预想那也许远不会有的未来,总之,没有一件坚实的东西可以作为心灵的依托。由此可见,世间有的只是逝去的欢乐,而所谓持续的欢乐,我很怀疑它是否存在过。我们难得有

揽胜篇

享受十分强烈的那么一刹那,而足以使我们的心真正能够说出:"我愿这一刹那长此下去。"既然如此,我们怎能把这样一种瞬息状态——它只给心中留下不安和空虚,只留下对过往某些事物的悔恨和对今后某些事物的希求——称为快乐呢?

但是假设有这么一种状态,在那里,心灵能够找到一个坚实的位置,整个儿地静息在那里,并在那里聚集它整个的存在,既不必追怀过去,亦不必思考未来;在那里,时间对于它是虚无的,"现时"一直延伸着,但又不显出它的连续性,不显出它那相继接续的印迹;在那里,除了唯一感觉到我们的存在以外,再无贫乏或享受、快乐或痛苦的感觉,更无希冀或恐惧的感觉。我们自身的存在这唯一的感觉就能够把我们的心灵完全充实。只要这种状态持续一天,凡是处于这种状态中的人就都可以称自己是幸福的人。这种幸福并非来自那种不完全的、贫乏的、相对的幸福,就像我们在人生乐趣中所感到的那样。而是源于一种丰盈的、完备的、充实的幸福,它不给心灵留下半点空虚之感,使它需要填补。我在圣皮埃尔岛上,有时躺在船中随水飘移,有时坐在汹涌的湖水边,要么坐在景色秀丽的江边,或是水流穿经砾石潺潺作响的溪边独自遐想时,常常处于这种状态中。

在这种境界中享受到的是什么呢?这绝不是自己身外的东西,除了我自己和自己的存在以外,再没有别的东西了。只要这种状态持之以恒,人就和上帝一样心得意满。排除异念而感到自身的存在,这本身就是一种满足和宁静的珍贵情感。它足以使每个善于排除世俗的和肉欲的杂念的人感到自身存在的珍贵和甜美。因为世俗的和肉欲的杂念总是不断地分散和扰乱我们对生活在人间的甜美感觉。但是,人类的绝大部分,由于不断受到各种情欲的纠缠,他们很少能够感受到这一境界,或者只有片刻的尝试,因而对此只有一种含糊不清和混乱的观念,不

揽胜篇

足以感到那其中的韵味。按照现在的事物结构,他们若是渴望这些甜蜜的沉醉而讨厌积极的生活,那甚至是没有益处的,因为对生活不断产生的需要给他们规定了义务。然而,一个不幸者,断绝了和人类的交往,再不能做点于他人、于自己有用或有益的事情了,在这种状态中,他却能找到人生的至乐极福,作为补偿。这才是命运和人所无法从他那儿夺去的。

(选自柳鸣九主编:《世界散文经典:法国卷》,春风文艺出版社1997年版)

知识

圣皮埃尔岛在瑞士日内瓦湖勃朗峰桥的西侧,是比安湖中心的一个小岛。德国著名文学家歌德与拿破仑的妻子约瑟芬皇后都曾经在此处流连忘返。但是让这座小岛举世闻名的还是法国哲学泰斗卢梭。卢梭在中晚年时期因受迫害而在岛上居住过,后来当地人为了纪念他,将这座岛命名为"卢梭岛"。

解读

哲学家出身的卢梭,即使是寻常时候写景,也会在对景物的描写当中蕴含自己缜密深刻的哲理思考,更别提此时是处在羁旅漂泊的行程当中了。本文通过对圣皮埃尔岛上黄昏景象的描写,详细地对时间与人生、生命与世界之间的关系发出有意味的沉思——在漫长的岁月与无尽的空间当中,只有心灵的充实才是真正可贵的。

大自然不会欺骗我们,欺骗我们的往往是我们自己。

——(法)卢梭

日　落
(节选)

(法)列维·斯特劳斯

科学家把黎明和黄昏看成同一种现象,古希腊人亦是如此,所以他们用一个字来表示早晨和晚上。这种混淆充分反映出他们的主要兴趣在于理论的思辨,而极为忽视事物的具体面貌。由于一种不可分割的运动所致,地球上的某一点会运动于阳光

揽胜篇

照射的地区与阳光照不见或即将照见的地区之间。但事实上,晨昏之间的差异是很大的。太阳初升是前奏曲,而太阳坠落则是序曲,犹如老式歌剧中出现于结尾而非开始的序曲。太阳的面貌可以预示未来的天气如何,如果清晨将下雨,太阳阴暗而灰白;如果是晴空万里,太阳则是粉红的,呈现一种轻盈、被雾气笼罩的面貌。但对一整天的天气情况,曙光并不能做出准确的预告,它只标明一天天气进程的开始,宣布将会下雨,或者将是晴天。至于日落,则完全不同。日落是一场完整的演出,既有开始和中间过程,也有结尾,它是过去12个小时之内所发生的战斗、胜利和失败的缩影。黎明是一天的开始,黄昏是一天的重演。

这就是人们为什么更多地注意日落而较少注意日出的原因。黎明给予人们的只是温度计和晴雨表之外的辅助信息,对于那些处于低等文明之中的人们来说,只是月相、候鸟的飞向和潮汐涨落之外的辅助信息。日落则把人类身体难以摆脱的风、寒、热、雨种种现象组合在一起，组成神秘的结构，使人精神升华。人类的意识活动也可以从那遥远的天际反映出来。当落日的光辉照亮了天空的时候（如同剧院里宣布开演时并非是传统的三下锤声，而是突然大放光明的脚灯），正在乡间小路上行走的农民停止脚步，渔夫也拉紧他的小船，坐在即将熄灭的火堆旁的野主人，会朝天空眨眨眼睛。回忆是人的一大快乐之一，但回忆并非都是快乐，因为很少有人愿意再经历一次他们所津津乐道的疲倦和痛苦。记忆就是生命，但是另外一种性质的生命。所以，当太阳如天上某种吝啬的神灵扔下的施舍一般，落向平静的水面时，或者当那圆圆的落日把山脊勾勒成如同一片有锯齿的硬叶时，人们便在短暂的幻景中得到那些神秘的力量以及雾气和闪电的启示，它们在人们心灵深处所发生的冲突已经持续了一整天了。

因此,人们的心灵深处肯定进行过激烈的斗争,否则,外观现象的平淡无奇不足以说明气候为何有如此壮观激烈的变化。今天这一整天,似乎没有发生什么可书可记之事。将近下午4点,正是一天中太阳开始失去清晰度而却光辉不减的时候,也正是仿佛有意为掩饰某种准备工作而在天地之间聚集起一片金光的时候,"梦多姹"号改变了航向。船身随着微微起伏的波涛摇动,每一次轻摇,人们都会更加感受到天气的炎热,不过船行的弧度极不易觉察,人们很容易把方向的改变误认为是船体横摇轻微的加剧。实际上,没有人注意航向已经改变,大海航行,无异于几何移位。没有任何风景告诉人们已经沿着纬度线缓缓地走到了什么地方,穿越了多少等温线和多少雨量曲线。在陆地上走过50公里,可以使人有置身于另外一个星球的感觉,可是在茫茫大海上移动了5000公里,景色还一成不变,至少没有经验的人看来如此。不必忧虑路线和方向,也不必了解那凸起的海平线后面目力难及的陆地,对这一切,船中的旅客可以完全不加以理会。他们觉得自己仿佛被关进了一个狭小的空间,被迫要在这里度过事先已经确定的天数,他们之所以以此为代价,不仅因为有一段行程要完成,更主要的是享受一下从地球的一端被运到另一端而无须动用自己的双脚的特权。由于上午迟迟不愿起床和慵懒地进餐,他们都变得虚弱无力,无精打采,吃饭早已经不能带来感官的愉快,而只是一种消磨时间的方式,所以他们尽力使时间拖长,以便填补度日如年的空虚。

(选自淡霞主编:《人一生要读的 50 篇游记》,光明日报出版社 2006 年版)

知识

列维·斯特劳斯最著名的代表作是《结构人类学》,在结构主义理论当中十分重要的对古希腊俄狄浦斯神话的结构分析正是出自这本书。在这本书中,每一章节都可以独立成篇,其最大的贡献在于将人类学的理论思考也纳入了结构主义的框架当中。

日出与日落本是常见的自然现象,在这篇航海札记当中,斯特劳斯将日落与人类的意识活动联系了起来,通过壮观激烈的景观描写,把天、地、人看作三位一体的复合结构。文中的日落不仅能够反映人类的意识活动,而且可以升华人的生命与精神,使人得以抵抗漫长时光当中的孤独与空虚。

金字塔感言

(法)夏多布里昂

我们的船,取道麦努夫运河,这样一来,西边大支流上华茂的棕榈林,就无由见到了。该支流通向利比亚沙漠,西岸一带正遭阿拉伯人扰攘云耳。出麦努夫运河,继续溯流而上,朝左能看到穆格托姆山峰,右面尽是利比亚境内高大的沙丘。不一时,便在山丘的空隙处,依稀得见金字塔尖:实则尚隔八十余里。这段航程,几乎走了八小时,我一直站在船首遥望金字塔群。渐次临近,陵墓也越发见出规模庞大,愈加显得高耸入云。宽展如同洋面的尼罗河;绿芜与黄沙相为映发;棕榈树,无花果树,圆穹顶,开罗的清真寺与宣礼塔;远处塞高拉村的梯形金字塔,滔滔河水,源源而来;凡此种种,构成一幅无与伦比的画面。"世人不管多努力,"鲍舒哀说:"万事到头终归空:蔚为壮观的金字塔,竟是一无用处的坟墩头!且不说造金字塔的法老,未必有权葬进去,享用其寝殿。"

然而,我得承认,瞥眼看到金字塔之际,心头陡兴一股赞佩之情。出自人类之手的最伟大的建筑物,却是一座坟!哲人思虑及此,不免浩叹一声,或揶揄一笑,这我知道。但是,为何把齐阿普斯金字塔仅仅看成是一堆巨石加一副枯骨?造这样一座坟,不是有感于生死无常,而是出于

揽胜篇

求不死永生的本能:陵墓如界石,不是宣告有涯之生的终结,而是标志无穷运命的肇始,犹乎建于永恒疆域上的一座通往不朽之门。狄奥多罗斯曾说:"埃及人把人生一世看作须臾一瞬,无甚紧要;相反,对身后令人怀念的功德,却极为关注。所以,他们把生者的宅第以作过客的逆旅,而把进焉不复出的坟墓,称为永久的归宿。故此,埃及古王对起造宫殿,神情淡漠,却殚精竭虑于营建坟茔。"

凡是建筑,今人都求其有一种实在的用处,殊不知,对普通百姓而言,精神作用的品格更高。古之当权者,正着眼于此。参谒陵墓,难道不能有以教人?一代帝王愿藉此把教喻垂之久远,何用埋怨?!宏伟的建筑,足以使整个人类社会引以为荣。有些殿堂,把对一个民族的缅怀延续得比其存在本身还长,与在废弃的荒地上繁衍生息的后人成为共时同代;除非不介意于一族一姓之是否彪炳史册,否则,就不要

去腹诽心谤。至于其形式，是古罗马剧场，还是埃及金字塔，出入不大。对一个不复存在的民族，遗存的一切俱是坟墓。一代伟人去世之后，他生前的府邸，比死后的坟墓，更其虚空：陵墓至少有用于其骸骨，而巍巍宫室，焉能保存其昔日的欢情于万一？

极而言之，小小一方墓穴，不论对谁，亦已足矣，如马锡安·莫雷所说，六尺之土，于世界上最伟大的人物，也绰绰乎有余。在树荫下，与在圣彼得大堂的穹顶下，同样是赞颂上帝；住在茅草棚，与身居卢浮宫，也一样过日子，这种论调的偏颇之处，是把一类事混同于另一类事。再者，一个根本不知艺术为何物的民族，比之于留下辉煌的天才痕迹的民族，未必活得更为欢快。早先说牧人生活得无忧无虑，在林间悠哉游哉，世人现已不信。因为知道，朴质如牧民，为杀食邻人的羊，会不惜大动干戈。他们栖身之处，墙上既不会攀满

揽胜篇

悦目的蔓藤，洞里也不会飘浮芬芳的花香；而往往浓烟呛人，给发酵的奶酸气憋得透不过气来。从诗或哲学的角度看，一个弱小种族，尤其还处于半开化状态时，似更能体味各种生趣；但无情的历史，却使他们吃尽别人的苦头，有些人之所以声嘶力竭反对荣名，不正是对名声有点爱慕？在我，决不会把建造一座偌大金字塔的国王看作神经正常，相反，倒会视若一位胸怀宽广的君主。以筑造陵墓来战胜时间，让后人、习尚、律法、世世代代站在灵柩前为之心折，如此念头，不可能出诸凡庸的心灵。如果说，这是骄狂，那至少是一种好大喜功的骄狂。要说虚荣，建造像金字塔这种能存迹三四千年的虚荣，千载之下，自可算作一桩功业！

（选自斯人编：《名人游记》，江苏文艺出版社1994年版）

知识

夏多布里昂是法国消极浪漫主义的代表人物。

消极浪漫主义是浪漫主义的一种创作的倾向与手法，

是相对于积极浪漫主义而言的。消极浪漫主义主要反映的是没落阶级的思想、情绪以及生活态度,藉以逃避现实,怀念过去,模糊社会矛盾,美化旧日的封建宗法制度,作品基调哀怨低沉,悲观主义的氛围极其浓郁。

金字塔是一片坟茔,却也是人类建筑史上最为杰出的一片坟茔。即便是人生一世,草木一秋,生来故去不能带走毫丝寸缕,但是,一个人、一个民族存在过的印记,总要为世世代代的后来人留下能够千古赞颂与怀念的荣光。夏多布里昂的笔触虽然悲情,但却壮阔!

黄州快哉亭记

苏 辙

江出西陵,始得平地。其流奔放肆大,南合沅湘,北合汉沔。其势益张。至于赤壁①之下,波流浸灌,与海相若。清河张君梦得②,谪居齐安,即其庐之西南为亭,以览观江流之胜,而余兄子瞻名之

曰"快哉"。

盖亭之所见,南北百里,东西一舍。涛澜汹涌,风云开阖。昼则舟楫出没于其前,夜则鱼龙悲啸于其下,变化倏忽,动心骇目,不可久视。今乃得玩之几席之上,举目而足。西望武昌诸山,冈陵起伏,草木行列,烟消日出,渔夫樵父之舍皆可指数。此其所以为"快哉"者也。至于长洲之滨,故城之墟③,曹孟德、孙仲谋之所睥睨,周瑜、陆逊之所骋骛,其流风遗迹,亦足以称快世俗。

昔楚襄王从宋玉、景差于兰台之宫,有风飒然至者,王披襟当之,曰:"快哉此风!寡人所与庶人共者耶?"宋玉曰:"此独大王之雄风耳,庶人安得共之!"玉之言,盖有讽焉。夫风无雌雄之异,而人有遇不遇之变。楚王之所以为乐,与庶人之所以为忧,此则人之变也,而风何与焉?

士生于世,使其中不自得,将何往而非病?使其中坦然,不以物伤性,将何适而非快?今张君不以谪为患,窃会计之余功,而自放山水之间,此其中宜有以过人者。将蓬户瓮牖④无所不快,而况乎濯长江之清流,揖西山之白云,穷耳目之胜以自适也哉!不然,连山绝壑,长林古木,振之以清风,照之以明月,此皆骚人思士之所以悲伤憔悴而不能胜者,乌睹其为快也哉?

元丰六年十一月朔日,赵郡苏辙记。

(选自弓保安主编,王拾遗、唐骥编著:《唐宋八大家散文精品丛书·苏辙散文精品选》,陕西人民出版社1995年版)

注释

①赤壁:此指黄冈赤鼻矶,时误以为赤壁。

②清河张君梦得:清河,在今河北省清河县,张梦得的家乡。张梦得,苏轼在黄州的好友,即《记承天寺夜游》中的张怀民。

③故城之墟:指过去孙权所建城市的废墟。苏轼《次韵乐著作野步》诗自注:"黄州对岸武昌有孙权故宫。"

④蓬户瓮牖:指简陋的居处。语见《礼记·儒行》。孔颖达疏:"蓬户,谓编蓬为户。又以篷塞门谓之蓬户。瓮牖者,谓牖圆如瓮口也。又云以败瓮口为牖。"瓮,坛子。牖,窗户。

揽胜篇

译文

长江从西陵峡流出后,才流到平地上,江流奔腾,水势浩大。南边汇入沅江、湘江,北边与汉水会合,水势更大。来到赤壁之下时,水势浩荡,和大海相仿。清河张梦得谪居黄州,就在他住处的西南建亭,以观览江流的胜景,我兄子瞻给它起名叫"快哉"。

在亭上所能见到的,南北一百里,东西三十里,波涛汹涌,风云变幻;白天船只出没于面前,夜晚鱼龙悲吟在亭下;变化迅疾,令人惊骇,不敢久看。如今却可在几席间欣赏,举目一览无余。往西看是鄂城县的众山,山冈起伏,草木因而成行成列,云雾散去红日东升时,渔夫樵父的房舍都历历可数,这就是亭为快哉的原因啊。至于江中长岛之边,过去孙权废城的遗址,曹操、孙权所傲视争雄之处,周瑜、陆逊驰骋之所,它的遗风遗迹,也足可以令世人称快。

过去楚襄王带宋玉、景差来到兰台之宫,有风呼呼地刮来,襄王开襟迎风说:"这风真爽快!是我和百姓共有的风吗?"宋玉说道:"这是大王独有的雄风啊,百姓怎能共享?"宋玉的话中是有讽刺啊。风没有雌雄之别,但人有遇于时和不遇于时的变化,楚王乐百姓忧,这是人的地位不同造成的,与风有何关系呢?

读书人生在世间,假使心中不如意,去哪里不痛苦?假使他心中坦然,不因环境而伤害性情,去哪里不愉快?

如今张先生不把贬谪当患难,在征收钱粮等公务的余暇,放任于山水之间,这心中应有过人的见识。即使处于简陋的居处,也没有不畅快的,何况沐浴于长江的清流,顶礼膜拜西山的白云,穷览胜景以安便自得呢?否则,像连山大谷,山林古树,清风吹动,明月辉映,这都是伤感文人和不得志的士大夫一见之下憔悴悲伤而不能忍受的。怎能心境畅快呢?

元丰六年十一月一日,赵郡苏辙记。

(选自弓保安主编,王拾遗、唐骥编著:《唐宋八大家散文精品丛书·苏辙散文精品选》,陕西人民出版社1995年版)

知识

苏辙与苏轼兄弟俩感情极好,元丰二年,苏轼由于乌台诗案被捕入狱,苏辙为了救他,不惜变卖全部家产,还冒险去向神宗皇帝和曹太后求情,表示自己愿意效法缇萦救父而舍己救兄,终于感动了皇帝,释放了苏轼,可苏辙自己却因此被贬筠州。

解读

苏辙作文从容晓畅而又有条理,本文是其极具代表性的气势恢宏畅达之作。文章由景入理,连贯自然,既铺排描绘出快哉亭景致本身广阔的气派,又借此安慰兄长要不以物喜、心胸旷达、纵情山水从而快意人生。这是一篇景、理、情均属上乘的佳作。

寓情于景　热爱情怀

贝加尔湖啊，贝加尔湖……
（节选）

（俄）拉斯普京

自古以来，无论土著人，无论是十七世纪来到这贝加尔湖畔的俄罗斯人，无论只是到此一游的外国人，面对它那雄伟的、超乎自然的神秘和壮丽，无不躬身赞叹，称之曰"圣海"、"圣湖"、"圣水"。不管是蒙昧人，也不管当时已是相当开化的人，尽管在一些人心里首先触发起的是一种神秘感，而在另一些人心灵中激起的则是美感和科学的情感，但他们对贝加尔湖的膜拜赞叹却是同样的竭诚和感人。人们面对贝加尔湖浩瀚的景观，每每感到惶惶不知所措，因为，无论是人的宗教观念或是唯物主义观念都无法包容下它：贝加尔湖，它不存在于任何某种同类的东西都可存在的地方，它本身也不是那种这里那里都可存在的东西，它对人的心灵所产生的影响也和"冷漠"的大自然通常产生的那种影响不同。这是一个特殊的、异乎寻常和"得天独厚"的所在。

……

那么，到底怎么才可以比较它的美呢？又何与匹比呢？我们并不担保，世界上再没有比贝加尔湖更美好的东西了：我们每个人都觉得自己的家乡亲切、可爱，连爱斯基摩人或阿留申人，大家知道，对他们来说，冻土带和冰雪荒漠就是自然界完美的富庶的乐土。我们从出生那天起就呼吸着故乡的空气，吮吸着故土的精华，沐浴在它的景色之中，它们陶冶着我们的性情，并在很大程度上融合成了我们生命的组成

部分。这一切对于我们是宝贵的,我们是它们的一部分——纳入自然环境之中的一部分,正因为如此,只这样说是不够的;大自然那古老的、永恒的呼声在我们心中也应该,而且已经得到响应。把格陵兰积冰同撒哈拉沙漠相比,把西伯利亚原始森林同俄罗斯中部草原相比,甚至把里海同贝加尔湖相比,即使有所偏爱,也都毫无意义,充其量只能表达自己对它们的某种印象。所有这些都以其美而令人称绝,以其生命活力而令人惊异。在这种情况下试图作这种比较,多半都是出于我们不愿意抑或不善于发现和感受景致美的唯一性和非偶然性,及其令人担忧和惶恐的境遇。

　　大自然作为世间完整的、唯一的造物主,毕竟也有它自己的宠儿:大自然在创造它时特别倾心尽力,特别精益求精,从而赋予了它特别的权力。贝加尔湖,毫无疑问,正是这样的宠儿。人们称它为西伯利亚的明珠不是没有道理的。我们暂且不谈它的资源,这将是单独的话题。贝加尔湖之所以如此荣耀和神圣,另有别的原因——就在于它那神奇的勃勃生机,在于它那种精神——不是指从前的,已经过去的,就像眼下许多东西那样,而是指现在的,不受时间和改造所支配的,自古以来就如此雄伟、具有如此不可侵犯的强大实力的精神,那种具有以天然的意志和诱使人去经受考验的精神。

(选自斯人编:《名人游记》,江苏文艺出版社 1994 年版)

知识

贝加尔湖的名称由来很有意思,最早在汉朝时被称为"北海",属匈奴领地,苏武牧羊正是在此地附近。到了唐朝,贝加尔湖改称为"小海"。后来这片土地在13—14世纪时属于元朝(也就是蒙古帝国),因此有说法称"贝加尔"是蒙语"富饶的湖泊"的意思,但是当地的布里亚特人认为贝加尔湖的意思是"自然的海"。

解读

拉斯普京是西伯利亚本地人,贝加尔湖是他故乡的湖。作者写湖得天独厚、雄伟壮丽的美,实际上是为自己

揽胜篇

的家乡唱了一曲高昂的赞歌。湖水本身是客观无生命的,但是作者将自己的热爱之情倾注于其中,使文章的艺术感染力大大增强。

卢沟晓月
(节选)
王统照

"苍凉自是长安日,呜咽原非陇头水。"

这是清代诗人咏卢沟桥的佳句,也许,长安日与陇头水六字有过分的古典气息,读去有点碍口?但,如果你们明了这六个字的来源,用联想与想象的力量凑合起,提示起这地方的环境,风物,以及历代的变化,你自然感到像这样"古典"的应用确能增加卢沟桥的伟大与美丽。

……

从前以北平左近的县分属顺天府,也就是所谓京兆区。经过名人题咏的,京兆经典悦读

区内有八种胜景：例如西山霁雪，居庸叠翠，玉泉垂虹等，都是很幽美的山川风物。卢沟不过有一道大桥，却居然也与西山居庸关一样刊入八景之一，便是极富诗意的"卢沟晓月"。

本来，"杨柳岸晓风残月"是最易引动从前旅人的感喟与欣赏的凌晨早发的光景；何况在远来的巨流上有这一道雄伟壮丽的石桥；又是出入京都的孔道，多少官吏，士人，商贾，农，工，为了事业，为了生活，为了游览，他们不能不到这名利所萃的京城，也不能不在夕阳返照，或东方未明时打从这古代的桥上经过。你想：在交通工具还没有如今迅速便利的时候，车马，担篷，来往奔驰，再加上每个行人谁没有忧、喜、欣、戚的真感横在心头，谁不为"生之活动"在精神上负一份重担？盛景当前，把一片壮美的感觉移入渗化于自己的忧喜欣戚之中，无论他是有怎样的观照，由于时间与空间的变化错综，面对着这个具有崇高美的压迫力的建筑物，行人如非白痴，自然以其鉴赏力的差别，与环境的相异，生发出种种的触感。于是留在他们的中心，或留在藉文字绘画表达出的作品中，对于卢沟桥三字真是有很多的酬报。

不过，单以"晓月"形容卢沟桥之美，据传说是另有原因：每当旧历的月尽头（晦日）天快晓时，下弦的钩月在别处还看不分明，如有人到此桥上，他偏先得清光。这俗传的道理是否可靠，不能不令人疑惑。其实，卢沟桥也不过高起一些，难道同一时间在西山山顶，或北平城内的白塔（北海山上）上，看那晦晓的月亮，会比卢沟桥上不如？不过，话还是不这么拘板说为妙，用"晓月"陪衬卢沟桥的实是一位善于想象而又身经的艺术家的妙语，本来不预备后人去作科学的测验。你想："一日之计在于晨"，何况是行人的早发。朝气清蒙，烘托出那钩人思感的月亮，——上浮青天，下嵌白石的巨桥。京城的雉堞若隐

经典悦读

若现,西山的云翳似近似远,大野无边,黄流激奔,……这样光,这样色彩,这样地点与建筑,不管是料峭的春晨,凄冷的秋晓,景物虽然随时有变,但若无雨雪的降临,每月末五更头的月亮,白石桥,大野,黄流,总可凑成一幅佳画,渲染飘浮于行旅者的心灵深处,发生出多少样反射的美感。

你说,偏以"晓月"陪衬这"碧草卢沟"(清刘履芬的《鸥梦词》中有长亭怨一阕,起语是:叹销春间关轮铁,碧草卢沟,短长程接。)不是最相称的"妙境"么?

无论你是否身经其地,现在,你对于这名标历史的胜迹,大约不止于"发思古之幽情"罢?其实,即以思古而论也尽够你深思,咏叹,有无穷的兴感!何况血痕染过那些石狮的鬇鬣,白骨在桥上的轮迹里腐化,漠漠风沙,呜咽河流,自然会造成一篇悲壮的史诗。就是万古长存的"晓

揽胜篇

月"也必定对你惨笑,对你冷觑,不是昔日的温柔,幽丽,只引动你的"清念"。

桥下的黄流,日夜呜咽,泛把着青空的灏气,伴守着沉默的郊原。……

他们都等待着有明光大来与洪涛冲荡的一日,——那一日的清晓。

(选自汪文顶、王炳中主编:《百年美文·游记卷》上,百花文艺出版社2009年版)

知识

永定河上的卢沟桥是北京现在保存最好的联拱石桥,全桥有10座桥墩,全长266.5米,是整个华北地区最长的一座古代石桥。

卢沟晓月(卢沟桥)是"燕京八景"之一,其他七景分别是:太液秋风(中南海)、琼岛春阴(北海公园)、金台夕照(金台路)、蓟门烟树(西土城)、西山晴雪(八大处与香山)、玉泉趵突(玉泉山)以及居庸叠翠(八达岭)。

解读

卢沟晓月既然能够被称为燕京奇景,它的美自然动人,可是卢沟桥在中国人的心目当中早已是爱国护家情怀的化身。王统照作此文时正值"七七事变"之后,晓月虽美,但暗夜即将过去时期盼光明的希望更加让人动心,拂晓之后,光明就在前方,我们祖国的复兴还会远吗?

趵突泉的欣赏

老 舍

千佛山、大明湖和趵突泉,是济南的三大名胜。现在单讲趵突泉。

在西门外的桥上,便看见一溪活水,清浅,鲜洁,由南向北的流着。这就是由趵突泉流出来的。设若没有这泉,济南定会丢失了一半的美。但是泉的所在地并不是我们理想中的一个美景。这又是个中国人的征服自然的办法,那就是说,凡是自然的恩赐交到中国人手里就会把它弄得丑陋不堪。这块地方已经成了个市场。南门外是一片喊声,几阵臭气,从卖大碗面条与肉包子的棚子里出来。进了门有个小院,差不多是四方的。这里,"一毛钱四块!"

和"两毛钱一双!"的喊声,与外面的"吃来"联成一片。一座假山,奇丑;穿过山洞,接联不断的棚子与地摊,东洋布,东洋磁,东洋玩具,东洋……加劲的表示着中国人怎样热烈的"不"抵制劣货。这里很不易走过去,乡下人一群跟着一群的来,把路塞住。他们没有例外的全买一件东西还三次价,走开又回来摸索四五次。小脚妇女更了不得,你往左躲,她往左扭;你往右躲,她往右扭,反正不许你痛快的过去。

到了池边,北岸上一座神殿,南西东三面全是唱鼓书的茶棚,唱的多半是梨花大鼓,一声"哟"要拉长几分钟,猛听颇像产科医院的病室。除了茶棚还是日货摊子,说点别的吧!

泉太好了。泉池差不多见方,三个泉口偏西,北边便是条小溪流向西门去。看那三个大泉,一年四季,昼夜不停,老那么翻滚。你立定呆呆的看三分钟,你便觉出自然的伟大,使你不敢再正眼去看。永远那么纯洁,永远那么活泼,永远那么鲜明,冒,冒,冒,永不疲乏,永不退缩,只是自然有这样的力量!冬天更好,泉上起了一片热气,白而轻软,在深绿的长的水藻上飘荡着,使你不由的想起一种似乎神秘的境界。

池边还有小泉呢:有的像大鱼吐水,极轻快的上来一串小泡;有的像一串明珠,走到中途又歪下去,真像一串珍珠在水里斜放着;有的半天才上来一个泡,大,扁一点,慢慢的,有姿态的,摇动上来;碎了;看,又来了一个!有的好几串小碎珠一齐挤上来,像一朵攒整齐的珠花,雪白。有的……这比那大泉还更有味。

新近为增加河水的水量,又下了六根铁管,做成六个泉眼,水流得也很旺,但是我还是爱那原来的三个。

看完了泉,再往北走,经过一些货摊,便出了北门。

揽胜篇

前年冬天一把大火把泉池南边的棚子都烧了。有机会改造了！造成一个公园，各处安着喷水管！东边作个游泳池！有许多人这样的盼望。可是，席棚又搭好了，渐次改成了木板棚；乡下人只知道趵突泉，把摊子移到"商场"去（就离趵突泉几步）买卖就受损失了；于是"商场"四大皆空，还叫趵突泉作日货销售场；也许有道理。

（选自彰军编：《老舍作品精选》，伊犁人民出版社 2000 年版）

知识

济南城内百泉争涌，自古以来就有"泉城"、"泉都"的美誉。趵突泉为济南七十二名泉之首，也是泺水之源，它得名于宋代名人曾巩，被郦道元描述为"雪涛数尺，声如隐雷"，是名副其实的"天下第一泉"。"趵突"，就是跳跃奔突的意思。

解读

老舍居山东多年，对济南有很深的感情。本文对济南风土民俗人物的描写以及对趵突泉泉水奔涌情状的描绘，始终带有一种活泼、有趣甚至顽皮的轻松口吻，不仅给读者鲜明的亲切感,而且使得景物更加可感可爱,这种情景交融的生动真挚是本文最引人入胜的特点。

陶 然 亭

张恨水

陶然亭好大一个名声,它就跟武昌黄鹤楼、济南趵突泉一样。来过北京的人回家后,家里人一定会问:"你到过陶然亭吗?"因之在三十五年前,我到北京的第一件事,就是去逛陶然亭。

那时候没有公共汽车,也没有电车。找了一个三秋日子,真可以说是云淡风轻,于是前去一逛。可是路又极不好走,满地垃圾,坎坷不平,高一脚、低一脚。走到陶然亭附近,只看到一片芦苇,远处呢,半段城墙。至于四周人家,房屋破破烂烂。不仅如此,到处还有乱坟葬埋。虽然有些树,但也七零八落,谈不到什么绿荫。我手拂芦苇，慢慢前进。可是飞虫乱扑，最可恨是苍蝇、蚊子到处乱钻。我心想，陶然亭就是这个样子吗？

所谓陶然亭，并不是一个亭，是一个土丘，丘上盖了一所庙宇。不过北西南三面，都盖了一列房子，靠西的一面还有廊子，有点像水榭的形式。登这廊子一望，隐隐约约望见一抹西山，其近处就只有芦苇遍地了。据说这一带地方是饱经沧桑的，早年原不是这样，有水，有船，也有些树木。清朝康熙年间，有位工部郎中江藻，他看此地还有点野趣，就在这庙里盖了三间西厅房。采用了白居易的诗"更待菊黄家酿熟，与君一醉一陶然"的句子，称它作陶然亭，后来成为一些文人在重阳登高宴会之所。到了乾隆年间，这地方成了一片苇塘。乱坟本来就有，以后年年增加，就成为三十五年前我到北京来的模样了。

过去，北京景色最好的地方，都是皇帝的禁苑，老百姓是不能去的。只有陶然亭地势宽阔，又有些野景，它就成为普通百姓以及士大夫游览聚会之地。同时，应科举考试的人，中国哪一省都有，到了北京，陶然亭当然去逛过。因之陶然亭的盛名，在中国就传开了。我记得作《花月痕》的魏子安，有两句诗说陶然亭，"水近万芦吹絮乱，天空一雁比人轻。"这要说到气属三秋的时候，说陶然亭还有点像。可是这三十多年以来，陶然亭一年比一年坏。我三度来到北京，而且住的日子都很长，陶然亭虽然去过一两趟，总觉得"水近万芦吹絮乱"句子而外，其余一点什么都没有。真是对不住那个盛名了。

一九五五年听说陶然亭修得很好；一九五六年听说陶然亭更好，我就在六月中旬，挑了一个晴朗的日子，带着我的妻女，坐公共汽车前去。一望之间，一片绿荫，露出两三个亭角，大道宽坦，两座辉煌的牌坊，遥遥相对。还有两路小小的青山，分踞着南北。好像这就告诉人，山外还有山呢。妻说:"这就是陶然亭吗?我自小在这附近住过好多年,怎么改造得这样好,我一点都不认识了。"我指着大门边一座小青山说:"你看,这就是窑台,你还认得吗?"妻说:"哎呀!这山就是窑台?这地方原是个破庙,现在是花木成林,还有石坡可上啊!"她是从童年就生长在这里的人,现在连一点都不认得了。从她吃惊的情形就可以感觉到:陶然亭和从前一比,不知好到什么地步了。

陶然亭公园里面沿湖有三条主要的大路,我就走了中间这条路,路面非常平整的。从东到西约两里多路宽的地方,挖了很大很深的几个池塘,曲折相连。北岸有游艇出租处,有几十只游艇,停泊在水边等候出租。我走不多远,就看见两座牌坊,雕刻精美,金碧辉煌,仿佛新制的一样。其实是东西长安街的两个牌楼迁移到这里重新修起来的。这两座妨碍交通的建筑在这里总算找到了它的归宿。

走进几步，就是半岛所在，看去，两旁是水，中间是花木。山脚一座凌霄花架，作为游人纳凉的地方。山上有一四方凉亭，山后就是过去香冢遗迹了。原来立的碑，尚完整存在，一诗一铭，也依然不少分毫。我看两个人在这里念诗，有一个人还是斑白胡子呢。顺着一条岔路，穿过几棵大树上前，在东角突然起一小山，有石级可以盘曲着上去。那里绿荫蓬勃，都是新栽不久的花木，都有丈把高了。这里也有一个亭子，站在这里，只觉得水木清华，尘飞不染。我点点头说：这里很不错啊！

西角便是真正陶然亭了。从前进门处是一个小院子，西边脚下，有几间破落不堪的屋子。现在是一齐拆除，小院子成了平地，当中又栽了十几棵树，石坡也改为水泥面的。登上土坛，只见两棵二百年的槐树，正是枝叶葱茏。远望四围一片苍翠，仿佛是绿色屏障。再要过了几年，这周围的树，更大更密，那园外尽管车水马龙，

揽胜篇

一概不闻不见,园中清静幽雅,就成为另一世界了。我们走进门去,过厅上挂了一块匾,大书"陶然"二字,那几间庙宇,可以不必谈。西南北三面房屋,门户洞开,偏西一面有一带廊子,正好远望。房屋已经过修饰,这里有服务处卖茶,并有茶点部。坐在廊下喝茶,感到非常幽静。

近处隔湖有云绘楼,水榭下面,清池一湾,有板桥通过这个半岛。我心里暗暗称赞:"这样确是不错!"我妻就问:"有一些清代的小说之类,说起饮酒陶然亭,就是这里吗?"我说:"不错,就是我们坐的这里。你看这墙上嵌了许多石碑,这就是那些士大夫们留的文墨。至于好坏一层,用现在的眼光看起来,那总是好的很少吧。"

坐了一会,我们出了陶然亭,又跨过了板桥,这就上了云绘楼。这楼有三层,雕梁画栋,非常华丽。往西一拐,露出了两层游廊,游廊尽处,又是一层,题曰清音阁。阁后有石梯,可以登楼。这楼在远

经典悦读

处觉得十分富丽雄壮,及向近处看,又曲折纤巧。打听别人,才知道原来是从中南海移建过来的。它和陶然亭隔湖相对,增加不少景色。

公园南面便是旧城脚下,现已打通了一个豁口。沿湖岸东走,处处都是绿荫,水色空濛,回头望望,湖中倒影非常好看。又走了半里路,面前忽然开朗,有一个水泥面的月形舞场,四周柱灯林立,舞池足可以容纳得下二三百人。当夕阳西下,各人完了工,邀集二三友好,或者泛舟湖面,或者就在这里跳舞,是多好的娱乐啊!对着太平街另外一门,杨柳分外多,一面青山带绿,一面是清水澄明,阵阵轻风,扑人眉发。晚来更是清静。再取道西进,路北有小山一叠,有石级可上,山上还有一亭小巧玲珑,附近草坪又厚又软。这里的草,是河南来的,出得早,枯萎得晚,加之经营得好,就成了碧油油的一片绿毯了。

回头,我们又向西慢慢地徐行。过了

揽胜篇

儿童体育场,和清代时候盖的抱冰堂,就到了三个小山合抱的所在,这三个小山,把园内西南角掩藏了一些。如果没有这山,就直截了当地看到城墙这么一段,就没有这样妙了。

园内几个池塘,共有二百八十亩大,一九五二年开工,只挖了一百七十天就完工了。挖出的土就堆成七个小山,高低参差,增加了立体的美感。

这一趟游陶然亭公园,绕着这几座山共走了约五里路,临行还有一点留恋。这个面目一新的陶然亭,引起我不少深思,要照从前的秽土成堆,那过个两三年就湮没了。有些知道陶然亭的人,恐怕只有在书上找它的陈迹了吧?现在逛陶然亭真是其乐陶陶了。

(选自张恨水著:《独鹤与飞:张恨水经典散文》,陕西人民出版社 2009 年版)

知识

张恨水是中国现当代文学史上创作数量最高的作家之

经典悦读

一,他的百余部小说,加上散文、诗歌等作品,共计3000多万字。在20世纪二三十年代他的创作最顶峰时期,他曾每天为七八家报社供稿,不论是创作速度还是文思与文笔,都令当时的文坛惊叹。

陶然亭在张恨水笔下不仅仅是一处风雅的美景,也是几十年历史变迁、旧貌换新颜的成果。通过同一处景致前后鲜明的对比,张老巧妙地把对新中国的讴歌欢畅地暗合在了对景物细致动情的刻画当中,不着一字,尽得风流。

托物兴寄 景随情动

醉翁亭记

欧阳修

环滁皆山也。其西南诸峰,林壑尤美。望之蔚然而深秀者,琅琊也。山行六七里,渐闻水声潺潺,而泻出于两峰之间者,酿泉也。峰回路转,有亭翼然临于泉上者,醉翁亭也。作亭者谁?山之僧智仙也。名之者谁?太守自谓也。太守与客来饮于此,饮少辄醉,而年又最高,故自号曰醉翁①也。醉翁之意不在酒,在乎山水之间也。山水之乐,得之心而寓之酒也。

若夫日出而林霏开,云归而岩穴暝,晦明变化者,山间之朝暮也。野芳发而幽香，佳木秀而繁阴，风霜高洁，水落而石出者，山间之四时也。朝而往，暮而归，四时之景不同，而乐亦无穷也。

至于负者歌于途，行者休于树，前者呼，后者应，伛偻提携，往来而不绝者，滁人游也。临溪而渔，溪深而鱼肥；酿泉为酒，泉香而酒洌；山肴野蔌②，杂然而前陈者，太守宴也。宴酣之乐，非丝非竹；射者中，弈者胜，觥筹交错，坐起而喧哗者，众宾懽也。苍颜白发，颓乎其中者，太守醉也。

已而夕阳在山，人影散乱，太守归而宾客从也。树林阴翳，鸣声上下，游人去而禽鸟乐也。然而禽鸟知山林之乐，而不知人之乐；人知从太守游而乐，而不知太守之乐其乐也。醉能同其乐，醒能述以文者，太守也。太守谓谁？庐陵欧阳修也。

（选自弓保安主编，姜光斗编著：《唐宋八大家散文精品丛书·欧阳修散文精品选》，陕西人民出版社1995年版）

揽胜篇

注释

①醉翁：作者自号，他的《赠沈遵》诗写道："我时四十犹强力，自号醉翁聊戏客。"
②山肴野蔌：野味野菜。

译文

　　环绕着滁州的都是山。它的西南方许多山峰，树林和山谷尤其美丽。远望草木茂盛、幽深秀美的是琅琊山。在山中走六七里路，逐渐能听到潺潺的流水声，从那两座山峰中间奔泻而出的，就是酿泉。山势回环，山路也随之转弯，有个亭子四角翘起，如鸟张翅欲飞，那就是醉翁亭啊。造亭的人是谁？是山中的和尚智仙。给亭子命名的人是谁？是滁州太守用他的名字命名的啊。太守与客人到这里来喝酒，喝了一点点酒就醉了，而年龄又最大，所以自己取了个号叫醉翁啊。醉翁的本意不在喝酒，而在于游山玩水的乐趣啊。游山玩水的乐趣，全靠心领神会，喝酒仅仅是一种寄托手段罢了。

　　像那旭日东升，林中雾气散开，白云归山而山洞幽暗，光线时暗时明、变化多端的景况，就是山里的早晨和傍晚啊。野花开放而发出清香，佳木秀丽而形成绿荫，秋高气爽，霜露洁白，溪水跌落，石头暴露出来，这就是山中的一年四季啊。早上登山，晚上回去，四季的景色各不相同，其中的乐趣也是无穷无尽的啊。

至于那些背着东西的人在路上唱着歌,走路的人在树下休息,前面的人不断呼喊,后面的人随即答应,还有那弯腰曲背的老人和由大人带着的孩子,来来往往络绎不绝地奔走着,那是滁州人在游山啊。到溪水中去捕鱼,溪水极深,鱼也肥美;用酿泉中的水来酿酒,泉水香甜,酒色清纯;山中野味野菜,纷纷摆到桌上,这是太守在宴请宾客啊。宴饮的乐趣,不一定要有音乐,投壶的投中了,下棋的下赢了,大家相互碰杯,酒杯酒筹杂乱地递来传去,有的坐下,有的站起,有的大声叫嚷,这是宾客们在尽情欢乐啊。那个容颜苍老、头发斑白、倒在宾客中间的,就是喝醉了的滁州太守啊。

不久之后,夕阳已降到山头,人影分散而凌乱,这是太守回去宾客在随从啊。树荫遮盖着下山的游人,上上下下到处是鸟叫声,这是游人离山鸟儿在快乐地歌唱啊。然而禽鸟只知道居住山林的快乐,却不知道游人的快乐;人们只知道跟从太守游山的快乐,却不知道太守以游人的快乐为快乐啊。喝醉了能同大家一起快乐,酒醒了又能写文章记叙游山之乐的人,就是滁州太守啊。太守是谁?就是庐陵欧阳修啊。

(选自弓保安主编,姜光斗编著:《唐宋八大家散文精品丛书·欧阳修散文精品选》,陕西人民出版社1995年版)

知识

我国有"四大名亭"之说。所谓四大名亭,就是指

北京的陶然亭、安徽滁州的醉翁亭、湖南长沙的爱晚亭以及浙江杭州西湖的湖心亭。四大名亭其名之扬是由于我国古今文学家脍炙人口的名篇作品的颂赞。

这篇散文作于庆历六年,是欧阳修被贬为滁州太守的第二年。永叔先生写醉翁亭并不写它的细部特征与枝节情貌,而是写亭周边的山林之四时美景,以及游亭者欢畅放达的山林之乐,可见"醉翁之意不在酒",而在乎一种豁达的人生态度以及与民同乐的政治理想。

肖邦故园

(节选)

(波)伊瓦什凯维奇

……

1848年,当肖邦自爱丁堡给友人格日玛瓦写信的时候,眼前兴许也浮现出了故园景色。他在信中写道:"我对妻子一点也不想,可我怀念我的家、我的母亲、我的姐妹。愿上帝保佑她们万事如意！我的艺术何在？我的一腔心血在什么地方白白耗尽了……我如今只能依稀记得国内唱的歌。"因此，可以说，不仅肖邦眼前浮现出了故乡的景色，而且，耳边又回荡起了多半是在这儿第一次听见过的歌。

我们恰好能在肖邦的玛祖卡曲和夜曲里找到这平原的歌声——凡是他那些直接留下了这儿时之国画面的作品，我们都能发现一缕乡音。

流亡生活、高度的文化修养、痛苦的心境和肖邦对自己使命的不凡见解，使这画面复杂化了，或者说，像一层雾遮蔽了这些画面。弗雷德雷克的伟大创作远离了热那佐瓦沃拉。绚丽的大都会风光，频繁的旅行，丰富的经历，给他提供了另一种创作灵感。但是，既然他在自己生命的末日，在那遥远、寒冷的爱丁堡又怀念起"我的家、我的母亲、我的姐妹"，我们就有理由想象，故乡的朦胧景色也回到了他

揽胜篇

的心中。而今,我们也怀着激动的心情瞻仰这些大树,这些灌木丛和这一片清凌凌的水。倘若此刻我们听到,或者亲自弹奏伟大作曲家临终前的最后一组玛祖卡曲,我们必能从中听到昔日国内歌声的淡淡的旋律。由于他半世坎坷,命途多舛,也由于关山阻隔,有国难投,这一组玛祖卡曲似乎是被万种离情、一怀愁绪所滤过而净化了,跟乡村的质朴相距甚远,但它们无疑是出自故里,跟这片土地有着千丝万缕的联系。

……

当我们在他降生的那间凹形小室里看到一只插满鲜花或绿枝的大花瓶,我们就会想到那不是花瓶,而是一个源泉,它喷射出金光闪闪的清流——他是音乐取之不尽、用之不竭的清流。

世界各地的人都向这清流涌来,为取得一瓢饮,为分享这馨香醉人的玉浆。当人们在秋季或者夏季的周末,来到这小屋的周围,静静地倾听室内的钢琴演奏的时候,再也没有比它更动人的景象了。世界上最杰出的钢琴家都把能在这间房子里弹奏一曲肖邦的作品,表示对这圣地的敬意而引为莫大的荣幸。

那时,房前屋后往往挤满了听众,有年轻人,也有老人;有新来的听众,他们是第一次来此领略肖邦的天才所揭示的无限美好的世界,也有常来的老听众,对于他们,每次都是莫大的精神享受,每次都能引起甜蜜的回忆。回顾自己一生中的幸福时光,回顾这伟大的音乐激起的每一次无限深刻的内心感受。也有人想起,曾几何时,连肖邦的音乐也成了违禁品!只能偷偷摸摸地在一些小房间、小客厅里秘密演奏,只有寥寥无几的人才能进入那些房间。他们去听肖邦的音乐,不只是为了证明我们祖国文化的伟大,同时也为了证明一个民族的精神生活是无法窒息的。因而这美好的音乐有时也是斗争的武器。舒曼

揽胜篇

把它称为藏在花丛中的大炮,不是没有根据。

在参加周末音乐会的时候,尽管我们身边是形形色色的听众,我们也能重复一遍德居斯太因侯爵对肖邦说过的话:"我听着您的音乐,总感到是在同您促膝谈心,甚至,似乎是跟一个比您本人更好的人在一起,至少是,我接触到了您身上那点最美好的东西。"

肖邦之家的最大的魅力之一,正是在于我们能感受到在同肖邦"促膝谈心"。

人们有时会由于事情多,工作忙,任务完成得不尽如人愿,或由于一些打算落空而发愁;有时又会在频繁的文化活动中碰到某些草率从事或令人不安的现象,因而思想上对大众文化产生了疑虑,那时,只要到肖邦之家去听一次周末音乐会,便能重新获得对波兰文化的信心,相信它已渗透了民族的最深层。

能这样欣赏肖邦音乐的人,便善于从

许多表面现象、日常琐事、小小的烦恼以及讨厌的劳碌奔波里发掘出生活中最深刻的美和最有价值的东西。

到了肖邦之家，会亲眼见到，而且确信，作为民族的最坚韧的纽带，作为民族精神的支柱和基础的伟大艺术具有何等不可估量的威力。密茨凯维支的诗，肖邦的音乐，对于波兰人而言，就是这样的支柱。

我们带着惊讶和柔情望着这幢实为波兰民族精华的朴素的小屋。它像一只轮船，飘浮在花园绿色的海洋里，花园里的一草一木，都经过了精心的栽培，因为这花园也想与肖邦的音乐般配。

（选自淡霞主编：《人一生要读的50篇游记》，光明日报出版社2006年版）

知识

肖邦是波兰最为重要的音乐家之一，也是19世纪浪漫主义音乐著名的代表人物，被誉为"钢琴诗人"。

肖邦29岁时，由于德国的入侵不得不离开祖国，此后再也没有机会重回故里，最后因肺病，英年早逝于巴黎。

他在余生当中无时无刻不在思念自己的祖国,因此创作了大量表现爱国情怀的音乐作品。著名作曲家舒曼用"花丛中的大炮"来形容肖邦创作的外柔内刚、激情澎湃的旋律。

这篇散文看似写景,实则怀人,并且借怀人来遥寄自己的崇高敬意与家国之思。潇潇故园是清冷的,可是作者能从这清冷萧瑟当中体味到当日园中音乐家和听众那激情澎湃的振奋之情。一切都逝去了,只有音乐与音乐家的精神是永恒的,只有对祖国的深沉无尽的眷恋是永恒的。

道山亭记

曾 巩

闽故隶周者七,至秦开其地,列于中国,始并为闽中郡。自粤之太末,吴之豫章,为其通路。其路在闽者,陆出则阸于两山之间,山相属无间断,累数驿乃一得平地,小为县,大为州,然其四顾亦山也。

其途或逆坂如缘絙，或垂崖如一发，或侧径钩出于不测之溪上。皆石芒峭发，择然后可投步。负戴者，虽其土人，犹侧足然后能进；非其土人，罕不踬也。其溪行，则水皆自高泻下，石错出其间，如林立，如士骑满野，千里下上，不见首尾。水行其隙间，或衡缩螺糅，或逆走旁射，其状若引结，若虫镂，其旋若轮，其激若矢。舟沂沿者，投便利，失毫分，辄破溺，虽其土长川居之人，非生而习水事者，不敢以舟楫自任也。其水陆之险如此。汉尝处其众于江淮之间①，而虚其地，盖以其狭多阻，岂虚也哉！

福州治侯官，于闽为土中，所谓闽中也。其地于闽为最平以广，四出之山皆远，而长江在其南，大海在其东。其城之内外皆涂，旁有沟，沟通潮汐，舟载者昼夜属于门庭。麓多枲木，而匠多良能，人以屋室钜丽相矜，虽下贫必丰其居；而佛老子之徒，其宫又特盛。城之中三山，西曰闽山,东曰九仙山,北曰粤王山。三山者鼎趾立,其附山,盖佛老子之宫以数十百,其瑰诡殊绝之状,盖已尽人力。

光禄卿、直昭文馆程公为是州,得闽山嵚崟②之际,为亭于是处,其山川之胜,城邑之大,宫室之荣,不下簟席而尽于四瞩。程公以谓在江海之上,为登览之观,可比于道家所谓蓬莱、方丈、瀛洲之山,故名之曰道山亭。闽以险且远,故仕者常惮往,程公能因其地之善,以寓其耳目之乐,非独忘其远且险,又将抗其思于埃壒③之外,其志壮哉!

程公于是州以治行闻,既新其城,又新其学,而其余功又及于此。盖其岁满,就更广州,拜谏议大夫,又拜给事中、集贤殿修撰,今为越州,字公辟,名师孟云。

(选自屈毓秀、张仁健、林友光等主编:《中国游记散文大系·福建卷 台湾卷》,书海出版社2004年版)

注释

①汉尝处其众于江淮之间:汉朝曾把百姓迁到江淮间。

经典悦读

《史记·东越列传》:"天子曰:东越狭多阻,闽越悍,数反覆,招军吏皆将其民徙处江淮间。东越地遂虚。"
② 欻崟:山势耸立貌。
③ 抗其思:使思想高尚。抗,通"亢",高尚。埃壒,尘埃。

　　福建过去隶属于周朝的七族,秦始皇时开发这里,才成为中国的一部分,并成为闽中郡。到越国的太末县、吴国的豫章,这儿是条通道。在福建境内的道路,陆路都在狭窄的两山之间,山山相连,绵延不断,接连几个驿站的距离后才有一片平地,小些的为县,大些的为州,但是,州县的四面也都是山。山路有的是陡坡,如环绕的粗绳索,有的垂于悬崖如一根发丝,有的狭窄的路环绕于危险的溪涧。石头的尖端都很陡峭,仔细寻找下脚处后才可迈步。背负东西的人,虽然是当地人,也只能侧着身子才能行进;若不是当地人,很少有不跌倒的。若走水路,水都是从高山上泻下,石头错落露出水面,如林立,如兵马散在原野,千里上下,不见首尾。水流在石头间,或纵横盘绕,或倒流旁射。水流像蚯蚓一样屈曲,水波像虫蚀的纹迹,水的漩涡像车轮在转动,水的激流像射出的箭。船只在漩涡中行走,贪图方便,稍稍有一点大意,就翻船落水。就是当地长大居住水边的人,不是生来熟习水性的,也不让随意行船。福建的水路和陆路便是如此的险峻。汉

武帝时曾经令这地方的民众迁往江淮间,使此处成为无人之地,就是因为这里太艰险,通行不便。这难道还有虚假吗?

福州府的治所在侯官,居福建省中部,所以称为闽中。侯官在福建是最平广之地,四面的山离此都较远,闽江在南边,东海在东边。县城内外道路通畅,旁有护城河,河水和大海相通,乘船的人日夜不断地从城门前经过。山脚下多高大树木,匠人都有很高的技能,人们都以房屋的高大华丽而相互夸耀,虽然贫穷,也必使居室富丽;而佛教徒和道教徒,他们的寺院更为辉煌。城里的三山,西面的叫闽山,东面的叫九仙山,北面的叫粤王山。三山鼎足而立,那些小山都建佛寺道院,有上百座,那奇伟瑰丽、不同寻常的样式,真是倾尽了人力。

光禄卿、昭文馆管事程公任福州知府,看到闽山山势耸立,就在此处建了一座亭子,山川的胜景,城邑的繁华,宫殿的美丽,不离开座下竹席在亭子内就可观赏得到。程公认为在江海之上,登览观望,可与道家所说的蓬莱、方丈、瀛洲三山相比,因此就叫作道山亭。福建省因为道路遥远又艰险,所以做官的人都怕来这里,程公却能利用它的地理自然优势,寄寓见闻之乐,不但忘记了它的遥远艰险,还使思想脱开世俗而高尚起来。程公的志向真是远大啊!

程公任知州因为有政绩而闻名,既建设了州城,又更新了学校,而其他功绩也都与此一样。当他任期满后,就改任广州知州,后授谏议大夫,又授给事中、集贤殿修撰,如今是越州知州,程公字公辟,名师孟。

(选自屈毓秀、张仁健、林友光等主编:《中国游记散文大系·福建卷 台湾卷》,书海出版社2004年版)

知识

道山亭是北宋程师孟修建的,程师孟建亭之后邀请曾巩写了这篇文章,主要是为了记述福州的地方面貌和风土民俗。

曾巩喜好欧阳修的文风,但是在学术上更倾向于扬雄与韩愈的观念,认为做学问应该有针对性地"师古"。

解读

曾巩的这篇景物志有两个杰出之处。首先是他在写景时强调视觉感受与移步换景,给读者一种边走边看的生动感;其次是文章将作者与程公的远大高洁的政治理想寓于景中,以小见大,以奇写正,看似轻描淡写实则寄意深刻。能同时兼顾生动的景物描写与深刻的兴外之意,曾巩的语言能力可见一斑。

揽胜篇

水乡怀旧

周作人

住在北京很久了,对于北方风土已经习惯,不再怀念南方的故乡了,有时候只是提起来与北京比对,结果却总是相形见绌,没有一点儿夸示的意思。譬如说在冬天,民国初年在故乡住了几年,每年脚里必要生冻疮,到春天才脱一层皮,到北京后反而不生了,但是脚后跟的斑痕四十年来还是存在,夏天受蚊子的围攻,在南方最是苦事,白天想写点东西只有在蚊烟的包围中,才能勉强成功,但也说不定还要被咬上几口,北京便是夜里我也是不挂帐子的。但是在有些时候,却也要记起它的好处来的,这第一便是水。因为我的故乡是在浙东,乃是有名的水乡,唐朝杜荀鹤送人游吴的诗里说:

经典悦读

君到如苏见,人家尽枕河。

古宫闲地少,水港小桥多。

他这里虽是说的姑苏,但在别一首里说:"去越从吴过,吴疆与越连。"这话是不错的,所以上边的话可以移用,所谓"人家尽枕河",实在形容得极好。北京照例有春旱,下雪以后绝不下雨,今年到了六月还没有透雨,或者要等到下秋雨了吧。在这样干巴巴的时候,虽是常有的几乎是每年的事情,便不免要想起那"水港小桥多"的地方有些事情来了。

在水乡的城里是每条街几乎都有一条河平行着,所以到处有桥,低的或者只有两三级,桥下才通行小船,高的便有六七级了。乡下没有这许多桥,可是汊港分歧,走路就靠船只,等于北方的用车,有钱的可以专雇,工作的人自备有"出坂"船,一般普通人只好趁公共的通航船只。这有两种,其一名曰埠船,是走本县近路的,其二曰航船,走外县远路,大抵夜里开,次晨到达。埠船在城里有一定的埠头,早上进城,下午开回去,大抵水陆六七十里,一天里可以打来回的,就都称为埠船,埠船总数不知道共有多少,大抵中等的村子总有一只,虽是私人营业,其实可以算是公共交通机关,鲁迅短篇小说集《彷徨》里有一篇讲离婚的小说,说庄木三带领他的女儿往庞庄找慰老爷去,即是坐埠船去的,但是他在那里使用国语称作航船,小说又重在描画人物,关于埠船的东西没有什么描写。这是一种白篷的中型的田庄船,两旁直行镶板,并排坐人,中间可以搁放物件。船钱不过一二十文吧,看路的远近,也不一定。

乡村的住户是固定的,彼此都是老街坊,或者还是本家,上船一看乘客差不多是熟人,坐下就聊起天来,这里的空气与那远路多是生客的航船便很有点不同。航船走的多是从前的驿路,终点即是驿站,它的职业是送往迎来的事,埠船却办着本村的公用事业，多少有点给地方服务的意思，不单是营业，它不但搭客上下，传送信件，还替村里代办货物，无论是一斤麻油，一尺鞋面布，或是一斤淮蟹，只要店铺里有的，都可以替你买来，他们也不写账，回来时只凭着记忆，这是三六叔的旱烟五十六文，这是七斤嫂的布六十四文，一件都不会遗漏或是错误。它载人上城，并且还代人跑街，这是很方便的事，但是也或者有人，特别是女太太们，要嫌憎买的不很称心，那么只好且略等候，等"船店"到来的时候自己买了。城市里本有货郎担，挑着担子，手里摇着一种雅号"惊闺"或是"唤娇娘"的特制的小鼓，方言称之为"袋络担"，据孙德祖的《寄龛乙志》卷四里说："货郎担越中谓之袋络担，是货什杂布帛及丝线之属，其初盖以络索担囊橐衔且售，故云。"后来却是用藤竹织成，叠起来很高的一种箱担了，但在水乡大约因为行走不便，所以没有，却有一种

揽胜篇

便于水行的船店出来,来弥补这个缺憾。这外观与普通的埠船没有什么不同,平常一个人摇着橹,到得行近一个村庄,船里有人敲起小锣来,大家知道船店来了,一哄的出到河岸头,各自买需要的东西,大概除柴米外,别的日用品都可以买到,有洋油与洋灯罩,也有芒麻鞋面布和洋头绳,以及丝线。这是旧时代的办法,其实却很是有用的。我看见过这种船店,趁过这种埠船,还是在民国以前,时间经过了六十年,可能这些都已没有了也未可知,那么我所追怀的也只是前尘梦影了吧。不过如我上文所说,这些办法虽旧,用意却都是好的,近来在报上时常看见,有些售货员努力到山乡里去送什货,这实在即是开船店的意思,不过更是辛劳罢了。

(选自雨露、杜黎明等编:《现代文学名家书系·周作人精选集》,远方出版社 2004 年版)

知识

周作人曾留学日本,太太亦是日本人,所以他有"亲日"之嫌。不过关于周作人是"汉奸"的说法,主要源于他曾在汪伪政府做政务要员。但他声称在卢沟桥事变之后成为留平教授是受当时的北大校长蒋梦麟之托保护校产,蒋梦麟本人也确认有此事。此外,在对1939年周作人所遭受的枪击案的解释当中,周作人始终坚持案犯并非爱国学生而是日本军方,这也在一定程度上反映出周作人和日本的复杂关系。

离家多年的游子的怀乡情结之所以动人,是因为在他的心目当中,对故乡的思念已经化成一件件细枝末节的琐事,正是水港、埠船、船店这样的细节在记忆当中久久不散,才能在作者的笔下如此鲜活可感,从而寄托其对故乡无尽的眷恋。

附　录

拓展阅读书目

汪曾祺著：《五味：汪曾祺谈吃散文32篇》，山东画报出版社2005年版。

汪曾祺著：《蒲桥集》，作家出版社2000年版。

（法）卢梭著：《一个孤独漫步者的遐想》，袁筱一译，上海人民出版社2007年版。

朱自清著：《朱自清自选集》，安徽人民出版社2012年版。

（法）夏多布里昂著：《墓中回忆录》，郭宏安译，华夏出版社2007年版。

苏洵、苏轼、苏辙著：《三苏集》，万卷出版公司2008年版。

王统照著：《王统照文集》，线装书局2009年版。

老舍著，孔范今编选：《老舍选集》，山东文艺出版社2003年版。

欧阳修著，张璟导读：《欧阳修词集》，上海古籍出版社2010年版。

（波）雅·伊瓦什凯维奇著：《名望与荣光》（共三册），易丽君、裴远颖译，外国文学出版社1986年版。

编写说明

"揽胜",顾名思义,就是饱览、游历普天之下的胜景。俗语有云:"读万卷书,不如行万里路。"但在水平高超的作家笔下,一篇精巧动情的远游札记就能包揽四方名胜,带领它的读者身临其境般地神游在作品描绘出的绮丽画卷当中。

正如山水会因地域的不同而具备不同的灵动气质一样,杰出的游记作品也会将作家的感情与性格融入其中,从而具备不同的内涵特质。在本册中,编者就选取了这样四组具有不同风格与韵致的作品。

"曼妙奇幻 美不胜收",展示了世界各地妙趣横生的自然景观与风土人情。这些作品生动天然,既像一幅幅山水画,也像一帧帧导游图。"法天象地 哲思无限",体现了景中人的哲理意象。在这些作品当

经典悦读

中，天地胜景不仅仅能够给人以感性的、欢悦的审美享受，而且能够给人以理性的启发，使人的思想与理念上升到新的高度。"寓情于景　热爱情怀"，表达了人与景之间的深厚感情。在这些作品中，作者将自己的崇敬与喜爱奉献给了或清丽或壮阔的景致，而美好的景致又将人的感情不断吸收与升华，完美地达到了情景交融的效果。"托物兴寄　景随情动"，表现了景对于人的作用。在此类作品的描述中，人间胜景已经不仅仅是单纯的景致，而且是作者心灵的寄托与皈依。

我们生活在一个美丽的世界，只要有意愿，就处处都可以发现甚至建构美的景致。人类需要美，因此人类也需要"揽胜"。在我们"揽胜"的同时，在我们收获美、哲思与情感的同时，美丽的胜景也同样需要我们，不只需要我们的发现，而且需要我们的呵护。

需要说明的是，除了中外经典美文外，

我们也特别选取了一些堪称精品的当代作家的作品,在此对所有选文作者表示感谢。限于各种原因,仍有几位作者一时无法取得联系,对此我们深表歉意,烦请这些作者看到本书后及时与我们联系,以便商讨版权事宜并致以薄酬略表谢意。

编者

2014 年 1 月

经典悦读·才情篇

中共滨州经济开发区工委
南开大学语文教育研究中心 ◎编

编委会

主　　任：姚和民
委　　员：周志强　邱延忠　钱　杰
　　　　　　时志军　王一澜　窦　薇
　　　　　　林诗雯　徐少琼　魏建宇
　　　　　　李　飞

主　　编：周志强　王一澜
本册主编：王一澜

·广州·

版权所有 翻印必究

图书在版编目（CIP）数据

经典悦读·才情篇/中共滨州经济开发区工委，南开大学语文教育研究中心编. —广州：中山大学出版社，2014.5
ISBN 978-7-306-04856-1

Ⅰ. ①经… Ⅱ. ①中… ②南… Ⅲ. ①世界文学—作品综合集 Ⅳ. ①I11

中国版本图书馆 CIP 数据核字（2014）第 068131 号

| 出 版 人：徐 劲
| 策划编辑：邹岚萍
| 责任编辑：邹岚萍
| 封面设计：林绵华
| 责任校对：赵 婷 黄燕玲
| 责任技编：黄少伟
| 出版发行：中山大学出版社
| 电　　话：编辑部 020-84111996，84113349，84111997，84110779
| 发行部 020-84111998，84111981，84111160
| 地　　址：广州市新港西路 135 号
| 邮　　编：510275　　　　传　真：020-84036565
| 网　　址：http://www.zsup.com.cn　E-mail：zdcbs@mail.sysu.edu.cn
| 印 刷 者：佛山市浩文彩色印刷有限公司
| 规　　格：787mm×960mm　1/32　总印张：20　总字数：303 千字
| 版次印次：2014 年 5 月第 1 版　2014 年 5 月第 1 次印刷
| 总 定 价：48.00 元（共 6 册）　印　数：1～13000 套

如发现本书因印装质量影响阅读，请与出版社发行部联系调换

为社会更加美好而读书

书籍是人类进步的阶梯。读书是每个人广识增智、修身养性、执业安身的基本功,也是推动整个社会移风易俗、与时俱进、走向更加文明进步的基本途径。周恩来总理少年时曾立志:"为中华之崛起而读书"。当前,中华民族正在为实现伟大复兴的"中国梦"而奋斗,如此关键时期,更需全社会形成读书蔚然之风,铸就文化巍然之魂,凝聚干事创业的强大正能量。

经典,是浩瀚书海中最有思想洞察力的一部分,是凝结人类最高智慧的一部分,是最具人文关怀的一部分。读书,当然要读经典。在今天,我们更应该谨记周总理的心愿,多读好书,多读经典。然而,古今中外,卷帙浩繁,大多数人没有时间和精力去阅读所有的经典书籍。幸好,中共

滨州经济开发区工委和南开大学语文教育研究中心合作编辑出版的"经典悦读"丛书面世，精心搜罗了古今中外一些经典书籍中的名篇名段以飨读者，四年来编印不辍，影响颇广。

书中篇章，或形象鲜明，或事件新奇，或哲理深邃，或文辞优美，不仅给我们以美的享受，更给我们以真的启迪、善的熏陶，读来如品香茗，余香满口；如饮甘泉，沁人心脾，自有一种油然而生的愉悦。相信会对读者大有裨益。

国民之魂，文以化之。知识的力量是无穷的。希望这套丛书能给读者带来学习的持续热情，为了自己的成长进步，更为了让我们的社会变得更加美好，早日实现中华民族伟大复兴的"中国梦"而奋发读书！

中共滨州市委书记　市人大常委会主任

文海撷珠　经典相传

转眼间,"经典悦读"丛书已走过了四个年头。在广大读者朋友一如既往的支持、鼓励下,这套丛书已然成为滨州文化的一张靓丽名片,"悦读"经典犹如一缕暖阳、一股春风,温暖了读者的心脾,拂去了苍宇的浮尘。

作为荟萃古今中外文学精华的典藏,这套丛书既有启迪人生的觉悟智慧,也有碰撞思想的哲学思辨;既有撼人心旌的至情至性,也有飘逸飞扬的斐然文采。阅读经典文学作品是涵养性情、净化心灵、提高修养的有效渠道,欣赏《经典悦读》中的系列作品,既有助于我们加强对民族文化的理解和感悟,更有助于实事求是、与时俱进地开展当下的文化建设工作。

志传、觉悟、史鉴、传奇、揽胜、才

情——每一册都是对文学经典闪光点的一次检索和挖掘,也宛如一扇扇崭新的窗口,让传世经典放射出璀璨的光芒。文海撷珠,汇聚先贤才思;时开一卷,氤氲情味无穷。希望"经典悦读"丛书成为传承文化的桥梁和点燃梦想的星火,为构筑我们共同的精神家园凝聚正能量,增添新动力。

中共滨州市委副书记　市长

目 录

情丝百转　黯然销魂 …………………………… 1
　登楼赋 ……………………………… 王　粲　1
　长恨歌 ……………………………… 白居易　5
　浣溪沙 ……………………………… 纳兰容若 10
　失眠 ………………………………… 周志强 11

巧辩谲谏　机变之智 …………………………… 15
　庄子·外篇·至乐（节选） ………………… 15
　叔向论忧德不忧贫 ………………………… 21
　对楚王问 …………………………… 宋　玉 25
　《战国策》两篇 …………………………… 28
　假定我是土匪 ……………………… 林语堂 34
　自赞 ………………………………… 李　贽 42

拈花观云　绣口锦心 …………………………… 46
　山中与裴秀才迪书 ………………… 王　维 46
　春夜宴诸从弟桃李园序 …………… 李　白 49
　西湖七月半 ………………………… 张　岱 51
　一片阳光 …………………………… 林徽因 56

1

| 山中避雨 …………………… | 丰子恺 | 66 |

赤子之心　天地共鉴 …………………………… 71
出师表 ………………………	诸葛亮	71
陈情表 ………………………	李　密	79
乞归疏 ………………………	班　超	86
论盛孝章书 …………………	孔　融	89

附　　录 ……………………………………… 93
编写说明 ……………………………………… 95

情丝百转　黯然销魂

登 楼 赋

王 粲

登兹楼以四望兮，聊暇日以消忧。览斯宇之所处兮，实显敞而寡仇。挟清漳之通浦兮，倚曲沮之长洲；背坟衍之广陆兮，临皋隰之沃流。北弥陶牧，西接昭丘，华实蔽野，黍稷盈畴。虽信美而非吾土兮，曾何足以少留！

遭纷浊而迁逝兮，漫逾纪以迄今。情眷眷而怀归兮，孰忧思之可任！凭轩槛以遥望兮，向北风而开襟。平原远而极目兮，蔽荆山之高岑。路逶迤而修迥兮，川既漾而济深。悲旧乡之壅隔兮，涕横坠而弗禁。

昔尼父之在陈兮,有"归欤"之叹音。钟仪幽而楚奏兮,庄舄显而越吟。人情同于怀土兮,岂穷达而异心。

惟日月之逾迈兮,俟河清其未极。冀王道之一平兮,假高衢而骋力。惧匏瓜之徒悬兮,畏井渫之莫食。步栖迟以徙倚兮,白日忽其将匿。风萧瑟而并兴兮,天惨惨而无色。兽狂顾以求群兮,鸟相鸣而举翼。原野阒其无人兮,征夫行而未息。心凄怆以感发兮,意忉怛而惨恻。循阶除而下降兮,气交愤于胸臆。夜参半而不寐兮,怅盘桓以反侧。

(选自萧统编,张启成、徐达等译注:《文选全译》,贵州人民出版社1994年版)

登上这高楼向四方眺望啊,姑且用闲暇的时光来消除忧愁。观看这座楼的位置啊,实在是开朗宽敞世上少有。傍着清清漳水的出口处啊,靠着曲折沮水边的沙洲;背后是高而平的广阔陆地啊,前面低洼处有可供灌溉的河流。北面直抵陶朱公的坟场,西面紧接着楚昭王的墓丘。鲜花

才情篇

和果实遮蔽了原野,谷子与黄米长满了田畴。虽然真是美好却不是我的故乡啊,怎能值得我作短期的停留。

遭遇战乱出外逃亡啊,经过十二年的漫长时光。真挚的心情怀念故乡啊,深沉的忧思谁能承当?凭着栏杆向故乡遥望啊,让北风吹开我的衣裳。对辽阔的平原放眼远眺啊,又被荆山的高峰阻挡。道路曲折而且漫长啊,江河深而浩荡难以渡航。悲伤故乡被山川阻隔啊,禁不住眼泪滚滚流淌。过去孔子在陈国绝粮啊,感叹地说要归故乡。钟仪因在晋国而弹奏楚曲啊,庄舄为官于楚仍把越歌吟唱。怀念故乡是人们共同的心情啊,怎会因穷困或显贵而改变心肠!

想到时光正在流逝不停啊,等候太平盛世却总不见来临。希望国家统一政局平定啊,好在大道上奔驰前进。我怕像匏瓜一样悬挂不用啊,像井水已净却无人取饮。我游息漫步徘徊不定啊,明亮的太阳已倏忽西沉。萧瑟的晚风四面吹起啊,天色已经暗淡四野苍茫不明。野兽慌乱地张望寻找同伴啊,雀鸟鸣叫着飞回树林。原野寂静没有农夫啊,只有赶路的旅人在奔走不停。触景生情内心凄怆啊,情绪更加忧愁悲伤。沿着楼梯慢慢下降啊,悲愤的怨气郁结胸膛。直到半夜还不能入睡啊,在床上翻来覆去无限惆怅。

(选自萧统编,张启成、徐达等译注:《文选全译》,贵州人民出版社1994年版)

知识

王粲(177—217),字仲宣,建安时期著名文学家。少有才名,被公认为"建安七子"中成就最高者,《文心雕龙·才略》称他为"七子之冠冕"。擅长辞赋,《全后汉文》收录其作品48篇,以辞赋为最多。选文即为其最为人所称道的作品。

汉献帝初平四年(193),长安扰乱,17岁的王粲避难荆州,归附刘表。因相貌丑陋、身体羸弱,王粲始终不受重视。选文写于建安十一年(206),此时王粲已经30岁,仍郁郁不得志。这年秋天,王粲登上当阳城楼,写下此赋,一抒离乱流亡的苦闷、怀才不遇的痛苦、对家乡故土的深刻思念以及对清平治世的殷切期盼。

解读

选文虽为赋,却一洗汉赋雕琢板滞之弊。语言流畅自然,感情深挚动人。清人周平园评价此赋说:"篇中无幽奥之词,雕镂之字,期于自抒胸臆,书尽言,言尽意而止。……行文低徊俯仰,尤为言尽而意不尽。"贴切至极。千百年来,选文之所以有如此强大的感染力,盖其抒发了离乱之人共有的悲情,从"虽信美而非吾土兮,曾何足以少留"的彷徨,到"凭轩槛以遥望兮,向北风而开襟"的情愫,再到"兽狂顾以求群兮,鸟相鸣而举翼。原野阒其无人兮,征夫行而未息"的凄怆,1000多年前当阳城楼上那个茕茕孑立、彷徨顾盼的身影,他的哪一句低眉浅吟打动了你?

长 恨 歌

白居易

汉皇重色思倾国,御宇多年求不得。
杨家有女初长成,养在深闺人未识。
天生丽质难自弃,一朝选在君王侧。
回眸一笑百媚生,六宫粉黛无颜色。
春寒赐浴华清池,温泉水滑洗凝脂。
侍儿扶起娇无力,始是新承恩泽时。
云鬓花颜金步摇,芙蓉帐暖度春宵。
春宵苦短日高起,从此君王不早朝。
承欢侍宴无闲暇,春从春游夜专夜。
后宫佳丽三千人,三千宠爱在一身。
金屋妆成娇侍夜,玉楼宴罢醉和春。
姊妹弟兄皆列土,可怜光彩生门户。
遂令天下父母心,不重生男重生女。

骊宫高处入青云，仙乐风飘处处闻。
缓歌慢舞凝丝竹，尽日君王看不足。
渔阳鼙鼓动地来，惊破霓裳羽衣曲。
九重城阙烟尘生，千乘万骑西南行。
翠华摇摇行复止，西出都门百余里。
六军不发无奈何，宛转蛾眉马前死。
花钿委地无人收，翠翘金雀玉搔头。
君王掩面救不得，回看血泪相和流。
黄埃散漫风萧索，云栈萦纡登剑阁。
峨嵋山下少人行，旌旗无光日色薄。
蜀江水碧蜀山青，圣主朝朝暮暮情。
行宫见月伤心色，夜雨闻铃肠断声。
天旋日转回龙驭，到此踌躇不能去。
马嵬坡下泥土中，不见玉颜空死处。
君臣相顾尽沾衣，东望都门信马归。
归来池苑皆依旧，太液芙蓉未央柳。
芙蓉如面柳如眉，对此如何不泪垂。
春风桃李花开夜，秋雨梧桐叶落时。
西宫南内多秋草，落叶满阶红不扫。
梨园弟子白发新，椒房阿监青娥老。

才情篇

夕殿萤飞思悄然，孤灯挑尽未成眠。
迟迟钟鼓初长夜，耿耿星河欲曙天。
鸳鸯瓦冷霜华重，翡翠衾寒谁与共？
悠悠生死别经年，魂魄不曾来入梦。
临邛道士鸿都客，能以精诚致魂魄。
为感君王展转思，遂教方士殷勤觅。
排空驭气奔如电，升天入地求之遍。
上穷碧落下黄泉，两处茫茫皆不见。
忽闻海上有仙山，山在虚无缥缈间。
楼阁玲珑五云起，其中绰约多仙子。
中有一人字太真，雪肤花貌参差是。
金阙西厢叩玉扃，转教小玉报双成。
闻道汉家天子使，九华帐里梦魂惊。
揽衣推枕起徘徊，珠箔银屏迤逦开。
云鬓半偏新睡觉，花冠不整下堂来。
风吹仙袂飘飘举，犹似霓裳羽衣舞。
玉容寂寞泪阑干，梨花一枝春带雨。
含情凝睇谢君王，一别音容两渺茫。
昭阳殿里恩爱绝，蓬莱宫中日月长。
回头下望人寰处，不见长安见尘雾。

经典悦读

唯将旧物表深情,钿合金钗寄将去。
钗留一股合一扇,钗擘黄金合分钿。
但教心似金钿坚,天上人间会相见。
临别殷勤重寄词,词中有誓两心知。
七月七日长生殿,夜半无人私语时:
在天愿作比翼鸟,在地愿为连理枝。
天长地久有时尽,此恨绵绵无绝期。

(选自陈才智编著:《中国古典诗词精品赏读丛书:白居易》,五洲传播出版社 2005 年版)

知识

自古唐明皇和杨贵妃的爱情故事总是受到文人骚客的偏爱,杜牧的《过华清宫》"一骑红尘妃子笑,无人知是荔枝来",白居易的《长恨歌》"回眸一笑百媚生,六宫粉黛无颜色"、"在天愿作比翼鸟,在地愿为连理枝"等名句传诵千古;关汉卿的《哭香囊》,庾天锡的《华清宫》、《霓裳怨》,岳伯川的《梦断杨妃》,王伯成的《天宝遗事》,白朴的《梧桐雨》等剧作更是从不同角度重新演绎并且阐释了这段爱情故事。这其中最为著名的当推白居易的《长恨歌》。

本诗作于唐宪宗元和元年(806)十二月,白居易时任盩厔(今西安市周至县)县尉。一日,白居易与在当

才情篇

地结识的友人陈鸿、王质夫到仙游寺游览,谈及50多年前的天宝往事,以及唐玄宗和杨贵妃的爱情故事。他们唯恐这段爱情故事湮没于历史中,王质夫遂提议白居易为文加工润色,以文学的形式加以记叙、纪念。于是白居易写下这首诗,而陈鸿也创作了一篇传奇小说《长恨歌传》。

杜牧的《过华清宫》借唐明皇专宠杨贵妃讽喻红颜祸国,白朴的《梧桐雨》借李杨情爱的坎坷曲折宣示人生的变幻无常,只有白居易将眼光聚焦于李杨之间的情,两人之情直接催生了作为诗眼的"恨"。对于后人反复诟病的唐明皇对杨贵妃的盛宠,以及极具讽喻意味的马嵬坡之变,诗人也只是冷静客观地将其作为两人情路的跌宕加以叙述。叙事抒情的真正高潮是在杨贵妃死后两人的仙凡重逢。这段故事实为虚构,然而从情感发展的脉络上来看,这种深沉相思郁积的最终爆发反而令人觉得真实可感,撼动人心。也正因为此,《长恨歌》之"恨"才千百年来一直荡气回肠地盘旋在人们心头,成为东方情爱的典型代表与整个民族关于爱情的共同记忆和想象。

浣 溪 沙

纳兰容若

正文

谁念西风独自凉。萧萧黄叶闭疏窗。沉思往事立残阳。 被酒莫惊春睡重,赌书消得泼茶香。当时只道是寻常。

(选自纳兰性德撰,赵秀亭、冯统一笺校:《饮水词笺校》,辽宁教育出版社2001年版)

知识

纳兰性德(1655—1685),字容若,清朝著名词人,"清词三大家"之一,词风格近李煜,有"清李后主"之称,亦被称为"晏小山",词集《侧帽集》问世时年仅24岁。31岁时死于寒疾。

纳兰性德20岁时与两广总督卢兴祖之女卢氏成婚,两人婚后举案齐眉,琴瑟甚笃,"绣榻闲时,并吹红雨,雕栏曲处,同倚斜阳",然而卢氏在婚后第三年因难产而死,纳兰悲痛欲绝,从此"悼亡之吟不少,知己之恨尤深",悼亡之音破空而起,成为后人甚至他自己都无法超越的高峰。选文即为纳兰悼亡词的代表作之一。

上阕写今日之孤寂,自己已是"独自"一人,却仍

 才情篇

明知故问"谁念",更觉悲凉。西风、黄叶、残阳,无一不勾起词人的愁思。关上了"疏窗",心头的思念却呼啸而出,忆往事,妻子既在生活上对他体贴入微、关怀备至,怜惜他春日醉酒酣眠而不忍惊扰,同时也是他文学上的红颜知己,词人借赵明诚、李清照"赌书泼茶"的典故,言自己与亡妻在文学上的志同道合。今昔对比之下,词人满腔忧思化为一句喃喃自语:"当时只道是寻常"。

王国维赞扬纳兰性德"以自然之眼观物,以自然之舌言情。此由初入中原,未染汉人风气,故能真切如此。北宋以来,一人而已"。晚清词人况周颐也在《蕙风词话》中誉其为"国初第一词手"。也有如陈梦渠指出:"纳兰词意境最不深厚,措词最是浅显,而能眩人耳目者,乃其造语最是凄婉也。"虽为批评,但也从另一角度凸显了纳兰词作真性情、浅词句、缠绵悱恻、举重若轻之艺术特色。

失 眠

周志强

像是一张地图

到处有熟悉的名字
却没有我的去处
沿着虚线描摹的小路
找到没有家的瓢虫
一起去看　波纹摇动的镜湖
一起蛰伏在海拔邃密的高处
漫天　雾
一个辗转
流星呼啸在耳边
是谁？一声脆弱惊呼？

别在黑夜里送我能被吹熄的蜡烛
别继续让我相信
那牵挂的红楼里有伤心的投壶
屏风映出翠林山溪的鸣叫
挣断的琴弦　也　柔若无骨
若此刻心情
有始无终而惟恍惟惚
一端断山　一端断水
中间满是　飘散掉的起伏

 才情篇

失眠是绝望者的地图
在半明半昧的时刻
隔雨看月　蝉鸣四起
乱鸦声里　钟鸣　暮鼓

2009 - 04 - 20

（作者系南开大学教授，诗作发表在其网易博客）

周志强，南开大学文学院教授、博士生导师，南开大学东方审美文化研究中心主任、南开大学语文教育研究中心主任；《中国图书评论》执行主编；中华女子学院特聘教授；（台湾）明道大学客座教授；2012年入选"教育部新世纪优秀人才支持计划"、天津市第三批宣传文化"五个一批"人才。

作者以犀利深刻的政治评论文章闻名，有政论文集《这些年我们的精神裂变》，然而作者亦是有诗心诗情的才子，其现代诗意象独特、灵动飘逸，古体诗古拙质朴、文思深沉，值得一读。

古今中外，写到失眠的诗作不少，如"唯将终夜长开眼，报答平生未展眉"、"觉来不语到明坐，一夜洞庭湖水声"、"华山处士如容见，不觅仙方觅睡方"、"酒醉夜未

阑，几回颠倒枕"，以文字描摹失眠中心境的有许多种，然而真正将失眠作为主题和对象的文学作品却少之又少，一方面盖因自古诗言志的传统，另一方面则是由于失眠时的心绪往往混乱如野马驰骋，失眠之人自己尚难捕捉，又如何诉诸笔端？然而这起伏缠绵的心绪，被作者用一系列真实可感的意象加以描摹，句句未直写失眠，实则句句写失眠。"失眠是绝望者的地图"，设喻尤其精彩，读来让人心襟摇动，而又唏嘘不已。

巧辩谲谏　机变之智

庄子·外篇·至乐

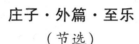

（节选）

天下有至乐无有哉？有可以活身者无有哉？今奚为奚据？奚避奚处？奚就奚去？奚乐奚恶？

夫天下之所尊者，富贵寿善也；所乐者，身安厚味美服好色音声也；所下者，贫贱夭恶也；所苦者，身不得安逸，口不得厚味，形不得美服，目不得好色，耳不得音声；若不得者，则大忧以惧，其为形也，亦愚哉！

夫富者，苦身疾作，多积财而不得尽用，其为形也亦外矣。夫贵者，夜以继日，思虑善否,其为形也亦疏矣。人之生也,与忧俱生,寿者惛惛,久忧不死,何苦也!其为形也亦远矣。烈士为天下见善矣,未足以活身。吾未知善之诚善邪,诚不善邪?若以为善矣,不足活身;以为不善矣,足以活人。故曰:"忠谏不听,蹲循勿争。"故夫子胥争之以残其形,不争,名亦不成。诚有善无有哉?

今俗之所为与其所乐,吾又未知乐之果乐邪,果不乐邪?吾观夫俗之所乐,举群趣者,誙誙然如将不得已,而皆曰乐者,吾未知之乐也,亦未知之不乐也。果有乐无有哉?吾以无为诚乐矣,又俗之所大苦也。故曰:"至乐无乐,至誉无誉。"

天下是非果未可定也。虽然,无为可以定是非。至乐活身,唯无为几存。请尝试言之。天无为以之清,地无为以之宁,故两无为相合,万物皆化生。芒乎芴乎,而无从出乎!芴乎芒乎,而无有象乎!万物职职,皆从无为殖。故曰天地无为也而

才情篇

无不为也,人也孰能得无为哉!

庄子妻死,惠子吊之,庄子则方箕踞鼓盆而歌。

惠子曰:"与人居,长子、老、身死,不哭,亦足矣,又鼓盆而歌,不亦甚乎!"

庄子曰:"不然。是其始死也,我独何能无概然!察其始而本无生,非徒无生也而本无形,非徒无形也而本无气。杂乎芒芴之间,变而有气,气变而有形,形变而有生,今又变而之死,是相与为春秋冬夏四时行也。人且偃然寝于巨室,而我噭噭然随而哭之,自以为不通乎命,故止也。"

(选自陈鼓应注译:《庄子今注今译》,商务印书馆 2007 年版)

世界上有没有至极的快乐呢?有没有可以养活身命的方法呢?如果有,要做些什么,依据什么?回避什么,留意什么?从就什么,舍去什么?喜欢什么,嫌恶什么?

世界上所尊贵的,就是富有、华贵、长寿、善名;所享乐的,就是身体的安适、丰盛的饮食、华丽的装饰、美好的颜色、悦耳的声音；所厌弃的，就是贫穷、卑贱、夭折、恶名；所苦恼的，就是身体不能得到安逸，口腹不能得到美味，外表不能得到华丽服饰，眼睛不能看到美好颜色，耳朵不能听到动人声音；如果得不到这些，就大为忧惧。这样地为形体，岂不是太愚昧了吗？

富人劳苦身体，辛勤工作，积聚很多钱财而不能完全使用，这样对于护养自己的形体，岂不是背道而驰吗？贵人夜以继日，忧虑着名声的好坏，这样对于护养自己的形体，岂不是很疏忽吗？人的一生，和忧愁共存，长命的人昏昏沉沉，久久地忧患着如何才能不死，多么苦恼啊！这样对于保全自己的形体岂不是很疏远吗？烈士被天下的人所称赞，却保不住自己的性命，我不知道这真是完善呢，还是不完善。如果说是完善，却保不住自己的性命；如果说不完善，却救活了别人。俗语说："忠诚地谏告，如果不听，就退去，不必再争谏。"所以子胥因为谏诤而遭残戮，如果他不争谏，就不会成名。这样看来有没有真正的完善呢？

现在世俗所追求和所欢乐的，我不知道果真是快乐，还是不快乐。我看世俗所欢乐的，一窝蜂地追逐，十分执着地好像欲罢不能，而大家都说这是快乐，我不知道这算是快乐，还是不快乐。果真有快乐没有呢？我以为清静无为是真正的快乐，但这又是世俗人所大感苦恼的。所以说："至极的欢乐在于'无乐'，最高的声誉在于'无誉'。"

天下的是非确实不可以成定论的。虽然这样，然而

才情篇

"无为"的态度可以定论是非。至极的欢乐可以养活身心，只有"无为"的生活方式或许可以得到欢乐。请让我说说：天"无为"却自然清虚，地"无为"却自然宁静，天地"无为"而组合，万物乃变化生长。恍恍惚惚，不知道从哪里生出来！恍恍惚惚，找不出一点迹象来！万物繁多，都从无为的状态中产生。所以说：天地无心作为却没有一样东西不是从它们生出来的。谁能够学这种"无为"的精神呢！

庄子的妻子死了，惠子去吊丧，看到庄子正蹲坐着，敲着盆子唱歌。

惠子说："和妻子相住一起，为你生儿育女，现在老而身死，不哭也够了，还要敲着盆子唱歌，这岂不太过分了吗？"

庄子说："不是这样。当她刚死的时候，我怎能不哀伤呢？可是观察她起初本来是没有生命的，不仅没有生命而且还没有形体，不仅没有形体而且还没有气息。在若有若无之间，变而成气，气变而成形，形变而成生命，现在又变而为死，这样生来死往的变化就好像春夏秋冬四季的运行一样。人家静静地安息在天地之间，而我还在啼啼哭哭，我以为这样是不通达生命的道理，所以才不哭。"

（选自陈鼓应注译：《庄子今注今译》，商务印书馆2007年版）

古今读庄子，似乎多重其"内圣外王"的理想，而庄子的"内圣"之学,其心学、气论及天人之学都对后代哲学产生了深刻的影响。陈鼓应甚至提出:"庄子的'内圣'之学决定了中国哲学史的主要内涵和方向,而庄子思想的原创性和内涵的丰富性,在中国哲学史上的重要地位是无人能及的。"

庄子为文,贵在思想性与文学性相得益彰。其"峥嵘之高论"与"浩荡之奇言"在开阔的文字中从不显突兀,反而增加了气势。鲁迅在《汉文学史纲要》一文中评价庄子散文说:"其文汪洋辟阖,仪态万方,晚周诸子之作,莫能先也。"郭沫若在《鲁迅与庄子》一文中高度赞扬庄子:"秦汉以来的一部中国文学史,差不多大半是在他的影响下发展。"

选文中庄子借人生哲学的议论,表达其宇宙论和朴素辩证的哲学思想。有人评价《庄子》是中国哲学史上的奇葩,其学说和言辞方式,自始至终都是"恣纵奇诡和罗曼蒂克"。清人胡文英说:"庄子眼极冷,心肠极热。眼冷,故是非不管;心肠热,故感慨万端。虽知无用,而未能忘情,到底是热肠挂住;虽不能忘情,而终不下手,到底是冷眼看穿。"所言不差。庄子的哲学是与其性情紧密契合的。妻死鼓盆而歌,人们大都只看到庄子的狂狷不羁,但其中所表现出的深沉的悲剧感,又有几人可与庄子同品?

才情篇

叔向论忧德不忧贫

叔向见韩宣子，宣子忧贫，叔向贺之。宣子曰："吾有卿之名，而无其实，无以从二三子，吾是以忧。子贺我，何故？"对曰："昔栾武子无一卒之田，其宫不备其宗器，宣其德行，顺其宪则，使越于诸侯，诸侯亲之，戎、狄怀之，以正晋国，行刑不疚，以免于难。及桓子骄泰奢侈，贪欲无艺，略则行志，假货居贿，宜及于难，而赖武之德，以没其身。及怀子改桓之行，而修武之德，可以免于难，而离桓之罪，以亡于楚。夫郤昭子，其富半公室，其家半三军，恃其富宠，以泰于国，其身尸于朝，其宗灭于绛。不然，夫八郤，五大夫三卿，其宠大矣，一朝而灭，莫之哀也，唯无德也。今吾子有栾武子之贫，吾以为能其德矣，是以贺。若不忧德之不建，而患货之不足,将吊之不暇,何贺之有?"宣子拜稽首焉,曰:"起也将亡,赖子存之,非起也敢专承之,其自桓叔以下嘉吾子之赐。"

(选自黄永堂译注:《国语全译》,贵州人民出版社 1995 年版)

叔向去见韩宣子,韩宣子正为贫困发愁,叔向却祝贺他。宣子说:"我空有正卿的名义,却没有正卿的实际,没有财富同诸位卿大夫交往,所以我很发愁。您倒来祝贺我,这是什么缘故?"叔向回答说:"从前栾武子身为正卿,却没有一百顷的田地,他家里连祭器都不齐备,但他却能发扬美德,遵循法规,他的名声传遍诸侯各国。诸侯亲近他,戎人、狄人归服他,因此安定了晋国,虽然杀了厉公却没被国人责难,还因此而免遭大难。到他的儿子栾桓子骄横不可一世,奢侈放纵,贪婪得没个限度,触犯法纪任意胡为,借放高利贷囤积财富,本来该遭到祸难,只不过仰赖他父亲栾武子的美德,才得以善终。到他的儿子栾怀子,一改父亲栾桓子的所作所为,而学习祖父栾武子的美德,本来可以免除祸难,却受到桓子罪孽的连累,被迫逃亡到楚国。还有郤昭子,他的财富抵得上晋国公室的一半,三军将帅中倒有一半是郤家的人,仗恃自家的财力

才情篇

和权势，在晋国骄横放肆到极点，结果落得被杀后尸身还放在朝堂上示众，他的宗族也在绛城被灭绝。如果不是这样，八个姓郤的，有五个做大夫三个做卿，他们家的权势可说是很大的了，可是却在一天之内被诛灭，没有一个人哀怜，就因为没有德行的缘故啊。现在您有栾武子的清贫，我认为您也具有他的德行，所以祝贺您。假如不是忧虑德行不能建立，却忧虑财富不够多，我哀吊您还来不及，哪里还会祝贺？"宣子向他下拜并叩头，说："我韩起将要灭亡了，仰赖您的教导保存了我，不光是韩起独自承受您的恩德，就是从桓叔以下的韩氏列祖列宗都要感激您的恩赐。"

（选自黄永堂译注：《国语全译》，贵州人民出版社1995年版）

知识

选文选自《国语》。《国语》亦称《春秋外传》，是我国最早的国别史著作，与《左传》、《战国策》并称先秦时期三部历史名著。全书21卷，讲述了西周、春秋时期周、鲁、齐、晋、郑、楚、吴、越八国人物、事迹、言论，相传为春秋末期鲁国盲史官左丘明记诵、讲述的历史。左丘明稍早于孔子，他讲的历史得到过孔子的赞赏。《国语》体例本散，流传过程中亦有散佚，现存版本的《国语》是残存记录的总汇。《国语》中的记录虽为口述，但也是价值极高的原始史料，司马迁著《史记》时即从中汲取了很多史料。

选文中晋国韩宣子感慨自己虽然有正卿的名位,却没有足够的财富与贵族大夫交往,并为此而发愁。晋国大夫叔向却向他"贺贫",先是列举曾经是晋国正卿的栾武子三代的情况,说明贫而有德之可贺,接着列举郤氏家族富而无德,最终身死族灭,前后对比,不仅突出了德行对自身的重要性,更提出德行对后代乃至整个家族的影响。这样的见解在当时可谓惊世骇俗。

《国语》是一部偏重于记言的作品,这篇文章也以叔向的言论为主。篇幅短小,却内容充实、结构完整、条理分明,正反对比之下论证有力且一气呵成,语言流畅,读来灵动睿智,又如身临其境,颇具现场感。

一箪食,一瓢饮,在陋巷,人不堪其忧,回也不改其乐。

——孔子

金玉满堂,莫之能守。富贵而骄,自遗其咎。功成身退,天之道也。

——老子

才情篇

对楚王问

宋 玉

楚襄王问于宋玉曰:"先生其有遗行与,何士民众庶不誉之甚也?"宋玉对曰:"唯。然有之。愿大王宽其罪,使得毕其辞:

"客有歌于郢中者,其始曰《下里巴人》,国中属而和者数千人;其为《阳阿》、《薤露》,国中属而和者数百人;其为《阳春白雪》,国中属而和者不过数十人;引商刻羽,杂以流徵,国中属而和者不过数人而已。是其曲弥高,其和弥寡。故鸟有凤而鱼有鲲。凤皇上击九千里,绝云霓,负苍天,翱翔乎杳冥之上;夫蕃篱之鷃,岂能与之料天地之高哉!鲲鱼朝发昆仑之墟,暴鬐于碣石,暮宿于孟诸。夫尺泽之鲵,岂能与之量江海之大哉!故非独鸟有凤而鱼有鲲也,士亦有之!夫圣人瑰意琦行,超然独处,夫世俗之民又安知臣之所为哉!"

(选自萧统编,张启成、徐达等译注:《文选全译》,贵州人民出版社1994年版)

楚襄王问宋玉说:"先生是否有丑行劣迹,为什么老百姓这样不称道你呢?"宋玉回答说:"是。但这是有原因的。请大王恕罪,让我把话说完:

"有人在楚国国都郢中唱歌,开始唱《下里巴人》,城里跟着他一同和声而唱的有几千人;继而唱《阳阿》、《薤露》,城里跟着他一同和声而唱的有几百人;后来唱《阳春白雪》,城里跟着他一同和声而唱的只有几十人,乐律渐趋严正,掺和着变调,城里跟着他一同和声而唱的不过几人而已。这叫作曲高和寡。鸟中有凤,鱼中有鲲。凤凰一飞九千里,高绝云端,背负青天,飞翔在渺渺茫茫的上空;草丛中的尺鷃怎么能够像凤凰一样识别天地之高低?鲲鱼早上从昆仑山下出游,它的鬐脊出现在海边的山石之间,到了晚上就宿于大泽之中。小沼泽中的鲵鱼怎么能够像鲲鱼一样懂得江海之汪洋?所以,不但鸟中有凤,鱼中有鲲,人类中也同样有大人物。圣人就有亢言高行,出类拔萃,不同凡响;那种世俗小人又怎么能够了解我的

才情篇

所作所为呢?"

（选自萧统编，张启成、徐达等译注：《文选全译》，贵州人民出版社1994年版）

知识

楚襄王，即楚顷襄王，宋玉为其大夫。宋玉，战国后期楚国辞赋作家，相传为屈原弟子，历史上对其记载较少。

对问，是通过一问一答来论述作者的观点和要论述的问题的一种文体。宋玉被楚襄王追问为何声誉不佳，他并不直接为自己辩解，而是以鸟中之凤、鱼中之鲲自比，又举阳春白雪、下里巴人两种乐曲在市井中截然不同的接受和传唱程度为例，以证明自身同圣人一样的"瑰意琦行，超然独处"是无法被市井俗民所理解的。

解读

选文颇有才情，立论简洁有力，情怀豪放孤高。"下里巴人"、"阳春白雪"、"曲高和寡"的典故皆由此而来。且不论宋玉为自己的辩解是否属实，单看其论证之恣肆果敢，设喻之大胆生动，即可见宋玉对自身及才华的强大自信，对问之间出此言论，不得不叹其机变之智。

《战国策》两篇

有献不死之药于荆王者

有献不死之药于荆王者,谒者操以入。中射之士问曰:"可食乎?"曰:"可。"因夺而食之。王怒,使人杀中射之士。中射之士使人说王曰:"臣问谒者,谒者曰可食,臣故食之。是臣无罪,而罪在谒者也。且客献不死之药,臣食之而王杀臣,是死药也。王杀无罪之臣,而明人之欺王。"王乃不杀。

(选自王守谦、喻芳葵等译注:《战国策全译》,贵州人民出版社1992年版)

有人向楚王献上长生不死之药,传达官拿着药进入王宫。有一个负责保卫的官员问道:"这药可以吃吗?"传达官说:"可以吃。"于是他就把药夺下来吃了。楚王大怒,派人去杀那个负责保卫的官员。负责保卫的官员派人向楚王转达自己的话说:"臣下询问传达官,传达官说可以吃,臣下所以把药吃了。这件事臣下没有罪过,罪过在传达官身上。再说客人进献的是长生不死之药,因为臣下吃了药,大王就杀我,这是催人死的药。大王杀了无罪的臣下,却表明有人欺骗大王。"于是楚王没有杀他。

(选自王守谦、喻芳葵等译注:《战国策全译》,贵州人民出版社1992年版)

知识

选文选自《战国策·楚策四》。《战国策》是主要记述战国时期纵横家的政治主张和策略的国别体史书,作者已不可考。西汉刘向编订为33篇,并拟定书名。《战国策》不仅是一部战国时代各国历史情况的重要实录,也是一部具有很高文学价值的历史散文杰作,全书约12万字,研究家赞之"亦文亦史"。

解读

语言具有多义性,文中负责保卫的官员在为自己辩护之时即充分地运用了这一点。传达官说"可以吃"的意思是该药的服用方式是食用,而负责保卫的官员的理解是"允许我吃"。"长生不死",也有"得病可以不死"、"砍头可以不死"、"无论何种情况都可以不死"等不同理解,负责保卫的官员即在语义的罅隙中闪转腾挪,与君主玩起了语言游戏,读来趣味盎然。清人王符曾疑"中射之士"

意在"为君试药",若由此观之,则此人不仅智勇兼备,更是忠心可嘉。

先生王斗造门而欲见齐宣王

先生王斗造门而欲见齐宣王,宣王使谒者延入。王斗曰:"斗趋见王为好势,王趋见斗为好士,于王何如?"使者复还报。王曰:"先生徐之,寡人请从。"宣王因趋而迎之于门,与入,曰:"寡人奉先君之宗庙,守社稷,闻先生直言正谏不讳。"王斗对曰:"王闻之过。斗生于乱世,事乱君,焉敢直言正谏。"宣王忿然作色,不说。

有间,王斗曰:"昔先君桓公所好者,九合诸侯,一匡天下,天子授籍,立为大伯。今王有四焉。"宣王说,曰:"寡人愚陋,守齐国,唯恐失抎之,焉能有四焉?"斗曰:"否。先君好马,王亦好马。先君好狗,王亦好狗。先君好酒,王亦好酒。先

才情篇

君好色,王亦好色。先君好士,而王不好士。"宣王曰:"当今之世无士,寡人何好?"王斗曰:"世无骐骥骡耳,王驷已备矣。世无东郭俊、卢氏之狗,王之走狗已具矣。世无毛嫱、西施,王宫已充矣。王亦不好士也,何患无士?"王曰:"寡人忧国爱民,固愿得士以治之。"王斗曰:"王之忧国爱民,不若王爱尺縠也。"王曰:"何谓也?"王斗曰:"王使人为冠,不使左右便辟而使工者何也?为能之也。今王治齐,非左右便辟无使也,臣故曰不如爱尺縠也。"宣王谢曰:"寡人有罪国家。"于是举士五人任官,齐国大治。

(选自王守谦、喻芳葵等译注:《战国策全译》,贵州人民出版社1992年版)

先生王斗到了王宫门前想要拜见齐宣王,宣王派传达官领他进来。王斗说:"我要快步向前去拜见大王是贪慕权势,大王快步向前来见我是喜爱贤士,在大王看来怎么样?"传达官又回去报告齐宣王。宣王说:"让先生慢慢走,我听从他的意见。"宣王因此快步向前到宫门去迎接王斗,和他一起进宫,说:"寡人奉祀祖庙,守卫国家,听说先生直言敢谏毫不忌讳。"王斗回答说:"大王听说的传闻不对。我生活在动乱的时代,事奉的是昏乱的君主,哪里敢直言正谏呢。"宣王愤怒地改变了脸色,很不高兴。

过了一会儿,王斗说:"从前先君桓公所喜欢的事情,是多次会合诸侯,一举匡正天下,天子授给他封地,立桓公为诸侯的首领。如今大王有四点和桓公相同。"齐宣王很高兴,说:"寡人愚笨浅薄,守护齐国,只怕有所损失,哪里有四点与先王相同呢?"王斗说:"不对。先君喜欢马,大王也喜欢马。先君喜欢狗,大王也喜欢狗。先君喜欢酒,大王也喜欢酒。先君喜欢女色,大王也喜欢女色。先君喜欢贤士,可是大王不喜欢贤士。"宣王说:"当今的时代没有贤士,寡人喜欢什么?"王斗说:"世间没有骐骥和骒耳那样的良马,可是大王驾车的四匹马已经具备了。世间没有东郭俊和卢氏之狗,可是大王的猎狗已经具备了。世间没有毛嫱、西施那样的美女,可是大王的后宫已经住满了。大王只不过不喜欢贤士,为什么忧虑没有贤士?"宣王说:"寡人忧虑国事热爱民众,本来希望得到贤士以便治理国家。"王斗说:"大王的忧虑爱民,赶不上大王喜爱一尺绉纱。"宣王说:"这说的是什么意思?"王斗说:"大王派人做帽子,不让左右亲近宠信的人去做而让工匠去做,为什么呢?是因为工匠有能力做好它。如

才情篇

今大王治理齐国，不是左右亲近宠信的人不任用，臣下所以说大王忧国爱民不如爱惜一尺绉纱。"宣王谢罪说："寡人对国家有罪。"于是他选拔了五位贤士担任官职，齐国得到了很好的治理。

（选自王守谦、喻芳葵等译注：《战国策全译》，贵州人民出版社1992年版）

知识

选文选自《战国策·齐策四》。《战国策》展示了战国时代谋臣策士纵横捭阖的斗争，反映了当时的历史特点和社会风貌，是研究战国历史的重要典籍。郭预衡在《中国散文史》中指出，《战国策》的主要思想倾向属于纵横家，它突破了商周以来的传统观念，其中最突出的是宣扬纵横家的人生观和道德观。战国七国实力此消彼长，政局风云变幻，战争绵延、政局更迭，所谓乱世出枭雄，如此乱世更是谋士、智士的舞台。选文即表现了王斗的雄辩与运筹帷幄的机智。

解读

即使战国时期君臣关系未像后世那样森严，然而，臣子如何达到最好的劝谏效果，还是需要良好的语言技巧和高超的智谋。王斗进谏时先声夺人，促使宣王出迎，即在气势上压倒对方，而对于颇为自负的齐宣王来说，在谏言时必须以一个可以使他折服的人做比较，才可以促使他反省自身。王斗选择了九合诸侯的先主齐桓公。两相对比，宣王不足之处立现。王斗更值得称赞之处在于，虽然其进谏讲究策略，但其语言硬朗，不卑不亢，甚至颇有名士气节。

假定我是土匪

林语堂

这个题目太好了，越想越有趣，假定教师肯出这种题目，必定触起学生的灵机，不怕没有清俊的文章可读。也许很多人未曾想到这种题目，但于我，一想起，却是爱不忍舍。若加以唯物史观的辩证法而分析之，我想也可客观的发现此文之"社会意识"。现代的社会，谋生是这样的不易，失业是这样的普遍，而做土匪的将来又是这样伟大，怎禁得人不涉及这种遐想？假定一人生当今日，有过人的聪明机智，又能带点屠狗户骨气，若刘邦、樊哙之流，

才情篇

而肯屈身去做土匪,我可担保他飞黄腾达,荣宗显祖,到了晚年,还可以维持风化,提倡文言,收藏善本,翻印佛经,介绍花柳医生。时运不济,尚可退居大连,享尽朱门华贵,嫔婢环列之艳福。命途亨通,还可以媲美曹锟、李彦青,身居宫殿,生时博得列名《中国名人传》之荣耀,死后博得一张煌煌赫赫的讣闻。

自然,我有自知之明,自觉不配做土匪的。不但不会杀过一条人命,而且根本就缺乏做匪首的资格。做个匪首,并不容易,第一便须轻财仗义,豪侠好交,能结纳天下英雄,江湖豪杰,这是我断断做不来的。做土匪的领袖,与做公司或社会的领袖一样,须有领袖之身分、手段、能干、灵敏、阴险、泼辣、无赖、圆通、是非不要辨得太明、主义不要守得太板……这是据我的观察,一切的领袖所共有而我所决无的美德。但是假定上天赋与我这样一个性格,我可以指出一条成功的途径,包管

经典悦读

博得一个社会模范人物的美名，骗得那里公园的一块石像，将见时谣曰"生子当如×××（即匪首之爷）"，为众人所羡慕不置。

第一件，便是习书法。我想要自一个土匪做到显祖荣宗的模范人物，有两个必要的条件：学得一手好书法，而又能拟得体动人的通电。后者总有办法，可以六十元一月雇一位举人代拟，题签联对则不好意思叫人代题。至少我个人是不好意思这样的，书法是半世的事业，学习要早。所以在我做乡村土匪时期，就得练习书法。到了我夺了几个城，掠了一州府，自然有许多人来请我题匾额写对联了。这时就要见出你的高下，而见出你是一个暴虎凭河的莽汉，或是一个读过圣贤书的雅人。你有一手好字，便可以结交当地士绅，而不愧为一位右文的山皇帝。

有了一手好书法及雇一位善拟通电的书记（最好是骈四俪六一派的），我就要去攻一小商埠，如厦门、烟台之类。这大概需五百名精兵。其实只消一百五十名精兵，余三百五十名，什么流氓、丘八、鸦片烟鬼都可以。我是有所据而云然，因为我曾亲见××与厦门海军争夺厦门的一幕喜剧。也许三十名敢死队半夜发作就可以把厦门、烟台据为己有。（满兵三十万取得大中华，日本二师兵取得沈阳，依此比例，这个算法是不错的。）"剧战"一概二小时，伤了三条狗，两只鸡，也就完了。所以一面开战，一面通电、告示就得于前晚拟好，一拍即出。通电所以对外，告示所以安民。告示中的话，不外"我爱老百姓，我爱老百姓，我最爱老百姓"。但是对于废除苛捐杂税一层，却可暂缓不提。同时可加一句："我恨外国人，我恨帝国主义，我反对经济侵略。"然后请一位大学二年级的学生，善操"Good morning – good afternoon – thank you – excuse me"一派的英语者，同他坐个汽车遍访外国领事，表示对于保全外人生命财产绝对负责。在通电中,这一类"保护外侨生命财产"的话,又必重叠申明。但是对于保护国人生命财产一层,可以暂缓不提。外国领事必定握手亲自送至门口,回头想着,我就是袁世凯第二。我已认清我的政治前途,要建设在忍辱负重国际亲善的基础之上。

从乡匪时期达到省匪时期,我估算大约须三年。这三年中是我养精蓄锐时期,书法愈雄健,外宾愈和洽,声誉日隆,匪僚日畏,大家说我有"大志"。因为我既然是匪,不得不为物质环境及阶级意识所决定,为自卫计,军队总嫌不足,器械总嫌不精,养兵无钱不行也。我必须以建设为名,改造全城、修桥、造路、筑码头、换门牌,立了种种名目。这样我三年内便可发三百万的财,如果励精图治,再加喜轿捐,棺材捐,猪子捐,也许以二年为期便可达到目的。大约筑一段路,每丈有六十元的好处,所以路越长越好。如果小商埠

才情篇

没有几里路的公路好筑,那么筑得坏一点,每年又有一笔重修公路费的收入。"重修"二字甚雅,古人称来是一种功德,今人说来是一种建设。这样无形中我已成了一模范土匪,有口皆碑,西洋记者参观,莫不交口赞叹,称我"开通"、"进步",兼且囊中已有三百万家私,在公在私,都说得过去,对得住国民,对得住祖上,实为德高。

这三百万元到手,天下事何不可为?只消代付了三个月欠饷,中国任何海军,我收买得来,成本虽略大,利益亦不薄。这时人又更加精明,宦途更加练达,什么东西可以骗过老爷眼里(这时自然是老爷)。用明察秋毫的眼光,我可有一批开源节流的新发现。譬如猪槽、马鞯、尿壶、粪桶,不都可以捐起来吗?这时总不免有一两位极精宦途的幕僚来依附我,坐下开口便是感慨的说:"你看这××一县的猪槽,最少也有一万五千个,十县就是十五万猪槽,……数目很可观啊!数目很可观

经典悦读

啊!"这种感慨一多,不要二年飞机也到手了。这时我便是模范省区之模范军人。这时料想书法更加到家,我就要提倡文言,维持圣教,禁止放胸,捉捕剪发姑娘,……而关心风化。姨太太大约也有三四房,所以女子游公园之事,非常碍目,而加以禁止。谈吐中也自风雅一点,什么"勉为其难"、"锋芒太露"、"宁缺毋滥"、"民膏民脂"、"治标治本"等成语,也已说得流利娴熟。案上常置一部《辞源》。

大概此时,中国必有内战。于是我交红运了。一跃可由偏安的省匪而变为国人所常注意报章所常登载的国匪了。大约三四次倒戈,还不太过,过多即为盛名之累。依现在行价,一次倒戈(现在倒戈叫做"输诚")总有一百到一百五十万收入。只消三四次输诚离叛,在经济上,已是汇丰银行存款五百万之阔户,在地位上,也是国中第三四流的名阀。鼻子一哼,就可以叫人三魂荡荡,七魄悠悠。这样下去,到六七十岁,前途曷可限量。

那时我颇具有爱国爱世之心,阅世既久,心气自较和平。那里演讲,总是劝人种善根,劝人修福德,发见涵养、和平、退让为东方精神之美德,而宣扬国光。闲时还可以来几种雅好,在我必以收藏宋版书为第一快事。那时我可请一位书记(就是那位代拟通电的举人,这时他也有子女盈门,并有三五万家私了)替我作一部《中庸集注》,或一本《庄子正义》,用我的名出版。这样下去,若不得法国政府颁给勋章,或是莫梭里尼旌赏我宣扬东方文化之精神,老爷不姓林。

(选自林语堂著,梅中泉、詹红旗、舒建华等编:《林语堂名著全集第十七卷·拾遗集》(上),东北师范大学出版社1994年版)

知识

林语堂是公认的幽默大师,更有人考证说"幽默"一词是林语堂先生发明的。林语堂在《八十自叙》中这样说过:"并不是因为我是第一流的幽默家,而是在我们这个假道学充斥而幽默则极为缺乏的国度里,我是第一个招呼大家注意幽默的重要的人罢了。"林语堂曾在《论幽默》一文中对"幽默"进行了系统的阐述,指出:"幽默本是人生之一部分,所以一国的文化,到了相当程度,必有幽默的文学出现。人之智慧已启,对付各种问题之外,尚有余力,从容出之,遂有幽默——或者一旦聪明起来,对人之智慧本身发生疑惑,处处发现人类的愚笨、矛盾、偏执、自大,幽默也就跟着出现。"

解读

鲁迅曾对林语堂的"幽默"文学不以为然,甚至抱有敌意。鲁迅认为,在当时中国的社会环境下,在反动派的屠刀下是没幽默可言的,这也是对林语堂温和的幽默的个人文学风格的一种比较有代表性的批评意见。然而,选文却充分展示了幽默也可以具有强大的批判力量,甚至比直接的批判更加一针见血、畅快淋漓。

自　　赞

李　贽

其性褊急,其色矜高,其词鄙俗,其

才情篇

心狂痴，其行率易，其交寡而面见亲热。其与人也，好求其过，而不悦其所长；其恶人也，既绝其人，又终身欲害其人。志在温饱，而自谓伯夷、叔齐；质本齐人，而自谓饱道饫德。分明一介不与，而以有莘藉口；分明毫毛不拔，而谓杨朱贼仁。动与物迕，口与心违。其人如此，乡人皆恶之矣。昔子贡问夫子曰："乡人皆恶之何如？"子曰："未可也。"若居士，其可乎哉！

（选自张建业主编，张建业、张岱注：《李贽全集注·第一册·焚书注（一）》，社会科学文献出版社2010年版）

译文

（我）为人气量狭隘，性情急躁，自傲自大，言语鄙俗，内心狂妄不通事理，行事轻率随便，交游很少却面现亲热。结交友人，喜欢苛求他人的过错，而不喜欢他人的优点；我讨厌的人，既要与之绝交，又要终其一生加害于这些人。本来只是志在温饱糊口，却以不食周粟的伯夷、叔齐自比；禀性本像古代以乞讨为生而又向其妻妾炫耀的齐国人，却自称道德修养高尚。明明一点东西都不愿意给别人，却以伊尹自居；分明自己一毛不拔，却指责一毛不拔的杨朱伤害仁道。行动与别人不一样，心口不一。（我是）这样的一个人，同一乡里的人（指黄安、麻城一带如耿定向等道学家）都厌恶我。

子贡曾经请教孔子："乡里的人都讨厌这个人，这人要如何评价？"孔子说："要评定一个人的好坏，要看乡里好人与坏人对这个人的态度。好人最好是满乡里的好人都赞扬他，满乡里的坏人都厌恶他。"那么，像我这个人，该可以这样断定吧！

（编者译）

知识

李贽，明代官员、思想家。曾历任共城知县、国子监博士、姚安知府，后弃官，寓居湖北黄安（今红安）、麻城，在麻城讲学时曾现千人盛况。晚年被诬下狱，自刎而死。著有《焚书》、《续焚书》、《藏书》等。本文约写于万历十六年，作者居于麻城之时。当时李贽遭到以耿定向为首的一批道学家的攻击，此文可看作是作者的反击。

解读

李敖在《李敖快意恩仇录》里写道："人物中我偏好'性格巨星'式，像东方朔、像李贽、像金圣叹、像汪中、像狄阿杰尼斯（Diogenes）、像伏尔泰、像斯威夫特（Swift）、像萧伯纳、像巴顿将军（Gen. George Patton），我喜欢他们的锋利和那股表现锋利的激情。"此言得之。

 才情篇

选文以自嘲的口吻为自己画像,全文皆是反语,却反而表示了自己不与时同的高洁脱俗,同时也是对道貌岸然的道学家的尖锐讽刺。其文辞之恣肆,一现作者才情之激荡与品格之孤傲。

> 有客开青眼,无人问落花。
> 暖风熏细草,凉月照晴沙。
> 客久翻疑梦,朋来不忆家。
> 琴书犹未整,独坐送残霞。
>
> ——李贽《独坐》

拈花观云　绣口锦心

山中与裴秀才迪书

王　维

近腊月下,景气和畅,故山殊可过。足下方温经,猥不敢相烦。辄便往山中,憩感配寺,与山僧饭讫而去。

北涉玄灞,清月映郭。夜登华子冈,辋水沦涟,与月上下。寒山远火,明灭林外。深巷寒犬,吠声如豹。村墟夜舂,复与疏钟相间。此时独坐,僮仆静默,多思曩昔携手赋诗,步仄径,临清流也。

当待春中,草木蔓发,春山可望,轻鲦出水,白鸥矫翼,露湿青皋,麦陇朝雊,斯之不远,倘能从我游乎?非子天机清妙

 才情篇

者,岂能以此不急之务相邀?然是中有深趣矣!无忽。因驮黄檗人往,不一。山中人王维白。

(选自于非著:《古代风景散文译释》,黑龙江人民出版社1982年版)

时近十二月的末尾,景物和气候都很晴和畅爽,旧日所居蓝田山很适宜游赏。可是您正在温习经书,我不敢轻易把您烦扰。我独自便去往山中,在感配寺中少歇,与山僧吃过饭后就回去了。

往北涉过灞水,这时清亮的月光映照着寥廓的山野。乘夜登上华子冈,辋水轻轻地泛起涟漪,水波与月影一上一下地浮动。在清寂的山峦中远处闪着篝火,忽明忽暗映照在山林的外边。深巷中的寒犬,吠声如同野豹;村落中的夜舂,声音与山寺一下下的钟声间杂。此时独自坐在冈上,书童和奴仆也都沉默无言,想起来很多从前携手赋诗情景:我们一同走在狭窄的山间小路上,我们一同走近清澈的水流边……

等到了春天,花草和树木都发芽滋长起来,春天的山色最宜于眺望,轻捷的鲦鱼游出水面,白色的沙鸥举动起翅膀,零露润湿了青青的河畔,麦陇中清晨的雄雉长鸣,而这个时间距离现在已经不远了,那时您或许能跟我一同

来游赏么?如果不是如您这样天性清高妙悟的人,我怎能以这样闲适的事情来招请呢?而这其中实在是有深妙的意趣呵!千万不要忽略了。因托运驼黄檗的卖药人带书去的,不能一一述说。山中人王维陈述。

(选自于非著:《古代风景散文译释》,黑龙江人民出版社1982年版)

王维对于田园山水自然地怀有一种特殊的情感,随着他归心禅宗,他对于隐居山林的生活更是从心向往之到身体力行。王维曾隐居终南山,后得到宋之问辋川别业后,更是远离凡俗醉心山林。而在王维的隐逸生活中,与其一同游山赏景,"弹琴赋诗、吟啸终日"的最好伴侣即是同为山水田园诗人的裴迪。两人不仅志趣相投,更是惺惺相惜。两人的情意,正如王维诗中所说——"携手本同心"。裴迪现存的诗歌,皆是与王维应和所作,而王维与裴迪的应和之作,也远远超过他与其他文人朋友的文字交往。《辋川集》就是王裴二人的唱和诗集,记录了他们的生活和逸兴雅趣。

选文写于王维隐居辋川而裴迪回家温习经书准备应试之时,王维独自游览辋川美景,想起与裴迪共同游赏之乐,更觉寂寞,于是修书裴迪,邀其待冬去春来共品山中的自然之美。

才情篇

 解读

明代胡应麟曾在《诗薮》中称赞王维的《鸟鸣涧》、《辛夷坞》二诗,"读之身世两忘,万念皆寂",这一评价似乎同样适合本文。本文尽得王维山水田园诗之风流。王维深湛的绘画和音乐修养,对于自然的爱好和长期山林生活的经历,共同孕育了他敏锐独特而又细致入微的发掘自然之美的眼光。他写景状物,往往略略数字,稍加渲染,即使得他笔下的山水灵韵浮动、意境悠远。短短200余字的篇幅,读来如身临其境,使读者不仅跟随王维的妙笔领略了自然之美,更感受到了作者那玲珑剔透的诗心。

春夜宴诸从弟桃李园序

李 白

 正文

夫天地者,万物之逆旅;光阴者,百代之过客。而浮生若梦,为欢几何?古人秉烛夜游,良有以也,况阳春召我以烟景,大块假我以文章。会桃李之芳园,序天伦之乐事。群季俊秀,皆为惠连;吾人咏歌,独惭康乐。幽赏未已,高谈转清。开琼筵以坐花,飞羽觞而醉月。不有佳作,何伸雅怀?如诗不成,罚依金谷酒数。

(选自王彬主编:《中华文学经典·散文》,中国社会出版社2004年版)

从题目即可看出,本文记叙了春天的月夜,作者与他的兄弟们在桃李芬芳的名园宴饮聚会、饮酒赋诗、畅叙天伦的情景。全文诗情画意,千百年来为人传诵。明代著名画家仇英受此文启发,激发灵感,将此文入画,并流传至今。

李白的作品总是气势浩大却不失洒脱俊逸,热情昂扬却不失细腻动人。选文开篇气势宏博,宇宙浩渺,与此浩荡的空间时间相比,人的一生是多么渺小啊!诗人以此感叹人生之无常和虚幻飘荡。然而后文情绪却未继续消极走低,诗人笔锋一转:"阳春召我以烟景,大块假我以文章",昂扬之势突起,天地亦随之灵动。下文诗人描绘宴饮场面,虽数十字却淋漓尽致。结尾引用《全晋文》中的典故:石崇在金谷园宴客,赋诗不成则罚酒三觞。作者与众兄弟亦效法石崇金谷园燕集之例。文章至此,干脆利落地结束,虽为抒情散文,然其飘逸俊爽,丝毫不输李白的诗作。

西湖七月半

张　岱

正文

西湖七月半,一无可看,止可看看七月半之人。看七月半之人,以五类看之:其一,楼船箫鼓,峨冠盛筵,灯火优傒,声光相乱,名为看月而实不见月者,看之;其一,亦船亦楼,名娃闺秀,携及童娈,笑啼杂之,环坐露台,左右盼望,身在月下而实不看月者,看之;其一,亦船亦声歌,名妓闲僧,浅斟低唱,弱管轻丝,竹肉相发,亦在月下,亦看月而欲人看其看月者,看之;其一,不舟不车,不衫不帻,酒醉饭饱,呼群三五,跻入人丛,昭庆、断桥,嚣呼嘈杂,装假醉,唱无腔曲,月亦看,看月者亦看,不看月者亦看,而实无

经典悦读

一看者,看之;其一,小船轻幌,净几暖炉,茶铛旋煮,素瓷静递,好友佳人,邀月同坐,或匿影树下,或逃嚣里湖,看月而人不见其看月之态,亦不作意看者,看之。

杭人游湖,巳出酉归,避月如仇。是夕好名,逐队争出,多犒门军酒钱,轿夫擎燎,列俟岸上。一入舟,速舟子急放断桥,赶入胜会。以放二鼓以前人声鼓吹,如沸如撼,如魇如呓,如聋如哑,大船小船一齐凑岸,一无所见,止见篙击篙,舟触舟,肩摩肩,面看面而已。少刻兴尽,官府席散,皂隶喝道去。轿夫叫船上人怖以关门,灯笼火把如列星,一一簇拥而去。岸上人亦逐队赶门,渐稀渐薄,顷刻散尽矣。吾辈始舣舟近岸。断桥石磴始凉,席其上,呼客纵饮。此时月如镜新磨,山复整妆,湖复颒面,向之浅斟低唱者出,匿影树下者亦出,吾辈往通声气,拉与同坐。韵友来,名妓至,杯箸安,竹肉发。月色苍凉,东方将白,客方散去。吾辈纵舟,酣睡于十里荷花之中,香气拍人,清梦甚惬。

(选自于非著:《古代风景散文译释》,黑龙江人民出版社1982年版)

西湖的七月十五日,景物一点儿也没有可看的地方,只可看看七月十五日来游湖的人吧。看七月十五日来游湖的人,当分作五类人来看他们。一类是:乘着楼船,响着箫鼓,戴着高冠,摆着盛席。灯火照耀辉煌,倡优奴仆扶持,声音和光彩交错缤纷。这些名义上来看月,而实际上并看不见月的人,应当看看他们。一类是:也有船,也有楼,名家美女,闺房碧秀。她们携着美童,笑语和呼叫相杂,围坐楼船平台上,左右顾盼游湖人。这些虽然是身在月光之下,而实际上不是来看月的人,应当看看他们。一类是:也坐着船儿,也有声歌;出名的妓女,逍闲的山僧,缓缓喝酒,曼声歌唱。弦管之声纤细轻悠,箫笛与歌声相伴。这些也在月光下,也看月,而又想教别人看见他们来看月的人,应当看看他们。一类是:不乘船,也不坐车;不穿长衫,也不戴头巾。吃得酒醉饭饱,三五成群互叫答应,跻入人丛,在昭庆寺、断桥等处狂叫乱嚷。装假醉,唱无声腔的下流小曲。这些月也看,看月的游人也

经典悦读

看,不看月的游人也看,而实际上没有一样是他们认真看看的人,应当看看他们。一类是:小船上挂着轻薄的纱幔,洁净的桌几,温暖的茶炉,煮茶的小锅一锅一锅连续地煮,雅洁的杯子在安静地递让。好友佳人,与明月相邀同坐。有时藏匿在树影下,有时逃避喧嚣到里湖。这些在看月,而人们却看不见其看月的姿态,也不故意做作看月的人,应当看看他们。

杭州人游西湖,多是巳时出去酉时归来,躲避开月亮就如同仇人。可是,七月十五日这天晚上,为追求声名,人们却排着队伍争先恐后地走出来。他们多多犒赏守门兵士以酒肉钱,令轿夫举起火把列队等在湖岸上。这些游人一上船,就催促船夫急放向断桥,赶入盛会。因此,在二更天以前,这里是人声嘈杂,鼓乐齐奏。那声音,像是水在沸腾,像是万物在震撼;像是在梦中惊叫、说话,像是一些傻问的聋人,又像是一些呼叫的哑巴。这时,大船小船一齐靠近岸边,什么也看不见,只见船篙碰击着船篙,船身撞击着船身,游人肩膀擦着肩膀,脸面看着脸面而已。稍过一会儿,游人的兴致就尽了,官府的酒席也开始散场了,于是官府中的衙役们便吆喝着打轿而归去。岸上的轿夫们呼唤船上的人归家,他们以城要关门作警告,因而灯笼火把就像星星一般点点游移,人们逐渐簇拥着归去。湖岸上的人们也像排着队似地赶入城门,西湖上的游人渐渐稀薄,转眼工夫就烟消人散了。就在这时,我们这类人才移船近岸。断桥的石磴已经清凉,在平石上面放上酒席，开始呼朋痛饮。此时的月亮就像铜镜重新磨过一样，山像是重新整理了妆容，湖像是重新洗过了脸面，方才那些缓缓饮酒曼声歌唱的人们走出来了，躲藏在树影下边的人们也出来了，我们过去与他们打了招呼，拉他们过来同坐饮酒。这时候，真是知心的诗人来了，绝美的名妓到了，杯子和筷子是那么样停闲，管弦的乐声和清妙的歌声一齐飞扬起来。就这样一直到月色苍凉，东方将要发白时，客人才散去。我们于是摆起船来，冲进塘里，酣睡在十里荷花之中，香气扑人，清悠的梦境十分快意。

（选自于非著：《古代风景散文译释》，黑龙江人民出版社1982年版）

知识

张岱（1597—1679），明末清初文学家，号陶庵，别号蝶庵居士，晚号六休居士。和王思任、祁彪佳并称晚明"三才子"。文笔清新诙谐，最长于散文，著有《琅嬛文集》、《陶庵梦忆》、《西湖梦寻》、《三不朽图赞》、《夜航船》等。选文选自《陶庵梦忆》卷七。

明代小品文题材趋于生活化、个人化，浸润着文人情趣，可谓明代文学的突出成就。张岱的小品文即为其中佼佼者。晚明的小品文创作对后世尤其是近代中国散文的创作产生了很大的影响，20世纪二三十年代，周作人曾称赞张岱等人的小品文"别有新气象，甚是可喜"，而林语堂则大力提倡公安派袁宏道等人文风中的"幽默闲适"。

祁彪佳在《西湖梦寻序》中评价张岱"笔具化工，其所记游，有郦道元之博奥，有刘同人之生辣，有袁中郎之情丽，有王季重之诙谐，无所不有"。诚然，张岱的小品文着眼世俗人生，却暗含清雅旨趣；下笔不动声色，机锋藏于其中。选文作为张氏小品文的代表作之一，白描七月半游湖看月的五类人，对比之中褒贬立现，一方面突出作者及其朋友等第五类看月之人的高雅情趣，另一方面表达了对往日繁华生活的怀念之情。写人却不离写月，无情又似有情。细细品味之下，这种不动声色的诙谐亦有极强的讽刺力量。

一片阳光

林徽因

放了假，春初的日子松弛下来。将午未午时候的阳光，澄黄的一片，由窗棂横浸到室内，晶莹地四处射。我有点发怔，习惯地在沉寂中惊讶我的周围。我望着太

才情篇

阳那湛明的体质,像要辨别它那交织绚烂的色泽,追逐它那不着痕迹的流动。看它洁净地映到书桌上时,我感到桌面上平铺着一种恬静,一种精神上的豪兴,情趣上的闲逸;即或所谓"窗明几净",那里默守着神秘的期待,漾开诗的气氛。那种静,在静里似可听到那一处淙淙的泉流,和着仿佛是断续的琴声,低诉着一个幽独者自误的音调。看到这同一片阳光射到地上时,我感到地面上花影浮动,暗香吹拂左右,人随着晌午的光霭花气在变幻,那种动,柔谐婉转有如无声音乐,令人悠然轻快,不自觉地脱落伤愁。至多,在舒扬理智的客观里使我偶一回头,看看过去幼年记忆步履所留的残迹,有点儿惋惜时间:微微怪时间不能保存情绪,保存那一切情绪所曾流连的境界。

倚在软椅上不但奢侈,也许更是一种过失,有闲的过失。但东坡的辩护"懒者常似静,静岂懒者徒",不是没有道理。如果此刻不倚榻上而"静",则方才情绪所兜的小小圈子便无条件地失落了去!人家就不可惜它,自己却实在不能不感到这种亲密的损失的可哀。

就说它是情绪上的小小旅行吧,不走并无不可,不过走走未始不是更好。归根说,我们活在这世上到底最珍惜一些什么?果真珍惜万物之灵的人的活动所产生的种种,所谓人类文化?这人类文化到底又靠一些什么?我们怀疑或许就是人身上那一撮精神同机体的感觉,生理心理所共起的情感,所激发出的一串行为,所聚敛的一点智慧——那么一点点人之所以为人的表现。宇宙万物客观的本无所可珍惜,反映在人性上的山川、草木、禽兽才开始有了秀丽,有了气质,有了灵犀。反映在人性上的人自己更不用说。没有人的感觉,人的情感,即便有自然,也就没有自然的美,质或神方面更无所谓人的智慧,人的创造,人的一切生活艺术的表现!这样说来,谁该鄙弃自己感觉上的小小旅行？为壮壮自己胆子，我们更该相信惟其人类有这类情绪的驰骋，实际的世间才赓续着产生我们精神所寄托的文物精粹。

此刻我竟可以微微一咳嗽，乃至于用播音的圆润口调说：我们既然无疑地珍惜文化，即尊重盘古到今种种的艺术——无论是抽象的思想的艺术，或是具体的驾驭天然材料另创的非天然形象——则对于艺术所由来的渊源，那点点人的感觉，人的情感智慧（通称人的情绪），又当如何地珍惜才算合理？

但是情绪的驰骋，显然不是诗或画或任何其他艺术建造的完成。这驰骋此刻虽占了自己生活的若干时间，却并不在空间里占任何一个小小位置！这个情形自己需完全明了。此刻它仅是一种无踪迹的流动，并无栖身的形体。它或含有各种或可捉摸的质素，但是好奇地探讨这个质素而具体要表现它的差事，无论其有无意义，除却本人外，别人是无能为力的。我此刻为着一片清婉可喜的阳光，分明自己在对内心交流变化的各种联想发生一种兴趣的注意，换句话说，这好奇与兴趣的注意已是我此刻生活的活动。一种力量又迫着我来把握住这个活动，而设法表现它，这不易抑制的冲动，或即所谓艺术冲动也未可知！只记得冷静的杜工部散散步，看看花，也不免会有"江上被花恼不彻，无处告诉只颠狂"的情绪上一片紊乱！玲珑煦暖的阳光照人面前，那美的感人力量就不减于花，不容我生硬地自己把情绪分划为有闲与实际的两种，而权其轻重，然后再决定取舍的。我也只有情绪上的一片紊乱。

情绪的旅行本偶然的事，今天一开头并为着这片春初晌午的阳光，现在也还是为着它。房间内有两种豪侈的光常叫我的心绪紧张如同花开，趁着感觉的微风，深浅凌乱于冷智的枝叶中间。一种是烛光，高高的台座，长垂的烛泪，熊熊红焰当帘

才情篇

幕四下时各处光影掩映。那种闪烁明艳，雅有古意，明明是画中景象，却含有更多诗的成分。另一种便是这初春晌午的阳光，到时候有意无意的大片子洒落满室，那些窗棂、栏板、几案、笔砚浴在光蔼中，一时全成了静物图案；再有红蕊细枝点缀几处，室内更是轻香浮溢，叫人俯仰全触到一种灵性。

这种说法怕有点会发生误会，我并不说这片阳光射入室内，需要笔砚花香那些儒雅的托衬才能动人，我的意思倒是：室内顶寻常的一些供设，只要一片阳光这样又幽娴又洒脱地落在上面，一切都会带上另一种动人的气息。

这里要说到我最初认识的一片阳光。那年我六岁，记得是刚刚出了水珠以后——水珠即寻常水痘，不过我家乡的话叫它做水珠。当时我很喜欢那美丽的名字，忘却它是一种病，因而也觉到一种神秘的骄傲。只要人过我窗口问问出"水珠"吗？我就

感到一种荣耀。那个感觉至今还印在脑子里。也为这个缘故，我还记得病中奢侈的愉悦心境。虽然同其他多次的害病一样，那次我仍然是孤独的被囚禁在一间房屋里休养的。那是我们老宅子里最后的一进房子：白粉墙围着小小院子，北面一排三间，当中夹着一个开敞的厅堂。我病在东头娘的卧室里。西头是婶婶的住房。娘同婶永远要在祖母的前院里行使她们女人们的职务的，于是我常是这三间房屋唯一留守的主人。

在那三间屋子里病着，那经验是难堪的。时间过得特别慢，尤其是在日中毫无睡意的时候。起初，我仅集注我的听觉在各种似脚步，又不似脚步的上面。猜想着，等候着，希望着人来。间或听听隔墙各种琐碎的声音，由墙基底下传达出来又消敛了去。过一会，我就不耐烦了——不记得是怎样的，我就蹑着鞋，挨着木床走到房门边。房门向着厅堂斜斜地开着一扇，我便扶着门框好奇地向外探望。

才情篇

那时大概刚是午后两点钟光景，一张刚开过饭的八仙桌，异常寂寞地立在当中。桌下一片由厅口处射进来的阳光，泄泄融融地倒在那里。一个绝对悄寂的周围伴着这一片无声的金色的晶莹，不知为什么，忽使我六岁孩子的心里起了一次极不平常的振荡。

那里并没有几案花香，美术的布置，只是一张极寻常的八仙桌。如果我的记忆没有错，那上面在不多时间以前，是刚陈列过咸鱼、酱菜一类极寻常俭朴的午餐的。小孩子的心却呆了。或许两只眼睛倒张大一点，四处地望，似乎在寻觅一个问题的答案。为什么那片阳光美得那样动人？我记得我爬到房内窗前的桌子上坐着，有意无意地望望窗外，院里粉墙疏影同室内那片金色和煦绝然不同趣味。顺便我翻开手边娘梳妆用的旧式镜箱，又上下摇动那小排状抽屉，同那刻成花篮形小铜坠子，不时听雀跃过枝清脆的鸟语。心里却仍为那片阳光隐着一片模糊的疑问。

时间经过二十多年，直到今天，又是这样一泄阳光，一片不可捉摸，不可思议流动的而又恬静的瑰宝，我才明白我那问题是永远没有答案的。事实上仅是如此：一张孤独的桌，一角寂寞的厅堂，一只灵巧的镜箱，或窗外断续的鸟语和水珠——那美丽小孩子的病名——便凑巧永远同初春静沉的阳光整整复斜斜地成了我回忆中极自然的联想。

（选自林徽因著：《我的心是一朵莲花：别样女子林徽因的诗与文》，武汉出版社 2012 年版）

知识

林徽因（1904—1955），中国著名女建筑师、诗人、作家。原名林徽音，其名出自《诗·大雅·思齐》："大姒嗣徽音，则百斯男"。常被人误认为另一作家林微音，因此改名徽因。林徽因在其时代可谓女神，才子徐志摩为其神魂颠倒毅然决然与原配妻子离婚激起轩然大波，著名建筑学家梁思成与其伉俪情深举案齐眉三十载，哲学家金岳霖对其一往情深默默守护终身不娶，林徽因的个人才华就这样被淹没在这一段段爱情传说中。实际上，林徽因是

才情篇

人民英雄纪念碑和中华人民共和国国徽深化方案的设计者。卞之琳在《窗子内外——忆林徽因》中回忆:"她天生是诗人气质,酷爱戏剧,也专学过舞台设计,却是她的丈夫建筑学和中国建筑史名家梁思成的同行,表面上不过主要是后者的得力协作者,实际却是他灵感的源泉。"费慰梅评价,林徽因"能够以其精致的洞察力为任何一门艺术留下自己的印痕"。

解读

选文可谓是一片阳光引发的情绪旅行,作者绝妙的文思和才情在字里间自然流淌,显得如此流畅和谐宛若天成。浸、射、映、铺、漾,一系列并不生僻却极富韵律情味的动词,在作者的妙笔下,赋予了那触不到的阳光以形体乃至生命。也正是这初春晌午的奇妙的阳光,所到之处,即使是最庸常的家居细节和房间里最不起眼的角落,也有了别样动人的晶莹的美丽,并让曾经病中的小女孩在今后的人生中一直魂牵梦萦。也只有林徽因如此的蕙质兰心,一面发现了那一片阳光的美丽,一面又用文字将其捕捉永远留存,才让这份美丽与感动在世代的读者间传递。

警语

温柔要有,但不是妥协,我们要在安静中,不慌不忙的坚强。

——林徽因

山中避雨

丰子恺

前天同了两女孩到西湖山中游玩,天忽下雨。我们仓皇奔走,看见前面有一小庙,庙门口有三家村,其中一家是开小茶店而带卖香烛的。我们趋之如归。茶店虽小,茶也要一角钱一壶。但在这时候,即使两角钱一壶我们也不嫌贵了。

茶越冲越淡,雨越落越大。最初因游山遇雨,觉得扫兴;这时候山中阻雨的一种寂寥而深沉的趣味牵引了我的感兴,反觉得比晴天游山趣味更好。所谓"山色空蒙雨亦奇",我于此体会了这种境界的好处。然而两个女孩子不解这种趣味,她们坐在这小茶店里躲雨,只是怨天尤人,苦闷万状。我无法把我所体验的境界为她们说明,也不愿使她们"大人化"而体验我所感的趣味。

茶博士坐在门口拉胡琴。除雨声外,这是我们当时所闻的唯一的声音。拉的是《梅花三弄》,虽然音阶摸得不大正确,拍子还拉得不错。这好象是因为顾客稀少,他坐在门口拉这曲胡琴来代替收音机作广告的。可惜他拉了一会就罢,使我们所闻的只是嘈杂而冗长的雨声。为了安慰两个女孩子,我就去向茶博士借胡琴。"你的胡琴借我弄弄好不好?"他很客气地把胡琴递给我。

我借了胡琴回茶店,两个女孩很欢喜。"你会拉的?你会拉的?"我就拉给她们看。手法虽生,音阶还摸得正。因为我小时候曾经请我家邻近的柴主人阿庆教过《梅花三弄》,又请对面街里一个裁缝司务大汉教过胡琴上的工尺。阿庆的教法很特别,他只是拉《梅花三弄》给你听,却不教你工尺的曲谱。他拉的很熟,但他不知工尺。我对他的拉奏望洋兴叹,始终学他不来。后来知道大汉识字,就请教他。他把小工调，正工调的音阶位置写了一张给我，我的胡琴拉奏由此入门。现在所以能摸出正确的音阶者，一半由于以前略有摸 Violin 的经验，一半仍是根基于大汉的教授的。在山中小茶店里的雨窗下，我用胡琴从容地（因为快了要拉错）拉了种种西洋小曲。两女孩和着了歌唱，好象是西湖上卖唱的。引得三家村里的人都来看。一个女孩唱着《渔光曲》，要我用胡琴去和她。我和着她拉，三家村里的青年们也齐唱起来，一时把这苦雨荒山闹得十分温暖。我曾经吃过七八年音乐教师饭，曾经用 Piano 伴奏过混声四部合唱，曾经弹过 Beethoven 的 Sonata，但是，有生以来，没有尝过今日般的音乐的趣味。

两部空黄包车拉过，被我们雇定了。我付了茶钱，还了胡琴，辞别三家村的青年们，坐上车子。油布遮盖我面前，看不见雨景。我回味刚才的经验，觉得胡琴这种乐器很有意思。Piano 笨重如棺材，Violin 要数十百元一具。制造虽精，世间有几人能够享用呢？胡琴只要两三角钱一把，虽然音域没有 Violin 之广，也尽够演奏寻常小曲。虽然音色不比 Violin 优美，装配得法，其发音也还可听。这种乐器在我国民间很流行，剃头店里有之，裁缝店里有之，江北船上有之，三家村里有之。倘能多造几个简易而高尚的胡琴曲，使象《渔光曲》一般地流行于民间，其艺术陶冶的效果恐比学校的音乐深广大得多呢。我离去三家村时，村里的青年们都送我上车，表示惜别。我也觉得有些儿依依。（曾经搪塞他们说："下星期再来！"其实恐怕我此生不会再到这三家村里去吃茶且拉胡琴了。）若没有胡琴的因缘，三家村里的青年对于我这路人有何惜别之情，而我又何依依于这萍水相逢的人呢？古语云："乐以教和。"我做了七八年音乐教师没有实证过这句话，不料这天在这荒村中实证了。

（选自王彬主编：《中华文学经典·散文》，中国社会出版社2004年版）

经典悦读

知识

丰子恺（1898—1975），散文家、画家、文学家、美术与音乐教育家，其文章画作深受夏丏尊、李叔同影响。朱光潜在《丰子恺论艺术》一书的序言中说："子恺从顶至踵，浑身都是个艺术家。他的胸襟，他的言谈笑貌，待人接物，无一不是艺术的，无一不是至爱深情的流露。"丰子恺一生喜闲居，其文字也自然有一种从容不迫的闲适和恬淡，着墨不多却意境深远，文字精简却意味深长。丰子恺的文章少有直抒胸臆的表达和热烈激荡的感情，反而是平淡中显真情真味。

解读

除了他的漫画，丰子恺获得最多赞誉的恐怕当属他的"真性情"。自古文人骚客的"真性情"或豪放或直爽，似乎都属于某种极端、浓烈的感情表达，然而丰子恺的真性情则如山中细流，从容不迫，温柔和美，润物无声。比如山中避雨，在同伴怨声连连之时，丰子恺先生拉琴引得青年同唱，温暖了雨中荒山，显得情味盎然，也使得作者笔下的雨中山色既有画面美又有音乐美、意境美。作者以诗人之眼、画家之眼，不仅发现了山雨美景，也把自己身在其中的唱奏群体变成了山中一道独特的美丽风景。

赤子之心　天地共鉴

出　师　表

诸葛亮

正文

臣亮言：先帝创业未半，而中道崩殂①。今天下三分，益州罢弊②，此诚危急存亡之秋也。然侍卫之臣，不懈于内；忠志之士，亡身于外者，盖追先帝之遇，欲报之于陛下也。诚宜开张圣听，以光先帝遗德，恢③志士之气，不宜妄自菲薄，引喻失义，以塞忠谏之路也。

宫中府中④，俱为一体，陟罚臧否，不宜异同。若有作奸犯科及为忠善者，宜付有司⑤，论其刑赏，以昭陛下平明之理，不宜偏私，使内外异法也。侍中、侍郎郭攸之、费祎、董允等⑥，此皆良实，志虑忠纯，是以先帝简拔⑦以遗陛下。愚以为宫中之事，事无大小，悉以咨之，然后施行，必能裨补阙漏⑧，有所广益也。将军向宠⑨，性行淑均，晓畅军事，试用于昔日，先帝称之曰能，是以众议举宠为督。愚以为营中之事，悉以咨之，必能使行阵和穆⑩，优劣得所也。亲贤臣，远小人，此先汉⑪所以兴隆也；亲小人，远贤士，此后汉所以倾颓也。先帝在时，每与臣论此事，未尝不叹息痛恨于桓、灵⑫也。侍中、尚书、长史、参军⑬，此悉贞亮⑭死节之臣也。愿陛下亲之信之，则汉室之隆，可计日而待也。

臣本布衣，躬耕于南阳，苟全性命于乱世，不求闻达⑮于诸侯。先帝不以臣卑鄙⑯，猥自枉屈⑰，三顾臣于草庐之中，咨臣以当世之事。由是感激，遂许先帝以驱驰。后值倾覆，受任于败军之际，奉命于危难之间，尔来二十有一年矣⑱。先帝知臣谨慎，故临崩寄臣以大事也⑲。受命以来，夙[20]夜忧叹，恐托付不效，以伤先帝之明。故五月渡泸，深入不毛[21]。今南方已定，兵甲已足，当奖帅[22]三军，北定中原，庶竭驽钝[23]，攘除奸凶[24]，兴复汉室，还于旧都[25]。此臣之所以报先帝而忠陛下之职分也。至于斟酌损益，进尽忠言，则攸之、祎、允之任也。

愿陛下托臣以讨贼兴复之效，不效则治臣之罪，以告先帝之灵。责攸之、祎、允等咎，以章其慢[26]。陛下亦宜自课[27]，以咨诹善道，察纳雅言[28]，深追先帝遗诏。臣不胜受恩感激。今当远离，临表涕泣，不知所云。

（选自萧统编，张启成、徐达等译注：《文选全译》，贵州人民出版社1994年版）

注释

①徂：袁本、茶陵本、尤本以及《胡氏考异》、《蜀志》本传，均作"殂"（cú），是。崩殂：死亡。天子死亡称崩，亦称殂。

②罢：通"疲"。罢弊，困乏，《蜀志》作"疲弊"。五臣

本作"疲敝"。

③恢:《蜀志》本传作"恢弘"。恢,扩大,发扬。

④宫中:皇宫里的侍臣。府中:丞相府内的官员。当时刘禅宠信宫中侍臣,受其牵制,逐渐与府中官员对立,故云。

⑤有司:职有专司,即主管某种事情的部门或官吏。

⑥郭攸之:字演长,南阳人,时为侍中。费祎(yī):字文伟,江夏人。刘备时,任太子舍人。刘禅即位,任黄门侍郎,后迁侍中。董允:字休昭,南郡枝江人,曾任太子舍人,时为黄门侍郎。侍中、侍郎:皆官名。

⑦简拔:选拔。

⑧裨(bì):补益。阙漏:过失,疏漏。

⑨向宠:字巨违,襄阳宜城人。刘备时,为牙门将。刘禅即位,封为都亭侯,为中部督,掌管宿卫兵,后迁中领军。

⑩穆:和,《蜀志》本传作"睦"。

⑪先汉:西汉。下"后汉",即东汉。

⑫桓、灵:东汉时桓帝刘志、灵帝刘宏。他们任用宦官,杀害忠良,政治腐败,终致汉末大乱。

⑬侍中:指前面提到的郭、费、董三人。尚书:指陈震。陈震,字孝起,南阳人,时为尚书。长史:指张裔。张裔,字君嗣,蜀郡成都人,时领留府长史。参军:指蒋琬。蒋琬,字公琰,零陵人,时任参军,统留府事。

⑭贞亮:坚贞忠直。

⑮闻达：闻名显达。

⑯卑鄙：出身低微，见识浅陋。此是谦词。

⑰猥（wěi）：谦词，犹"辱"。一作"曲"讲，李善注："猥，犹曲也。言已曲蒙先帝自枉屈而来也。"枉屈：曲尊就卑。

⑱"后值"四句：建安十三年（208），刘备在当阳的长坂为曹操所败。诸葛亮正是在这时受命使吴，并于是年冬，联吴共败曹操于赤壁。备与亮始遇于此前一年，至上表时正好二十一年。

⑲"故临崩"句：《蜀志》记载，刘备临终前召亮属以后事时说："君才十倍曹丕，必能安国，终定大事。若嗣子可辅，辅之；若其不才，君可自取。"亮涕泣曰："臣敢竭股肱之力，效忠贞之节，继之以死。"

⑳夙（sù）：早。

㉑"故五月"二句：《蜀志》本传载，建兴三年（225）春，诸葛亮率军南征，至秋即平息南中诸郡变乱。泸，水名，即今金沙江。不毛，未经开发的荒凉地方。毛，指农作物等。

㉒奖帅：鼓励、率领。

㉓庶：希望。此处有"愿"的意思。驽钝：言才能平庸，谦词。驽，劣马。钝，刀锋不利。

㉔攘：排除，除掉。奸凶：指曹魏。

㉕旧都：指东汉都城洛阳，时为曹魏京城。

㉖"责攸之"二句：《蜀志》本传作"责攸之、祎、允等

之慢,以彰其咎。"多一"之"字,"章"作"彰","咎"、"慢"互易。李善注引《蜀志》亮表云:"若无兴德之言,则戮允等,以章其慢。"不仅多出第一句,且第二句亦与此大异。按上下文意,有"若无兴德之言"句,便更通畅。章:表明。慢:怠慢。

㉗自课:约制自己。课:《蜀志》本传作"谋"。

㉘雅言:正言。

臣亮奏言:先帝创建大业尚未完成一半,却中途去世了。现在天下形势是三国鼎立,而益州又是处于疲弱困乏的境地,这实在是国家危急存亡的关键时刻啊!然而侍卫陛下的臣子之所以在朝中毫不懈怠,忠诚坚贞的将士们之所以在外边舍生忘死,都是因为追念先帝知遇之恩,要把它报答给陛下的缘故。陛下真应该广泛地听取群臣的意见,来光大先帝的美德,宏扬志士的气节;不应该妄自菲薄,说一些不恰当的话,来堵塞群臣忠诚进谏的言路。

无论是宫中近侍,还是府中官吏,都是一朝之臣。提升、惩罚,表扬、批评,在他们之间不应该有所不同。如果有为非作歹触犯法令的,或尽忠为善做好事的,都应该由主管的官吏去评判,该惩罚的惩罚,该奖赏的奖赏,以此表明陛下治理国家公正严明;而不应该有所偏袒,以致宫内宫外刑赏之法不一样。侍中侍郎郭攸之、费祎,黄门侍郎董允等,都是贤良诚实、思想忠贞不贰的人。所以,

才情篇

先帝特意把他们选拔出来，留给陛下。臣认为，宫中的事情，无论大小，都要问问他们，然后再施行。这样一定能够防止缺失、弥补疏漏，获得最多的益处。将军向宠性格和善，为人公正，精通军事，先帝试用他时就称他能干，所以大家推举他为中部督。臣认为，军中的事情，都要与他商量。这样一定能使军队和睦团结，不同才能的都将各得其所。亲近贤臣，疏远小人，这就是西汉所以兴盛的原因；亲近小人，疏远贤士，这便是东汉所以倾覆衰败的原因。先帝在世时，每每与臣议论起这些事，未尝不对东汉末年的桓帝、灵帝深为痛心遗憾啊！侍中郭攸之、费祎、董允，尚书陈震，长史张裔，参军蒋琬等人，这些都是坚贞忠直、能以死报国的忠臣，希望陛下亲近他们，信任他们。那么，蜀汉王朝兴隆的日子就不远了。

臣本是平民，在南阳亲自耕田种地。只望于乱世中苟全性命，不希求在诸侯间显达扬名。先帝不把臣作卑微之人看，而屈尊相访，三顾茅庐，向臣下问当时天下大事。因此，臣十分感激，便答应为先帝奔走效力。后来正逢军事失利，臣在兵败之时接受了委任，在形势非常危难的关头奉命出使东吴。从那以来，已有二十一年了。先帝知臣做事谨慎，所以在临终时便将天下大事托付给臣。自受命以来，臣早晚忧虑，唯恐先帝托付之事办不好，有负先帝知人之明。所以，在五月间率军渡过泸水，深入到不毛之地。现在南方已经平定，兵甲已经准备充足，就应当奖励并率领三军北伐中原。臣愿竭尽自己的平庸才力，铲除篡汉的奸凶，兴复汉室天下，重返旧都洛阳。这就是臣报答先帝知遇之恩、效忠陛下的职责所在。至于权衡得失，掌握分寸，向陛下进忠言，则是郭攸之、费祎、董允的职责。

希望陛下将征讨奸贼、兴复汉室的任务交付给臣，若不能完成这一任务，就请治臣的罪，以告先帝在天之灵。（若没有向陛下进献兴德的意见，就应）责备郭攸之、费祎、董允等人的过错，以表明他们对陛下的怠慢。陛下也应该约束自己，征求治国的好办法，审察采纳正确的意见，时时缅怀先帝的遗训。臣受恩不尽，感激不已。现在就要远离陛下，呈献此表而老泪纵横，激动得不知自己说了些什么。

（选自萧统编，张启成、徐达等译注：《文选全译》，贵州人民出版社1994年版）

知识

"表"，意义同"疏"，是古代大臣给皇帝的奏章。史上有《前出师表》和《后出师表》，为三国时期蜀国丞相诸葛亮分别作于第一、二次北上伐魏之前。通常所说的《出师表》指《前出师表》，选文即为《前出师表》。在这篇表文中，诸葛亮反复劝勉后主张开圣听、赏罚分明、亲贤臣远小人，同时表达了自己以伐魏兴汉为己任的忠贞之志。

公元223年，刚刚称帝不久的刘备病逝，将弱小动荡、内外交困的蜀国和一个年幼无知的接班人托付给丞相诸葛亮。诸葛亮以丞相府的名义承担起治理蜀汉的大任，

才情篇

通过一系列政治经济措施,使得蜀国"国以富饶"、"风化肃然",在此基础上,先后六次北上伐魏,誓要实现刘备匡复汉室的遗志。其鞠躬尽瘁死而后已的品格和对蜀汉的忠贞不贰,在选文中亦可见一斑。

文中大量诸葛亮首创的合成词,后来成为成语,如"妄自菲薄"、"引喻失义"、"作奸犯科"、"苟全性命"、"斟酌损益"、"感激涕零"、"不知所云(言)"等。

解读

全文不过600余字的篇幅里,提及"先帝"13次、"陛下"7次,文中并无华丽辞藻,亦无典故引用,语言直白浅显。相较于《三国演义》等文学作品和历史文献中神机妙算足智多谋光辉万丈的诸葛亮形象,《出师表》中这个絮絮叨叨、啰啰嗦嗦,既像家长但又不失臣子身份,为国殚精竭虑、一心为主的诸葛亮形象,有种可爱的笨拙和质朴的伟大,反而给读者更大的震撼和感动。

陈 情 表

李 密

臣密言:臣以险衅①,夙遭闵凶②。生

孩六月，慈父见背③；行年四岁，舅夺母志。祖母刘，愍④臣孤弱，躬亲抚养。臣少多疾病，九岁不行；零丁孤苦，至于成立。既无伯叔，终鲜⑤兄弟。门衰祚⑥薄，晚有儿息。外无期功强近⑦之亲，内无应门五尺之童。茕茕⑧独立，形影相吊。而刘夙婴⑨疾病，常在床蓐⑩，臣侍汤药，未曾废离。

逮奉圣朝⑪，沐浴清化。前太守臣逵，察臣孝廉⑫；后刺史臣荣，举臣秀才。臣以供养无主⑬，辞不赴命。诏书特下，拜臣郎中；寻蒙国恩，除臣洗马⑭。猥⑮以微贱，当侍东宫⑯，非臣陨首⑰所能上报。臣具以表闻，辞不就职。诏书切峻⑱，责臣逋慢⑲；郡县逼迫，催臣上道；州司⑳临门，急于星火。臣欲奉诏奔驰，则刘病日笃；欲苟顺私情，则告诉㉑不许。臣之进退，实为狼狈。

伏惟圣朝以孝治天下，凡在故老，犹蒙矜育㉒，况臣孤苦，特为尤甚。且臣少仕伪朝㉓，历职郎署，本图宦达，不矜名节㉔。今臣亡国贱俘，至微至陋㉕，过蒙拔擢，宠

才情篇

命优渥,岂敢盘桓㉖,有所希冀?但以刘日薄西山,气息奄奄,人命危浅,朝不虑夕。臣无祖母,无以至今日;祖母无臣,无以终余年。母孙二人,更相为命,是以区区不能废远。臣密今年四十有四,祖母刘今年九十有六。是臣尽节于陛下之日长,报刘之日短也。乌鸟私情,愿乞终养。臣之辛苦,非独蜀之人士及二州牧伯㉗所见明知,皇天后土,实所共鉴。愿陛下矜愍愚诚,听臣微志。庶刘侥幸,保卒余年。臣生当陨首,死当结草㉘。臣不胜犬马㉙怖惧之情,谨拜表以闻。

(选自萧统编,张启成、徐达等译注:《文选全译》,贵州人民出版社1994年版)

注释

①险衅:指命运不好。
②夙(sù):早时。闵凶:忧伤的事。《左传·宣公十二年》:"寡君少遭闵凶,不能文。"
③见背:离开了我,此指父亲死去。
④愍(mǐn):悲痛,怜惜。

⑤终鲜（xiǎn）：既无。《诗经·郑风·扬之水》："终鲜兄弟，唯予与女。"

⑥祚（zuò）：福泽。

⑦期（jī）：服丧一年。功：服丧九月称大功，五月称小功。期与功，都是古代丧服的名称。此指近亲关系的人。强（qiǎng）近：较近。

⑧茕（qióng）茕：孤单的样子。

⑨婴：缠绕。

⑩蓐（rù）：草垫子。

⑪逮：到了。圣朝：指晋朝。

⑫孝廉：汉武帝时规定各郡国每年荐举孝廉，从此魏晋相沿。

⑬供养无主：供养祖母的事无人主理。

⑭除：授职。洗马：太子的侍从官。

⑮猥：自谦之词。

⑯东宫：太子所住之处，此指太子。

⑰陨首：掉头，即杀身的意思。

⑱切峻：急切严厉。

⑲逋慢：有意拖延、怠慢。

⑳州司：州官。

㉑告诉：向上申诉、恳请（指不做官的心愿）。

㉒矜育：怜惜、养育。

㉓伪朝：指已灭亡的蜀国。

㉔不矜名节：不注重自己的名声节操，即并不想自命清

高。矜,顾惜、注重。

㉕微、陋:都是低贱的意思。

㉖盘桓:迟疑徘徊的样子。

㉗二州:梁州、益州。牧、伯:州官。

㉘死当结草:据《左传·宣公十五年》载,春秋时,晋上卿魏武子临死前,嘱咐儿子魏颗在他死后将宠妾殉葬。魏武子死后,魏颗将其宠妾嫁出。后来魏颗与秦将杜回作战,见一老人结草,把杜回绊倒而杜回被俘。魏颗夜梦老人自称是那位再嫁宠妾的父亲,特来报魏颗之恩的。这里用这个典故,是说人死后也要报恩。

㉙犬马:臣子对君上的自卑之称。《史证·三王世家》霍去病上官:"臣窃不胜犬马心,昧死愿陛下诏有司,因盛夏吉时定皇子位。"

　　臣李密禀奏:臣因为命运不好,早年便遇上了令人悲伤的事。出生才六个月,慈爱的父亲就去世了;到了四岁那年,舅舅逼母亲改变守节的志向,她改嫁了。祖母刘氏怜惜我孤独幼弱,亲自将我抚养。我幼年常多疾病,九岁的时候还不会走路;孤苦零丁,一直到长大成人。既无叔父伯父,也无兄弟。门庭衰落,福泽浅薄,自己很晚才有儿子。外面没有什么亲近关系的人,家里又没有照管门户的五尺高僮仆,一个人孤单生活,无依无靠,只有自己的影子相伴,而祖母刘氏常年疾病缠身,经常卧床不起,我

经典悦读

侍奉她饮汤服药，从未停止过，离开过。

及至尊奉圣朝以来，沐浴在清明的教化之中。先前，前任郡太守逵推举我为孝廉；后来，益州刺史荣又选拔我为秀才。我因为无人奉养祖母，推辞而未从命。朝廷特意发布诏书，委任我为郎中；不久又受到国家的恩遇，任命我为太子洗马。我以微贱之材，充任东宫太子的侍人之职，如此恩典，是我肝脑涂地都不能报答的。我都曾用表章上呈，推辞而未去就职。现在诏书急切严厉，责备我有意拖延，怠慢朝廷的诏命；郡县地方官一再逼迫，催促我动身上路；州官也登门敦促，紧急犹如星火。我本想接受诏命走马赴任，但祖母刘氏的病情一天比一天沉重；想暂且顺从自己的私情，则不做官的恳求又得不到允许。我的处境，实在是狼狈极了。

我想圣明的朝代是以孝来治理天下的，凡是故旧遗老之人，尚且受到朝廷的怜惜和抚养，何况我祖孙孤苦的情况又是特别严重的呢！况且，我年轻时任伪朝的官，一直升迁到供职于郎中官署，本来是希图官位显达，并不注重自己的名声节操。现在我是败亡之国的一名贱俘，身份极为低贱，却受到朝廷过分的拔举，恩宠委命非常优厚，哪里还敢迟疑徘徊，有更高的企望呢？只因祖母刘氏有如快要落山的太阳，已是呼吸微弱，生命不长，早晨活着难保晚上怎么样了。我如果没有祖母的抚育，是无法活到今天的；祖母如果没有我的奉养，也是无法度过她的余年。祖孙二人相依为命，所以我实在不忍抛开祖母而远行。臣李

才情篇

密今年四十四岁,祖母刘氏今年九十六岁。这样,我为陛下尽节效忠的日子还长,而报答奉养祖母刘氏的日子已不多了。乌鸦还有反哺其母的感情,愿乞请陛下恩准我为祖母养老送终。我的苦衷,不只蜀地人士及梁、益二州地方官亲眼目睹,非常了解,而且天地神明实在也都看得清清楚楚。恳望陛下怜悯我的愚诚,满足我微小的志愿,使祖母刘氏侥幸地保其余年。我活着时将以生命来报答陛下,死后也要结草图报。臣怀着难以承受的惶惶恐惧的心情,特地写成此表向您报告。

(选自萧统编,张启成、徐达等译注:《文选全译》,贵州人民出版社1994年版)

知识

李密,字令伯,曾任蜀汉后主刘禅的郎官。公元263年,蜀汉为司马昭所灭,李密变成亡国之臣,遂在家一心供养祖母刘氏。晋武帝登基后行孝道,又李密以孝闻名,因此屡受征召,先拜郎中,后又拜为洗马。选文即为李密向晋武帝说明"辞不就职"原因的表文。

《晋书·李密传》中记载,武帝读后大受感动,感慨:"士之有名,不虚然哉!"《华阳国志》载,晋武帝为了嘉奖李密的忠孝,赐给他两个奴婢,同时责令郡县供养李密的祖母刘氏。

文中的一些词句化用的成语至今仍在广泛使用,如"孤苦伶仃"、"茕茕孑立"、"形影相吊"、"日薄西山"、

"气息奄奄"、"朝不虑夕"、"皇天后土"。

宋代学者赵与时在《宾退录》中说:"读诸葛孔明《出师表》而不堕泪者,其人必不忠。读李令伯《陈情表》而不堕泪者,其人必不孝。读韩退之《祭十二郎文》而不堕泪者,其人必不友。"

有人说,李密《陈情表》的动人,是读出来的。诚然,《陈情表》明显保留了赋的语言特点。《古文观止》评论《陈情表》"至性之言,悲恻动人",四字骈句、对偶句,都使得文章语势连贯,充沛的感情一气呵成。一篇上呈皇帝的书函,在"忠孝难两全"的古今难题中,竟然也写得如此入情入理,感人泪下,《陈情表》实在不负千古美名。

乞归疏

班超

臣闻太公封齐,五世葬周,狐死首丘,代马依风。夫周齐同在中土千里之间,况于远处绝域,小臣能无依风首丘之思哉!

蛮夷之俗,畏壮侮老。臣超犬马齿歼,常恐年衰,奄忽僵仆,孤魂弃捐。昔苏武留匈奴中尚十九年,今臣幸得奉节带金银护西域,如自以寿终屯部,诚无所恨,然恐后世或名臣为没西域。臣不敢望到酒泉郡,但愿生入玉门关。臣老病衰困,冒死瞽言,谨遣子勇随献物入塞。及臣生在,令勇目见中土。

(选自许嘉璐主编:《二十四史全译·后汉书》,汉语大词典出版社2004年版)

我听说太公封齐,而五代都回葬在周,狐死首丘,代马依风。周齐同在中原千里之间,尚且回葬,何况在远处绝域,小臣能没有像依风首丘那样的思念吗?蛮夷风俗,害怕壮年之人而欺侮老者。臣班超犬马齿落,常常害怕年老体衰,忽然倒下,捐弃孤魂。从前苏武留在匈奴中超过十九年,如今臣有幸得以奉节持印护卫西域,如果我能在屯戍之地寿终,实在无所遗憾,但是恐怕后世或名臣也被埋没在西域。臣不敢奢望能到酒泉郡,但愿能活着进入玉门关。臣年老有病衰弱困顿,冒死胡言,谨遣子班勇随同奉献物品入塞。趁我还活着时,让班勇亲眼见到中土。

经典悦读

（选自许嘉璐主编：《二十四史全译·后汉书》，汉语大词典出版社 2004 年版）

班超（32—102），东汉著名将领、外交家。其父班彪、其兄班固、妹班昭，均为著名史学家。班超年少时即胸怀大志，据《东观汉记》记载，班超少时为官府抄写书籍，贴补家用。有一天他对抄书感到厌烦，于是停下手中的笔，将其投掷到一边并感叹道："大丈夫……当效傅介子、张骞立功异域以取封侯，安能久事笔砚间乎？"此即为"投笔从戎"的语源。班超具有很强的军事和外交才能，镇守西域的 30 多年间，不仅善于以武力镇抚西域诸国，而且善于用外交手段与较远国家联络。曾有三十六骑平西域之勇，亦有"不入虎穴焉得虎子"之豪言，镇守西域 31 年，战功卓著，70 高龄时上疏请求回中原养老，落叶归根，其妹班昭亦上疏为其请求，3 年后回到洛阳，然而一个月后即因胸肋疾病去世。

李白在《田园言怀》中写道："贾谊三年谪，班超万里侯"，班超的一世征战、万里封侯，给李白带来的是繁华落尽的悲哀与对出仕治国齐家平天下抱负的失望和放弃。诚然，勇武如班超者，战功卓著，名垂青史，终老之时尚且唯恐无法落叶归根，屡番上疏恳请"但愿生入玉门关"。功名何可贵？晚景犹凄凉。班超忠君效国的拳拳之心、老来思乡的凄苦悲凉之叹，使得选文一唱三叹，撼人心扉。清人王符曾评其文有如清夜猿啼："透辟如利镞穿骨，凛冽似惊沙入面。"

论盛孝章书

孔 融

岁月不居，时节如流。五十之年，忽焉已至，公为始满，融又过二。海内知识，零落殆尽。惟有会稽盛孝章尚存。其人困于孙氏，妻孥湮没，单子独立，孤危愁苦。若使忧能伤人，此子不得永年矣。

《春秋传》曰："诸侯有相灭亡者，桓公不能救，则桓公耻之。"今孝章实丈夫之雄也，天下谈士，依以扬声，而身不免于幽絷，命不期于旦夕；吾祖不当复论损益之友，而朱穆所以绝交也。公诚能驰一介之使，加咫尺之书，则孝章可致，友道可

经典悦读

弘矣。

今之少年，喜谤前辈，或能讥评孝章；孝章要为有天下大名，九牧之人所共称叹。燕君市骏马之骨，非欲以骋道里，乃当以招绝足也。惟公匡复汉室，宗社将绝，又能正之。正之术，实须得贤。珠玉无胫而自至者，以人好之也，况贤者之有足乎！昭王筑台以尊郭隗，隗虽小才而逢大遇，竟能发明主之至心，故乐毅自魏往，剧辛自赵往，邹衍自齐往。向使郭隗倒悬而王不解，临难而王不拯，则士亦将高翔远引，莫有北首燕路者矣。

凡所称引，自公所知；而复有云者，欲公崇笃斯义。因表不悉。

（选自萧统编，张启成、徐达等译注：《文选全译》，贵州人民出版社1994年版）

时光不停，如流水般逝去。很快到了五十岁的年龄，您是刚满，而我已经超过了两岁。国内相知相识的人，差不多陆续死光了，只有会稽盛孝章还活着。那人为孙氏所

才情篇

困，妻子儿女都已丧亡，孤单无援，处境危险，心情愁苦。假使忧愁能够损伤人的身体，那么他是不会长寿的了。

《春秋公羊传》上说："诸侯有灭亡的，齐桓公不能救助，则他应该引为耻辱。"如今盛孝章实在是大丈夫中的英杰，天下的清谈之士都要依靠他来宣扬自己的声名。然而他却不免于被囚禁，生命危险，朝不保夕。对此不救，我的远祖孔子就不应该再谈论什么损益之友，而难怪朱穆要写《绝交论》了。您如果能迅速派遣一个使者，带上一封短信，前往东吴，那么盛孝章便可以招来，交友之道也可以得到弘扬。

现在的年轻人喜欢谤毁前辈，有人也可能会讥讽评说孝章几句，孝章总是有天下大名，为天下人所共同称赏赞叹的。燕昭王用重金买骏马的枯骨，不是想用它在道路上驰骋，而是要用它招来真的千里骏马。您正在匡救恢复汉朝的皇室，汉朝的天下将要覆灭的时候，又能重新使它安定下来，安定天下之道，实在是需要得到贤才。珠玉没有足而自己到来，是因为人们喜爱它，何况贤能的人都是有足的啊！燕昭王筑高台以尊敬郭隗；郭隗虽然才能不大，却遇逢这样大的知遇之恩，竟然能够启发明主的最诚挚的心意，所以乐毅从魏国去到燕国，剧辛从赵国去到燕国，邹衍从齐国去到燕国。假使郭隗处境困危的时候而昭王不去解救，那么士人也就要高飞远走，没有人会向北往燕国去了。

凡是上面所举的这些事,自然都是您所知道的。而我再陈述一下的目的,希望您能推崇重视招贤好士之义。因盛孝章的事顺便表白一下我的看法,不必一一详说了。

(选自萧统编,张启成、徐达等译注:《文选全译》,贵州人民出版社1994年版)

知识

选文是孔融向曹操举荐盛孝章的书信。盛孝章,东汉末年会稽人,与孔融私交甚笃。盛孝章曾任吴郡太守,后因病辞官。孙策平定吴会后,忌惮盛的才名,遂将其囚禁。孔融担心盛孝章遭到不测,于是向曹操举荐盛孝章。曹操采纳了孔融的意见。然而,曹操任命盛孝章的诏命还未到达东吴,盛孝章即为孙权所杀。

解读

选文虽是为救助朋友而作,但同时旁征博引,雄论"招贤好士之义",此二者相得益彰,言语间既有救助朋友的深情厚谊,也有举贤荐才的拳拳之心。一篇求救的乞书,在孔融笔下生出了如此不卑不亢、豪壮盛大之气象,所谓文如其人,大致如此。《古文眉诠》即评论其文:"一副爱士爱交热肠,笔墨外神韵拂拂。"

附　录

拓展阅读书目

张昌华等编：《世界文豪同题散文经典》，贵州人民出版社1995年版。

诸伟奇解读：《明清小品文解读》，黄山书社2002年版。

张岱撰，淮茗评注：《陶庵梦忆》，中华书局2009年版。

周密编纂，邓乔彬、彭国忠、刘荣平撰：《绝妙好词译注》，上海古籍出版社2000年版。

舒婷著：《真水无香》，作家出版社2008年版。

顾城著，顾乡、于奎潮编译：《顾城诗歌精品：顾城的诗　顾城的画》，江苏文艺出版社2009年版。

余光中著：《余光中精选集》，燕山出版社2011年版。

司马光编著：《资治通鉴》，中华书局2012

年版。

周志强著:《这些年我们的精神裂变》,社会科学文献出版社2013年版。

(智利)安东尼奥·斯卡尔梅达著:《邮差》,李红琴译,重庆出版集团、重庆出版社2012年版。

(英)毛姆著:《月亮和六便士》,傅惟慈译,上海译文出版社2009年版。

编写说明

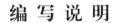

"才情",就是才华。司空图《力疾山下吴村看杏花》诗之五云:"才情百巧关风光,却笑雕花刻叶忙。"唐寅《过秦楼·题莺莺小象》词云:"潇洒才情,风流标格,脉脉满身春倦。"

我们在本册中,选取了以下几组文章:"情丝百转 黯然销魂",侧重呈现那些动人心弦,令人心肠荡漾、泪水涟涟的悱恻缠绵;"巧辩谲谏 机变之智",力图展现急中生智的妙语如珠和奇思妙想的智慧灵动;"拈花观云 绣口锦心",与您分享那些匠心独运、品味独特的审美情趣;"赤子之心 天地共鉴",悉数书函中流淌在朴实字句中的不平凡的感动。

才情,可以是酬和应对的机智,也可以是沉思妙想的觉悟;可以是倚马可待的

经典悦读

挥洒，也可以是字字珠玑的雕琢。千百年来雄才鸿儒世代辈出，各领风骚，本册书无法将所有的才情美文一一历数，但我们衷心希望，本册的十几篇选文不仅能带给您语言智慧和文字魅力的享受，更能让您领略到不同才情背后那真正震撼人心的抱负和情怀。

需要说明的是，除了中外经典美文外，我们也特别选取了一些堪称精品的当代作家作品，在此对所有选文作者表示感谢。限于各种原因，仍有几位作者一时无法取得联系，对此我们深表歉意，烦请这些作者看到本书后及时与我们联系，以便商讨版权事宜并致以薄酬略表谢意。

编者
2014 年 1 月

经典悦读·史鉴篇

中共滨州经济开发区工委
南开大学语文教育研究中心 ◎编

编 委 会

主　　任： 姚和民

委　　员： 周志强　　邱延忠　　钱　杰
　　　　　　时志军　　王一澜　　窦　薇
　　　　　　林诗雯　　徐少琼　　魏建宇
　　　　　　李　飞

主　　编： 周志强　　王一澜
本册主编： 徐少琼

中山大学出版社
·广州·

版权所有 翻印必究

图书在版编目（CIP）数据

经典悦读·史鉴篇/中共滨州经济开发区工委，南开大学语文教育研究中心编. —广州：中山大学出版社，2014.5
ISBN 978-7-306-04856-1

Ⅰ.①经… Ⅱ.①中… ②南… Ⅲ.①世界文学—作品综合集 Ⅳ.①I11

中国版本图书馆CIP数据核字（2014）第068133号

出 版 人：徐 劲
策划编辑：邹岚萍
责任编辑：邹岚萍
封面设计：林绵华
责任校对：赵 婷 黄燕玲
责任技编：黄少伟
出版发行：中山大学出版社
电　　话：编辑部 020-84111996，84113349，84111997，84110779
　　　　　发行部 020-84111998，84111981，84111160
地　　址：广州市新港西路135号
邮　　编：510275　　传　真：020-84036565
网　　址：http://www.zsup.com.cn　　E-mail：zdcbs@mail.sysu.edu.cn
印 刷 者：佛山市浩文彩色印刷有限公司
规　　格：787mm×960mm　1/32　总印张：20　总字数：303千字
版次印次：2014年5月第1版　2014年5月第1次印刷
总 定 价：48.00元（共6册）　　印　数：1～13000套

如发现本书因印装质量影响阅读，请与出版社发行部联系调换

为社会更加美好而读书

书籍是人类进步的阶梯。读书是每个人广识增智、修身养性、执业安身的基本功,也是推动整个社会移风易俗、与时俱进、走向更加文明进步的基本途径。周恩来总理少年时曾立志:"为中华之崛起而读书"。当前,中华民族正在为实现伟大复兴的"中国梦"而奋斗,如此关键时期,更需全社会形成读书蔚然之风,铸就文化巍然之魂,凝聚干事创业的强大正能量。

经典,是浩瀚书海中最有思想洞察力的一部分,是凝结人类最高智慧的一部分,是最具人文关怀的一部分。读书,当然要读经典。在今天,我们更应该谨记周总理的心愿,多读好书,多读经典。然而,古今中外,卷帙浩繁,大多数人没有时间和精力去阅读所有的经典书籍。幸好,中共

滨州经济开发区工委和南开大学语文教育研究中心合作编辑出版的"经典悦读"丛书面世，精心搜罗了古今中外一些经典书籍中的名篇名段以飨读者，四年来编印不辍，影响颇广。

书中篇章，或形象鲜明，或事件新奇，或哲理深邃，或文辞优美，不仅给我们以美的享受，更给我们以真的启迪、善的熏陶，读来如品香茗，余香满口；如饮甘泉，沁人心脾，自有一种油然而生的愉悦。相信会对读者大有裨益。

国民之魂，文以化之。知识的力量是无穷的。希望这套丛书能给读者带来学习的持续热情，为了自己的成长进步，更为了让我们的社会变得更加美好，早日实现中华民族伟大复兴的"中国梦"而奋发读书！

中共滨州市委书记　市人大常委会主任

文海撷珠　经典相传

转眼间,"经典悦读"丛书已走过了四个年头。在广大读者朋友一如既往的支持、鼓励下,这套丛书已然成为滨州文化的一张靓丽名片,"悦读"经典犹如一缕暖阳、一股春风,温暖了读者的心脾,拂去了苍宇的浮尘。

作为荟萃古今中外文学精华的典藏,这套丛书既有启迪人生的觉悟智慧,也有碰撞思想的哲学思辨;既有撼人心旌的至情至性,也有飘逸飞扬的斐然文采。阅读经典文学作品是涵养性情、净化心灵、提高修养的有效渠道,欣赏《经典悦读》中的系列作品,既有助于我们加强对民族文化的理解和感悟,更有助于实事求是、与时俱进地开展当下的文化建设工作。

志传、觉悟、史鉴、传奇、揽胜、才

情——每一册都是对文学经典闪光点的一次检索和挖掘,也宛如一扇扇崭新的窗口,让传世经典放射出璀璨的光芒。文海撷珠,汇聚先贤才思;时开一卷,氤氲情味无穷。希望"经典悦读"丛书成为传承文化的桥梁和点燃梦想的星火,为构筑我们共同的精神家园凝聚正能量,增添新动力。

中共滨州市委副书记 市长

目　　录

兴亡更替　辩证之道 …………………… 1
立国兴邦之道 ……………………… 王夫之　1
原君 ………………………………… 黄宗羲　6
大革命如何从以往事物中自动产生（节选）
　…………………………………（法）托克维尔　13
变法与革命（节选） ……………… 钱　穆　17

指点江山　激扬文字 …………………… 22
原道（节选） ……………………… 韩　愈　22
朋党论 ……………………………… 欧阳修　29
答司马谏议书 ……………………… 王安石　35
二十世纪的希望（节选）
　………………………（美）斯塔夫里阿诺斯　39
中国人失掉自信力了吗 …………… 鲁　迅　47

古今之变　一家之言 …………………… 51
晁错论 ……………………………… 苏　轼　51
历年图序 …………………………… 司马光　56
蔺相如完璧归赵论 ………………… 王世贞　69

论政府与人民之权限（节选） … 梁启超 73
为什么青年"消失"了（节选）
………………………… 周志强 79
《周恩来》结束语
………………… （英）迪克·威尔逊 85
附　　录 ………………………………… 91
编写说明 ………………………………… 93

兴亡更替　辩证之道

立国兴邦之道

王夫之

魏削宗室而权臣篡,晋封同姓而骨肉残,故法者非所以守天下也;而怀、愍陷没,琅邪复立国于江东者几百年,则晋为愈矣。天下者,非一姓之私也,兴亡之修短有恒数,苟易姓而无原野流血之惨,则轻授他人而民不病。魏之授晋,上虽逆而下固安,无乃不可乎!然而三代王者建亲贤之辅,必欲享国长久而无能夺,岂私计哉?

人之所以异于禽兽者,非其利病生死之知择也。则君子之为天下君以别人于禽兽者,亦非但恤其病而使之利,全其生而

经典悦读

使无死也。原于天之仁，则不可无父子；原于天之义，则不可无君臣。均是人而戴之为君，尊亲于父，则旦易一主，夕易一主，稽首匍伏，以势为从违而不知耻，生人之道蔑矣。以是而利，不如其病之；以是而生，不如其死之也。先王重不忍于斯民，非姑息之仁，以全躯保妻子、导天下于鱼虫之聚者，虑此深矣！然则晋保社稷于百年，而魏速沦亡于三世，其于君天下之道，得失较然矣。

晋武之不终也，惠帝之不慧也，怀、愍之不足以图存，元帝之不可大有为也；然其后王敦、苏峻、桓温相踵以谋逆，桓玄且移天步以自踣，然而迟之又久，非安帝之不知饥饱，而刘裕功勋赫奕，莫能夺也。谓非大封同姓之有以维系之乎？宋文帝宠任诸弟，使理国政、牧方州，虑亦及此；而明帝诛夷之以无遗，萧道成乃乘虚而攘之。嗣是而掇天位者如拾坠叶，臣不以易主为惭，民不以改姓为异。垂及唐、

史鉴篇

宋,虽权臣不作,而盗贼夷狄进矣。然则以八王之祸咎晋氏之非,抑将以射肩请隧咎文昭武穆不当裂土而封乎?法不可以守天下,而贤于无法。亦规诸至仁大义之原而已。

（选自伊力主编：《资治通鉴之通鉴——文白对照全译〈读通鉴论〉》，中州古籍出版社1994年版）

曹魏因削弱宗室而导致权臣篡位，西晋因分封同姓王而导致骨肉相残，所以，以往的方法并非就可以固守政权、拥有天下；至怀帝、愍帝时期，西晋被匈奴人攻灭，琅琊王司马睿遂在江南建立东晋，使王朝得以延续几百年，超过了曹魏政权。天下者，并非为一家一姓所私有，兴盛存亡的长短自有定数，如果能改朝换代而不致出现生灵涂炭、原野流血的惨状，则政权即可授予他人，百姓也不因此而患苦。曹魏王朝被晋室取代，晋统治者虽属大逆不道，天下百姓却得安宁，这就没有什么不可之处。然而夏、商、周三代统治者建立起宗亲、贤臣辅佐之制，目的是为了统治长久并避免篡权夺位，难道是出于一己之私利吗？

人之所以不同于禽兽，并非只知道利、病、生、死的选择。君子之所以成为天下之君且不同于人与禽兽的区别,也并非是能够体恤人的病患并使之得利,能够保全其生并使之免于死亡。察究天下之仁,则不可以无父子;察究天下之义,则不可以无君臣。如果凡是人而都可拥戴为君,尊亲为父,早晨改换一君主,日暮又换一君主,均对其跪伏称臣,以势利作为或从或违的标准而不知羞耻,人生之道就太渺小了。按此标准而得利,不如使其病之;按此标准而生存,不如使其死亡。先王注重不忍加罪于此民,并非是姑息之仁,使其得以存活从而保全妻与子,引导天下之人能够如鱼虫之聚而得以团聚,考虑得是十分深远的!晋朝保持国家政权达几百年,而曹魏只历经三世就迅速灭亡,其治理天下之道,孰得孰失就很清楚了。

晋武帝不能始终如一,惠帝不能聪明睿智,怀、愍二帝无力保存晋朝,元帝不能大有作为;在此之后王敦、苏峻、桓温等人相继图谋叛乱,桓玄甚至篡夺皇位、称帝自踞,这种情况延续又久,至安帝时并非不知饥饱,不想改变这一情况,实因此时刘裕功勋显赫,其势莫能削除。或者说未能大封同姓王以维护政权存在吗?宋文帝宠信、任用诸位兄弟,使之治理国政,镇守州郡,已经考虑到这一点;而到了明帝之时,则将掌握州镇兵权的兄弟子侄诛杀无遗,使得萧道成乘虚而入,夺取刘宋政权。自此劫取皇位如同拾坠地之叶,大臣不以改换君主为惭愧,百姓不以王朝易姓而惊异。延至唐、宋王朝,虽权臣未能作乱,盗贼和北方夷狄却进而侵扰。然则以八王之祸而归咎于晋朝分封宗室之错误,还是以射兽求地而归咎于古代社会的裂

史鉴篇

土封疆之制呢？法则不可以固守天下，却胜于无法。亦当规诸于至仁大义的根本而已。

（选自伊力主编：《资治通鉴之通鉴——文白对照全译〈读通鉴论〉》，中州古籍出版社1994年版）

知识

《资治通鉴》简称"通鉴"，是继《春秋》后的一部编年体史学巨著，也是我国第一部编年体通史。由北宋司马光历时19年编纂而成，所记载的历史上至公元前403年周威烈王二十三年，下至公元959年周世宗显德六年，共计16个朝代1362年的历史。书名是由宋神宗所定，取"鉴于往事，有资于治道"之意，并亲自为该书作序。"资"，取有助于之意；治，治理；鉴，借鉴。以史为镜，鉴知兴替，从这个名字就可以看出来，我国古代，无论是史家治史还是皇帝读史，都有用历史服务政治的自觉意识。

司马光的《资治通鉴》和司马迁的《史记》在中国史书中占有极重要的地位，两人也被后人称为"史学两司马"。南宋史学家王应麟更是评价说："自有书契以来，未有如《通鉴》者。"毛泽东说自己曾17次批注过《资治通鉴》，他评价道："一十七遍。每读都获益匪浅……中国有两部大书，一曰《史记》，一曰《资治通鉴》，都是有才气的人，在政治上不得志的境遇中编写的……《通鉴》里写战争，真是写得神采飞扬，传神得很，充满了辩证法。"

读

　　《读通鉴论》是王夫之阅读《资治通鉴》而作的笔记，洋洋洒洒60万字。王夫之根据《资治通鉴》所记录的史实发表看法和议论，分析历代王朝的成败兴亡、社会的盛衰更替，内容丰富，议论纵横，文采飞扬，体现了他发展进化的历史观。这篇文章从曹魏和东晋的政权对比入手，探讨两个王朝兴衰的根本。立国兴邦，在于引导天下之人保全和团聚，上至君主、下至臣民，都应该以仁义为本，才能稳定国家根基。明清之际，时局动荡，像王夫之这样的思想家必然是敏感与痛苦的，他对于国家和社会的思考也显得更为深刻和沉痛。

原　君

黄宗羲

文

　　有生之初，人各自私也，人各自利也；天下有公利而莫或兴之，有公害而莫或除之。有人者出，不以一己之利为利，而使天下受其利，不以一己之害为害，而使天下释其害；此其人之勤劳必千万于天下之人。夫以千万倍之勤劳而己又不享其利，必非天下之人情所欲居也。故古之人君，去之而不欲入者，许由、务光①是也；入而又去之者，尧、舜是也；初不欲入而不得去者，禹是也。岂古之人有所异哉？好逸恶劳，亦犹夫人之情也。

后之为人君者不然，以为天下利害之权皆出于我，我以天下之利尽归于己，以天下之害尽归于人，亦无不可；使天下之人不敢自私，不敢自利，以我之大私为天下之大公。始而惭焉，久而安焉，视天下为莫大之产业，传之子孙，受享无穷；汉高帝所谓"某业所就，孰与仲多"者，其逐利之情不觉溢之于辞矣。此无他，古者以天下为主，君为客，凡君之所毕世而经营者，为天下也。今也以君为主，天下为客，凡天下之无地而得安宁者，为君也。是以其未得之也，屠毒天下之肝脑，离散天下之子女，以博我一人之产业，曾不惨然，曰："我固为子孙创业也。"其既得之也,敲剥天下之骨髓,离散天下之子女,以奉我一人之淫乐,视为当然,曰:"此我产业之花息也。"然则为天下之大害者,君而已矣。向使无君,人各得自私也,人各得自利也。呜呼,岂设君之道固如是乎!

古者天下之人爱戴其君,比之如父,拟之如天,诚不为过也。今也天下之人怨恶其君,视之如寇仇,名之为独夫,固其所也。而小儒规规焉以君臣之义无所逃于天地之间,至桀、纣之暴,犹谓汤、武不当诛之,而妄传伯夷、叔齐无稽之事,使兆人万姓崩溃之血肉,曾不异夫腐鼠。岂天地之大,于兆人万姓之中,独私其一人一姓乎!是故武王圣人也,孟子之言圣人之言也;后世之君,欲以如父如天之空名禁人之窥伺者,皆不便于其言,至废孟子而不立,非导源于小儒乎!

虽然,使后之为君者果能保此产业,传之无穷,亦无怪乎其私之也。既以产业视之,人之欲得产业,谁不如我;摄缄縢,

史鉴篇

固扃鐍,一人之智力不能胜天下欲得之者之众,远者数世,近者及身,其血肉之崩溃在其子孙矣。昔人愿世世无生帝王家,而毅宗之语公主,亦曰:"若何为生我家!"痛哉斯言!回思创业时,其欲得天下之心,有不废然摧沮者乎!是故明乎为君之职分,则唐、虞之世,人人能让,许由、务光非绝尘也;不明乎为君之职分,则市井之间,人人可欲,许由、务光所以旷后世而不闻也。然君之职分难明,以俄顷淫乐不易无穷之悲,虽愚者亦明之矣。

(选自黄宗羲著:《明夷待访录》,中华书局1981年版)

注释

①许由、务光:传说中上古时的高士。相传尧要把君位让给许由,他逃到箕山下,农耕而食;要他做九州长官,他便到颍水边洗耳朵,表示高洁。汤要让君位给务光,务光便负石自沉于庐水。

译文

开始有人类的时候,人人各自私,也各自利,天下有公利而没有人去兴办,天下有公害而没有人去清除。有这

经典悦读

样的人出来，不以个人的利为利，而使天下都受其利；不以个人的害为害，而使天下都避免害：这种人的勤劳一定千万倍于天下人。付出千万倍的勤劳，而自己又不享受其利，肯定不是人情之所愿处的。所以古人对君主这个位置，估量以后不愿就的，许由、务光就是；就后又辞去的，尧、舜就是；开始不想就后来又不能辞去的，禹就是。难道古人有什么奇异？好逸恶劳，也还是人之常情。

后代做君主的人就不再是这样，以为天下利害的权柄都操纵在自己的手里，把天下的利都归于自己，把天下的害都归于他人，也没有什么不可以。使天下的人不敢自私，不敢自利，把我的大私当作天下的大公。开始时对此还有些羞惭，时间长了便心安理得，把天下看作自己莫大的产业，传给子孙，让子子孙孙无穷尽地享受。汉高祖所说"我事业上的成就，与二哥相比谁多"的话，那追逐私利的情态，已不自觉地从言语中流露出来了。这没有别的，只是因为古时候把天下看作主，把君主看作客，君主毕生经营的是为了天下；而如今是把君主看作主，把天下看作客，天下所以没有一个地方能够安宁，就是因为有了君主。所以在他们没有得到天下时，便屠害天下人的生命，离散天下人的子女，来换取我一人的产业，竟然从不感到残酷，说："我本是为子孙创业。"在他得到天下后，敲剥天下人的骨髓，离散天下人的子女，来满足我一人的淫乐，看作理所当然，说："这是我产业所生的利息。"这样看来，天下最大的祸害就是君主了。假若没有君主，

史鉴篇

人们就各得自私,各得自利。唉!难道设置君主本来就是为了这个吗?

古时候,天下的人爱戴君主,把他比作父,比作天,实在不算过分;现在呢,天下的人憎恨他们的君主,把他看作寇仇,称他做独夫,也是理所当然。而那些小儒却死板地把所谓君臣的关系说成天地之间不能一刻不讲的东西,甚至像桀、纣这样的暴君,还说商汤、周武王不应该诛杀他们,并且荒唐地传播出伯夷、叔齐的无稽之谈,把兆人万姓崩溃的血肉,看得和腐烂的死老鼠没有什么不同。难道天地之大,在兆人万姓之中,只应偏私一人一姓吗?所以周武王是圣人,孟子说的"闻诛一夫纣矣"的话,是圣人的言论。后代的君主,想用君等于父、等于天的空话,来禁止天下人窥伺君位,都以为孟子的言论不合宜,乃至废掉《孟子》不立于学官,这不都是导源于那些小儒吗?

虽然如此,假使后世的君主,真能保有这个产业而世代相传,永无穷尽,也就无怪乎他们把天下当作私产了。既然把天下看作产业,那么,别人想得产业之心谁不像我一样?尽管用绳捆牢,用锁锁住,一个人的智力,总敌不过天下想取得这产业的人多。这样一来,远的传上几代,近的在自己手里就灭亡,血肉崩溃的结局就落在他的子孙身上了。从前有人发愿世世都不要生在帝王家,而毅宗也对公主说:"你为什么生在我家!"太令人痛心啊,这样的话!回想创业之时,那种想要取得天下的心情,有不灰心沮丧的吗?

因此,明白了君主的职责,那么在唐尧、虞舜的时代,人人都能辞让,许由、务光并非超绝尘寰;不明白君主的职责,那么在市井间,人人都可以有这种欲望,这也就是许由、务光这样的人在后世再也听不到的原因。尽管君主的职责很难使人明白,但不能用短暂的淫乐来换取无穷的悲哀,这样的道理即使愚笨的人也能明白啊。

(选自平慧善、卢敦基译注:《黄宗羲诗文选译》,巴蜀书社1991年版)

黄宗羲(1610—1695),明末清初人,集经、史、思想、地理、天文历算、教育为一体的大家。他学识广博、思想深刻、著作宏富,与顾炎武、王夫之并称为明末清初三大思想家,与顾炎武、方以智、王夫之、朱舜水并称为"明末清初五大家";同时,他还享有"中国思想启蒙之父"的美誉。他年少时师从哲学家刘宗周,后活跃于复社,明亡之际,曾举兵抗清,兵败之后隐居著述。对于他的一生,他这样说道:"初锢之为党人,继指之为游侠,终厕之于儒林。"

君权本质、君主职责向来都是读书人的一个关注焦点,黄宗羲的这篇文章着力探讨了君主的出现和职责。他以古为据,评论当下,严谨、犀利地批判封建暴君,进而

史鉴篇

向封建制度和封建伦理道德开炮。明末清初,资本主义萌芽,他的思想中所体现的对民主的思考,为后来的资产阶级革命家所用,成为思想解放的利器。

大革命如何从以往事物中自动产生
(节选)
(法)托克维尔

在结束本书时,我想将我分别描绘的若干特征加以归纳,再来看看大革命是如何从我刚为之画像的那个旧制度中仿佛自动产生的。

如果人们考虑到,正是在法国,封建制度虽然没有改去自身中那些会伤害或刺痛人的东西,却最完全地丢掉了能对封建制度起保护作用或为它服务的一切,人们就不会惊讶这场后来猛烈摧毁欧洲古老政体的革命是在法国而不在别国爆发的。

如果人们注意到,贵族在丧失其古老的

政治权利后,已不再治理和领导居民——这种现象为任何欧洲封建国家所未见,然而他们却不仅保留而且还大大增加贵族成员个人所享有的金钱上的豁免权和利益;他们已经变成一个从属阶级,但同时仍旧是个享有特权的封闭阶级:正如我在别处说过的,他们越来越不像贵族,越来越像种姓:他们的特权显得如此不可理解,如此令法国人厌恶,无怪乎法国人一看见他们心中便燃起民主的愿望,并且至今不衰。

最后,如果人们想到,这个贵族阶级从内部排除中产阶级并与之分离,对人民漠不关心,因而脱离人民,在民族中完全陷于孤立,表面上是一军统帅,其实是光杆司令,人们就会明白,贵族存在千年之后,怎么会在一夜之间就被推翻。

我已阐明国王政府如何在废除各省的自由之后,在法国四分之三的地区取代了所有地方权利,从而将一切事务无论巨细,都系于一身;另一方面我已说明,由于必

史鉴篇

然结果，巴黎以前只不过是首都，这时已成为国家主宰，简直可以说就是整个国家。法国这两个特殊事实足以解释为什么一次骚乱就能彻底摧毁君主制，而君主制在几个世纪中曾经受住那样猛烈的冲击，在倾覆前夕，它在那些行将推翻它的人眼中似乎还是坚不可摧的呢。

法国是很久很久以来政治生活完全消失的欧洲国家之一，在法国，个人完全丧失了处理事务的能力、审时度势的习惯和人民运动的经验，而且几乎丧失了人民这一概念，因此，很容易想象全体法国人怎么会一下子就落入一场他们根本看不见的可怕的革命，而那些受到革命最大威胁的人却走在最前列，开辟和扩展通向革命的道路。

由于不再存在自由制度，因而不再存在政治阶级，不再存在活跃的政治团体，不再存在有组织、有领导的政党，由于没有所有这些正规的力量，当公众舆论复活时，它的领导便单独落在哲学家手中，所以人们应当预见到大革命不是由某些具体事件引导，而是由抽象原则和非常普遍的理论引导的；人们能够预测，不是坏法律分别受到攻击，而是一切法律都受到攻击，作家设想的崭新政府体系将取代法国的古老政体。

教会自然与所有要废除的古老制度结为一体，毫无疑问，这场革命必当在推翻世俗政权的同时动摇宗教；从那时起，无法说出革新者一旦摆脱了宗教、习俗和法律对人们想象力所加的一切束缚，他们的精神会被哪些闻所未闻的鲁莽轻率所左右。

但是，认真研究过国家状况的人本不难预见到，在法国，没有哪种闻所未闻的鲁莽行为不会被尝试，没有哪种暴力不会被容忍。

[选自（法）托克维尔著：《旧制度与大革命》，冯棠译，商务印书馆1992年版]

知识

阿历克西·德·托克维尔（Alexis de Tocqueville, 1805—1859），法国著名的历史学家、政治家、社会学家。

史鉴篇

主要著作有三部:《论美国的民主》(上下两卷,分别出版于1835年和1840年)、《托克维尔回忆录》(由于其对一些重要政治人物的评论刻薄,直至他死后34年即1893年才首次出版)、《旧制度与大革命》(其最后一本著述,写第二卷时去世)。

本文节选于《旧制度与大革命》一书。在这本书中,托克维尔致力于寻求1848年法国民主政治失败的原因。作者认为,法国大革命之所以能够产生,是源自于旧制度的不公平性导致的社会的不平等,路易十六试图通过改革来解决问题,可是却因为触及多方的利益而激化了社会矛盾,革命的到来终究是历史的必然。革命的目的在于追求人人平等自由的社会,但法国大革命却因为过度迷恋所谓的平等而导致个人自由遭到践踏。

变法与革命

(节选)

钱 穆

以后满清是推翻了,不过连我们中国

的全部历史文化也同样推翻了。这因当时人误认为满清的政治制度便完全是秦始皇以来的中国旧传统。又误认为此种制度可以一言蔽之曰帝王的专制。于是因对满清政权之不满意,而影响到对历史上传统政治也一气不满意。因对于历史上的传统政治不满意,而影响到对全部历史传统文化不满意。但若全部传统文化被推翻,一般人对其国家以往传统之一种共尊共信之心也没有了。一个国家的政治,到底还脱离不了权。而政治权之稳固,一定要依赖于一种为社会大众所共同遵守,共同信仰的精神上的权。那个权推翻了,别个权一时树立不起来,一切政治也就不能再建设。所以孙中山先生主张革命之后先要有一个心理建设,这是看得很正确的。譬如我们讲考试制度,这当然是我们中国历史上一个传统极悠久的制度,而且此制度之背后,有其最大的一种精神在支撑。但孙中山先生重新提出这一制度来,就不免要遇到许

史鉴篇

多困难和挫折。因为清代以后，考试制度在中国人精神上的共尊共信的心念也早已打破了。我们今天要重建考试制度，已经不是单讲制度的问题，而还得要从心理上先从头建设起。换言之，要施行此制度，即先要对此制度有信心。即如在清代两百几十年，哪一天乡试，哪一天会试，从来也没有变更过一天。这就因全国人对此制度，有一个共尊共信心，所以几百年来连一天的日期也都不摇动。这不是制度本身的力量，也不是政治上其他力量所压迫，而是社会上有一种共尊共信的心理力量在支持。当知一切政治，一切制度都如此。现在我们则对于政治上的一切制度，好像拿一种试验的态度来应付，而对此制度并没有进入共尊共信之境，空凭一个理论来且试一下，这问题就大了。甚至其他国家一两个月的新东西，或是几个人的新理论，我们也高兴拿来随便试，随便用。试问哪里有无历史因袭的政治，无传统沿革的制度，而可以真个建立得起来的？我们硬说中国历史要不得,中国社会须彻底地改造,把政治制度和革命推翻的口号混淆在一起。我们并不根据历史事实,而空嚷要打倒。其实这问题已转了身,已不是某种政治与制度该打倒,某种社会与经济该改造,而是全部文化该废弃了。可见思想理论,讲这一部分的,都会牵涉到别一部分。未经多方面考虑,未经长时期证验,是无法就下定论的。

(选自钱穆著:《中国历代政治得失》,生活·读书·新知三联书店2001年版)

知识

钱穆(1895—1990),原名恩鑅,字宾四,江苏无锡人,中华民国"中央研究院"院士,中国现代历史学家,国学大师,儒学学者,教育家。钱穆一生著书60余部,累计1700多万字,主要涉及历史和文化。他在国内外学术界有很大影响力,被中国学术界尊称为"一代宗师",更有学者称他为中国最后一位士大夫、国学宗师。

钱穆17岁辍学,学历仅仅是高中(未毕业),但是他凭借自己的刻苦认真自学成才。后来,由于顾颉刚的慧眼识才,才使得钱穆进入燕京大学担任国文系讲师,从此进

史鉴篇

入了北京的学术圈并且开始渐渐为人所熟知。后来,他又在顾颉刚的推荐和胡适的首肯之下到北大教学,由于他的通史课深入浅出、旁征博引,使用演讲的授课方式,使得他成为北大最叫座的教授之一,在学生中也有"北胡南钱"(北胡指胡适)之说。

晚清特别是"五四"以来,是中国传统社会向现代社会转化的剧烈时期,受到西方文化的强力冲击,很多知识分子走上了极端的全盘否定中国传统文化的道路。身处如此特殊的历史环境,钱穆却能冷静地重观历史和民族,以历史和文化为中心,一生"为故国招魂",力图重新树立中国传统文化之"自尊自信",这是他的民族主义精神和人文主义精神的体现。钱穆的思想与当时主流的历史观有很多不合之处,被批判为文化守旧派,但他对弘扬中国传统文化、复兴中华民族文化的坚守,不可不谓中国传统知识分子的典范。

指点江山　激扬文字

原　道
（节选）
韩　愈

正文

古之时，人之害多矣。有圣人者立，然后教之以相生相养之道，为之君，为之师。驱其虫蛇禽兽，而处之中土。寒然后为之衣，饥然后为之食。木处而颠，土处而病也，然后为之宫室。为之工以赡其器用，为之贾以通其有无，为之医药以济其夭死，为之葬埋、祭祀以长其恩爱，为之礼以次其先后，为之乐以宣其湮郁，为之政以率其怠倦，为之刑以锄其强梗。相欺也，为之符玺、斗斛、权衡以信之，相夺

史鉴篇

也,为之城郭、甲兵以守之。害至而为之备,患生而为之防。今其言曰:"圣人不死,大盗不止;剖斗折衡,而民不争①。"呜呼!其亦不思而已矣!如古之无圣人,人之类灭久矣。何也?无羽毛鳞介以居寒热也,无爪牙以争食也。

是故君者,出令者也;臣者,行君之令而致之民者也;民者,出粟米麻丝、作器皿、通货财以事其上者也。君不出令,则失其所以为君;臣不行君之令而致之民,则失其所以为臣;民不出粟米麻丝、作器皿、通货财以事其上,则诛。今其法曰:"必弃而君臣,去而父子,禁而相生相养之道。"以求其所谓"清净""寂灭"者。呜呼!其亦幸而出于三代之后,不见黜于禹、汤、文、武、周公、孔子也。其亦不幸而不出于三代之前,不见正于禹、汤、文、武、周公、孔子也。

……

夫所谓先王之教者,何也?博爱之谓

仁，行而宜之之谓义，由是而之焉之谓道，足乎己无待于外之谓德。其文，《诗》、《书》、《易》、《春秋》；其法，礼、乐、刑、政；其民，士、农、工、贾；其位，君臣、父子、师友、宾主、昆弟、夫妇；其服，麻、丝；其居，宫、室；其食，粟米、果蔬、鱼肉。其为道易明，而其为教易行也。是故以之为己，则顺而祥，以之为人，则爱而公，以之为心，则和而平，以之为天下国家，无所处而不当。是故生则得其情，死则尽其常。效焉而天神假②，庙焉而人鬼飨。曰："斯道也，何道也？"曰："斯吾所谓道也，非向所谓老与佛之道也。尧以是传之舜，舜以是传之禹，禹以是传之汤，汤以是传之文、武、周公，文、武、周公传之孔子，孔子传之孟轲，轲之死，不得其传焉。荀与扬也，择焉而不精，语焉而不详。由周公而上，上而为君，故其事行。由周公而下，下而为臣，故其说长。"然则如之何而可也？曰："不塞不流，不止不行。人其人，火其书，庐其居，明先王之道以道之，鳏寡孤独废疾者有养也。其亦庶乎其可也。"

(选自钟基、李先银、王身刚译注：《古文观止》（下册），中华书局2009年版)

注释

①"圣人不死"四句：见《庄子·胠箧》，庄子的意思是说大盗不但窃国，而且还利用圣人之法来维持他的统治地位。老庄同一学派，《老子》亦有"绝圣弃智，民利百倍"，"绝巧弃利，盗贼无有"的话。
②郊焉而天神假：郊，指祭天，古代祭天在南郊。假，通"格"，感通、降临的意思。

译文

古时候，民众遭受的祸害多极了。有圣人出来，这才把互相供给生活资料、提供生活条件的道理教给民众，做他们的君主，做他们的老师，替他们驱赶那些虫蛇禽兽而让民众安居于中原。天气冷了，于是教他们做衣服以御寒；肚子饿了，于是教他们种庄稼以获食；巢居在树上会坠落，穴居在洞里易生病，于是教他们构建房屋。教他们做工以供给生活器具，教他们经商以互通有无，教他们医药知识以拯救那些短命夭折者；为他们制定埋葬、祭祀的制度以增长人与人之间的恩爱之情；为他们制定礼节，以分清尊卑先后的次序；为他们制作音乐，以宣泄人们的烦闷；为他们制定政令以督促那些怠惰懒散的人；为他们设立刑法以铲除那些强悍不驯之徒。民众互相欺骗，就为他们制作符节、印玺、量器、衡器以作遵守的凭信；百姓互相争夺，就为他们设置城郭、甲衣、兵器以供守卫。有灾害将要来临，就给他们做好准备；有祸患即将发生，就给他们做好防范。如今道家那些人说："假如圣人不死，大盗就不会止息；砸碎量具，折断衡器，民众就不会争夺。"唉！那也真是不加思考的话罢了！如果古代没有圣人，那么人类早已灭绝了。为什么呢？因为人类没有羽毛鳞甲来对付严寒酷暑，也没有利爪尖牙来夺取食物。

因此，君主是发布政令的，臣子是执行君主的政令而将它们推行给民众的，民众是生产粟米丝麻、制作器皿、流通财货以事奉居于其上、统治他们的人的。君主不发布政令，就丧失了他做君主的资格；臣子不推行君主之令而将它们实施于民众，就丧失了他做臣子的资格；民众不生产粟米丝麻、制作器皿、流通财货以事奉在上统治的人，就要受到惩处。如今佛教的法规说："必须抛弃你们的君臣之义，舍去你们的父子之亲，禁止你们的相生相养之道。"以追求他们所谓的"清净"、"寂灭"。唉！他们也幸亏出现在三代之后，才没有被夏禹、商汤、周文王、周武王、周公、孔子所贬斥；他们也不幸没有出现在三代之前，没有得到夏禹、商汤、周文王、周武王、周公、孔子

史鉴篇

的教诲和纠正。

……

我所说的先王的教化,是什么呢?就是广泛地爱一切人叫作仁,实行仁道而合宜叫作义,循此而到达仁义的境界叫作道,自我具足、无须凭借外物叫作德。其文籍是《诗经》、《书经》、《易经》、《春秋》,其方法是礼仪、音乐、刑法、政治,其民众是士人、农民、工匠、商人,其人伦关系、名分是君臣、父子、师友、宾主、兄弟、夫妇,其衣服是麻布、丝绸,其居处是房屋,其食物是粟米、果蔬、鱼肉。它作为"道"是明白易懂的,而作为教化是容易施行的。因此,用它修身,则和顺而吉祥;用它对人,则恩爱而公正;用它治心,则和谐而平静;用它治理天下国家,没有用在哪里而不恰当的。因此,人们活着能够合乎情理地生活;死了就能得到按礼法的安葬;祀天就能使天神降临;祭祖就能使祖先的灵魂前来享用。若有人问:"这个道,是什么道呢?"回答是:"这是我所说的道,不是刚才说的老子与佛教的道。尧将它传给舜,舜将它传给禹,禹将它传给汤,汤将它传给文王、武王、周公,文王、武王、周公传给孔子,孔子传给孟轲,孟轲死后,这个道就没有得到传人。荀况与扬雄,对它有所拣取但不精粹;论述过一些但不详备。自周公以上,继承道统的都是居上位做君主的人,所以儒道能够实行;自周公以下,传道统的是处下位为人臣的人,所以其学说得以长久流传。"既然如此,该怎么办才可以呢?回答说:"不堵塞佛老之道，儒道就不能流传，不禁止佛老之道，儒道就不能推行。让那些僧道还俗为民，将他们的经籍焚毁，将他们的寺观改作民房，阐明先王之道以引导民众，鳏夫、寡妇、孤儿、孤老、残疾和病人，都能得到供给赡养。那也就差不多可以了吧！"

（选自钟基、李先银、王身刚译注：《古文观止》（下册），中华书局2009年版）

知识

韩愈（768—824），字退之，唐代著名文学家、哲学家，祖籍郡望昌黎郡（今河北昌黎县），自称昌黎韩愈，世称韩昌黎；晚年任吏部侍郎，又称韩吏部；谥号"文"，又称韩文公。他与柳宗元一起，倡导古文运动，合称"韩柳"。苏轼这样称赞他："文起八代之衰，道济天下之溺，忠犯人主之怒，勇夺三军之帅。"（八代：东汉，魏，晋，宋，齐，梁，陈，隋）著作有《昌黎先生集》。

解读

中唐时期，佛、老盛行，僧侣寄生扰乱国家秩序，破坏国计民生，对此，韩愈一直站在排斥佛老、维护儒道的前列。所谓原道，就是要探究道的本原。事实上，这是韩愈对儒家之道的剖析和倡导，他希望通过尊儒反佛，来达到道统对社会的统治，发扬儒家之道。整篇文章雄健犀利、气势磅礴，是韩愈众多散文中的代表作之一。

史鉴篇

朋 党 论

欧阳修

臣闻朋党之说，自古有之，惟幸人君辨其君子小人而已。大凡君子与君子，以同道为朋；小人与小人，以同利为朋。此自然之理也。

然臣谓小人无朋，惟君子则有之。其故何哉？小人所好者，利禄也；所贪者，货财也。当其同利之时，暂相党引以为朋者，伪也；及其见利而争先，或利尽而交疏，则反相贼害，虽其兄弟亲戚，不能相保。故臣谓小人无朋，其暂为朋者，伪也。君子则不然：所守者道义，所行者忠信，所惜者名节。以之修身，则同道而相益；以之事国，则同心而共济，终始如一。此君子之朋也。故为人君者，但当退小人之伪朋，用君子之真朋，则天下治矣。

尧之时，小人共工、驩兜等四人为一朋，君子八元、八恺①十六人为一朋。舜佐尧，退四凶小人之朋，而进元、恺君子之朋，尧之天下大治。及舜自为天子，而皋、夔、稷、契②等二十二人，并列于朝，更相称美，更相推让，凡二十二人为一朋，而舜皆用之，天下亦大治。《书》曰："纣有臣亿万，惟亿万心；周有臣三千，惟一心。"纣之时，亿万人各异心，可谓不为朋矣，然纣以亡国。周武王之臣，三千人为一大朋，而周用以兴。后汉献帝时，尽取天下名士囚禁之，目为党人。及黄巾贼起，汉室大乱，后方悔悟，尽解党人而释之，然已无救矣。唐之晚年，渐起朋党之论，及昭宗时，尽杀朝之名士，或投之黄河，曰："此辈清流，可投浊流。"而唐遂亡矣。

夫前世之主，能使人人异心不为朋，莫如纣；能禁绝善人为朋，莫如汉献帝；能诛戮清流之朋，莫如唐昭宗之世。然皆乱亡其国。更相称美、推让而不自疑，莫

史鉴篇

如舜之二十二臣,舜亦不疑而皆用之;然而后世不诮舜为二十二人朋党所欺,而称舜为聪明之圣者,以能辨君子与小人也。周武之世,举其国之臣三千人共为一朋,自古为朋之多且大莫如周;然周用此以兴者,善人虽多而不厌也。

嗟呼!治乱兴亡之迹,为人君者,可以鉴矣!

(选自阙勋吾、许凌云等译注,陈蒲清校订:《古文观止(言文对照)》下册,湖南人民出版社1982年版)

注释

① 八元、八恺(kǎi):元,善良的人;恺,忠诚的人。上古高辛氏的八个儿子叫八元,高阳氏的八个儿子叫八恺。《左传·文公十八年》:"昔高阳氏有才子八人:苍舒、隤(tuí)敱(ái)、梼(chóu)戭(yín)、大临、尨(máng)降、庭坚、仲容、叔达,齐圣广渊,明允笃诚。天下之民谓之八恺。高辛氏有才子八人:伯奋、仲堪、叔献、季仲、伯虎、仲熊、叔豹、季貍(mái),忠肃共懿,宜慈惠和。天下之民谓之八元。"

② 皋:皋陶,掌管刑法。夔:掌管音乐。稷:后稷,掌管农事。契:掌管教育。四人皆为传说中帝舜时贤臣。

经典悦读

我听说朋党的说法,从古时候就有的,只是希望君主能够辨别它是君子的朋党还是小人的朋党罢了。大凡君子和君子,因为道同志合结为朋党;小人和小人,因为私利相同结为朋党。这是自然的道理啊。

但我认为小人没有朋党,只有君子才有朋党。这是什么原因呢?小人爱的是利禄,贪的是钱财。当他们私利相同的时候,暂且互相勾结作为朋党,这是假的;等到他们见到利益争先抢夺,或者利益完了交情疏远,就反而互相残害,即使是他们的兄弟亲戚,也不能彼此照顾。所以我说小人没有朋党,他们暂时结为朋党,是假的。君子却不是这样:他们信奉的是道德和义理,实行的是忠诚和信用,珍惜的是名誉和气节。他们用这些来修养自己,就道同志合,互相促进;他们用这些来服务国家,就能团结一致,同舟共济,始终如一。这就是君子的朋党。所以做君主的,只应当斥退小人的假朋党,重用君子的真朋党,那么天下也就治理得好了。

唐尧时候,小人共工、驩兜等四个人结为一个朋党,君子八元、八恺十六个人结成一个朋党。虞舜辅佐唐尧,斥退四凶结成的小人朋党,引进八元、八恺结成的君子朋党,唐尧的天下治理得非常好。等到虞舜自己做了天子,皋、夔、稷、契等二十二人,一同在朝做官,互相称赞,互相推让,共二十二个人结成一个朋党,虞舜都

史鉴篇

任用他们，天下也治理得非常好。《尚书》上说："纣王有亿万个臣子，有亿万条心；周有三千个臣子，只有一条心。"商纣的时候，亿万个人各有不同的心思，可以说不结朋党了，然而商纣却因此亡了国。周武王的臣子，三千人结成一个大朋党，然而周朝却因此兴盛起来。后汉献帝时，把天下的名士全都拘禁起来，当作"党人"。等到黄巾军起事，汉朝大乱，后来才悔悟，释放全部在押的党人，但是局势已经无法挽救了。唐朝末年，逐渐兴起朋党的争议。到唐昭宗时，全部杀害朝廷的名士，把有的人抛到黄河里，说："这些自称为清流的人，可以把他们抛到浊流里去。"而唐朝也就灭亡了。

那从前的君主，能够使人人各怀异心，不结成朋党的，没有谁比得上纣王；能够禁绝好人结成朋党的，没有谁比得上汉献帝；能够杀戮清流朋党的，没有哪个时候比得上唐昭宗的时候。然而，都使他们的国家混乱因而灭亡了。彼此互相称赞，互相推让，没有一点疑心，没有谁比得上虞舜的二十二个臣子，虞舜也不疑心并且都任用他们；可是后世的人不责备虞舜被二十二个人结成的朋党所欺蒙，反而称赞虞舜是智慧超群的圣人，因为他能够辨别君子和小人啊。周武王时候，把他国家的三千臣子全部结成一个朋党，自古以来朋党人数之多、范围之广，没有比得上周朝的；然而周朝因此兴盛起来，是因为好人虽多却不会嫌多啊。

经典悦读

唉！这治乱兴亡的道理，做君主的可以作为借鉴了。

（选自阙勋吾、许凌云、张孝美、曹日升等译注，陈蒲清校订：《古文观止（言文对照）》下册，湖南人民出版社1982年版）

知识

"朋党"一词，《辞海》中的解释为：原本指一些人为了自私的目的而互相勾结，朋比为奸；后来泛指士大夫结党，形成利益集团。历史上，朋党之争是常事，东汉的党锢之祸、唐代的牛李党争、宋代的元祐党案、明代的东林党案都非常著名。中国是一个宗法社会，个人总是希望能够在一个群体中找到归属感，于是，同门、同乡等各种关系都成为结党的可能，随着一个王朝不断地发展，这种朋党关系就会越来越盘根错节，随时都有可能祸乱朝政，引发朝堂动乱。

解读

宋仁宗庆历三年（1043），范仲淹、富弼等人倡导"庆历新政"，欧阳修也参与其中，但他们的新政遭到了以夏竦、吕夷简为首的保守派官员的强烈反对，被攻击为朋党，对此，欧阳修写下这篇文章予以反驳。欧阳修并没有一味否定朋党，而是先提出君子之真朋和小人之伪朋这一中心概念，通过对大量史实的列举说明，来论证国家兴衰和朋党之间的关系，只要能"用君子之真朋"，国家就能兴盛。这篇文章运用排比、反复句式，用逼人的气势和战斗力反击了夏竦等人的攻击。

答司马谏议书

王安石

某①启：昨日蒙教，窃以为与君实游处相好之日久，而议事每不合，所操之术多异故也。虽欲强聒，终必不蒙见察，故略上报，不复一一自辨。重念蒙君实视遇厚，于反复不宜卤莽，故今具道所以，冀君实或见恕也。

盖儒者所争，尤在于名实，名实已明，而天下之理得矣。今君实所以见教者，以为侵官、生事、征利、拒谏，以致天下怨谤也。某则以谓受命于人主，议法度而修之于朝廷，以授之于有司，不为侵官；举先王之政，以兴利除弊，不为生事；为天下理财，不为征利；辟邪说，难壬人，不为拒谏。至于怨诽之多，则固前知其如此也。人习于苟且非一日,士大夫多以不恤国事、同俗自媚于众为善。上乃欲变此,而某不量敌之众寡,欲出力助上以抗之,则众何为而不汹汹然!盘庚之迁②,胥怨者民也,非特朝廷士大夫而已。盘庚不为怨者故改其度,度义而后动,是而不见可悔故也。

如君实责我以在位久,未能助上大有为,以膏泽斯民,则某知罪矣。如曰今日当一切不事事,守前所为而已,则非某之所敢知。无由会晤,不任区区向往之至③。

(选自张叔宁主编:《唐宋八大家散文详译》,重庆大学出版社1996年版)

注释

①某:自称。在草稿或文集中为了省事,作者多以"某"来代称自己的名字,在正式的信上还是要写上自己的名字的。
②盘庚之迁:指盘庚迁都之事。盘庚为商朝的一任天子。商朝都城原在黄河北边,因常有水灾,所以盘庚决定将商都迁至亳京(今河南偃师县西)。
③不任区区向往之至:意为私心极度仰慕。为旧时信中的

客套话。不任:不胜。区区:诚心。向往:仰慕。

安石禀:昨日蒙您来信赐教。私下认为与您交往相处已久,私谊不薄,但是每当议论政事时,意见总是相左,这是由于各人所持的主张多有不同所致。虽然我想强作解释,以扰清听,但结果必定是不被体察,所以只是简略地写了封回信,不再为自己一一辩解了。又想到承蒙您看得起我,回信不应粗疏草率,所以现在具体地谈一下原委,希望您也许能够给予谅解。

大约读书人所争执的,尤其在于名实相符与否的问题。名实问题弄明白后,天下的大道理也就清楚了。现在您指教我的,是认为我推行新法侵犯了其他官员的权限,生事扰民,与民争利,拒不接受别人的意见,因而招致了天下人的埋怨和诽谤。我却认为自己是接受了皇帝的命令,在朝廷上讨论并修订出法令制度,又将其交付给负有专职的官吏们去办,这不能算是侵犯了其他官员的权限;施行先王的治国方略,从而兴办对国家有利的事情,革除对国家有害的事情,这不能算是生事扰民;为国家整理财政,这不能算是与民争利;抨击错误的言论,斥责巧辩的小人,这不能算是不接受别人的意见。至于埋怨和诽谤我的人很多,则是我先前已经料到会这样的。人们习惯于得过且过已不是一天两天,士大夫们大都以不关心国家大事、附和世俗以讨好众人为好的处世之道。于是皇上想改

经典悦读

变这种风气,而我不估量反对派的多少,想尽己之力量来辅助皇上和他们相对抗,这样,大家(指反对派)怎么会不大吵大闹呢?盘庚迁都之时,老百姓都在埋怨,而不仅仅是朝廷里的士大夫反对迁都。但是盘庚不因为有人埋怨的缘故就改变自己迁都的计划,他是先考虑到这样做是对的然后才付诸行动,因而看不到可以后悔的地方。

如果您指责我执政久,未能辅助皇上做出番大事业,让老百姓得到恩惠,那么我承认自己是有过错的。如果说当今应该什么事也不做,只要墨守成规就可以了,则不是我所敢领教的。没有机会见面,心中实在对您仰慕不已。

(选自张叔宁主编:《唐宋八大家散文详译》,重庆大学出版社1996年版)

知识

司马谏议指司马光,字君实,北宋政治家、史学家,官至尚书左仆射兼门下侍郎,他是反对王安石变法的旧党领袖,时任翰林学士、右谏议大夫,他指责新法"侵官、生事、征利、拒谏、致怨"。本文是王安石的回信。

解读

这是一篇书信体驳论文。宋神宗熙宁年间,王安石执政,针对当时北宋积贫积弱的现状,他积极推行一场富国强兵的变法。面对守旧派的攻击,在信中,他针对司马光

史鉴篇

所指责的"侵官、生事、征利、拒谏、致怨"进行了逐一反驳,进而揭露和批判了他们的保守本质。整篇文章论点明确、论证充分,委婉有礼的语言中透露着变法的坚决果断。

二十世纪的希望
(节选)
(美)斯塔夫里阿诺斯

全球的责任 人类今天的危险状况反映在对当代问题的上述分析之中,其实,当代问题的数量还可以大大地予以增加。不过,对这些问题中的每一个来说,也都存在着一个希望——一个如果得到承认和鼓励便有可能给未来留下印记的希望。例如,汤因比曾说道:"人们将记住我们这个时代,这主要不是因为它的令人恐怖的罪恶,也不是因为它的令人惊讶的发明,而是因为它是自大约五六千年以前文明起始以来的第一个时代,在这个时代中,人们敢于认为让文明的益处为整个人类所利用是行得通的。"

这种由全球意识和全球责任组成的观念的确存在,应该同诸如种族冲突和引起分裂的民族主义之类的趋势一起得到承认。这种观念是从人们承认对本国较不幸的公民的福利负有责任开始的。迟至1839年,英国议会还只为全国的学校拨款15万美元,而为照料维多利亚女王的马匹拨款35万美元。赞成大众教育制度的改革者们被指责为危及社会基础的幻想家。但今天,这同一个英国却已成为一个福利国家,它承担了照顾其公民"毕生"福利的责任。

近几十年中,社会责任这一概念已被扩大到不仅包括本国公民,而且包括全人类。这种全球责任已时常得到重申和履行,因此,现被认为是理所当然的,它的新奇和意义也被忽视了。但在本世纪初,几乎没有人能预见发达国家会每年对外援助几

史鉴篇

十亿美元。即便这种援助决不是完全利他主义的，但也不是完全没有利他主义的。《联合国世界人权宣言》就是证明，它要求人身的自由权和安全权、迁移和居住的自由权、财产所有权、思想和宗教的自由权、教育权、工作权和适当的生活标准。

贫困的终止 今天，不仅存在着日益增长的全球责任感，而且同样重要的是，还存在着履行这种责任的方法。如前所述，当今世界的主要问题是富国和穷国之间的差距越来越大。不过，这个问题也有一个希望：消除这一差距的方法的确存在，正有待于利用。由于科学的进步和第二次工业革命，这一目标首次有可能在不损害先进国家的生活水平的情况下得到实现。现在，美国国民生产总值的年平均增长率大约是4.3%，即400亿美元左右。如此大的年增长率使美国除能进行国内的社会改革外，还有可能拨出大笔大笔的款项支持穷国的发展。由于其他富国的国民生产总值也具有相似的增长率，今天，改善全球经济的不平衡有史以来已第一次成为一个可实现的目标。

……

人类的觉醒　当前全世界各民族的觉醒同样重要，因为这种觉醒是有效地利用技术潜力的先决条件。这种大规模的动荡有许多历史的根源，包括两次世界大战的冲击、西方思想意识的传播、现代运输工具和大众传播媒介的影响以及表明贫穷和苦难不是人类天意注定的命运的富裕社会的影响。因此，爆发了抱有越来越大的希望的革命，或者更准确地说，爆发了提出越来越高的要求的革命。这种革命解释了自第二次世界大战以来 63 个国家赢得独立这种惊人的景况。种种"变革之风"确已在史无前例的范围内以前所未有的力量吹了起来。现在，它们仍在以几乎没有衰减的力量不停地吹，每天有关暴动和革命的重要新闻报道可表明这一点。

史鉴篇

……

科学的神灯 这所以是一个有希望的时代，还因为人类的认识——对人类本身和人类过去的认识，对人类周围的物质世界的认识——在迅速发展。在上个世纪中，由于人类学、考古学、生理学和其他许多学科的进步，人们得到了有关人类本身的可靠资料。同样，在上个世纪中，人们还收集到了相当多的有关人类过去的资料。事实上，我们这个时代在所具备的历史知识的范围和关心历史的程度上是独一无二的。亚洲、希腊和罗马的古典文明就它们的观点而言基本上是非历史的。总的来说，它们的作家对过去如同对将来一样几乎不感兴趣：古代历史学家中最无偏见的修昔底的在开始叙述伯罗奔尼撒战争时说道，在他所处的时代之前，没发生过什么重大事件。令人惊讶但又不可否认的是，对希腊人、罗马人、埃及人、中国人和印度人的早期历史，我们远比这些民族自己了解得还多。

比对过去的新认识更引人注目的是对物质世界的新的认识和掌握。哥白尼的工作和爱因斯坦的工作相隔不到400年,即大约6个正常生命期。然而,在这短短的一段时间内,科学已从少数热心之士的一种秘密的业余爱好发展成文明的支配力量。而且,科学和以科学为基础的技术正在对人文主义研究和人文学科作出重要的贡献。碳-14年代测定法大大地帮助了考古学家的工作;X射线荧光光谱法证实了辟尔唐人的颅骨和颚骨是伪造的;计算机已能解释玛雅人的象形文字,而且现在正开始用来翻译各种外语。

尽管有这些成就,科学仍常常被看作是带来威胁的、无法控制的潘多拉盒子。这是可以理解的,因为科学已把人类引入以上所述的可怕的开端。但是,又存在着希望:这些开端除了因它们所引起的新危险而使人畏怯外,还因它们所展示的新前景而令人敬畏。原子能可摧毁人类，但又能改变全球的生活环境。火箭可用于洲际战争，但也能用来载人绕地球飞行和飞往其他星球。遗传特性的控制提出了一些令人惊恐的问题，但又产生了种种令人兴奋的可能性。更准确地说，科学家现在期望在以后几十年中使以下所述的成为事实：

自动导向汽车和原子能火车

通过无线电将原动能传送给飞机

横贯寒冷的海洋、改变世界气候的气候坝

将浅海改变成海上农场

勘探地壳深处的自动采矿机

生产在价格上有竞争力的淡水的脱盐法

产生无限能量的核聚变

在登月后进行广泛的宇宙空间探索

因此，科学既能成为潘多拉盒子，又能成为神灯。1984年可以是一个坏年份，也可以是一个好年份。选择权掌握在人类手中,因为科学是中立的。

[选自(美)斯塔夫里阿诺斯(L. S. Stavrianos)著:《全球通史——1500年以后的世界》,吴象婴、梁赤民译,上海社会科学院出版社1999年版]

知识

L. S. 斯塔夫里阿诺斯(Leften Stavros Stavrianos)(1913—2004),美国当代著名历史学家。早年专攻巴尔干史,后致力于通史编纂,1971年出版《全球通史》一书,至今该书已出第七版。他还著有《1453年以来的巴尔干各国》、《奥斯曼帝国:它是欧洲的病人吗?》、《即将来到的黑暗时代的前途》、《全球分裂:第三世界充分发展》、《源自我们过去的生命线:新世界史》等著作。

解读

为什么要谈论21世纪的希望?因为人们常常对它失望。在人类文明纪元跨越第二个千年的关口,方方面面的问题均以前所未有之势扑面而来,尽管我们已经在新千年中努力适应了一段时间,但矛盾似乎更加错综复杂。全球范围内的自然资源短缺,国际和地区安全局势的动荡,大国关系的颠簸,地缘政治的重组,资本市场的混乱,阶层分化的僵局……无论从哪个方面来看,我们都生活在一个糟糕的时代。

但斯塔夫里阿诺斯则以全球史观的非凡洞见告诉我

们，这也是一个最好的时代。21世纪的人们开始共同承担全球责任，文明的成果终于得以不分国界地应用；民族主义和民主主义作为社会变革的主调在世界各个地区此起彼伏；福利国家和国际合作也成为解决人类发展问题的微观和宏观经典范本。21世纪，人们没有停止制度变革。同样没有停止的还有科技创新，我们对历史有了更多的把握，对未来有了精彩的设计。第三次技术革命浪潮紧承第二次工业革命，将人类的行动力推向更深更广的新世界。技术是中立的，今天，人类最大的瓶颈不是新的创造，而是如何在社会政治上避免"1984"，在科学技术上关紧"潘多拉盒子"。

我们显然没有理由失去信心。

中国人失掉自信力了吗

鲁　迅

从公开的文字上看起来：两年以前，我们总自夸着"地大物博"，是事实；不久就不再自夸了，只希望着国联，也是事实；现在是既不夸自己，也不信国联，改为一味求神拜佛,怀古伤今了——却也是事实。

于是有人慨叹曰:中国人失掉自信力了。

如果单据这一点现象而论,自信其实是早就失掉了的。先前信"地",信"物",后来信"国联",都没有相信过"自己"。假使这也算一种"信",那也只能说中国人曾经有过"他信力",自从对国联失望之后,便把这他信力都失掉了。

失掉了他信力,就会疑,一个转身,也许能够只相信了自己,倒是一条新生路,但不幸的是逐渐玄虚起来了。信"地"和"物",还是切实的东西,国联就渺茫,不过这还可以令人不久就省悟到依赖它的不可靠。一到求神拜佛,可就玄虚之至了,有益或是有害,一时就找不出分明的结果来,它可以令人更长久的麻醉着自己。

中国人现在是在发展着"自欺力"。

"自欺"也并非现在的新东西,现在只不过日见其明显,笼罩了一切罢了。然而,

史鉴篇

在这笼罩之下,我们有并不失掉自信力的中国人在。

我们从古以来,就有埋头苦干的人,有拼命硬干的人,有为民请命的人,有舍身求法的人,……虽是等于为帝王将相作家谱的所谓"正史",也往往掩不住他们的光耀,这就是中国的脊梁。

这一类的人们,就是现在也何尝少呢?他们有确信,不自欺;他们在前仆后继的战斗,不过一面总在被摧残,被抹杀,消灭于黑暗中,不能为大家所知道罢了。说中国人失掉了自信力,用以指一部分人则可,倘若加于全体,那简直是诬蔑。

要论中国人,必须不被搽在表面的自欺欺人的脂粉所诓骗,却看看他的筋骨和脊梁。自信力的有无,状元宰相的文章是不足为据的,要自己去看地底下。

九月二十五日。

(选自鲁迅著:《且介亭杂文》,人民文学出版社 1973 年版)

经典悦读

知识

鲁迅一生写作600万字,在小说、杂文、散文等方面都有突出的成就。他的杂文既富有情感性,又具有战斗性,文风犀利、深刻。杂文集有《热风》(1925),《华盖集》(1926),《华盖集续编》(1927),《坟》(1927),《而已集》(1928),《三闲集》(1932),《二心集》(1932),《伪自由书》(1933),《南腔北调集》(1934),《准风月谈》(1934),《花边文学》(1936),《且介亭杂文》(1937),《夜记》[后编入《且介亭杂文末编》(1937)],《且介亭杂文二集》(1937),《且介亭杂文末编》(1937)。

解读

这篇文章写于"九一八"事变三年之后,当时蒋介石下令不抵抗,东北三省迅速沦陷,一些国民党反动政客和御用文人开始散布怀疑抗日前途的悲观论调,对这样的亡国论调,鲁迅用他一贯犀利的笔法进行了反驳,通过揭露对方谬误、直接和间接反驳、得出结论这样的方法进行了层层深入的批驳。鲁迅是痛苦和矛盾的,他一直试图用战斗性的文字"骂醒"国人,为国家在黑暗中指出一条道路。今天,我们似乎很少能读到这样的文字,再读鲁迅,依然可以感受得到他的热血和深刻。

古今之变　一家之言

晁错论

苏　轼

天下之患,最不可为者,名为治平无事而其实有不测之忧。坐观其变而不为之所,则恐至于不可救;起而强为之,则天下狃于治平之安而不吾信。惟仁人君子豪杰之士,为能出身为天下犯大难,以求成大功。此固非勉强期月之间,而苟以求名之所能也。天下治平,无故而发大难之端。吾发之,吾能收之,然后有辞于天下。事至而循循焉欲去之,使他人任其责,则天下之祸必集于我。

昔者晁错尽忠为汉,谋弱山东之诸侯。

经典悦读

山东诸侯并起，以诛错为名，而天子不之察，以错为之说。天下悲错之以忠而受祸，不知错有以取之也。古之立大事者，不惟有超世之才，亦必有坚忍不拔之志。昔禹之治水，凿龙门，决大河，而放之海。方其功之未成也，盖亦有溃冒冲突可畏之患。惟能前知其当然，事至不惧而徐为之图，是以得至于成功。夫以七国①之强而骤削之，其为变岂足怪哉？错不于此时捐其身，为天下当大难之冲，而制吴、楚之命，乃为自全之计，欲使天子自将而己居守。且夫发七国之难者谁乎？己欲求其名，安所逃其患？以自将之至危，与居守之至安，己为难首，择其至安，而遗天子以其至危，此忠臣义士所以愤怨而不平者也。当此之时，虽无袁盎②，亦未免于祸。何者？己欲居守，而使人主自将，以情而言，天子固已难之矣，而重违其议，是以袁盎之说得行于其间。使吴、楚反，错以身任其危，日夜淬砺③，东向而待之，使不至于累其君,则天子将恃之以为无恐,虽有百盎,可得而闻哉?

嗟夫!世之君子,欲求非常之功,则无务为自全之计。使错自将而讨吴、楚,未必无功。惟其欲自固其身,而天子不悦,奸臣得以乘其隙。错之所以自全者,乃其所以自祸欤!

(选自阙勋吾、许凌云等译注,陈蒲清校订:《古文观止(言文对照)》下册,湖南人民出版社1982年版)

① 七国:指西汉时吴、胶西、胶东、菑川、济南、楚、赵等七个王国。
② 袁盎:楚国人,字丝,曾任吴、齐、楚王国的丞相,后被梁孝王刘武派人刺杀身死。
③ 淬砺:淬,把刀烧红放入水中使之坚硬;砺,把刀磨快。这里是操劳的意思。

译文

天下的祸患,最不好办的,是表面上太平无事,但实际上却有不可预料的后果。坐在那里看着事情在变化,却不想办法去解决,恐怕就会发展到不可挽救的地步;但一

经典悦读

开始就用强制的手段去处理，那么天下的人由于习惯太平安逸，就不会相信我们。只有仁人、志士、杰出人物，才能挺身而出为天下的人去承担大难，以求建立伟大的功业。这当然不是在短时期内由那些只图求名的人所能做到的。天下太平，无缘无故挑起大难的事端，我能挑起它，我也要能收拾它，然后才有理由对天下的人讲。如果事到临头，却想慢慢地避开它，让别人来承担责任，那么天下的祸患必然集中在自己身上。

从前晁错竭尽忠心替汉朝出力，谋划削弱山东诸侯的势力。山东诸侯联合起来，借诛杀晁错的名义反叛朝廷。但是皇帝不能明察，就杀了晁错来向诸侯解释。天下的人都悲叹晁错因为尽忠朝廷而遭杀身之祸，不知道晁错也有自取其祸的原因。古时候能够建立大功业的人，不只具有超出一般人的才能，还必须具有坚忍不拔的意志。从前大禹治水，凿开龙门，疏通大河，让水流进海里。当他的功业尚未完成的时候，也有堤垸溃决和洪水横冲直撞的可怕灾害。只因为他能事先估计到这种必然性，事情来了并不惊慌，从容不迫地规划解决，所以取得了成功。七国诸侯那样强盛，却要一下子削弱它们，它们起来叛乱有什么奇怪的呢？晁错不在这个时候献出自己的全部身心，替天下人做抵挡大难的先锋，控制吴、楚等国的命运，却为保全自己着想，想使皇上亲自带兵出征，而自己在后方防守。那么试问，挑动七国叛乱的是谁呢？自己想求得名誉，又怎能逃避祸患呢？因为亲自带兵出征极为危险，留守后方十分安全，你自己是挑起大难的魁首，却选择十分安全的事情来做，把极为危险的事情留给皇上去担当，这是忠臣义士愤恨不平的原因啊。在这个时候，即使没有袁盎进言，晁错也未必能免除杀身之祸。为什么这样说呢？自己想留在后方防守，却让皇上亲自带兵，按常情说，皇上本来已经难以忍受了，又加上很多人不同意他的建议，因此袁盎的话就能在这中间发生作用。假使吴、楚反叛，晁错能挺身出来承担危险，日夜操劳，率兵向东去阻击他们，不至于使自己的君王受牵累，那么皇上将依靠他而无所畏惧，即使有一百个袁盎，可以离间得了吗？

唉！世上的君子，想要建立不平凡的功业，就不要专门去考虑保全自己的计策。假使晁错自己带兵去讨伐吴、楚，不一定没有成效。只因为他想保全自己，就使得皇上不高兴，奸臣能够乘机进言。晁错用来保全自己的计策，不就是用来自己害自己的么？

（选自阙勋吾、许凌云等译注，陈蒲清校订：《古文观止（言文对照）》下册，湖南人民出版社1982年版）

知识

晁错（前200—前154），颍川（今河南禹州）人，是西汉文帝时的智囊人物，辩才非凡。他一直主张加强中央集权，由于短时间内大量削弱诸侯王的封地而激化了矛盾，前154年，吴王刘濞打着"诛晁错，清君侧"的名号发动七国叛乱，晁错在不知情的情况下被腰斩于西安东市。司马迁在《史记》中这样评价晁错:"晁错为家令时,数言事不用;后擅权,多所变更。诸侯发难,不急匡救,欲报私仇,反以亡躯。语曰'变古乱常,不死则亡',岂错等谓邪!"

晁错是一个在历史上有很多争议的人,他有智慧、有学问,对国家忠贞不二,但又过于认死理,人际关系处理不当。晁错的被"错杀",是政治斗争的结果,但同时也是他为人弱点的一个后果。苏轼的这篇文章就是在论证晁错的被杀是由于企图保全自身所致。晁错壮志未酬就遭此命运实在令人扼腕叹息,但所谓性格决定命运,大抵也常常叫人无可奈何。

历年图序

司马光

臣光拜手稽首①曰:臣闻商书曰:"与治同道,罔不兴,与乱同事,罔不亡。终始慎厥与,惟明明后。"周书曰:"我不可不监于有夏,亦不可不监于有商。我不敢

史鉴篇

知曰:有夏服天命,惟有历年;我不敢知曰:不其延。惟不祈厥德,乃早坠厥命。我不敢知曰:有商受天命,惟有历年;我不敢知曰:不其延。惟不祈厥德,乃早坠厥命。"盖言:治乱之道,古今一贯;历年之期,惟德是视而已。臣性愚学浅,不足以知国家之大体,然窃以简册所载前世之迹占之,辄敢冒死妄陈一二。夫国之治乱,尽在人君,人君之道有一,其德有三,其才有五。

何谓人君之道一?曰:用人是也。蕞尔之国,必有正直忠信之士焉,必有聪明勇果之士焉。正直忠信之谓贤,聪明勇果之谓能。彼贤能者,众民之所服从也,犹草木之有根底也;得其根底,则其枝叶安适哉?故圣王所以能兼制兆民,包举宇内,而无不听从者,此也。凡用人之道:采之欲博,辨之欲精,使之欲适,任之欲专。采之博者:无求备于一人也;收其所长,弃其所短;则天下无不可用之人矣。辨之精者：勿使名眩实，伪冒真也；听其言，必察其行；授其任，必考其功；则群臣无所匿其情矣。使之适者：用不违其才也；仁者使守，明者使治，智者使谋，勇者使断；则百职无不举矣。任之专者：勿使邪愚之人败之也；苟知其贤，虽愚者日非之而不顾；苟知其正，虽邪者日毁之而不听；则大功无不成矣。然后为之高爵厚禄，以劝其勤；为之严刑重诛，以惩其慢。赏不私于好恶，刑不迁于喜怒。如是，则下之人怀其德而畏其威，乐为用而不敢欺。譬如乘坚车、御良马、执六辔、奋长策以立于康庄之涂，惟意所适，安有不至者哉！此人君之要道也。

何谓人君之德三？曰"仁"、曰"明"、曰"武"。仁者，非妪煦姑息之谓也；兴教化、修政治、养百姓、利万物，然后可以为"仁"。明者，非巧谮苛察之谓也；知道义、识安危、别贤愚、辨是非，然后可以为"明"。武者，非强亢暴戾之谓

史鉴篇

也;惟道所在,断之不疑,奸不能惑,佞不能移,然后可以为"武"。是故,仁而不明,犹有良田而不能耕也;明而不武,犹视苗之秽而不能芸也;武而不仁,犹知获而不知种也。三者皆备,则国治强;阙一,则衰;阙二,则危;皆无一焉,则亡。此人君之三德也。

何谓人君之才五?曰"创业"、曰"守成"、曰"陵夷"、曰"中兴"、曰"乱亡"。创业者,智勇冠一时者也;王者经纶之初,土无定所,民无定分,英雄相与角逐而争之,才相偶则为二,相参则为三,愈多则愈分,故非智勇冠一时,莫能一天下也。守成者,中才能自修者也;王者动作云为,得之近而所利远,失之微而所害大,故必兢兢业业,以奉祖考之法度,弊则补之,倾则扶之,不使耆老有叹息之音、以为不如昔日之乐,然后可以谓之能守成矣。陵夷者,中才不自修者也;习于宴安,乐于怠惰,人之忠邪,混而不分,事之得

经典悦读

失，置而不察，苟取目前之佚，不思永远之患，日复一日，使祖考之业如丘陵之势、稍颓靡而就下，曾不自知，故谓之陵夷也。中兴者，才过人而善自强者也；虽以帝王之子孙，而能知小人之艰难，尽群下之情伪，其才固已过人矣，又能勤身克意，尊贤求道，见善则迁，有过则改，如是则虽乱必治，虽危必安，虽已衰必复兴矣。乱亡者，下愚不可移者也；心不入德义，性不受法则，舍道以趋恶，弃礼以纵欲，谗谄者用，正直者诛，荒淫无厌，刑杀无度，神怒不顾，民怨不知，如是而有敌国则敌国丧之，无敌国则下民叛之，祸不外来，必自内兴矣。此人君之五才也。

夫道有失得，故政有治乱；德有高下，故功有小大；才有美恶，故世有兴衰。上自生民之初，下逮天地之末，有国家者，虽变化万端，不外是矣。三王之前，见于诗、书、春秋，愚臣不敢复言。今采战国以来，至周之显德，凡小大之国所以治乱

史鉴篇

兴衰之迹，举其大要，集以为图。每年为一行，六十行为一重，五重为一卷；其天下离析之时，则置一国之年于上，而以朱书诸国之君及其元年系于其下；从而数诸国之年，则皆可知矣。凡一千三百六十有二年。离为五卷。命曰历年图。敢再拜稽首，上陈于黼扆之前；庶几观听不劳，而闻见甚博，善可为法，恶可为戒，知自古以来，治世至寡，乱世至多，得之甚难，失之甚易也。恭惟国家，承百王之弊，接五代之乱，寓县分裂，干戈日寻，藩臣骄恣，元元憔悴。太祖宵衣旰食，栉风沐雨，勤求贤俊，明慎诛赏；收支郡②、任文臣，以消方镇之权；举公廉、除贪污，以厉州县之吏；选精锐、严阶级，以治战斗之士；省赋役、恤刑罚，以抚农桑之民；内政既成，乃修外事；近者既悦，乃诘远人。故传檄而下荆湖，顾盼而克巴蜀，叱咤而平岭表，指麾而定江南。大勋未集，太宗继统，述修前绪，闽、越、句吴皆献地入朝，西登太行而晋人自缚。盖自宋兴二十年,然后大禹之迹复混而为一;以至于今,八十有五年矣!朝廷清明,四方无虞,戎狄顺轨,群生遂性,民有自高、曾以来未尝识战斗之事者;盖自古太平,未有若今之久也。易曰:"君子安不忘危,存不忘亡,治不忘乱。"周书曰:"制治于未乱,保邦于未危。"今人有十金之产者,犹知爱之;况为天下富庶治安之主,以承祖宗光大完美之业,呜呼,可不戒哉!可不慎哉!

[选自司马光原著,(美)王亦令点校:《稽古录点校本》,中国友谊出版公司1987年版]

注释

①稽首:清顾炎武《日知录·拜稽首》:"古人席地而坐,引身而起,则为长跪。首至手则为拜手,手至地则为拜,首至地则为稽首,此礼之等也。"
②支郡:唐末五代时,各地节度使割据一方,兼领数州,称为"支郡"。

译文

臣司马光跪拜说:我听说《商书》说:"与治世之君

史鉴篇

行事相同，没有不兴盛的；与乱世之君行事相同，没有不灭亡的。开始和结束都同样恭谨，便是圣明的君主。"《周书》说："我们不能不以夏为鉴戒，也不能不以殷为鉴戒。我不敢知道，夏接受上天的大命，能够经历长久；我也不敢知道，他们不能经历长久。我所知道的是因为他们不敬重德行，才早早地丧失从上天那里接受来的大命。我不敢知道，殷接受上天的大命，能够经历长久；我也不敢知道，他们不能经历长久。我所知道的是因为他们不敬重德行，才早早地丧失了从上天那里接受的大命。"因此说：使国家安定或动乱的方法，古今都一样，在理性的限度中重视德行罢了。我生性愚钝，学问浅薄，不足以知道有关治理国家的大局，但我私下用记载在史书上的前代事迹推测，才胆敢冒死随便述说一些。国家的安定或动乱，全部在于君王一人，做君王的法则有一条，做君王的德行有三种，做君王的才干有五种。

什么是人君的唯一法则呢？就是用人。很小的国家也必然有忠贞诚信的人，有聪明勇敢果断的人。正直忠诚的人称为贤人，聪明勇敢果断的人称为能人。贤人能够使人民服从，就像草木有了根系，枝叶怎么会没有生长的依靠呢？所以圣明的君王之所以能够治理百姓，统辖四方，没有不听从的，原因就在这里。用人的道理（讲究）：挑选要广博，辨别要精细，使用要适宜，任职要专一。挑选广博是指不必强求各种才能备于一人，取其所长，弃其所短，则天下没有不可用的人。辨别精细，不要让虚名掩盖了实质,以假乱真。听他说的话,也要考察他的行动;授予他任务,一定要考察他的成效;这样群臣就无私意可以隐藏了。使用人才适宜是指不违背他的才能,仁义的人用其坚守,明法的人用其治理,智慧的人用其谋划,勇敢的人用其决断,那么各种职位没有不胜任的了。任职专一是指不使奸邪愚蠢的人败坏他的事业。如果是贤人,即使愚蠢的人天天否定他也不顾虑;如果是正直的人,即使奸邪的人天天诋毁他也不听从,那么没有做不成的大事。然后用高官厚禄劝勉他的勤劳;用严刑重罚来惩治他的懈怠。奖赏不因好恶而有偏私,刑罚不因喜怒而改易。如果这样,那么天下的人心怀他的德行而畏惧他的威严,喜欢被他使用而不敢欺瞒他。就像乘坐坚实的车,驾驭良马,手执马缰绳,扬着马鞭立在宽阔的大道上,只要是他想去的地方,哪有到不了的呢?这就是人君最重要的原则道理。

什么是做君王的三种德行?是仁爱、贤明和武勇。所谓仁爱,不是说要和颜悦色、没有原则地宽恕;兴办教育,整顿政治,养育百姓,有利于万物,这样以后才可以说做到了仁爱。所谓贤明,不是说要虚伪、欺诈,以烦琐苛刻为明察,而是要知道道理和仁义,认识安全与危险,能分别贤者和愚者,明辨对的和错的,这样以后才可以说做到了贤明。所谓武勇,不是说要刚愎自用、凶暴乖戾,而是要秉持道理,在做决断的时候不疑惑猜度,奸佞也不能迷惑他、改变他,这样以后才可以说做到了武勇。因此,仁爱却不贤明,就像拥有好田地却不能耕种;贤明而

史鉴篇

不武勇,就像看到了禾苗周围长满杂草却不能去除;武勇而不仁爱,就像只知道收获而不知道耕种。三条全部具备,那么国家就会安定强大;缺了一条,国家就会衰败;缺了两条,国家就会陷入危险;三条中一条也没有,国家就会灭亡。这就是做君王的三种德行。

什么是人君的五种才能?是创立伟业、守卫成果、平毁基业、中途振兴、变乱而亡。创业的人是智慧勇气雄冠一时的人,君王统治初期,土地没有确定的归属,人民没有确定的职分,英雄之间竞相争逐,有两个能力相当的人天下则一分为二,有三个能力相当的人天下则一分为三,有能力的人越多天下就越分裂,所以如果不是智慧勇力雄冠天下,就无法一统天下。守卫成果的人能够有自我修为的中等才能就够了,君王的一举一动关系重大,眼前的所得关系着长远的利益,细微处的失误危害甚大,所以必须兢兢业业遵守祖宗的法律,有失误就要弥补,倾斜了就要扶正,不使年老的人叹息今不如昔,然后可以称之为坚守成果。平毁基业的是那些才能平庸又不自我修为的人,习惯于安逸,喜欢怠惰,不区分忠诚与奸邪,不审查事情的得失,苟且取得当下的安逸,不考虑将来的祸患,一天天地使祖宗的基业像丘陵的体势一样,稍微倾斜就推倒了,自己却还不知道,所以称之为平毁之人。中兴的是才能过人而且善于自强的人,虽然是帝王的子孙,但是能知道平民的艰难,尽晓臣下的真诚虚伪,他的才能本来已经超过众人,又能约束自己的行为意念,尊重贤人,探求道理,

经典悦读

见到好的品质则趋向学习,有过错就改正,如果这样,即使是混乱也必然得到治理,即使是危险也必然转为安全,虽然已经衰败了也必然会复兴。乱亡的人,是最愚蠢不可改变的人,德行道义不入其心,生性不受法则约束,舍弃道义而趋向凶恶,放弃礼节而放纵欲望,任用逸言谄媚的人,诛杀正直的人,荒淫而没有满足,刑法严苛没有节制,不顾神灵愤怒,不知道人民怨恨他,如果是这样,有敌国则敌国灭亡他,没有敌国则人民反叛他,祸患不从外面来就必然从国内兴起。这是人君的五种才能。

治国之道有遵循的也有违背的,因此一国的政治有的安定有的动乱;德行有高下之分,因此治国的成效有大小之分;才干有好坏之分,因此人间有兴盛和衰败。往前从人类诞生开始,往后到天地毁灭的那一天,国家即使变化很多,(治国的道理)无非是这样。三王尧舜禹之前的情况,可以在《诗经》、《尚书》、《春秋》中见到,我不敢再说。现在选取战国以来,到周朝有了显明的美德,全部大大小小的国家为什么安定、动乱、兴盛、衰亡的历史,提出其中的要旨,收集起来成为《历年图》这本书。每年是一行,六十行是一重,五重是一卷;在一国天下分崩离析的时候,就将这一国经历的年数附在上面,用红色将各个国君和他即位的第一年缀在下面;这样计算各国的年份,就都可以知道了。一共一千三百六十二年。分开成为五卷。命名为"历年图"。敢再拜行礼,进献到帝王面前;或许可以让您看看,应该不会让您劳累,而能增长见

史鉴篇

闻,其中善事可以用来效仿,恶事可以用来警戒,知道自古至今,太平盛世很少,动乱年代很多,(正是)得到很难,失去却很容易。我们的国家承担百王的弊病,接续五代的动乱,(当初)地方分裂,兵祸四起,镇守藩镇的臣子骄矜妄为,百姓生活困顿。(宋)太祖勤勉劳碌,经常去求取贤俊之才,明确赏罚,收复各地节度使割据的土地,任命文官(治理),来瓦解藩镇的权力;提拔廉洁的人,去除贪污的人,来使地方官员严肃纪律;从军中选拔精锐,严明军阶,来治理军队;减少赋税和劳役,对刑罚表示同情(慎重施刑),来安抚普通百姓;内政已经完成,于是整治对外事宜;近处的人(国内)已经高兴了,就该问罪于远处的人(国外)了。于是传布檄文顺流而下到荆江和洞庭湖,顾盼之间攻克巴蜀,怒喝一声平复岭外,扬鞭直指平定江南。大功未能成就(太祖就驾崩了),太宗即位,修治前人未完成的事业,闽、越、句吴都进献土地归顺朝廷,向西登太行山,(逼得)晋人投降。自从宋兴盛以来的二十年,大禹走过的地方又合在一起了(九州又统一了);到现在为止已经八十五年了!朝政有法度、有条理,四方没什么问题,少数民族遵从礼制法度,归顺正道,众生顺应本性,百姓自重孙辈以来就没有知道战争的事情的人,这是因为自古以来的太平盛世(持续的时间),没有像现在这么长的。《易经》说:"君子平安的时候不忘记可能的危险,存在的时候不忘记可能的败亡,政治稳定的时候不忘记可能的动乱。"《周书》

经典悦读

说:"在还没动乱的时候制止动乱,在还没发生危机的时候保护国家。"现在有价值十金家产的人,还知道爱惜它;何况是天下富庶安定的主宰,要承担祖宗广大完美的家业的人呢?唉,难道能不引以为戒吗!难道能不慎重吗!

(编者译)

知识

《稽古录》,取《尚书》"曰若稽古"之语为书名。稽是考核、考证的意思,为北宋司马光的作品,总共20卷,包括《稽古录》、《历年图》、《国朝百官公卿表大事记》三部分,是《资治通鉴》的姊妹篇。《稽古录》记录了自上古到宋英宗时期的历史大事,是一部简明的参考手册。历代对这本书评价很高,《四库全书提要》这么评价道:"朱子甚重其书,尝曰'可备讲筵,续六经读之。'虽推之未免太过,然观其诸论于历代兴衰治乱之故,反覆开陈,靡不洞中得失,其言诚不悖于六经。《通鉴》文繁,猝不易究,是编言简而义赅,洵读史者之圭臬也。"

解读

在这篇文章中,司马光解析了使国家安定或动乱的方法,即是否在理性的限度中重视德行。国家的安定或动乱,全部在于君王一人,而做君王的法则有一条,那就是用人;德行有三种,即仁爱、贤明和武勇;才干有五种,即创立伟业、守卫成果、平毁基业、中途振兴、变乱而

史鉴篇

亡。一个国家之所以有治有乱、有兴盛有衰败,原因就在于德行之差和才干之别。即使在今天,司马光所谓的君子德才也是我们应该领悟和学习的。

蔺相如完璧归赵论

王世贞

蔺相如之完璧,人皆称之,予未敢以为信也。

夫秦以十五城之空名,诈赵而胁其璧。是时言取璧者情也,非欲以窥赵也。赵得其情则弗予,不得其情则予;得其情而畏之则予,得其情而弗畏之则弗予。此两言决耳,奈之何既畏而复挑其怒也?

且夫秦欲璧,赵弗予璧,两无所曲直也。入璧而秦弗予城,曲在秦;秦出城而璧归,曲在赵。欲使曲在秦,则莫如弃璧;畏弃璧,则莫如弗予。夫秦王既按图以予城,又设九宾①,斋而受璧,其势不得不予城。璧入而城弗予,相如则前请曰:"臣固知大王之弗予城也。夫璧非赵璧乎?而十五城秦宝也。今使大王以璧故而亡其十五城,十五城之子弟,皆厚怨大王以弃我如草芥也。大王弗予城而绐赵璧,以一璧故而失信于天下,臣请就死于国,以明大王之失信。"秦王未必不返璧也。今奈何使舍人怀而逃之,而归直于秦?是时秦意未欲与赵绝耳。令秦王怒,而僇相如于市,武安君十万众压邯郸,而责璧与信,一胜而相如族,再胜而璧终入秦矣。吾故曰:"蔺相如之获全于璧也,天也!"

若其劲渑池,柔廉颇,则愈出而愈妙于用。所以能完赵者,天固曲全之哉!

(选自阙勋吾、许凌云等译注,陈蒲清校订:《古文观止(言文对照)》下册,湖南人民出版社1982年版)

注释

①设九宾:这是古代举行朝会大典用的极隆重的礼节。九宾,九个迎宾赞礼的官吏。斋,即斋戒。古人在祭祀前,沐浴更衣,不饮酒,不吃荤,以示诚敬。这里说秦

王设九宾、斋戒，表示对接受和氏璧特别重视。

译文

蔺相如保全和氏璧，人们都称赞他，我却不敢认为是诚实的。

秦用十五座城的空名，欺骗赵国并且威逼着要它的和氏璧。这时说求取和氏璧确是真情实意，并不是想来打赵国的主意啊。赵如果了解秦的真情就可不给，不了解秦的真情就给；了解秦的真情但怕它就给，了解秦的真情却不怕它，就不给。这只要两句话就解决了，为什么既然怕它却又要挑起它的怒气呢？

况且秦想得到和氏璧，赵不给它和氏璧，双方都没有什么理亏、理直可说。和氏璧到了秦国，秦却不给城，理亏在秦国；秦拿出城而和氏璧却送回去了，理亏在赵国。要想使理亏在秦国，就不如放弃和氏璧；怕放弃和氏璧，就不如不给秦国。秦王已经按照地图来给城，又设置了九宾的大礼，斋戒沐浴来接受和氏璧，那情势看来是不会不给城了。如果秦王受了和氏璧，却不给城，相如就可以上前请求说："我本来知道大王是不会给的。和氏璧不是赵国的璧么？那十五座城却是秦国的宝地啊。现在如果大王因为和氏璧的缘故，失去这十五座城，十五座城的子弟，就都会深深埋怨大王，因为大王抛弃他们就像抛弃小草一样。如果大王不给城却骗取了赵的璧，为着一块璧的缘故，却在天下人面前丧失信用，那么我请求死在秦国，来揭露大王的不讲信用。"这样,秦王不一定不退还和氏璧啊。现在怎么却派随从怀揣着和氏璧逃回去,使人们认为秦国理直呢?这个时候,秦的意思还不想跟赵国断绝关系罢了。如果秦王发怒,在市朝上杀掉相如,派武安君带领十万大军逼近邯郸,索取和氏璧和要求赵国守信,那么,秦国打一次胜仗,相如就会灭族;打两次胜仗和氏璧便终于归入秦国了。我因此说:"蔺相如使和氏璧能够得到保全,是天意啊!"

至于他在渑池会上的顽强坚决,对廉颇的忍让团结,那方式方法越出越运用得巧妙了。因此赵国能够完好不受损害,也是上天在曲意保全它啊!

(选自阙勋吾、许凌云等译注,陈蒲清校订:《古文观止(言文对照)》下册,湖南人民出版社1982年版)

知识

王世贞(1526—1590),字元美,号凤洲,又号弇州山人,江苏太仓人,明代文学家、史学家。"后七子"领袖之一。有《弇山堂别集》、《嘉靖以来首辅传》、《觚不觚录》、《弇州山人四部稿》等传世。

"后七子"是明朝嘉靖、隆庆年间的文学流派,他们倡导复古,强调"文必秦汉、诗必盛唐"。成员有李攀龙、王世贞、谢榛、宗臣、梁有誉、徐中行和吴国伦。以李攀龙、王世贞为代表。

史鉴篇

《史记》中记载的"完璧归赵"的故事家喻户晓,后人对蔺相如的英勇行为赞赏有加,但王世贞却对这一故事重新进行了反思,可以说这是一篇翻案文章。文章开篇即表明自己"未敢以为信也"的态度,于情、理两方面剖析了蔺相如举动的不合理性,最终将完璧归赵的原因落脚于"天"。王世贞这篇文章具有辩论的性质,层层递进、求精求简,体现了王世贞"文之事本一而其用三:曰晰理,曰纪事,曰抒情,是三者,文之大用也"的观念。

论政府与人民之权限
(节选)
梁启超

天下未有无人民而可称之为国家者,亦未有无政府而可称之为国家者,政府与人民,皆构造国家之要具也。故谓政府为人民所有也不可,谓人民为政府所有也尤不可,盖政府、人民之上,别有所谓人格^①

之国家者,以团之统之。国家握独一最高之主权,而政府、人民皆生息于其下者也。重视人民者,谓国家不过人民之结集体,国家之主权,即在个人②。其说之极端,使人民之权无限,其弊也,陷于无政府党,率国民而复归于野蛮。重视政府者,谓政府者国家之代表也,活用国家之意志,而使现诸实者也,故国家之主权,即在政府。其说之极端,使政府之权无限,其弊也,陷于专制主义,困国民永不得进于文明。故构成一完全至善之国家,必以明政府与人民之权限为第一义。

……

政府之所以成立,其原理何在乎?曰:在民约③。人非群则不能使内界发达,人非群则不能与外界竞争,故一面为独立自营之个人,一面为通力合作之群体④。此天演之公例,不得不然者也。既为群矣,则一群之务,不可不共任其责固也。虽然,人人皆费其时与力于群务,则其自营之道,

史鉴篇

必有所不及。民乃相语曰：吾方为农，吾方为工，吾方为商，吾方为学，无暇日无余力以治群事也，吾无宁于吾群中选若干人而一以托之焉，斯则政府之义也。政府者，代民以任群治者也，故欲求政府所当尽之义务，与其所应得之权利，皆不可不以此原理为断。

然则政府之正鹄何在乎？曰：在公益。公益之道不一，要以能发达于内界而竞争于外界为归。故事有一人之力所不能为者，则政府任之；有一人之举动妨及他人者，则政府弹压之。政府之义务虽千端万绪，要可括以两言：一曰助人民自营力所不逮，二曰防人民自由权之被侵而已。率由是而纲维是，此政府之所以可贵也。苟不尔尔，则有政府如无政府，又其甚者，非唯不能助民自营力而反窒之，非唯不能保民自由权而又自侵之，则有政府或不如其无政府。数千年来，民生之所以多艰，而政府所以不能与天地长久者，皆此之由。

经典悦读

……

中国先哲言仁政,泰西近儒倡自由,此两者其形质同而精神迥异,其精神异而正鹄仍同。何也?仁政必言保民,必言牧民。牧之保之云者,其权无限也,故言仁政者,只能论其当如是,而无术以使之必如是。虽以孔孟之至圣大贤,哓音瘏口以道之,而不能禁二千年来暴君贼臣之继出踵起,鱼肉我民,何也?治人者有权,而治于人者无权,其施仁也,常有鞭长莫及有名无实之忧,且不移时而熄焉;其行暴也,则穷凶极恶,无从限制,流毒及全国,亘百年而未有艾也。圣君贤相,既已千载不一遇,故治日常少而乱日常多。若夫贵自由定权限者,一国之事,其责任不专在一二人,分功而事易举,其有善政,莫不遍及,欲行暴者,随时随事,皆有所牵制,非惟不敢,抑亦不能,以故一治而不复乱也。是故言政府与人民之权限者,谓政府与人民立于平等之地位,相约而定其界也,

史鉴篇

非谓政府畀民以权也⑤。赵孟之所贵,赵孟能贱之,政府若能畀民权,则亦能夺民权,吾所谓形质同而精神迥异者此也。然则吾先圣昔贤所垂训,竟不及泰西之唾余乎?是又不然,彼其时不同也。吾固言政府之权限,因其人民文野之程度以为比例差。当二千年前,正人群进化第一期,如扶床之童,事事皆须藉父兄之顾复,故孔孟以仁政为独一无二之大义,彼其时政府所应有之权,与其所应尽之责任,固当如是也。政治之正鹄,在公益而已。今以自由为公益之本,昔以仁政为公益之门,所谓精神异而正鹄仍同者此也。但我辈既生于今日,经二千年之涵濡进步,俨然弃童心而为成人,脱蛮俗以进文界矣,岂可不求自养自治之道,而犹学呱呱小儿,仰哺于保姆耶?抑有政府之权者,又岂可终以我民为弄儿也?权限乎?建国之本,太平之原,舍是曷由哉!

(选自梁启超著:《饮冰室合集2 文集10—19》,中华书局1989年版)

经典悦读

注释

① 人格之义屡见别篇。

② 个人:谓一个人也。

③ 民约之义,法国硕儒卢梭倡之,近儒每驳其误,但谓此义为反于国家起原之历史则可,谓其谬于国家成立之原理则不可。虽憎卢梭者,亦无以难也。

④ 或言由独立自营进为通力合作,此语于论理上有缺点。盖人者,能群之动物,自最初即有群性,非待国群成立之后而始通合也。既通合之后,仍常有独立自营者存,其独性不消灭也。故随独随群,即群即独,人之所以贵于万物也。

⑤ 凡人必自有此物,然后可以畀人,民权者非政府所自有也,何从畀之?孟子曰:"天子不能以天下与人。"亦以天下非天子所能有故也。

知识

梁启超(1873—1929),字卓如,一字任甫,号任公,又号饮冰室主人,清末民初著名的政治家、思想家、教育家、史学家和文学家。梁启超视野广阔,不断求新求变,促进改良,在许多领域都有非常卓越的贡献。作为中国近代维新派的代表人物,他与其师傅康有为一起倡导变法维新,并称"康梁"。作为文学家,他曾倡导文体改良。他的著作合编为《饮冰室合集》。

史鉴篇

解读

梁启超深受卢梭社会契约论的影响,腐朽的清政府已沦为帝国主义统治中国的工具,他在批判中国封建专制主义的同时发展人民主权学说,希望能利用国民的力量推动国家的发展。在文章中,他讨论了国家、政府和国民的关系,国家是独立于政府和国民的"人格"化国家,政府权力的实施不应该侵犯个人的权利。充分尊重民权,这样的思想时至今日也是我们应该去思考和努力的方向。

警语

生而自由,然而他自此处处背负着锁链。任何人都可以认为他是他人的主人,但是他只是比他人更为不自由的奴隶。

——(法)卢梭

为什么青年"消失"了

(节选)

周志强

正文

屁民主义时代

……

青年消失了,青春来了!

到处是青春文化的优雅美丽或者桀骜不驯,却再也看不到200年来"青年"三大精神的存在。用后现代主义的戏谑轻松丢掉启蒙主义的包袱、用现实主义的借口把理想主义当作前台的小丑、用热情疯狂的爱情把理性主义作为丛林社会的恶魔来攻击。

归根结底,青春文化用一种虚张声势的"字由"(符号自由)姿态偷换了青年文化对"自由"的诉求;用脆弱的角色反转的个性追求抹去了青年的社会角色和功能;用想象性的粉丝们的力量伪装一种具有民主意义的现实性力量……也就是用"伪娘"的去性别化来说明女性主义的胜利,用"恶搞"来宣告底层抗争的存在,用"围观"来确立人们为了公平政治而斗争的蛛丝马迹,用扬扬得意的青春的文化多元主张来掩盖青年政治功能的核心价值。

换句话说,青春文化之代替青年文化,

乃是用政治领域的屁民主义代替了理想主义、用文化领域的傻乐主义代替了启蒙主义、用社会领域的反智主义代替了理性主义。青春文化崛起，也恰好勾勒了青年文化的坟墓。

"青年"消失的背后

今天的年轻人还没等到长大就迅速地老了。

当他们面对个人的生存问题的时候，他们比以前任何一个时代的青年人都表现得中年化，人情练达、踌躇满志；当他们面对社会的变革课题的时候，他们又比任何人都富有"恶"的想象力，污言秽语、桀骜不驯；当他们恋爱的时候，深深懂得门第家族、拼爹拼二奶；当他们走进影院的时候，却能够装傻充愣、卖萌扮嫩……中年化、低幼化与市侩化，这正是当前"青年"的三张面孔。

在小说《屋顶上空的爱情》中，农民出身、刚刚毕业的研究生结婚了。他们住

经典悦读

在城中村，冬天寒风刺骨，夏天辗转不眠；刚刚攒够的买房子的首付，变得只够买阳台的首付了；女孩子宁愿做二奶也不愿意做浪漫的爱情守护神；再天真无邪的姑娘，也变得面目狰狞；再雄心壮志的青年，也只有茫然无助；歌声里的学校生活与丛林中的社会生活形成鲜明的对照。在这部小说里，青年，这个与醉人的吉他、迷人的夜空与激情四溢的爱情交织在一起的形象，在神一样的房价面前，变得狼狈破败、虚假无能。

中国利益阶层的定型、社会阶层的分化和资本威权体系的成型，造就了这样一种简单的后果：当一个年轻人准备了25年的个人奋斗，尚不足以买到富人家宠物狗所住的那么大的三平米空间的时候，"青年"就像夜里的黄鼠狼一样，在臭不可闻的轨迹上消失了。

青年的消失，显示了中国社会生活的吊诡：青年作为抵抗不公平机制的主体力量,却成了不公平机制的祭品。

在一次关于青年人的前途的讨论会上,一个同学毫不客气地说,如果年轻人不迅速学会使用社会的这些腐败规则,就会立刻变成这个规则的牺牲品。当我大力宣讲"青年"应该具有理想主义的精神的时候,熊培云就立刻提醒我不要一方面鼓动学生"牺牲",另一方面自己缩在一角不敢前行——任何为了神圣的事业而牺牲个人生活的主张,在熊培云看来都是虚伪的政治。

显然,年轻人和年轻人的导师们,都已经不愿意再谈论"青年"的政治功能问题了;与此同时,他们也立刻失去了理解理想主义、启蒙主义和理性主义背后,追求社会公平进步的现实力量的能力。当同学们认为正是中国社会的不良体制造就了他们的生存困境的时候,他们却选择了对这种潜在规则体系的服从和融合。一方面,他们已经不敢想象抵抗政治及其代价问题,另一方面,他们也在敢于参与腐败的现实,同时却不敢面对这种现实。从来没有这样一个时期，几乎每一个大学生都能懂得一面"卖萌"装可爱，一面毫不客气地学会了社会潜规则；学生会的成员们懂得如何通过各种公益性的活动扮演崇高，却在现实层面为自己创造保研推博的机会；一个女生这样说，谁让我读研，我就让谁"潜规则"……

　　正是从这个意义上，我理解了"韩寒们"。年轻人，一方面需要自己堕入政治的深渊，你死我活，酱在一起；另一方面还需要"韩寒"这个符号生产力不断为他们生产"我抵抗过"的童话来自我安慰。青年的消失，来自一种彻底的精神分裂：所有对政治的消费，不过是为了自己活得更麻痹一点。历史不属于我，我可以通过想象性的穿越占有自己的历史；政治不关我事，我却可以通过消费它而让它继续不关我事……

　　（选自周志强著：《这些年我们的精神裂变——看懂你自己的时代》，社会科学文献出版社2013年版）

史鉴篇

知识

"青年"这个概念并不仅仅与年龄和心智有关,选文作者将"青年"定义为特定的历史内涵和思想力量塑造催生出来的现代社会群体。作者从年龄层面(14—24岁)、社会意义层面(社会改革的巨大动力)和政治学层面(启蒙主义者、天生的理想主义者和天生的社会主义者)来解析青年。

解读

青年原本是推动社会发展的中坚力量,可是20世纪80年代理想主义破灭,消费主义来袭,高校扩招、阶层固化、生活压力增大,青年陷入社会不公平的机制中而无力争辩、无法上升,不得已便逃离政治,在想象和消费层面麻痹自己。青年的"消失"令人悲哀和沮丧,但更应该引起国家和社会的关注,如果青年不再"出现",那么我们的社会该何去何从?

《周恩来》结束语

(英)迪克·威尔逊

正文

……

经典悦读

因此,周恩来一生的事业可以用消极的色彩来描绘。他献身于共产主义事业,而它能否实现还是个问题;他后来发现,甚至在经济发展这类问题上,其精选出来的信条加上他自己那第一流的实干技巧也不能带来所希望的结果。他自己也在40年代就认识到除非千百万人民被成功地教育过来,把他们的思想改造得具有合作与集体主义精神,否则的话,共产主义在中国就不会起什么作用。但是,一旦他成为这个巨大国家的政府领导人,他就被驱使着为立即实现共产主义的所有目标而全速前进。

然而,我们还应该看到,周恩来结果没能实现他的诺言,终其一生也没能把中国决定性地带入一个明显有着更高生活水平的更先进的工业和技术发展的现代社会。严格地说,这不是他的错,而更多地应归因于客观条件的无情。任何想在这样一个落后的大国迅速取得巨大进步的人都难免会遭到巨大挫折。然而,周恩来没有在这

史鉴篇

不可避免的挫折面前撒手不管或是作出过激的反应。他只是不动声色地坚守他的阵地,为使共产党中国的改革能继续下去提供唯一的一股主要动力。他这么做的时候,不像其他领导人那样以一种执拗的、决不通融的方式进行,而是以一种永远使人感到振奋的、非常民主的风格来进行,这就使得别人不断地集合在他的周围并帮助他奋力去实现目标。

当他的接班人邓小平完成其使命而去,而邓小平的接班人也经过几代变换之后,周恩来的工作和人格会比毛泽东的或其他任何人更令人怀念。具有讽刺意义的是,既然毛泽东集权于一身的中国的列宁和中国的斯大林的角色现在应当加以怀疑,可能会有人采取行动把无可指摘的"列宁的角色"追封到周恩来的头上——尽管他对党的建设作出的贡献是完全不同的。在周恩来去世的几年之后,人们可以看到,在中国人的衣服上佩戴的周恩来像章比毛泽

经典悦读

东或任何人的像章都要多。周恩来的中国是一个非常通人性而耐心思考的靠自己站起来的中国。毛泽东主张大步前进,这经常使得中国人退回到比他们原来开始时更落后的地方去。一连几周通宵达旦地大炼无用的劣质钢铁,或是鼓励青少年闯进市政府办公室去欺侮、羞辱、折磨那些地方官员,这大概很激动人心。但当人们看到这些行动实际上并不带来任何具体的进步,更不用说带来太平盛世时,周恩来的不那么激动人心、但更为明智的渐进主义就占了上风。

不是周恩来低估了共产主义,而是毛泽东等走得太快,因为他们在目标与手段之间失去了平衡,他们贪心地以违背自然规律的速度去追求效果,准备把人性中最坏的部分引导出来,还着魔似地相信这可以达到好的目的。这不是共产主义,这只是一个壮观的带有孩子气的梦幻。只有周恩来才是真正的共产主义者,别的人只不过是在玩弄空头政治,而这是他所不擅长的。他有着经过改头换面的拿破仑式的博学，还带有梅特涅式的政治上的坚韧。

周恩来对他的信仰是真诚的，正如他对中国的感情和他那持久的人性也是发自内心的一样。这使得他在20世纪的所有中国领导人中显得十分突出。不可否认，他没能理解尼赫鲁，正如他没能理解赫鲁晓夫或柯西金一样。但西方也有人犯过同样的错误，人们对此不应苛求。在周恩来与外国人打交道时，人们偶尔看到他那深埋在心里的沙文主义与他那些中国同僚比起来可以说是微不足道的，而他对外部世界的了解程度与那些人比起来更是不可同日而语。我们西方人可能会把他看作我们最热切希望的未来的合作者，尽管他来自一个仍带有民族主义、文化优越感的国家。只要与周恩来会过面，人们会对在一个单一的世界秩序之下与中国进行合作的潜力感到充满信心。从某种意义上讲，他留下了与他具有同样想法的人来实现他的两个理想——使中国现代化和让中国在世界事务中扮演一个负责的角色。对他选择的生活道路，我们从内心感到欣慰；对他身后的中国，我们充满了希望。

[选自（英）迪克·威尔逊著：《周恩来》，封长虹译，中央文献出版社2003年版]

知识

迪克·威尔逊，国外研究当代中国问题的知名学者。早年就读于英国牛津大学及美国加州大学，获文学、法学硕士学位，后在研究中国问题的权威性刊物《中国季刊》担任主编。威尔逊在研究当代中国历史和人物方面有非常深厚的造诣，其重要著作有：《毛泽东》、《周恩来》、《长征，1935》、《亚洲的觉醒》、《人类的四分之一》等。

解读

作者对周恩来总理一生的刻画发端于他1960年对周总理的一次单独的、令他惊讶的采访，在之后的20年里，作者搜集有关周总理的各方面材料，终于磨成这一剑。其实，全世界对于周恩来总理的赞美之辞已经很多，不必多言。对于我们普通人来说，也许我们无法像周恩来总理那样在政治舞台上叱咤风云、游刃有余，但至少，他身上所沉淀的厚重是我们可以触摸到的。

附　录

拓展阅读书目

（美）孔飞力著：《叫魂》，陈兼、刘昶译，生活·读书·新知三联书店2012年版。

（美）黄仁宇著：《万历十五年》，生活·读书·新知三联书店2008年版。

（瑞士）布克哈特著：《历史讲稿》，刘北成、刘研译，生活·读书·新知三联书店2009年版。

（瑞士）布克哈特著：《意大利文艺复兴时期的文化》，何新译，商务印书馆1997年版。

（英）柯林武德著：《历史的观念》，张文杰、何兆武译，商务印书馆1998年版。

严耕望著：《治史三书》，上海人民出版社2011年版。

唐德刚著：《晚清七十年》，台湾远流出版公司1998年版。

（美）徐中约著：《中国近代史》，计秋枫、朱庆葆译,香港中文大学出版社2002年版。

吕思勉著:《吕思勉读史札记》,上海古籍出版社2005年版。

陈寅恪著:《寒柳堂集》,生活·读书·新知三联书店2001年版。

(德)奥斯瓦尔德·斯宾格勒著:《西方的没落》,齐世荣、田农等译,商务印书馆2001年版。

(英)爱德华·吉本著:《罗马帝国衰亡史》,黄宜思、黄雨石译,商务印书馆1997年版。

(德)恩格斯著:《家庭、私有制和国家的起源》,中共中央马克思恩格斯列宁斯大林著作编译局译,人民出版社2003年版。

编写说明

古语有云:"以铜为镜,可以正衣冠。以史为镜,可以知兴衰。以人为镜,可以明得失。"樯橹灰飞烟灭,回顾波澜壮阔的历史,也许胜败终会释怀,可是留予后人的缱绻与智慧依然叫人叹息和感慨。

本册取名《史鉴篇》,正如梁启超所说,"史者何?记述人类社会赓续活动之体相,校其总成绩,求得其因果关系,以为现代一般人活动之资鉴也。"即关注历史,照亮现实。在本册中,我们选取了以下几组文章:"兴亡更替 辩证之道",是以史为镜、鉴知兴替的爱国情怀;"指点江山 激扬文字",是针砭时弊、忧患兴邦的现实关切;"古今之变 一家之言",是政治家论道存亡、表达思想的豪情壮志。

需要说明的是,除了中外经典美文外,

经典悦读

我们也特别选取了一些堪称精品的当代作家作品,在此对所有选文作者表示感谢。限于各种原因,仍有几位作者一时无法取得联系,对此我们深表歉意,烦请这些作者看到本书后及时与我们联系,以便商讨版权事宜并致以薄酬略表谢意。

编者

2014 年 1 月

经典悦读·觉悟篇

中共滨州经济开发区工委　◎编
南开大学语文教育研究中心

编 委 会

主　　任： 姚和民
委　　员： 周志强　邱延忠　钱　杰
　　　　　　时志军　王一澜　窦　薇
　　　　　　林诗雯　徐少琼　魏建宇
　　　　　　李　飞

主　　编： 周志强　王一澜
本册主编： 魏建宇

中山大学出版社
·广州·

版权所有　翻印必究

图书在版编目（CIP）数据

经典悦读·觉悟篇/中共滨州经济开发区工委，南开大学语文教育研究中心编．—广州：中山大学出版社，2014.5
ISBN 978-7-306-04856-1

Ⅰ．①经… Ⅱ．①中… ②南… Ⅲ．①世界文学—作品综合集 Ⅳ．①I11

中国版本图书馆 CIP 数据核字（2014）第 068135 号

出 版 人：	徐　劲
策划编辑：	邹岚萍
责任编辑：	邹岚萍
封面设计：	林绵华
责任校对：	赵　婷　黄燕玲
责任技编：	黄少伟
出版发行：	中山大学出版社
电　　话：	编辑部 020-84111996，84113349，84111997，84110779
	发行部 020-84111998，84111981，84111160
地　　址：	广州市新港西路 135 号
邮　　编：	510275　　　　传　真：020-84036565
网　　址：	http://www.zsup.com.cn　E-mail:zdcbs@mail.sysu.edu.cn
印 刷 者：	佛山市浩文彩色印刷有限公司
规　　格：	787mm×960mm　1/32　总印张：20　总字数：303 千字
版次印次：	2014 年 5 月第 1 版　2014 年 5 月第 1 次印刷
总 定 价：	48.00 元（共 6 册）　印　数：1～13000 套

如发现本书因印装质量影响阅读，请与出版社发行部联系调换

为社会更加美好而读书

书籍是人类进步的阶梯。读书是每个人广识增智、修身养性、执业安身的基本功，也是推动整个社会移风易俗、与时俱进、走向更加文明进步的基本途径。周恩来总理少年时曾立志："为中华之崛起而读书"。当前，中华民族正在为实现伟大复兴的"中国梦"而奋斗，如此关键时期，更需全社会形成读书蔚然之风，铸就文化巍然之魂，凝聚干事创业的强大正能量。

经典，是浩瀚书海中最有思想洞察力的一部分，是凝结人类最高智慧的一部分，是最具人文关怀的一部分。读书，当然要读经典。在今天，我们更应该谨记周总理的心愿，多读好书，多读经典。然而，古今中外，卷帙浩繁，大多数人没有时间和精力去阅读所有的经典书籍。幸好，中共滨州经济开发区工委和南开大学语文教育研究中心合作编辑出版的"经典悦读"丛书面世，精心搜罗了古今中外一些经典书籍中的名篇名段以飨读者，四年来编印不辍，影响颇广。

书中篇章，或形象鲜明，或事件新奇，或哲理深邃，或文辞优美，不仅给我们以美的享受，更给我们以真的启迪、善的熏陶，读来如品香茗，余香满口；如饮甘泉，沁人心脾，自有一种油然而生的愉悦。相信会对读者大有裨益。

国民之魂，文以化之。知识的力量是无穷的。希望这套丛书能给读者带来学习的持续热情，为了自己的成长进步，更为了让我们的社会变得更加美好，早日实现中华民族伟大复兴的"中国梦"而奋发读书！

中共滨州市委书记　市人大常委会主任

张光峰

文海撷珠　经典相传

转眼间,"经典悦读"丛书已走过了四个年头。在广大读者朋友一如既往的支持、鼓励下,这套丛书已然成为滨州文化的一张靓丽名片,"悦读"经典犹如一缕暖阳、一股春风,温暖了读者的心脾,拂去了苍宇的浮尘。

作为荟萃古今中外文学精华的典藏,这套丛书既有启迪人生的觉悟智慧,也有碰撞思想的哲学思辨;既有撼人心旌的至情至性,也有飘逸飞扬的斐然文采。阅读经典文学作品是涵养性情、净化心灵、提高修养的有效渠道,欣赏《经典悦读》中的系列作品,既有助于我们加强对民族文化的理解和感悟,更有助于实事求是、与时俱进地开展当下的文化建设工作。

志传、觉悟、史鉴、传奇、揽胜、才

情——每一册都是对文学经典闪光点的一次检索和挖掘,也宛如一扇扇崭新的窗口,让传世经典放射出璀璨的光芒。文海撷珠,汇聚先贤才思;时开一卷,氤氲情味无穷。希望"经典悦读"丛书成为传承文化的桥梁和点燃梦想的星火,为构筑我们共同的精神家园凝聚正能量,增添新动力。

中共滨州市委副书记　市长

目　　录

弹指一挥　感悟时光 …………………… 1
　中年 …………………………… 梁实秋　 1
　时钟 ………………………（苏）高尔基　 7
　论年龄 ……………（瑞士）赫尔曼·黑塞　18
　题剃空菩提叶 ………………… 林徽因　25

修身颐性　生活智慧 …………………… 27
　游褒禅山记 …………………… 王安石　27
　闲情赋（并序） ……………… 陶渊明　32

博弈人世　觉性悟道 …………………… 44
　热爱生命 ………………（法）蒙田　44
　谈生命 ………………………… 冰　心　46
　小狗包弟 ……………………… 巴　金　52

禅意妙境　勘破坎坷 …………………… 61
　庄子·人间世（节选） ………… 庄　周　61
　金刚般若波罗蜜经（节选） …………… 80

王维诗两首 …………………… 王　维　87
《六祖坛经》偈语四则 ………… 六祖惠能　90
附　　录 ………………………………　94
编写说明 ………………………………　96

弹指一挥　感悟时光

中　年

梁实秋

钟表上的时针是在慢慢的移动着的，移动的如此之慢，使你几乎不感觉到它的移动，人的年纪也是这样的，一年又一年，总有一天会蓦然一惊，已经到了中年，到这时候大概有两件事使你不能不注意。讣闻不断的来，有些性急的朋友已经先走一步，很煞风景，同时又会忽然觉得一大批一大批的青年小伙子在眼前出现，从前也不知是在什么地方藏着的，如今一齐在你眼前摇晃，磕头碰脑的尽是些昂然阔步满面春风的角色，都像是要去吃喜酒的样子。

自己的伙伴一个个的都入蛰了,把世界交给了青年人。所谓"耳畔频闻故人死,眼前但见少年多",正是一般人中年的写照。

从前杂志背面常有"韦廉士红色补丸"的广告,画着一个憔悴的人,弓着身子,手扪在腰上,旁边注着"图中寓意"四字。那寓意对于青年人是相当深奥的。可是这幅图画都常在一般中年人的脑里涌现,虽然他不一定想吃"红色补丸",那点寓意他是明白的了。一根黄松的柱子,都有弯曲倾斜的时候,何况是二十六块碎骨头拼凑成的一条脊椎?年青人没有不好照镜子的,在店铺的大玻璃窗前照一下都是好的,总觉得大致上还有几分姿色。这顾影自怜的习惯逐渐消失,以至于有一天偶然揽镜,突然发现额上刻了横纹,那线条是显明而有力,像是吴道子的"莼菜描",心想那是抬头纹,可是低头也还是那样。再一细看头顶上的头发有搬家到腮旁颔下的趋势,而最令人怵目惊心的是,鬓角上发现几根

觉悟篇

白发,这一惊非同小可,平夙一毛不拔的人到这时候也不免要狠心的把它拔去,拔毛连茹,头发根上还许带着一颗鲜亮的肉珠。但是没有用,岁月不饶人!

一般的女人到了中年,更着急。哪个年青女子不是饱满丰润得像一颗牛奶葡萄,一弹就破的样子?哪个年青女子不是玲珑矫健得像一只燕子,跳动的那么轻灵?到了中年,全变了。曲线都还存在,但满不是那么回事,该凹入的部分变成了凸出,该凸出的部份变成了凹入,牛奶葡萄要变成为金丝蜜枣,燕子要变鹌鹑。最暴露在外面的是一张脸,从"鱼尾"起皱纹撒出一面网,纵横辐辏,疏而不漏,把脸逐渐织成一幅铁路线最发达的地图,脸上的皱纹已经不是熨斗所能烫得平的,同时也不知怎么在皱纹之外还常常加上那么多的苍蝇屎。所以脂粉不可少。除非粪土之墙,没有不可圬的道理。在原有的一张脸上再罩上一张脸,本是最简便的事。不过在上妆之前下妆之后,容易令人联想起《聊斋志异》的那一篇《画皮》而已。女人的肉好像最禁不起地心的吸力,一到中年便一齐松懈下来往下堆摊,成堆的肉挂在脸上,挂在腰边,挂在踝际。听说有许多西洋女子用赶面杖似的一根棒子早晚浑身乱搓,希望把浮肿的肉压得结实一点,又有些人干脆忌食脂肪忌食淀粉,扎紧裤带,活生生的把自己"饿"回青春去。有多少效果,我不知道。

别以为人到中年,就算完事。不,譬如登临,人到中年像是攀跻到了最高峰。回头看看,一串串的小伙子正在"头也不回呀汗也不揩"的往上爬。再仔细看看,路上有好多块绊脚石,曾把自己磕碰得鼻青脸肿,有好多处陷阱,使自己做了若干年的井底蛙。回想从前,自己做过扑灯蛾,惹火焚身,自己做过撞窗户纸的苍蝇,一心愿奔光明,结果落在粘苍蝇的胶纸上!这种种景象的观察,只有站在最高峰上才有可

觉悟篇

能。向前看,前面是下坡路,好走得多。

施耐庵《水浒传·序》云:"人生三十未娶,不应再娶;四十未仕,不应再仕。"其实"娶""仕"都是小事,不娶不仕也罢,只是这种说法有点中途弃权的意味,西谚云:"人的生活在四十才开始。"好像四十以前,不过是几出配戏,好戏都在后面。我想这与健康有关。吃窝头米糕长大的人,拖到中年就算不易,生命力已经蒸发殆尽。这样的人焉能再娶?何必再仕?服"维他赐保命"都嫌来不及了。我看见过一些得天独厚的男男女女,年轻的时候楞头楞脑的,浓眉大眼,生僵挺硬,像是一些又青又涩的毛桃子,上面还带着挺长的一层毛。他们是未经琢磨过的璞石。可是到了中年,他们变得润泽了,容光焕发,脚底下像是有了弹簧,一看就知道是内容充实的。他们的生活像是在饮窖藏多年的陈酿,浓而芳洌!对于他们,中年没有悲哀。

四十开始生活,不算晚,问题在"生

活"二字如何诠释。如果年届不惑,再学习溜冰踢毽子放风筝,"偷闲学少年",那自然有如秋行春令,有点勉强。半老徐娘,留着"刘海",躲在茅房里穿高跟鞋当做踩高跷般的练习走路,那也是惨事。中年的妙趣,在于相当的认识人生,认识自己,从而作自己所能作的事,享受自己所能享受的生活。科班的童伶宜于唱全本的大武戏,中年的演员才能担得起大出的轴子戏,只因他到中年才能真懂得戏的内容。

(选自梁实秋著:《梁实秋雅舍小品全集》,上海人民出版社1993年版)

知识

梁实秋,中国著名的散文家、学者、文学批评家、翻译家,国内第一个研究莎士比亚的权威,曾与鲁迅等左翼作家笔战不断。一生给中国文坛留下了2000多万字的著作,其散文集创造了中国现代散文著作出版的最高纪录。代表作有《雅舍小品》、《莎士比亚全集》(译作)等。

解读

梁实秋的散文作品,每一篇都是一则小故事、一段小

觉悟篇

家常。《中年》一文用幽默随性的笔触诠释出人到中年之时微妙的心态变化,闲笔信言,却道尽人生过渡和变化的奥妙。他对女人的"中年",言语近乎毒辣,却字字句句都刻在人心。而中年的妙处成为全文的收束,一番调侃的人生解读,到最后,一句"不算晚",还是道出了:其实人到中年也还有希望,人到中年,往往最有生命的韵味。

时　钟

（苏）高尔基

一

滴答,滴答!

夜阑人静,独自一人谛听着钟摆在冷漠地、不停地摆动,不禁毛骨悚然:这单调而精确的声音总是一成不变地表明一点:生命在不息地运动。黑夜与睡梦笼罩着大地,万籁俱寂,只有时钟在冷冷地、响亮地计量着那逝去的分分秒秒……钟摆滴滴答答地响着,每响一声,生命就缩短一秒,即我们每个人所拥有的时间中的一个微小部分,而逝去的这一秒就不再回到我们手中。这分分秒秒来自哪里?它们逝向何方?这一点谁也回答不上来……还有许多问题,其他许多更加重要的、决定着我们能否得到幸福的问题也尚未得到解答。怎样活着才能意识到自己为生活所需,怎样活着才能不丧失信念和希望,怎样活着才能使每一秒钟都不浑浑噩噩地白白流逝?无休止地走动着的时钟能回答这所有的问题吗?对此它能说些什么呢?

二

滴答,滴答!

世上再没有比时钟更加冷漠的东西了:在您出生的那一刻,在您尽情地摘取青春幻梦的花朵的时刻,它都是同样分秒不差地滴答着。人自生下那天起就一天天地接近死亡。而到了您在临终前喑哑地呻吟着的时候，时钟也还将枯燥而平静地计算着分分秒秒。在时钟的冷冰冰的计时声中——您仔细听听吧——有一种无所不知而又对所知的东西感到厌倦的意味。无论什么东西，什么时候，都不能使时钟为之动情或感到可贵。它是那样无动于衷，所以我们若要生活，就该为自己建造另一种充满感受、思索和行动的时钟，用它来代替这个枯燥、单调、以愁闷来扼杀心灵、带有责备意味和冷冷地滴答着的时钟。

三

滴答，滴答！

在时钟的不息的运动中没有静止之点，——我们能把什么称作"现在"呢？头一秒钟产生之后，第二秒随即接踵而来，把第一秒推进未知数的无底深渊……

滴答！您成为幸福的了。滴答！痛苦又犹如烈性毒药注入了您的心中，倘若您不努力用某种清新活泼的东西来充实您生命中的每一秒钟的话，这痛苦就可能伴随您一生，乃至您的有生之年的时时刻刻。忧愁是有诱惑力的；它是一种危险的优先权；有了它，我们往往就不再去寻觅别的更高、更符合人的称号的权利了。而忧愁又是如此之多，以致便宜得几乎无人问津了。所以忧愁未必值得宝贵，倒是应该用比较新颖和更有价值的东西来充实自己，不该这样吗？忧愁是贬了值的资本。不要对任何人埋怨生活吧，因为安慰之词很少能包含一个人所要追求的东西。当一个人同妨碍他生活的事物进行斗争时，生活便会比什么都更加充实，更有意义。在斗争中，苦闷无聊的时刻便会不知不觉地飞驰而去。

四

滴答，滴答！

人的生命短暂到了荒谬可笑的程度。该如何生活呢？一些人逃避生活，另一些

觉悟篇

人则全心全意地献身于它。前一种人到了晚年精神贫乏而且缺少值得回忆的往事，而后一种人则在这两方面都是富有的。两种人都是要死的，倘若谁也不把自己的才智和心血无私地献给生活，那么就没有人会在死后留下什么东西……这样，在您临终之日，时钟将要冷漠地，一秒秒地计量着您弥留的时刻——滴答！而在这几秒钟里还会有新人出世，一秒钟内会有几个新人出世，而您已不复存在了！除去您那将要发散着臭气的躯体外，生活里不会留下您的任何东西。难道您的自尊心能够容忍这种只是把您抛进生活，随后又硬把您拉出去，使您身不由己地听任摆布而毫不愤慨吗？倘若您有自尊心，并由于屈从时间的暗中左右而甚感羞耻的话，那么您就在生活中留下能对您永志不忘的东西吧。想想您在生活中的作用吧，譬如，一块砖头制成了，随后它便一动不动地被砌在一幢房子里，然后又化为尘土而消失了……当一块砖头是既枯燥而又卑俗的,不是吗?您若富于理智与感情,而且想要在生活中体验到许多思想感情充盈、奋发有为的美好时刻的话,您就不要像一块砖头那样吧。

五

滴答,滴答!

倘若您深入地思索一下,您在时间的无限运动中是个什么角色的话,您将会由于意识到自己是那样无足轻重而十分沮丧。这种认识定会使您感到屈辱!也定会激发您的自尊,从而使您仇视把您贬低的生活,而您一定将会与它斗争。为了什么而斗争呢?当大自然剥夺了人类用四肢走路的本领时,它就授予他一根拐杖,那就是理想!从那时起,人便开始不自觉地、本能地追求着美好的事物,目标越来越高!让这种追求变为自觉的行动吧,让人们懂得,只有在对美好事物的自觉追求中才会有真正的幸福。不要埋怨自己的力量菲薄吧,什

觉悟篇

么也不要埋怨。您的牢骚所能给您的唯一东西只是精神贫乏者的怜悯和施舍。所有的人都很不幸,但是最不幸的是那些用不幸来装饰自己的人。就是这些人最希望别人关心他,而同时又最不值得别人关心。追求进步,这才是真正的生活目的。让整个一生都在追求中度过吧,那么在这一生里必定会有许多顶顶美好的时刻。

六

滴答,滴答!

"一个走投无路又被你用黑暗围困着的人要那光明又有何用呢?"这是年老的约伯向上帝提出的质问。如今这种仍记得自己是上帝的孩子、是上帝照他本身的模样创造出来的、敢于像约伯那样质问上帝的人已经没有了,而且一般地说,现在人们对自己估价甚低。他们不太热爱生活,甚至也不善于自爱。与此同时,他们又非常怕死,尽管尽人皆知,谁也不免一死。凡属不可避免的就是理所当然的。须知自从有人类出世以来就一直存在死亡,应该习惯于这一点了,是时候了。对已竟事业的觉悟能消除对死亡的恐惧,走正直诚实的生活道路,必定会有一个问心无愧的归宿。滴答……一个人身后留下的只是他的事业。在他的时辰连同他的愿望一起告终以后,另一种时刻,一种严峻的、评价此人一生的时刻即将到来。

七

滴答,滴答!

其实,在这个矛盾重重、尔虞我诈、互相交恶的世界上一切都很简单。如若人们彼此能作深入的了解,每个人都拥有知己的话,就会更简单些。

一个人,即便他很伟大,可归根结蒂还是渺小的。相互了解是必要的,因为我们讲出来的比我们想到的要模糊些、欠缺些。一个人要向别人打开心扉,往往缺少足够的言语，因此许多对生活有重大意义和至关重要的想法，由于未能及时找到恰当的表达形式而无声无息地消逝了。往往一个思想产生之后很想用言词，用坚定而明确的言语表达出来……可是却找不到字眼儿。

多多重视思想吧！促进思想产生出来吧，思想永远不会辜负您的劳动。思想是无处不在的，如果您愿意，甚至在石头缝里您也会发现思想的。如果人们愿意，他们将得到一切；如果他们愿意，他们将成为生活的主宰，而不是像现在这样的奴隶。只要有生活的愿望和对自身力量的自信，那么整个一生将会是一座庄丽的时钟，一座洋溢着精神力量，并以其崇高的业绩使人震惊的、伟大的时钟。

八

滴答，滴答！

精神强大和勇敢刚毅的人——为真理、正义与美服务的人万岁！我们往往不了解他们，因为他们是自豪的、不要求报偿的；我们往往看不见，他们是在如何心甘情愿地呕心沥血。他们用灿烂的光辉照耀着生活，甚至使盲人也见到了光明。应该让如此众多的盲人都见到光明，应该让所有人都怀着沉痛与憎恶的心情来认识他们的现实生活有多么粗鲁、不义和丑恶。作为自身愿望的主宰的人万岁！整个世界装在他的心中，人世间的一切痛苦和一切苦难藏在他的心头。生活中的凶暴与污秽、虚伪与残忍是他的死敌；他把自己的年华慷慨地付与斗争的需要，他的生活充满难以驾驭的欢乐、壮丽的义愤和豪迈的顽强精神……不怜惜自己，这是世界上最值得骄傲，最绚丽的智慧。不会怜惜自己的人万岁！只有两种生活方式：腐烂或燃烧。胆怯而贪婪的人选择前者，勇敢而胸怀博大的人选择后者；每个热爱美好事物的人都明白伟大寓于何处。

　　我们的生活时钟是一座空虚、枯燥的时钟；让我们不要怜惜自己，用壮丽的业

觉悟篇

绩把它填满吧,这样,我们就会度过许许多多充满了激荡身心的欢乐和灼热的自豪感的美好时光!不会怜惜自己的人万岁!

[选自(苏)高尔基著:《高尔基文集》第三卷,张佩文译,人民文学出版社1981年版]

知识

高尔基,原名阿列克塞·马克西莫维奇·彼什科夫,生于1868年3月16日,1936年6月18日逝世,是社会主义现实主义文学奠基人、无产阶级艺术最伟大的代表者、无产阶级革命文学导师、苏联文学的创始人之一、政治活动家、诗人。代表作有自传体三部曲《童年》、《在人间》、《我的大学》,长篇小说《母亲》,散文诗《海燕》等。

解读

世上再没有比时间更冷漠的东西了,从我们呱呱坠地时起,时间的脚步就把我们纳入生命的序列中。高尔基的这篇文章告诫我们:在时光中追求,在追求中学会思想,有思想的人顽强、勇敢,他们会全身心地投入自己的事业中,然后让时间去证实这一切。这是一篇有关献身精神的赞歌,在高尔基的年代,声贯长空,在今日,依旧为我们的思想注入奋斗与追求的"兴奋剂"。

盛年不重来，一日难再晨，及时当勉励，岁月不待人。

——陶渊明

论 年 龄

（瑞士）赫尔曼·黑塞

古稀之年在我们的一生中是一层台阶，跟其他所有的人生台阶一样，它也有自己的外表、自己的环境与温度，有自己的欢乐与愁苦。我们满头白发的老年人跟我们所有的年纪较轻的兄弟姐妹一样，有我们的任务，这任务赋予我们的生命以意义，甚至连病入膏肓的人和行将就木的人，这些尘世的呼唤都已难以送达到他们卧榻的人也都有他们的任务，有着重要的和必要的事要由他们来完成。年老和年轻同样是一项

觉悟篇

美好而又神圣的任务，学着去死和死都是有价值的天职，这和其他天职一样——前提是对人生的意义和圣洁要怀着尊崇的心情去履行这一天职。一位老年人，如果他只是憎恨和害怕自己年纪老，憎恨和害怕满头白发以及死之将至，那他就不是登上这一人生台阶上令人尊敬的代表，这正如一个年轻力壮的人憎恨他的职业和他每日的工作，并试图逃避它们是同样不受人尊敬的。

简而言之，作为老年人，为了实现老年人的意义，并胜任他的职责，那他就得承认自己是老了，承认年老带给他的一切，并必须对此作出肯定的回答。若是没有这个肯定的回答，若不能为大自然向我们要求的一切做出牺牲的话，那我们活着的价值和意义——不管是年老，还是年轻——就都失去了。我们也就欺骗了生命。

每个人都知道，古稀高龄会带来疾病和苦楚，并且知道死神就站在他生命的终点。你会年复一年地做出牺牲，有所放弃。

你必须学会不信任自己的感觉与力量。不久前还是短短的一次散步的路程,现在变得漫长了,觉得吃力了,有朝一日我们再也没有能力走下去了。我们一辈子都爱吃的饭菜,我们也不得不割舍。肉体的欢娱与肉体上的享受愈来愈少,并且还得付出更高的代价。尔后,一切健康上的损伤和疾病,感觉变得迟钝了,各器官的功能也减退了,诸多的痛楚,尤其是经常发生在那漫长的令人恐惧的黑夜里——所有这一切都是不可否认的,这是严酷的现实。但是一味沉溺于这一衰退的过程,看不到古稀高龄也有它的好处、它的优越性、它的令人快慰和欢乐之处,那就太可怜,太可悲了。当两位老年人彼此相遇,不该单是谈那该死的痛风,谈上楼时腿脚的僵硬和呼吸的困难,他们不该光是交流各自的痛苦与令人心烦的事,也应该谈谈他们各自令人愉快和令人欣慰的经历。而这样的事有很多。

觉悟篇

每当我想起老年人生活中这些积极的和美好的一面,想到我们这些白发苍苍的人也知道力量、耐心和欢乐的源泉之所在——这在年轻人的生活中是无足轻重的——这时我就不必去谈论宗教和教会的慰藉作用。这是神职人员的事。但是,我大概可以满怀谢忱地举出几项年龄送给我们的礼物。在这些礼物中我认为最珍贵的是:在漫长的一生后保留在我们记忆中的各种画面的宝库,随着行动能力的消失,我们将以完全不同于往昔的方式去追忆这些画面。那些六七十年来不复存在于地球上的人的形象和面容,它们还在我们身上继续存活下去,它们是属于我们的,它们陪伴着我们,它们用充满生气的目光注视着我们。在此期间消失了的或是完全变了样的屋宇、花园、城市,在我们看来却跟昔日一样未曾变样,我们发现几十年以前旅行时见过的远处的山峦和海滨,依然色彩鲜艳地留存在我们的画册里。观看、审视、凝视越来越成为一种习惯和练习，观察人的心绪和态度不知不觉地浸透在我们的全部行为中。我们曾为愿望、梦想、欲望、激情所驱使，正如人类的大多数人一样，通过我们生命岁月的冲击，我们曾不耐烦地、紧张地、充满期待地为成功和失望强烈地激动过，而今天当我们小心翼翼地翻阅着自己生平的画册时，禁不住惊叹：我们能躲开追逐和奔波而获得静心养性的生活该是多么美好。这里，在白发老人的花园里，正在盛开着一些我们昔日几乎没想到去护养的花儿。这里盛开着忍耐的花，一种高贵的花，我们变得更加泰然，更加宽厚。我们对于去参与某些事件和采取一些什么行动的要求越小，我们静观和聆听大自然的生命和人类生命的能力就变得越强，我们对它们不加指责，并总是怀着对它们的多姿多态的新奇之感任其在我们身旁掠过，有时是同情的、不动声色的怜悯，有时是带着笑声、带着欢悦、带着幽默。

觉悟篇

最近我站在我的花园里，点上一堆火，不断给它添加些树叶和枯枝。这时来了一位老妇人，大约八十岁了，她从白刺荆的矮树丛旁走过，停下脚步，向我望来。我向她打招呼，于是她笑了，并说："您的这把火点得对。像我们这般年纪的人应该慢慢地和地狱交上朋友。"就这样我们交谈起来，我们的谈话带着对种种烦恼与困乏抱怨的调子，但总是带着开玩笑的口吻。谈话结束时我们都承认，只要我们村子里还有最老的人，还有百岁老人，我们还不是老得叫人害怕，这几乎不该算是真正的老人。

当很年轻的人以其力量和毫无所知的优势在我们背后嘲笑我们，认为我们艰难的步态，我们的几茎白发和我们青筋暴露的颈项是滑稽可笑的时候，我们就会想起，我们过去也具有他们同样的力量，也像他们一样毫无所知，我们也曾这样取笑过别人，我们并不认为自己处于劣势，被人战胜了,我们对于自己已经跨过的这一生命的台阶,变得稍微的聪明了一些,变得更有耐心而感到高兴。

(选自高兴主编,罗素等著:《懒惰哲学趣话——外国名家人生美文66篇》,郑克鲁等译,北京燕山出版社2005年版)

知识

赫尔曼·黑塞,德国作家,诗人。出生在德国,1919年迁居瑞士,1923年46岁的他加入瑞士籍。1946年获诺贝尔文学奖。1962年于瑞士家中去世,享年85岁。爱好音乐与绘画,是一位漂泊、孤独、隐逸的诗人。其作品多以小市民生活为题材,表现对过去时代的留恋,也反映了同时期人们的一些绝望心情。主要作品有《彼得·卡门青》、《荒原狼》、《东方之旅》、《玻璃球游戏》等。

解读

对于年龄的解读,是人类敬畏时间的一种表现,在这种神秘的力量之下,人类的脸上、心理都被刻下了岁月的痕迹。当我们年轻时,我们也曾暗自嘲笑老人的容貌是那么沧桑,老人的心理是那么落伍。然而这些都是值得尊敬的,被时间的沙漏滤过,被光阴的风尘洗濯过,所沉淀下的,是一种经世的累计和为人的智慧。变老是我们的天职,履行这一天职,我们将被奖赏"堪破人生"的明慧。

题剔空菩提叶

林徽因

认得这透明体,
智慧的叶子掉在人间?
消沉,慈净——
那一天一闪冷焰,
一叶无声的坠地,
仅证明了智慧寂寞
孤零的终会死在风前!
昨天又昨天,美
还逃不出时间的威严;
相信这里睡眠着最美丽的
骸骨,一丝魂魄月边留念,——
……　……
菩提树下清荫则是去年!
　　　——二十五年四月二十三日

(选自林徽因著,梁从诫编:《林徽因文集·文学卷》,百花文艺出版社 1999 年版)

经典悦读

知识

林徽因（1904—1955），出生于浙江杭州。中国著名建筑师、诗人、作家，人民英雄纪念碑和中华人民共和国国徽深化方案的设计者，建筑师梁思成的妻子。20世纪30年代初，与梁思成一起赋予中国古代建筑以现代科学的研究视野，为中国古代建筑艺术的发展奠定了基础。文学创作方面，著有多篇散文、诗歌、小说、剧本、译文和书信等，代表作有《你是人间的四月天》、《九十九度中》等。

解读

一个女性，用她善感的诗心，描绘了一叶之中的时间之静美，眼前仿若美丽的图景，哀伤又凄绝，柔柔弱弱的生命也承载了时间的力量，衬托着光阴的威严。我们常说时间是公平的，对任何人都从不加快或放慢脚步，这种冰冷或许正是威严的注解，睥睨着生命的凋零。也许，这才能够警醒世人，一旦松懈，我们就落后了。

警语

任何一件事情，只要心甘情愿，总是能够变得简单。

——林徽因

修身颐性 生活智慧

游褒禅山记

王安石

褒禅山亦谓之华山,唐浮图①慧褒始舍于其址②,而卒葬之;以故其后名之曰"褒禅"。今所谓慧空禅院者,褒之庐冢也。距其院东五里,所谓华山洞者,以其乃华山之阳③名之也。距洞百余步有碑仆道,其文漫灭④,独其为文犹可识曰"花山"。今言"华"如"华实"之"华"者,盖音谬也。其下平旷有泉侧出,而记游者甚众,所谓前洞也。由山以上五六里,有穴窈然,入之甚寒,问其深,则其好游者不能穷也,谓之后洞。余与四人拥⑤火以入,入之愈深，其进愈难，而其见愈奇。有怠而欲出者曰："不出，火且尽。"遂与之俱出。盖予所至，比好游者，尚不能十一，然视其左右来而记之者已少。盖其又深则其至又加少矣。方是时，予之力尚足以入，火尚足以明也。既其出，则或咎⑥其欲出者，而予亦悔其随之，而不得极夫游之乐也。于是予有叹焉：古人之观於天地山川草木虫鱼鸟兽，往往有得，以其求思之深，而无不在也。夫⑦夷⑧以近则游者众，险以远则至者少，而世之奇伟、瑰怪非常之观，常在于险远，而人之所罕至焉，故非有志者，不能至也。有志矣，不随以止也，然力不足者，亦不能至也。有志与力而又不随以怠，至于幽暗昏惑⑨，而无物以相⑩之，亦不能至也。然力足以至焉，於人为可讥，而在己为有悔；尽吾志也而不能至者，可以无悔矣，其⑪孰能讥之乎？此予之所得也！余于仆碑，又以悲夫古书之不存，后世之谬其传，而莫能名者，何可胜道也哉！此所以学者不可以

觉悟篇

不深思而慎取⑫之也。四人者：庐陵萧君圭君玉，长乐王回深父，余弟安国平父、安上纯父。至和元年七月某日，临川王某记。

（选自王安石著：《临川先生文集》第八十三卷，中华书局1959年版）

注释

① 浮图：梵语音译词，也写作"浮屠"或"佛图"，也可以译成佛塔或者佛徒，这里专指佛徒。
② 址：地基，这里指山脚。
③ 阳：山的南面。古代称山的南面、水的北面为"阳"，山的北面、水的南面为"阴"。
④ 漫灭：因风化而模糊不清。
⑤ 拥：拿着。
⑥ 咎：责怪。
⑦ 夫：fú，句首发语词，不译。
⑧ 夷：平坦。
⑨ 昏惑：迷乱。
⑩ 相：帮助，辅助。
⑪ 其：表示反问的语气词。
⑫ 慎取：谨慎地取舍。

译文

褒禅山也被称作"华山"。唐代高僧慧褒起初在这山脚下建屋舍，死后又葬在这里；因此，这以后的人们就称之为"褒禅山"。现在人们所说的慧空禅院，就是慧褒的墓塚。距离那禅院东边五里，便是所谓的"华山洞"，因为它在华山的南面而得名。距离山洞一百多步，有一石碑倒在道旁，上面的文字已因风化而模糊不清，唯独能够从尚能辨认的地方识得"花山"的字样。现在把"华"读为"华实"的"华"，大概是读音上的错误吧。

这下面山洞平坦开阔，有一股山泉从旁边流出，记录游览过程的人非常多，这就是人们所说的"前洞"。经由山路向上五六里，有一个幽深的洞穴，一进去便感到寒冷，询问它的深度，就是那些喜欢探游的人也不能穷尽，这就是人们所说的"后洞"。我与四个人持着火把走进去，进去越深，前进越困难，而所见到的景象就越奇妙。有懒怠并想要出洞的人说："再不出去，火把就要熄灭了。"于是，我们只好跟他退出来。我所进入的深度，比起那些喜欢游览的人，尚且不足十分之一，然而看看左右的石壁，来此题记的人已经很少。而更深的地方，进入的人就更加少了。就在这时，我的体力还足够前进，火把也还足以照明。我们已然出洞，就有人责备那个出主意退出的人，我也后悔自己跟他出来因而没能穷尽那游览的乐趣。

对这件事我有些感慨。古人观览天地、山川、草木、虫鱼、鸟兽，往往有所收获，是因为他们探求思索得深入，而且其范围广泛、无所不在。那些平坦而且近的地

觉悟篇

方,游览的人就多;危险而且远的地方,游览的人就少。但这世界上奇妙雄伟、瑰丽奇异、非同寻常的景观,常常在那些危险偏远、人迹罕至的地方,所以不是有意志的人是不能到达的。有志向,并且不随旁人而停止,然而体力却不足的人,也不能到达。有了志向和力气,同时不随旁人轻易放弃,却在到达幽深迷乱的地方时没有东西来辅助,这样也不能到达。可是,力量足以达到而未能达到,在别人眼中是足以讥笑的,在自己看来也是有所悔恨的;竭尽自己的努力却未能到达目的地,便可以没有悔恨,难道还有谁能讥笑我吗?这就是我此行的收获。

我对于那座倒地的石碑,又感叹那些古代文献未能存留,后世讹传而没有人能说出真相的事,哪能说尽呢?这就是学者不可以不深入思考而且谨慎取舍资料的缘故。

同游的四人是:庐陵人萧君圭,字君玉;长乐人王回,字深甫;我的弟弟王安国,字平甫;王安上,字纯甫。至和元年七月某日,临川人王安石记。

(编者译注)

知识

王安石(1021—1086),字介甫,号半山。初封舒国公,后改封荆国公,故世人又称"王荆公"。中国历史上杰出的政治家、思想家、文学家、改革家,唐宋八大家之一。北宋丞相、新党领袖。被欧阳修赞为"翰林风月三千首,吏部文章二百年。老去自怜心尚在,后来谁与子争先"。代表作有《王临川集》、《临川集拾遗》、《临川先生文集》等。

《游褒禅山记》一文,从一次探山游险之中,挖掘出做事治学的诸多道理。除却自身的体力和外物的辅佐外,个人的意志和不随波逐流的主见亦是达到目标的关键要素。竭尽全力,努力争取,即使未达目标也不自怨自艾——行事不给自己留下悔恨才是对自己最好的宽慰。

仁足以使民不忍欺,智足以使民不能欺,政足以使民不敢欺。

——王安石

闲情赋(并序)

陶渊明

(序)

初,张衡作《定情赋》,蔡邕作《静情

觉悟篇

赋》，检①逸辞而宗澹泊。始则荡以思虑②，而终归闲正③。将④以抑流宕之邪心，谅有助于讽谏。缀文之士⑤。奕代⑥继作，并因触类⑦，广其辞义⑧。余园间⑨多暇，复染翰⑩为之。虽文妙⑪不足，庶不谬⑫作者之意乎？

（正文）

夫何瑰逸之令姿⑬，独旷世以秀群⑭；表倾城之艳色，期有德于传闻⑮。佩鸣玉⑯以比洁，齐⑰幽兰以争芬；淡柔情于俗内，负雅志⑱于高云。悲晨曦之易夕，感人生之长勤⑲；同一尽于百年⑳，何欢寡而愁殷㉑！褰朱帏㉒而正坐，泛清瑟㉓以自欣，送纤指之余好㉔，攘㉕皓袖之缤纷；瞬美目以流盼㉖，含言笑而不分。曲调将半，景㉗落西轩。悲商㉘叩林，白云依山。仰睇天路㉙，俯促㉚鸣弦。神仪㉛妩媚，举止详妍㉜。激清音以感余，愿接膝㉝以交言。欲自往以结誓，惧冒礼㉞之为愆㉟；待凤鸟以致辞，恐他人

33

之我先。意惶惑而靡宁㊱,魂须臾而九迁㊲。

　　愿在衣而为领,承华首㊳之余芳;悲罗襟之宵离,怨㊴秋夜之未央。愿在裳而为带㊵,束窈窕㊶之纤身;嗟温凉之异气,或脱故而服新。愿在发而为泽㊷,刷玄鬓于颓肩㊸;悲佳人之屡沐㊹,从白水而枯煎㊺。愿在眉而为黛㊻,随瞻视以闲扬㊼;悲脂粉之尚鲜㊽,或取毁㊾于华妆。愿在莞而为席,安弱体于三秋㊿;悲文茵51之代御,方经年而见求52。愿在丝而为履,附素足以周旋53;悲行止54之有节,空委弃55于床前。愿在昼而为影,常依56形而西东;悲高树之多荫,慨有时而不同。愿在夜而为烛,照玉容57于两楹;悲扶桑之舒光,奄灭景58而藏明。愿在竹而为扇,含凄飙59于柔握;悲白露之晨零60,顾襟袖以缅邈。愿在木而为桐,作膝上之鸣琴;悲乐极而哀来,终推我而辍音。考所愿而必违,徒契契以苦心。

　　拥劳情而罔诉,步容与61于南林。栖木兰之遗露,翳青松之余阴;傥行行之有觌,

觉悟篇

交欣惧于中襟[62]。竟寂寞而无见,独悁想以空寻。敛轻裾以复路,瞻夕阳而流叹;步徒倚以忘趣[63],色惨凄而矜颜[64]。叶燮燮以去条,气凄凄而就寒;日负影[65]以偕没,月媚景[66]于云端。鸟凄声以孤归,兽索偶而不还。悼当年之晚暮,恨兹岁[67]之欲殚。思宵梦以从之,神飘飘而不安;若凭舟之失棹,譬缘崖而无攀。于时毕昴[68]盈轩,北风凄凄,恫恫不寐,众念徘徊。起摄带以伺晨,繁霜灿于素阶[69]。鸡敛翅而未鸣,笛流远以清哀;始妙密[70]以闲和,终寥亮而藏摧。意夫人之在兹,托行云以送怀;行云逝而无语,时奄冉而就过[71]。徒勤思以自悲,终阻山而带河[72];迎清风以祛累,寄弱志[73]于归波。尤蔓草之为会,诵召南之余歌;坦万虑以存诚,憩遥情于八遐[74]。

(选自刘继才编:《陶渊明诗文译释》,黑龙江人民出版社1986年版)

①检:检束,收敛。

②荡以思虑：放荡自己的思想。

③闲正：闲雅平正。

④将：打算。

⑤缀文之士：指文人。缀，连缀文辞，即作文。

⑥奕代：累世，屡代。

⑦触类：触及同类事物而有感受。触，事物相感应而有所动。

⑧广其辞义：在文辞、意义上都加以扩大。

⑨园间：田舍。

⑩染翰：濡笔，即以笔蘸墨。

⑪文妙：文采，才华。

⑫不谬：不违背。

⑬瑰逸：奇特俊逸。令姿：美妙的姿容。

⑭旷世：绝代，当世无比。秀群：即人群中之秀拔者。

⑮有德于传闻：将自己美好的品德到处传扬。

⑯佩鸣玉：古人佩带腰间的玉饰，行走时相击发出清脆的声音。

⑰齐：并列。

⑱负：怀抱。雅志：高雅之志。

⑲长勤：长期愁苦。

⑳同：共同，一齐。一尽于百年：人的生命结束于百年之内。

㉑愁殷：愁多。殷，繁多。

㉒搴：打开，拉开。朱帱：红色的帐帷。

觉悟篇

㉓泛：这里是弹奏的意思。清瑟：清泠的瑟音。瑟，琴一类的弦乐器。

㉔送：舒放。纤指：柔细的手指。余好：十分美好。

㉕攘：抒，揎。

㉖瞬：眨眼。流盼：目光转动，睛目黑白分明。

㉗景：同"影"。

㉘悲商：悲凉的秋风。古人以徵、角、商、羽表示四季。

㉙天路：天空。

㉚俯促：低头急弹。

㉛神仪：神情仪态。

㉜详妍：安详美丽。

㉝接膝：膝头相接，表示很亲密。

㉞冒礼：冒犯礼法。

㉟愆，同"愆"，过错。

㊱靡宁：心神不宁。

㊲九迁：变化很多。

㊳华首：华美的头。

㊴怨：埋怨，怨恨。

㊵裳：古代的裙。带：裙带。

㊶窈窕：美好的样子。

㊷泽：指发膏。

㊸玄鬓：黑色的鬓发。颓肩：垂削的肩。

㊹沐：洗发。

㊺煎：熬干。

㊻黛：青黑色的画眉颜料。
㊼瞻视：向上或向前看。闲扬：安闲地扬起。
㊽尚鲜：喜欢新鲜。
㊾取毁：被毁。
㊿安：安置，安放。三秋：秋季三个月。
(51)文茵：指车上的虎皮坐褥。
(52)方：将，表未来。经年：这里指一年后。见求：被需求。
(53)附：依附。素足：白脚。周旋：转动。
(54)行止：行走与停息，即行动。
(55)委弃：丢弃，弃置。
(56)依：依伴。
(57)玉容：如玉的容颜，即美丽的面容。
(58)奄：忽然。景：指烛影。
(59)凄飙：凉风。
(60)晨零：早晨降临。
(61)容与：犹豫不前。
(62)中襟：中怀，内心。
(63)徙倚：徘徊不进的样子。忘趣：忘了该往哪里走。
(64)矜颜：寒冷的面色。
(65)日负影：太阳带着它的光影。
(66)月媚景：月亮明媚的光影。
(67)兹岁：当年。
(68)毕昴：都是星宿名，这里代指众星。

⑥⑨素阶:白阶。
⑦⑩妙密:美妙而细腻。
⑦①奄冉:渐渐。就过:即将过去。
⑦②阻山:被山所阻隔。带河:河水如长带,挡住去路。
⑦③弱志:懦弱之情。
⑦④八遐:指八方极远处。

(选自刘继才编:《陶渊明诗文译释》,黑龙江人民出版社1986年版)

(序)

最初,张衡作《定情赋》,蔡邕作《静情赋》,收束放荡的言辞而以恬静寡欲为宗旨。赋的开头虽然思想狂放不受约束,但是最后却归于闲雅平正。打算用它来抑制放荡不羁的邪念,这大概有助于劝谏。历代文人继续作这个题目,都因触及同类事物而有感触,使作品的文辞、意义加以扩大。我的田园生活有许多暇日,又动笔写它。虽然才华、文采都不够好,但或许不会违背前代作者的创作意图吧!

(正文)

她有多么奇特俊逸的美姿!独自空绝一世,秀丽超群;既现出绝妙的艳色,又希望自己的品德能到处传闻。

她的纯洁可与佩戴的鸣玉相比美,她的芳香与幽兰难分;生于尘世而柔情淡远,她的高雅之志可凌云。悲叹朝日之易落,感念人生长苦辛;寿命只不过百岁,为什么多愁而少欢欣!拉开红色的围帐端端坐正,弹起清冷冷的瑟音而开心;挥动柔细的手指多美好,洁白的衣袖也随之舞纷纷;美目眨动而流波顾盼,似言似笑难以辨分。曲调弹到一半,日影落于西窗前。悲凉的秋风吹拂林木,白云依恋于山峦。仰首凝望天空,低头急促弹弦。神情仪态美好可爱,一举一动安详娇妍。她激起的清音使我动心,我想去和她亲近并交谈。打算亲自去和她结誓,又怕把礼法冒犯;等待凤凰去致意,又恐别人抢在前。我心中惶惑而不宁,片刻间神魂多次倒颠。

　　我愿化作她的衣领,承受她美丽的面首的余香;悲的是晚间要脱掉罗衣,而怨恨秋天夜太长。我愿化作她的裙带,束住她美好纤细的腰身;可叹气候寒暖变化无常,有时便脱掉旧衣又换新。我愿化作她头上的油膏,涂刷在她肩头乌黑的发间;悲的是佳人频频洗发,自己会随着白水而枯干。我愿化作她眉上的青黛,随着她的目光而轻扬;悲的是脂粉讲究新鲜,自己会因她换华妆而被毁伤。我愿化作她的莞席,供她的弱体在三秋卧躺;悲的是天冷后会被皮褥所代替,要等一年后才能再用上。我愿化作她的丝鞋,紧贴她的白脚而周旋;悲的是她的行动有节制,有时会被她徒然抛弃在床前。我愿化作她的影子,常常依伴她的身体东西移动;悲的是高树之下有浓荫,有时自己会被

觉悟篇

树荫所遮蒙。我愿化作夜里的蜡烛,在两柱间照耀她如玉的面容;悲的是东方日出而发光,很快就掩盖了我的光明。我愿化作竹扇,在她柔美的手中扇起凉风;悲的是白露于清晨降临,自己不得不远离她的袖襟。我愿化作制琴的桐木,成为她膝上的鸣琴;悲的是她乐极而生哀,最终会推开我中止琴音。省察我的愿望,必定都不能实现;白白地辜负了我的一片苦心。

我怀着劳心苦思而无人诉说,只好徘徊于南林。我栖息在带有残露的木兰花下,隐蔽于青松的余荫;倘若在徘徊中与她相见,我心里既高兴又有点担心。最后并没有见到她,只是单相思而空自觅寻。我提起衣襟回到原路,对着落日而长叹;徬徨不知何处去,神情凄惨露寒颜。树叶飒飒离开枝条,天气清冷而渐寒;太阳带着它的影子一同沉没了,月亮明媚的光彩又照亮云端。鸟儿鸣着凄声孤独地飞回,野兽为寻找偶伴而不还。我感伤自己已经迟暮,怅恨壮年将要度完。我盼着能在梦中伴随着她,以致神志飘忽而不安;好像乘船而失桨,又好像登山崖无可攀缘。这时繁星满窗,北风寒凉,耿耿不寐,千头万绪萦绕心怀。起身束好衣带而等待天明,繁霜闪烁于白色阶台,鸡收拢翅膀而不啼鸣,远处传来的笛声清凄又婉哀;开始时笛声美妙细腻而闲和;最后变得清越高远而悲哀。我料想那女子就在这里,托行云而传送我的思慕情怀。行云飘逝而默默无语,时光很快就将流过。徒然劳思而伤悲,我和她竟像是隔着山河;迎着清风让它吹散我心中的牵累,并把懦弱之情付与东流之波。应痛斥《诗经·野有蔓草》中所写的男女私会,而高声朗诵《诗经·召南》里男女遵守礼法的遗歌;袒露自己的杂念而保存真诚之心,让驰骋于八方的感情得到安歇。

(选自刘继才编:《陶渊明诗文译释》,黑龙江人民出版社1986年版)

陶渊明(约365—427),一名潜,字元亮,号五柳先生,世称靖节先生。东晋末期南朝宋初期诗人、文学家、辞赋家、散文家。曾做过几年小官,官居彭泽令,因此被称为"陶彭泽",后因厌烦官场辞官回家,从此隐居。田园生活是陶渊明诗的主要题材,相关作品有《饮酒》、《归园田居》、《桃花源记》、《五柳先生传》、《归去来兮辞》等。

赋,是由楚辞衍化而来,同时继承了《诗经》的讽刺传统。晋代文学家陆机在《文赋》里曾说:"诗缘情而绮靡,赋体物而浏亮。"也就是说,诗是用来抒发主观感情的,要写得华丽而细腻;赋是用来描绘客观事物的,要写得爽朗而通畅。他的话道出了晋代以前的诗和赋的主要特点,而后来我们知道,诗也要描写事物,赋也有抒发感情的成分,特别是到南北朝时期抒情小赋发达起来,赋从内容到形式都发生了变化。

觉悟篇

　　《闲情赋》一文,历来解读观点不一、褒贬不一。编者更愿意将其理解为一篇悼念亡妻的怀悼之作。文辞之中尽显深情,却又饱含抑制与内敛。作者陶渊明写求爱时的犹疑不决、难求知音时的怅惘压抑,最终摆脱苦闷,使情感归于"闲正",正是暗合了其闲适自然、超脱飘逸的风格。而更值得推介的是本文的艺术技巧。《闲情赋》继承了前代辞赋的风格,铺排磅礴大气、整肃错落,而用词上又不失清新雅致、精巧自然。所刻画的形象鲜明可感,结构跌宕起伏、富于变化,多种修辞并用,简洁又华贵,堪称辞赋之上乘之作。

博弈人世　觉性悟道

热爱生命

（法）蒙田

我对某些词语赋予特殊的含义，拿"度日"来说吧，天色不佳，令人不快的时候，我将"度日"看作"消磨光阴"，而风和日丽的时候，我却不愿意去"度"，这时我是在慢慢赏玩，领略美好的时光。坏日子，要飞快去"度"，好日子，要停下来细细品尝。"度日"、"消磨时光"等常用语令人想起那些"哲人"的习气。他们以为生命的利用不外乎在于将它打发、消磨，并且尽量回避它，无视它的存在，仿佛这是一件苦事、一件贱物似的。至于我，我却认为生命不是这个样的,我觉得它值得称颂,富有乐趣,即便我自己到了垂暮之年也还是如此。我们的生命受到自然的厚赐,它是优越无比的,如果我们觉得不堪生之重压或是白白虚度此生,那也只能怪我们自己。

"糊涂人的一生枯燥无味,躁动不安,却将全部希望寄托于来世。"(古罗马哲学家塞内加语)

不过,我却随时准备告别人生,毫不惋惜。这倒不是因生之艰辛或苦恼所致,而是由于生之本质在于死。因此只有乐于生的人才能真正不感到死之苦恼。享受生活要讲究方法。我比别人多享受到一倍的生活,因为生活乐趣的大小是随我们对生活的关心程度而定的。尤其在此刻,我眼看生命的时光无多,我就愈想增加生命的分量。我想靠迅速抓紧时间,去留住稍纵即逝的日子;我想凭时间的有效利用去弥补匆匆流逝的光阴。剩下的生命愈是短暂,

我愈要使之过得丰盈饱满。

（选自叔本华等著：《人生的寓言——思想者的美文随笔》，黄建华译，吉林文史出版社1994年版）

《热爱生命》可谓字字珠玑，俨然一篇短小精悍的人生箴言。所有对生命的格言都暗含着对时间的无声抵抗，希望在有限之中拓展生命的宽度。然而，时间是人力所不能左右的，现在的生活也给了当代人前所未有的紧张和压力，当我们面对这些困厄时，请想起蒙田对我们的忠告——你若觉得生活是甜的，它便值得称颂，"因为生活乐趣的大小是随我们对生活的关心程度而定的"。

若结果是痛苦的，我会竭力避开眼前的快乐；若结果是快乐的，我会百般忍受暂时的痛苦。

——（法）蒙田

谈 生 命

冰 心

我不敢说生命是什么，我只能说生命

觉悟篇

像什么。

生命像向东流的一江春水，他从最高处发源，冰雪是他的前身。他聚集起许多细流，合成一股有力的洪涛，向下奔流。他曲折地穿过了悬崖峭壁，冲倒了层沙积土，挟卷着滚滚的沙石，快乐勇敢地流走。一路上他享受着他所遭遇的一切：有时候他遇到峻岩前阻，他愤激地奔腾了起来，怒吼着，回旋着，前波后浪地起伏催逼，直到他过了，冲倒了这危崖，他才心平气和地一泻千里；有时候他经过了细细的平沙，斜阳芳草里，看见了夹岸红艳的桃花，他快乐而又羞怯，静静地流着，低低地吟唱着，轻轻地度过这一段浪漫的行程；有时候他遇到暴风雨，这激电，这迅雷，使他心魂惊骇，疾风吹卷起他，大雨击打着他，他暂时浑浊了，扰乱了，而雨过天晴，只加给他许多新生的力量；有时候他遇到了晚霞和新月，向他照耀，向他投影，清冷中带些幽幽的温暖：他只想憩息，只想睡眠，而那股前进的力量，仍催逼着他向前走……

终于有一天，他远远地望见了大海，啊！他已到了行程的终结。这大海，使他屏息，使他低头，她多么辽阔，多么伟大，多么光明，又多么黑暗！大海庄严地伸出臂儿来接引他，他一声不响地流入她的怀里。他消融了，归化了，说不上快乐，也没有悲哀！也许有一天，他再从海上蓬蓬的雨点中升起，飞向西来，再形成一道江流，再冲倒两旁的石壁，再来寻夹岸的桃花。然而我不敢说来生，也不敢信来生！

生命又像一棵小树，他从地底聚集起许多生力，在冰雪下延伸，在早春润湿的泥土中，勇敢快乐地破壳出来。他也许长在平原上，岩石上，城墙上，只要他抬头看见了天，啊！看见了天！他便伸出嫩叶来吸收空气，承受阳光，在雨中吟唱，在风中跳舞。他也许受着大树的荫遮，也许受着大树的覆压，而他青春生长的力量，

觉悟篇

终使他穿枝拂叶地挣脱了出来，在烈日下挺立抬头！

他遇着骄奢的春天，他也许开出满树的繁花，蜂蝶围绕着他飘翔喧闹，小鸟在他枝头欣赏唱歌，他会听见黄莺清吟，杜鹃啼血，也许还听见枭鸟的怪鸣。他长到最茂盛的中年，他伸展出他如盖的浓荫，来荫庇树下的幽花芳草，他结出累累的果实，来呈现大地无尽的甜美与芳馨。秋风起了，将他的叶子由浓绿吹到绯红，秋阳下他再有一番庄严灿烂，不是开花的骄傲，也不是结果的快乐，而是成功后的宁静和怡悦！

终于有一天，冬天的朔风，把他的黄叶干枝，卷落吹抖，他无力地在空中旋舞，在根下呻吟。大地庄严地伸出臂儿来接引他，他一声不响地落在她的怀里。他消融了，归化了，他说不上快乐，也没有悲哀！也许有一天，他再从地下的果仁中破裂了出来，又长成一棵小树，再穿过丛莽的严

经典悦读

遮,再来听黄莺的歌唱,然而我不敢说来生,也不敢信来生!宇宙是一个大生命,我们是宇宙大气中之一息。江流入海,叶落归根,我们是大生命中之一滴,大生命中之一叶。在宇宙的大生命中,我们是多么卑微,多么渺小,而一滴一叶的活动生长合成了整个宇宙的进化运行。

不是每一道江流都能入海,不流动的便成了死湖;不是每一粒种子都能成树,不生长的便成了空壳!生命中不是永远快乐,也不是永远痛苦,快乐和痛苦是相生相成的,等于水道要经过不同的两岸,树木要经过常变的四季。在快乐中我们要感谢生命,在痛苦中我们也要感谢生命。快乐固然兴奋,苦痛又何尝不美丽?

(选自王静主编:《生命中那串摇曳的风铃——当代青少年人生与生命读本》,石油工业出版社2007年版)

知识

冰心(1900—1999),原名谢婉莹。著名诗人、作家、小说家、翻译家、儿童文学家。曾任中国民主促进会中央

觉悟篇

委员会副主席,中国文联副主席,中国作家协会书记处书记、顾问,中国翻译工作者协会名誉理事等职。她是中国现代文学史上第一位著名的女作家,以宣扬"爱的哲学"著称。代表作有《繁星》、《春水》、《寄小读者》等。

冰心是一位充满了女性气质的作家,她的作品总能在隽永的文字中缓缓流淌出温存的暖流,用她特有的人性关怀、用文字,照亮读者的心。这篇《谈生命》,冰心用几个象喻来描述生命,文章不长,却纳含了对生命诸多方面的感悟,我们能够从其优雅的词句中读出生命潜藏的内蕴和力量,掩卷深思,不禁对于我们的生活又多了几分希冀与期望。

我自己是凡人,我只求凡人的幸福。

——冰心

内容充实的生命就是长久的生命。我们要以行为而不是以时间来衡量生命。

——(古罗马)塞涅卡

小狗包弟

巴 金

一个多月前,我还在北京,听人讲起一位艺术家的事情,我记得其中一个故事是讲艺术家和狗的。据说艺术家住在一个不太大的城市里,隔壁人家养了小狗,它和艺术家相处很好,艺术家常常用吃的东西款待它。"文革"期间,城里发生了从未见过的武斗,艺术家害怕起来,就逃到别处躲了一段时期。后来他回来了,大概是给人揪回来的,说他"里通外国",是个反革命,批他,斗他,他不承认,就痛打,拳打脚踢,棍棒齐下,不但头破血流,一条腿也给打断了。批斗结束,他走不动,让专政队拖着他游街示众,衣服撕破了,满身是血和泥土,口里发出呻唤。认识的人看见半死不活的他,都掉开头去。忽然

觉悟篇

一只小狗从人丛中跑出来,非常高兴地朝着他奔去。它亲热地叫着,扑到他跟前,到处闻闻,用舌头舔舔,用脚爪在他的身上抚摸。别人赶它走,用脚踢,拿棒打,都没有用,它一定要留在它的朋友的身边。最后专政队用大棒打断了小狗的后腿,它发出几声哀叫,痛苦地拖着伤残的身子走开了。地上添了血迹,艺术家的破衣上留下几处狗爪印。艺术家给关了几年才放出来,他的第一件事就是买几斤肉去看望那只小狗。邻居告诉他,那天狗给打坏以后,回到家里什么也不吃,哀叫了三天就死了。

　　听了这个故事,我又想起我曾经养过的那条小狗。是的,我也养过狗。那是一九五九年的事情。当时一位熟人给调到北京工作,要将全家迁去,想把他养的小狗送给我,因为我家里有一块草地,适合养狗的条件。我答应了,我的儿子也很高兴。狗来了,是一条日本种的黄毛小狗,干干净净,而且有一种本领:它有什么要求时

就立起身子,把两只前脚并在一起不停地作揖。这本领不是我那位朋友训练出来的。它还有一位瑞典旧主人,关于他我毫无所知。他离开上海回国,把小狗送给接受房屋租赁权的人,小狗就归了我的朋友。小狗来的时候有一个外国名字,它的译音是"斯包弟"。我们简化了这个名字,就叫它做"包弟"。

包弟在我们家待了七年,同我们一家人处得很好。它不咬人,见到陌生人,在大门口吠一阵,我们一声叫唤,它就跑开了。夜晚篱笆外面人行道上常常有人走过,它听见某种声音就会朝着篱笆又跑又叫,叫声的确有点刺耳,但它也只是叫几声就安静了。它在院子里和草地上的时候多些,有时我们在客厅里接待客人或者同老朋友聊天,它会进来作几个揖,讨糖果吃,引起客人发笑。日本朋友对它更感兴趣,有一次大概在一九六三年或者以后的夏天,一家日本通讯社到我家来拍电视片,就拍

觉悟篇

摄了包弟的镜头。又有一次日本作家由起女士访问上海,来我家作客,对日本产的包弟非常喜欢,她说她在东京家中也养了狗。两年以后,她再到北京参加亚非作家紧急会议,看见我她就问:"您的小狗怎样?"听我说包弟很好,她笑了。

我的爱人萧珊也喜欢包弟。在三年困难时期,我们每次到文化俱乐部吃饭,她总要向服务员讨一点骨头回去喂包弟。一九六二年我们夫妇带着孩子在广州过了春节,回到上海,听妹妹们说,我们在广州的时候,睡房门紧闭,包弟每天清早守在房门口等候我们出来。它天天这样,从不厌倦。它看见我们回来,特别是看到萧珊,不住地摇头摆尾,那种高兴、亲热的样子,现在想起来我还很感动,仿佛又听见由起女士的问话:"您的小狗怎样?"

"您的小狗怎样?"倘使我能够再见到那位日本女作家,她一定会拿同样的一句话问我。她的关心是不会减少的。然而我已经没有小狗了。

一九六六年八月下旬红卫兵开始上街抄"四旧"的时候，包弟变成了我们家的一个大"包袱"，晚上附近的小孩时常打门大喊大嚷，说是要杀小狗。听见包弟尖声吠叫，我就胆战心惊，害怕这种叫声会把抄"四旧"的红卫兵引到我家里来。当时我已经处于半靠边的状态，傍晚我们在院子里乘凉，孩子们都劝我把包弟送走，我请我的大妹妹设法。可是在这时节谁愿意接受这样的礼物呢？据说只好送给医院由科研人员拿来做实验用，我们不愿意。以前看见包弟作揖，我就想笑，这些天我在机关学习后回家，包弟向我作揖讨东西吃，我却暗暗地流泪。

形势越来越紧。我们隔壁住着一位年老的工商业者，原先是某工厂的老板，住屋是他自己修建的，同我的院子只隔了一道竹篱。有人到他家去抄"四旧"了。隔壁人家的一动一静，我们听得清清楚楚，

觉悟篇

从篱笆缝里也看得见一些情况。这个晚上附近小孩几次打门捉小狗,幸而包弟不曾出来乱叫,也没有给捉了去。这是我六十多年来第一次看见抄家,人们拿着东西进进出出,一些人在大声叱骂,有人摔破坛坛罐罐。这情景实在可怕。十多天来我就睡不好觉,这一夜我想得更多,同萧珊谈起包弟的事情,我们最后决定把包弟送到医院去,交给我的大妹妹去办。

包弟送走后,我下班回家,听不见狗叫声,看不见包弟向我作揖、跟着我进屋,我反而感到轻松,真有一种甩掉包袱的感觉。但是在我吞了两片眠尔通、上床许久还不能入睡的时候,我不由自主地想到了包弟,想来想去,我又觉得我不但不曾甩掉什么,反而背上了更加沉重的包袱。在我眼前出现的不是摇头摆尾、连连作揖的小狗,而是躺在解剖桌上给割开肚皮的包弟。我再往下想,不仅是小狗包弟,连我自己也在受解剖。不能保护一条小狗,我感到羞耻；为了想保全自己，我把包弟送到解剖桌上，我瞧不起自己，我不能原谅自己！我就这样可耻地开始了十年浩劫中逆来顺受的苦难生活。一方面责备自己，另一方面又想保全自己，不要让一家人跟自己一起堕入地狱。我自己终于也变成了包弟，没有死在解剖桌上，倒是我的幸运。……

整整十三年零五个月过去了。我仍然住在这所楼房里，每天清早我在院子里散步，脚下是一片衰草，竹篱笆换成了无缝的砖墙。隔壁房屋里增加了几户新主人，高高墙壁上多开了两扇窗，有时倒下一点垃圾。当初刚搭起的葡萄架给虫蛀后早已塌下来扫掉，连葡萄藤也被挖走了。右面角上却添了一个大化粪池，是从紧靠着的五层楼公寓里迁过来的。少掉了好几株花，多了几棵不开花的树。我想念过去同我一起散步的人，在绿草如茵的时节，她常常弯着身子，或者坐在地上拔除杂草，在午

觉悟篇

饭前后她有时逗着包弟玩。……我好像做了一场大梦。满身的创伤使我的心仿佛又给放在油锅里熬煎。这样的熬煎是不会有终结的，除非我给自己过去十年的苦难生活作了总结，还清了心灵上的欠债。这绝不是容易的事。那么我今后的日子不会是好过的吧。但是那十年我也活过来了。

即使在"说谎成风"的时期，人对自己也不会讲假话，何况在今天，我不怕大家嘲笑，我要说：我怀念包弟，我想向它表示歉意。

1980 年 1 月 4 日

[选自巴金著：《随想录》（第 2 集），人民文学出版社 2000 年版]

知识

巴金（1904—2005），出生于四川成都。原名李尧棠，字芾甘。中国现代文学家、翻译家、出版家。享有"人民作家"荣誉称号。代表作有激流三部曲《家》、《春》、《秋》，爱情三部曲《雾》、《雨》、《电》，长篇小说《寒夜》，晚年散文自选集《随想录》等。

经典悦读

《小狗包弟》是一篇敢于冲破黑暗年代、吐露"真话"的文章。巴金先生到晚年的作品总有这样一种力量——看似波澜不惊,文笔也平和冲淡,读来却像有一块千斤重的磐石压在心头。老先生回忆着苦难的时代,却并没有鸣冤叫屈,而是将一缕记忆系在了一只他曾对不住的狗上——人性的美丽不只是行善积德,更重要的,内省反思,在能够说真话的时候敢于表露心底最诚实的歉意、揭开最刻骨的伤痛,才是一种真正的勇敢。

禅意妙境 勘破坎坷

庄子·人间世
（节选）
庄 周

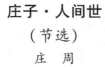

叶公子高将使于齐，问于仲尼曰："王使诸梁①也甚重，齐之待使者，盖将甚敬而不急，匹夫犹未可动，而况诸侯乎！吾甚慄之。子常语诸梁也曰：'凡事若②小若大，寡不道以懽成。事若不成，则必有人道之患③；事若成，则必有阴阳之患。若成若不成而后无患者，唯有德者能之。'吾食也执粗④而不臧，爨⑤无欲清之人。今吾朝受命而夕饮冰，我其内热与！吾未至乎事之情⑥，而既有阴阳之患矣；事若不成，必有人道之患。是两也,为人臣者不足以任之,子其有以语我来!"

仲尼曰:"天下有大戒⑦二:其一命也,其一义也。子之爱亲,命也,不可解于心;臣之事君,义也,无适而非君也,无所逃于天地之间。是之谓大戒。是以夫事其亲者,不择地而安之,孝之至也;夫事其君者,不择事而安之,忠之盛也;自事其心⑧者,哀乐不易施乎前,知其不可奈何而安之若命,德之至也。为人臣子者,固有所不得已。行事之情而忘其身,何暇至于悦生而恶生!夫子其行可矣!

"丘请复以所闻:凡交近则必相靡以信,远则必忠之以言⑨,言必或传之。夫传两喜两怒之言⑩,天下之难者也。夫两喜必多溢美之言,两怒必多溢恶之言。凡溢之类妄,妄则其信之也莫,莫则传言者殃。故法言⑪曰:'传其常情,无传其溢言,则几乎全。'且以巧斗力⑫者,始乎阳,常卒乎阴,泰至则多奇巧⑬;以礼饮酒者,始乎治，常卒乎乱，泰至则多奇乐⑭。凡事亦然：始乎谅，常卒乎鄙；其作始也简，其将毕也必巨。

"言者，风波也；行者，实丧⑮也。夫风波易以动，实丧易以危。故忿设无由，巧言偏辞。兽死不择音，气息茀然，于是并生心厉⑯。剋核大至，则必有不肖⑰之心应之，而不知其然也。苟为不知其然也，孰知其所终！故法言曰：'无迁令，无劝成，过度益也'。迁令劝成殆⑱事，美成在久，恶成不及改，可不慎与！且夫乘物以游心，讬不得已以养中⑲，至矣。何作为报也！莫若为致命，此其难者！"

颜阖将傅卫灵公大子，而问于蘧伯玉曰："有人于此，其德天杀⑳。与之㉑为无方，则危吾国；与之为有方，则危吾身。其知适足以知人之过，而不知其所以过。若然者，吾奈之何？"

蘧伯玉曰："善哉问乎！戒之慎之，正女身也哉！形莫若就㉒，心莫若和。虽然，之二者有患。就不欲入，和不欲出。形就而入㉓，且为颠㉔为灭，为崩为蹶。心和而出，且为声为名，为妖为孽㉕。彼且为婴儿，亦与之为婴儿；彼且为无町畦，亦与之为无町畦；彼且为无崖，亦与之为无崖。达之，入于无疵㉖。

"汝不知夫螳螂乎？怒其臂以当车辙，不知其不胜任也，是其才之美者也。戒之，慎之！积伐而美者以犯之㉗，几矣。汝不知夫养虎者乎？不敢以生物㉘与之，为其杀之之怒也；不敢以全物与之，为其决之之怒也。时其饥饱，达㉙其怒心。虎之与人异类而媚养己者，顺也；故其杀者，逆也。

夫爱马者，以筐盛矢㉚，以蜄盛溺。适有蚉虻仆缘，而拊㉛之不时，则缺衔毁首碎胸。意有所至而爱有所亡。可不慎邪！"

匠石㉜之㉝齐，至于曲辕，见栎社㉞树。其大蔽数千牛，絜之百围㉟，其高临山㊱，十仞㊲而后有枝，其可以为舟者旁㊳十数。观者如市，匠伯㊴不顾，遂行不辍。弟子厌⑩观之，走及匠石⑪，曰："自吾执斧斤以随夫子，未尝见材如此其美也。先生不肯视，行不辍，何邪？"曰："已矣⑫，勿言之矣！散木⑬也，以为舟则沈，以为棺椁则速腐，以为器则速毁，以为门户⑭则液樠，以为柱则蠹⑮。是不材之木也，无所可用，故能若是之寿⑯。"

匠石归，栎社见梦⑰曰："女将恶乎比⑱予哉？若将比予于文木⑲邪？夫柤梨橘柚，果蓏之属⑳，实熟则剥，剥则辱；大枝折，小枝泄。此以其能苦其一生者也㉑。故不终其天年而中道夭，自掊击于世俗者也。物莫不若是。且予求无所可用久矣，几死，乃今得之，为予大用。使予也而有用，且得有此大也邪？且也若与予也皆物也，奈何哉其相㉒物也？而几死之散人㉓，又恶知散木！"

匠石觉而诊其梦。弟子曰："趣取无用，则为社何㉔邪？"曰："密㉕！若无言！彼亦直㉖寄焉，以为不知己者诟厉㉗也。不为社者，且几有翦[58]乎！且也彼其所保与众异，而以义喻之[59]，不亦远乎！”

南伯子綦游乎商之丘，见大木焉有异，结驷[60]千乘，隐将芘其所藾[61]。子綦曰：“此何木也哉！此必有异材夫！”仰而视其细枝，则拳曲而不可以为栋梁；俯而视其大根，则轴解而不可以为棺椁；咶[62]其叶，则口烂而为伤；嗅之，则使人狂酲[63]，三日而不已[64]。

子綦曰：“此果不材之木也，以至于此其大也。嗟乎神人，以[65]此不材！”宋有荆氏[66]者，宜楸柏桑。其拱把[67]而上者，求狙猴之杙[68]者斩之；三围四围，求高明之丽者斩之；七围八围，贵人富商之家求樿傍者斩之。故未终其天年，而中道之夭于斧斤，此材之患也。故解之以牛之白颡者与豚之亢鼻者，与人有痔病者不可以适[69]河。此皆巫祝[70]以知之矣，所以为不祥也。此乃神人之所以为大祥也。

支离疏者，颐隐于脐[71]，肩高于顶，会

觉悟篇

撮[72]指天，五管[73]在上，两髀为胁。挫针治繲，足以糊口；鼓荚播精，足以食十人。上[74]征武士，则支离攘臂[75]而游于其间；上有大役，则支离以有常疾不受功；上与病者粟，则受三钟[76]与十束薪。夫支离其形者，犹足以养其身，终其天年，又况支离其德者乎？

孔子适楚，楚狂接舆游其门曰："凤[77]兮凤兮，何如德之衰也[78]！来世不可待，往世不可追也。天下有道[79]，圣人成[80]焉；天下无道，圣人生焉。方今之时，仅免刑焉。福轻乎[81]羽，莫之知载[82]；祸重乎地，莫之知避。已乎已乎。临人以德！殆乎殆乎，画地[83]而趋！迷阳迷阳[84]，无伤吾行！吾行郤曲，无伤吾足。"

山木自寇[85]也；膏火自煎[86]也。桂[87]可食，故伐之；漆可用，故割之。人皆知有用之用，而莫知无用之用也。

（选自庄周原著，张耿光译注：《庄子全译》，贵州人民出版社1993年版）

注释

①使诸梁：以诸梁为使。

②若：或者。

③人道之患：人为的祸害，指国君的惩罚。

④执粗：食用粗茶淡饭。

⑤爨（cuàn）：炊，烹饪食物。

⑥情：真实。

⑦戒：法。"大戒"，指人生足以为戒的大法。

⑧自事其心：侍奉自己的心思，意思是注重培养自己的道德修养。

⑨忠之以言：用忠实的语言相交。

⑩两喜两怒之言：两国国君或喜或怒的言辞。

⑪法言：古代的格言。

⑫斗力：相互斗力，犹言相互争斗。

⑬奇巧：指玩弄阴谋。

⑭奇乐：放纵无度。

⑮实丧：得失。

⑯心厉：指伤害人的恶念。

⑰不肖：不善、不正。

⑱殆：危险。

⑲中：中气，这里指神智。

⑳天杀：生就的凶残嗜杀。

㉑与之：朝夕与共的意思。

㉒形：外表。就：靠拢，亲近。

㉓入：关系太深。

㉔颠：仆倒，坠落。

㉕孽：灾害。

㉖疵：病，这里指行动上的过失。

㉗积：长期不断地。伐：夸耀。而：你。

㉘生物：活物。

㉙达：通晓，了解。

㉚矢：屎，粪便。

㉛拊：拍击。

㉜匠石：名叫"石"的匠人。

㉝之：往。

㉞栎：树名。社：土神。

㉟絜：用绳子计量周围。围：周长一尺。

㊱临山：接近山巅。

㊲仞：八尺。

㊳旁：通"方"。

㊴匠伯：即匠石。

㊵厌：满足。

㊶走：跑。及：赶上。

㊷已：止。"已矣"犹言"算了"。

㊸散木：指不成材的树木。

㊹户：单扇的门。

㊺蠹：蛀蚀。

㊻若是之寿：像这样的长寿。

㊼见：拜见。“见梦”即梦中会见。

㊽比：比并，相提并论。

㊾文：纹理，后世写作“纹”。“文木”即可用之木。

㊿蓏（luō）：瓜类植物的果实。属：类。

(51)以：因。苦其一生：使其一生受苦。

(52)相：看待。

(53)散人：不成才的人，相对“散木”说的。

(54)为社何：意思是为什么做社树而让世人供奉。

(55)密：默，犹言“闭嘴”。

(56)直：通作“特”，仅只的意思。

(57)诟厉：辱骂，伤害。

(58)翦：斩伐。

(59)义：常理。喻：了解。

(60)驷：一辆车套上四匹马。

(61)芘：通作“庇”，荫庇的意思。藾：荫蔽。

(62)咶：通作“舐”，用舌舔。

(63)酲（chéng）：酒醇。

(64)已：止。

(65)以：如，这个意义后代写作“似”。

(66)荆氏：地名。

(67)拱：两手相合。把：一手所握。

(68)杙（yì）：小木桩，用来系牲畜的。

(69)适：沉入河中以祭神。

觉悟篇

⑦⑩巫祝：巫师。

⑦①颐：下巴。脐：肚脐。

⑦②会撮：发髻。因为脊背弯曲，所以发髻朝天。

⑦③五管：五官。

⑦④上：指国君、统治者。

⑦⑤攘：捋。"攘臂"，指捋起衣袖伸长手臂。

⑦⑥钟：古代粮食计量单位，合六斛四斗。

⑦⑦凤：凤鸟，这里用来比喻孔子。

⑦⑧何如：如何，怎么。之：往。

⑦⑨有道：指顺应规律使社会得到治理。下句的"无道"则与此相反。

⑧⑩成：指成就了事业。

⑧①乎：于，比。

⑧②载：取。

⑧③画地：在地面上画出道路来。喻指人为地规范，让人们去遵循。

⑧④迷阳：指荆棘。

⑧⑤寇：侵犯，掠夺。"自寇"，意思是自取砍伐。

⑧⑥膏：油脂。"自煎"，意思是自取熔煎。

⑧⑦桂：树名，其皮可作香料。

（选自庄周原著，张耿光译注：《庄子全译》，贵州人民出版社1993年版）

叶公子高将要出使齐国，他向孔子请教："楚王派我诸梁出使齐国，责任重大。齐国接待外来使节，总是表面恭敬而内心怠慢。平常老百姓尚且不易说服，何况是诸侯呢！我心里十分害怕。您常对我说：'事情无论大小，很少有不通过言语的交往可以获得圆满结果的。事情如果办不成功，那么必定会受到国君惩罚；事情如果办成功了，那又一定会忧喜交集酿出病害。事情办成功或者办不成功都不会留下祸患，只有道德高尚的人才能做到。'我每天吃的都是粗糙不精美的食物，烹饪食物的人也就无须解凉散热。我今天早上接受国君诏命到了晚上就得饮用冰水，恐怕是因为我内心焦躁担忧吧！我还不曾接触到事的真情，就已经有了忧喜交加所导致的病患；事情假如真办不成，那一定还会受到国君惩罚。成与不成这两种结果，做臣子的我都不足以承担，先生你大概有什么可以教导我吧！"

孔子说："天下有两个足以为戒的大法：一是天命，一是道义。做儿女的敬爱双亲，这是自然的天性，是无法从内心解释的；臣子侍奉国君，这是人为的道义，天地之间无论到什么地方都不会没有国君的统治，这是无法逃避的现实。这就叫做足以为戒的大法。所以侍奉双亲的人，无论什么样的境遇都要使父母安适，这是孝心的最高表现；侍奉国君的人，无论办什么样的事都要让国君放心，

觉悟篇

这是尽忠的极点。注重自我修养的人，悲哀和欢乐都不容易使他受到影响，知道世事艰难、无可奈何却又能安于处境、顺应自然，这就是道德修养的最高境界。做臣子的原本就会有不得已的事情，遇事要能把握真情并忘掉自身，哪里还顾得上眷恋人生、厌恶死亡呢！你这样去做就可以了！

"不过我还是把我所听到的道理再告诉你：大凡与邻近国家交往一定要用诚信使相互之间和顺亲近，而与远方国家交往则必定要用语言来表示相互间的忠诚。国家间交往的语言总得有人相互传递。传递两国国君喜怒的言辞，乃是天下最困难的事。两国国君喜悦的言辞必定添加了许多过分的夸赞，两国国君愤怒的言辞必定添加了许多过分的憎恶。大凡过度的话语都类似于虚构，虚构的言辞其真实程度也就值得怀疑，国君产生怀疑传达信息的使者就要遭殃。所以古代格言说：'传达平实的言辞，不要传达过分的话语，那么也就差不多可以保全自己了。'况且以智巧相互较量的人，开始时平和开朗，后来就常常暗使计谋，达到极点时则大耍阴谋、倍生诡计。按照礼节饮酒的人，开始时规规矩矩合乎人情，到后来常常就一片混乱大失礼仪，达到极点时则荒诞淫乐、放纵无度。无论什么事情恐怕都是这样：开始时相互信任，到头来互相欺诈；开始时单纯细微，临近结束时便变得纷繁巨大。

"言语犹如风吹的水波，传达言语定会有得有失。风吹波浪容易动荡，有了得失容易出现危难。所以愤怒发作没有别的什么缘由，就是因为言辞虚浮而又片面失当。猛兽临死时什么声音都叫得出来，气息急促喘息不定，于是迸发伤人害命的恶念。大凡过分苛责，必会产生不好的念头来应付，而他自己也不知道这是怎么回事。假如做了些什么而他自己却又不知道那是怎么回事，谁还能知道他会有怎样的结果！所以古代格言说：'不要随意改变已经下达的命令，不要勉强他人去做力不从心的事，说话过头一定是多余、添加的。'改变成命或者强人所难都是危险，成就一桩好事要经历很长的时间，坏事一旦做出悔改是来不及的。行为处世能不审慎吗！至于顺应自然而使心志自在遨游，一切都寄托于无可奈何以养蓄神智，这就是最好的办法。有什么必要作意回报！不如原原本本地传达国君所给的使命，这样做有什么困难呢！"

颜阖将被请去做卫国太子的师傅，他向卫国贤大夫蘧伯玉求教："如今有这样一个人，他的德行生就凶残嗜杀。跟他朝夕与共如果不符合法度与规范，势必危害自己的国家；如果合乎法度和规范，那又会危害自身。他的智慧足以了解别人的过失，却不了解别人为什么会出现过错。像这样的情况，我将怎么办呢?"

蘧伯玉说："问得好啊！要警惕，要谨慎，首先要端正你自己！表面上不如顺从依就以示亲近，内心里不如顺其秉性暗暗疏导。即使这样，这两种态度仍有隐患。亲附他不要关系过密，疏导他不要心意太露。外表亲附到关系过密，会招致颠仆毁灭，招致崩溃失败。内心顺性疏导显

觉悟篇

得太露，将被认为是为了名声，也会招致祸害。他如果像个天真的孩子一样，你也姑且跟他一样像个无知无识的孩子；他如果同你不分界线，那你也就跟他不分界线。他如果跟你无拘无束，那么你也姑且跟他一样无拘无束。慢慢地将他的思想疏通引入正轨，便可进一步达到没有过错的地步。

"你不了解那螳螂吗？奋起它的臂膀去阻挡滚动的车轮，不明白自己的力量全然不能胜任，还自以为才高智盛很有力量。警惕呀，谨慎呀！经常夸耀自己的才智而触犯了他，就危险了！你不了解那养虎的人吗？他从不敢用活物去喂养老虎，因为他担心扑杀活物会激起老虎凶残的怒气；他也从不敢用整个的动物去喂养老虎，因为他担心撕裂动物也会诱发老虎凶残的怒气。知道老虎饥饱的时刻，通晓老虎暴戾凶残的秉性。老虎与人不同类却向饲养人摇尾乞怜，原因就是养老虎的人能顺应老虎的性子，而那些遭到虐杀的人，是因为触犯了老虎的性情。

爱马的人，以精细的竹筐装马粪，用珍贵的蛤壳接马尿。刚巧一只牛虻叮在马身上，爱马之人出于爱惜随手拍击，没想到马儿受惊便咬断勒口、挣断辔头、弄坏胸络。意在爱马却失其所爱，能够不谨慎吗！"

匠人石去齐国，来到曲辕这个地方，看见一棵被世人当作神社的栎树。这棵栎树树冠大到可以遮蔽数千头牛，用绳子绕着量一量树干，足有头十丈粗，树梢高临山巅，离地面八十尺处方才分枝，用它来造船可造十余艘。观赏的人群像赶集似的涌来涌去，而这位匠人连瞧也不瞧一眼，不停步地往前走。他的徒弟站在树旁看了个够，跑着赶上了匠人石，说："自我拿起刀斧跟随先生，从不曾见过这样壮美的树木。可是先生却不肯看一眼，不住脚地往前走，为什么呢？"匠人石回答说："算了，不要再说它了！这是一棵什么用处也没有的树，用它做成船定会沉没，用它做成棺椁定会很快朽烂，用它做成器皿定会很快毁坏，用它做成屋门定会流脂而不合缝，用它做成屋柱定会被虫蛀蚀。这是不能取材的树，没有什么用处，所以它才能有如此寿延。"

匠人石回到家里，梦见社树对他说："你将用什么东西跟我相提并论呢？你打算拿可用之木来跟我相比吗？那楂、梨、橘、柚都属于果树，果实成熟就会被打落在地，打落果子以后枝干也就会遭受摧残，大的枝干被折断，小的枝丫被拽下来。这就是因为它们能结出鲜美果实才苦了自己的一生，所以常常不能终享天年而半途夭折，自身招来了世俗人们的打击。各种事物莫不如此。而且我寻求没有什么用处的办法已经很久很久了，几乎被砍死，这才保全住性命，无用也就成就了我最大的用处。假如我果真是有用，还能够获得延年益寿这一最大的用处吗？况且你和我都是'物'，你这样看待事物怎么可以呢？你不过是几近死亡的没有用处的人，又怎么会真正懂得没有用处的树木呢！"

匠人石醒来后把梦中的情况告诉给他的弟子。弟子

觉悟篇

说："旨意在于求取无用，那么又做什么社树让世人瞻仰呢？"匠人石说："闭嘴，别说了！它只不过是在寄托罢了，反而招致不了解自己的人的辱骂和伤害。如果它不做社树的话，它还不遭到砍伐吗？况且它用来保全自己的办法与众不同，而用常理来了解它，可不就相去太远了吗！"

南伯子綦在商丘一带游乐，看见长着一棵出奇的大树，上千辆驾着四马的大车，荫蔽在大树树荫下歇息。子綦说："这是什么树呢？这树一定有特异的材质啊！"仰头观看大树的树枝，弯弯扭扭的树枝并不可以用来做栋梁；低头观看大树的主干，树心直到表皮旋着裂口并不可以用来做棺椁；用舌舔一舔树叶，口舌溃烂受伤；用鼻闻一闻气味，使人像喝多了酒，三天三夜还醒不过来。

子綦说："这果真是什么用处也没有的树木，以至长到这么高大。唉，精神世界完全超脱物外的'神人'，就像这不成材的树木呢！"宋国有个叫荆氏的地方，很适合楸树、柏树、桑树的生长。树干长到一两把粗，做系猴子的木桩的人便把树木砍去；树干长到三、四围粗，地位高贵名声显赫的人家寻求建屋的大梁便把树木砍去；树干长到七、八围粗，达官贵人富家商贾寻找整幅的棺木又把树木砍去。所以它们始终不能终享天年，而是半道上被刀斧砍伐而短命。这就是材质有用带来的祸患。因此古人祈祷神灵消除灾害，总不把白色额头的牛、高鼻折额的猪以及患有痔漏疾病的人沉入河中去用作祭奠。这些情况巫师全都了解，认为他们都是很不吉祥的。不过这正是"神人"

经典悦读

所认为的世上最大的吉祥。

有个名叫支离疏的人,下巴隐藏在肚脐下,双肩高于头顶,后脑下的发髻指向天空,五脏的出口也都向上,两条大腿和两边的胸肋并生在一起。他给人缝衣浆洗,足够糊口度日;又替人筛糠簸米,足可养活十口人。国君征兵时,支离疏捋袖扬臂在征兵人面前走来走去;国君有大的差役,支离疏因身有残疾而免除劳役;国君向残疾人赈济米粟,支离疏还领得三钟粮食十捆柴草。像支离疏那样形体残缺不全的人,还足以养活自己,终享天年,又何况像形体残缺不全那样的德行呢!

孔子去到楚国,楚国隐士接舆有意来到孔子门前,说:"凤鸟啊,凤鸟啊!你怎么怀有大德却来到这衰败的国家!未来的世界不可期待,过去的时日无法追回。天下得到了治理,圣人便成就了事业;国君昏暗天下混乱,圣人也只得顺应潮流苟全生存。当今这个时代,怕就只能免遭刑辱。幸福比羽毛还轻,而不知道怎么取得;祸患比大地还重,而不知道怎么回避。算了吧,算了吧!不要在人前宣扬你的德行!危险啊,危险啊!人为地划出一条道路让人们去遵循!遍地的荆棘啊,不要妨碍我的行走!曲曲弯弯的道路啊,不要伤害我的双脚!"

山上的树木皆因材质可用而自身招致砍伐,油脂燃起烛火皆因可以燃烧照明而自取熔煎。桂树皮芳香可以食用,因而遭到砍伐,树漆因为可以派上用场,所以遭受刀斧割裂。人们都知道有用的用处,却不懂得无用的更大

觉悟篇

用处。

（选自庄周原著，张耿光译注：《庄子全译》，贵州人民出版社1993年版）

庄子（约前369—前286），名周，道教祖师，号南华真人，道教四大真人之一。战国中期道家学派的代表人物，著名的思想家、哲学家、文学家，道家学说的主要创始人之一。庄子祖上乃楚国公族，后因吴起变法致使楚国发生内乱，祖先避夷宗之罪迁至宋国蒙地。庄子因崇尚自由而不应同宗楚威王之聘。他是老子思想的继承者和发展者，后世将他与老子并称为"老庄"，他们的哲学思想体系被思想学术界尊为"老庄哲学"。

《庄子》，又名《南华经》，是战国中期思想家庄周和他的门人以及后学所著。书分内篇、外篇、杂篇，原有52篇，战国中晚期逐步流传、糅杂、附益，至西汉大致成形，然而当时流传之版本今已失传。目前所传33篇，已由郭象整理，篇目章节与汉代亦有不同。内篇大体可代表战国时期庄子的思想核心，而外篇、杂篇发展则横亘百余年，融合黄老、庄子后学形成复杂的体系。司马迁认为庄子思想"其要归本于老子"。

《庄子》中的"有用无用"论历来被人们援引评析。

庄子认为：越是有用的东西因为它的利用价值反而会被人攫取毁坏，所以有时"无用"也就成了"有用"，这十分鲜明地体现了道家"无为"的思想。"有用"与"无用"的思辨，在我们的实际生活中也可以作为一种哲学的指导，须知凡事"度"的衡量十分重要，太过鲜明反而会辜负了天赋之才、天赋之"用"，这种思想和儒家的"中庸"之道有着异曲同工之妙。

吾生也有涯，而知也无涯。以有涯随无涯，殆已；已而为知者，殆而已矣。

——《庄子·养生主》

金刚般若波罗蜜经
（节选）

佛告须菩提。诸菩萨摩诃萨，应如是降伏其心。所有一切众生之类。若卵生若胎生若湿生若化生。若有色若无色。若有想若无想。若非有想非无想。我皆令入无

觉悟篇

余涅盘而灭度之。如是灭度无量无数无边众生。实无众生得灭度者。

"何以故？须菩提，若菩萨有我相、人相、众生相、寿者相，即非菩萨。"

"复次须菩提，菩萨于法应无所住。行于布施。所谓不住色布施，不住声、香、味、触法布施。须菩提，菩萨应如是布施，不住于相。"

"何以故？若菩萨不住相布施，其福德不可思量。"

"须菩提，于意云何？东方虚空可思量不？"

"不，不也。世尊。"

"须菩提，南、西四方。四维上下虚空可思量不？"

"不，不也。世尊。"

"须菩提，菩萨无住相布施，福德亦复如是不可思量。"

"须菩提，菩萨但应如所教住。"

"须菩提，于意云何？可以身相见如

来不?"

"不,不也。世尊。不可以身相得见如来。何以故?如来所说身相,即非身相。"

佛告须菩提:"凡所有相,皆是虚妄。若见诸相非相,即见如来。"

须菩提白佛言:"世尊,颇有众生,得闻如是言说章句,生实信不?"

佛告须菩提:"莫作是说。如来灭后,后五百岁,有持戒修福者,于此章句能生信心,以此为实。当知是人,不于一佛、二佛、三四五佛,而种善根,已于无量千万佛所,种诸善根。闻是章句,乃至一念生净信者。须菩提,如来悉知悉见,是诸众生得如是无量福德。"

"何以故?是诸众生无复我相、人相、众生相、寿者相、无法相、亦无非法相。何以故?是诸众生,若心取相,则为着我、人、众生、寿者。"

(选自高杨注,荆三隆译:《〈金刚经〉新注与全译》,太白文艺出版社2005年版)

觉悟篇

佛告诉须菩提说:"诸位大菩萨啊,应当像我说的这样来克服制止其烦恼之心。所有一切众生,诸如那依卵壳而出生的生命、在母胎中受形而后出生的生命、像因潮湿孕育而成的生命、仅凭业力凝结而形成的生命、欲界色界中一切有物质形体的生命、无色界中没有物质形体的生命、一切有心识活动的众生、一切无心识活动的众生、一切既不好说他们有心识活动又不好说他们没有心识活动的众生。我都会使他们进入无余涅槃,灭除他们的一切烦恼,使其得以度脱生死的大流。"

"虽然像这样灭除了无量的、无数的、无边的种种众生的烦恼,使他们得以度脱生死大流,其实既没有灭除,也没有度脱可言。为什么呢?须菩提啊!因为如果菩萨有了自我的相状、他人的相状、众生的相状或长寿的相状,那这菩萨也就不成其为菩萨了。"

"另一方面,须菩提啊!菩萨对于佛法应该无所执着,应以对一切事物相状均无所执着的平等态度来进行布施,应该以对一切声音、香气、味道、触觉均没有分别的平等态度来实行布施。须菩提,菩萨应该像这样,不执着于事物的表面相状而实行布施啊。"

"为什么呢?菩萨要像这样实行布施,其所能得的福德才是不可限量的呢。"

"须菩提,你觉得如何呢?那整个东方的虚空之空间,是可以思量测度的吗？"

"不可以！世尊！"

"须菩提，那西方、南方、北方的各个虚空之空间是可以思量测度的吗？"

"不可以，世尊！"

"须菩提！菩萨只有不执着于事物的表面相状而实行布施，他所获得的福德才能像十方虚空那样不可思量测度啊！"

"须菩提，菩萨只能按照我这样的教导，不怀任何的分别而安住啊！"

"须菩提，你觉得如何呢？我们可以依据如来的身体相状来认识如来的真实体性吗？"

"不可以！世尊，不可以依据如来的身体相状来认识如来的真实体性。为什么呢？因为如来所说的身体相状并不就是真实的身体相状。"

佛祖告诉须菩提："一切所有的相状，都是虚幻的，如果认识到所有的相状都不是真实的相状，那才是真正地认识到了如来的真正体性了。"

须菩提对佛祖说："世尊啊！未来的众生，如果听说了这样的话语章句，能够因此而生起真正的信心吗？"

佛祖告诉须菩提："不要这样说。如来灭度后五百岁，会有修持净戒，修集福德的人，他们会从这些话语章句上产生信心，以此为真实的教法。要知道这些人不只是在一佛、二佛、三佛、四佛、五佛处种下了清净善根，而是在

觉悟篇

无数无量的、千千万万的佛刹国土种下了一切善根。只要听到这些话语章句,就会在一念之间产生清净信心。须菩提,如来对于这些众生所能得到的一切不可限量的无边福德,如来是完全可以确切知道,确切了解的。"

"为什么这样说呢?所有这些众生都不再执有自我的相状、他人的相状、众生的相状、长久恒持的相状,也不再执有关于事物表面相状,以至不再执有事物没有真实相状的种种见地。"

"为什么这样说呢?因为所有这些众生,如果其认识取之于事物表面相状,那他们就是取之于自我的相状、他人的相状、众生的相状、长久恒持的相状;为什么这样说呢?因为所有这些众生,如果其认识取之于事物具有的真正相状,那他们仍就是取之于自我的相状、他人的相状、众生的相状、长久恒持的相状;因为所有这些众生,如果其认识取之于事物并不具有真正相状,那他们仍就是取之于自我的相状、他人的相状、众生的相状、长久恒持的相状。"

(参考明空译:《〈金刚经〉今译》,中国社会科学出版社1994年版)

知识

《金刚经》,佛教经典,全称《能断金刚般若波罗蜜经》,又称《金刚般若波罗蜜经》,简称《金刚经》。此经以一实相之理为体,以无住为宗,以断疑为用,以大乘为

经典悦读

教相。卷末有四句偈语："一切有为法,如梦幻泡影,如露亦如电,应作如是观",被视为全经之精髓。可以理解为世界上一切事物都是空幻不实的,"实相者则是非相",认为应"远离一切诸相"而"无所住",即对现实世界不执着也不留恋。由于此经以空慧为体,说无我之理,篇幅适中,不连篇累牍,也不有失翔实,故传诵甚广,特别为惠能以后的禅宗所重视。

解读

《金刚经》的这一段选文告诉我们"不执着"。其实佛法很多时候与我们的生活行事息息相关,即使我们并未皈依佛门,了悟一些佛法道理对于我们也会大有助益。这里所谓"执着",当理解为对于事物过分地偏执与执迷。佛法告诫我们:当我们"放下",不纠结于事物的表面或狭隘的结果,才是真正对于法道乃至万物的通融与领悟。

警语

一切有为法,如梦幻泡影,如露亦如电,应作如是观。

——《金刚经》

王维诗两首

王 维

鸟鸣涧①

人闲②桂花落,
夜静春山空。
月出惊③山鸟,
时鸣春涧中。

(选自李永祥编著:《王维诗集》,济南出版社2007年版)

①鸟鸣涧:云溪风景之一。云溪是王维友人皇甫岳别墅所在地,大概在长安附近。涧:两山间的水沟。
②闲:闲静。
③惊:惊扰,惊动。

(选自李永祥编著:《王维诗集》,济南出版社2007年版)

终南别业[①]

中岁[②]颇好道[③]，
晚家南山陲[④]。
兴来每独往，
胜事[⑤]空自知。
行到水穷处，
坐看云起时。
偶然值林叟，
谈笑无还期。

（选自李永祥编著：《王维诗集》，济南出版社2007年版）

注释

①终南：即终南山，又称南山，在唐代都城长安以南，西起秦陇，东尽蓝田，绵延数百里。别业：即指辋川别墅。
②中岁：中年。
③好道：指信佛。
④陲：山麓。
⑤胜事：美好雅致的事情。

（选自李永祥编著：《王维诗集》，济南出版社2007年版）

觉悟篇

知识

王维(701—761),唐朝著名诗人、画家,字摩诘,世称"王右丞"。因信仰佛教,有"诗佛"之称,由其字便可见一二。传世诗歌400余首,代表作有《相思》、《山居秋暝》等。受禅宗影响很大,精通佛学;精通诗、书、画、音乐等,与孟浩然合称"王孟"。苏轼评价王维"味摩诘之诗,诗中有画;观摩诘之画,画中有诗"。他的名句"红豆生南国,春来发几枝。愿君多采撷,此物最相思"最为人所称道。

解读

王维的诗歌化境入禅,读来总有一种清新淡雅、羽化登仙的意味。《鸟鸣涧》用了典型的"以动衬静"的手法,把月夜山涧的情致表现出一种颇具水墨风景画意味的画面感。而在安谧清幽之中一切变化又来得那么突然,动静相宜,意境尽显。《终南别业》之中的"行到水穷处,坐看云起时"是千古名句。在诗人笔下,一种尽头的苍凉感却又紧跟着一种云起的希冀,体现出浓浓的禅意妙境,令人回味无穷。

《六祖坛经》偈语四则

六祖惠能

一

菩提本无树,明镜亦非台。
本来无一物,何处惹尘埃!

二

有情来下种,因地果还生。
无情既无种,无性亦无生。

三

心平何劳持戒,行直何用修禅?
恩则亲养父母,义则上下相怜。
让则尊卑和睦,忍则众恶无喧。
若能钻木出火,淤泥定生红莲。
苦口的是良药,逆耳必是忠言。
改过必生智慧,护短心内非贤。

觉悟篇

日用常行饶益,成道非由施钱。
菩提只向心觅,何劳向外求玄?
听说依此修行,天堂只在目前。

四

迷人修福不修道,只言修福便是道;
布施供养福无边,心中三恶元来造。
拟将修福欲灭罪,后世得福罪还在;
但向心中除罪缘,各自性中真忏悔。
忽悟大乘真忏悔,除邪行正即无罪;
学道常于自性观,即与诸佛同一类。
吾祖惟传此顿法,普愿见性同一体;
若欲当来觅法身,离诸法相心中洗。
努力自见莫悠悠,后念忽绝一世休;
若悟大乘得见性,虔恭合掌至心求。

(选自徐文明注译:《六祖坛经》,中州古籍出版社2008年版)

译文

一

菩提清净不是树,明镜空空也非台。

本来空净无一物，何处能够惹尘埃！

二

有情播下佛性种，善因地中善果生。
无情之物无佛种，无性无因果不生。

三

心中平和何须持戒，行为正直何用修禅。
知恩则是孝养父母，有义就会上下相怜。
礼让就会尊卑和睦，能忍家丑不会外喧。
如果能够钻木取火，淤泥之中定生红莲。
苦口难咽确是良药，逆耳之语必是忠言。
勇于改过必生智慧，有意护短心中不贤。
日用之中经常饶益，欲成大道不由施钱。
菩提只向自心寻觅，何必费力向外求玄。
闻听之后依此修行，天堂不远就在眼前。

四

迷人只修福德不修大道，还说修行福报就是修道。
布施供养虽有无边福德，心中种种恶业本来已造。
想用修来福报除灭罪过，后世得福罪过却未减少。
只要自己心中除去罪因，各于自性之中真正忏悔。
忽然悟到大乘真正忏悔，除邪见行正道便即无罪。
学道者应经常观察自性，如此就与诸佛等同一类。
祖师们惟传此顿教法门，普愿众生见性与之一体。

觉悟篇

如果想要将来寻觅法身,远离法相心中清净如洗。
自见本性切莫虚度岁月,后念忽绝一生已然罢休。
要想悟解大乘得见本性,虔恭合掌自心中追求。

(选自徐文明注译:《六祖坛经》,中州古籍出版社 2008 年版)

知识

惠能(638—713),俗姓卢,得黄梅五祖弘忍传授衣钵,继承东山法脉,为禅宗第六祖,世称禅宗六祖。唐宪宗追谥大鉴禅师。著有《六祖坛经》流传于世,是中国历史上有重大影响力的佛教高僧之一。惠能禅师的真身供奉在广东韶关南华寺的灵照塔中。

《六祖坛经》为佛教禅宗典籍,亦称《坛经》、《六祖大师法宝坛经》,全称《南宗顿教最上大乘摩诃般若波罗蜜经六祖惠能大师于韶州大梵寺施法坛经》。禅宗六祖惠能说,弟子法海集录。

解读

第一首偈语便是惠能法师深得五祖青睐、受传衣钵、成为六祖法师的一篇,在《红楼梦》中亦被引用。佛理往往与我们的生活、心性相关。倘若我们没有信仰,便不能修正性情,这种信仰并不一定要从形式上严苛律己,而是"佛在我心"。四则偈语讲求平和、向善,勘破人世芜杂,祓除心灵邪祟。徐文明先生的译文深入浅出,朗朗上口,与原文一脉相承,读来给人豁然开朗之感。

附 录

拓展阅读书目

(法)蒙田著:《蒙田随笔全集》,马振骋译,上海书店出版社 2009 年版。

冰心著:《冰心散文》,人民文学出版社 2005 年版。

梁实秋著:《槐园梦忆》,江苏文艺出版社 2006 年版。

王安石著:《王安石文选译》,刘学锴等译注,人民文学出版社 1998 年版。

(苏)高尔基著:《高尔基散文》,孟昌、巴金译,浙江文艺出版社 2001 年版。

徐晓莉主编:《中国古代经典诗词文赋选讲》,天津古籍出版社 2006 年版。

吴云著:《汉魏六朝小赋译注评》,天津古籍出版社 2006 年版。

杨泽波著:《孟子性善论研究》,中国人民大

觉悟篇

学出版社 2010 年版。

杨金鼎主编：《古文观止全译》，安徽教育出版社 1984 年版。

温金玉著：《慧能法师传》，宗教文化出版社 2000 年版。

编写说明

"觉悟"乃人的顿觉与体悟,是我们发乎心、起于意的感受。本册选文注重探求人内心世界的活动,对于外物的感怀,对于世道的领悟。希望能够在古今中外名家的款款文字中徐徐打开属于内心的画卷,在对世界的叩问之中,让精神做一次深呼吸。

本册选文分四部分。"弹指一挥　感悟时光",所选文章是对于光阴的体认,人们在行色匆匆之中大概已忘却去抚触自然界最公允的"时间之手",在此,我们让岁月的流转镌刻下灵魂的印记;"修身颐性　生活智慧",是从我们的日常生活之中了悟处世的道理,或指导实践,或寄情冶游,或顿悟日常,字字珠玑,篇篇箴言;"博弈人世　觉性悟道",从生命的角度选取古今名

觉悟篇

篇,让人们在忙碌烦扰之中也能开辟出心灵的一隅,留待追寻生命的意义;"禅意妙境 勘破坎坷",其中道家精髓、禅意佛理,高明睿智、举重若轻的精深道义读来令人茅塞顿开、心胸豁然开朗。编者希望借助本册选文为您打开心窗,呼入一丝纯净的气息,顿开与心灵对话的窗口,于纷繁乱世亦能栖居灵魂,觉悟人世。

需要说明的是,除了中外经典美文外,我们也特别选取了一些堪称精品的当代作家作品,在此对所有选文作者表示感谢。限于各种原因,仍有几位作者一时无法取得联系,对此我们深表歉意,烦请这些作者看到本书后及时与我们联系,以便商讨版权事宜并致以薄酬略表谢意。

编者
2014 年 1 月

经典悦读·志传篇

中共滨州经济开发区工委
南开大学语文教育研究中心 ◎编

编委会

主　　任： 姚和民
委　　员： 周志强　邱延忠　钱　杰
　　　　　　时志军　王一澜　窦　薇
　　　　　　林诗雯　徐少琼　魏建宇
　　　　　　李　飞

主　　编： 周志强　王一澜
本册主编： 林诗雯

版权所有　翻印必究

图书在版编目（CIP）数据

经典悦读·志传篇/中共滨州经济开发区工委，南开大学语文教育研究中心编．—广州：中山大学出版社，2014.5
ISBN 978-7-306-04856-1

Ⅰ．①经… Ⅱ．①中… ②南… Ⅲ．①世界文学—作品综合集 Ⅳ．①I11

中国版本图书馆 CIP 数据核字（2014）第 068130 号

出版人：	徐　劲
策划编辑：	邹岚萍
责任编辑：	邹岚萍
封面设计：	林绵华
责任校对：	赵　婷　黄燕玲
责任技编：	黄少伟
出版发行：	中山大学出版社
电　话：	编辑部 020-84111996，84113349，84111997，84110779
	发行部 020-84111998，84111981，84111160
地　址：	广州市新港西路 135 号
邮　编：	510275　　　传　真：020-84036565
网　址：	http://www.zsup.com.cn　E-mail:zdcbs@mail.sysu.edu.cn
印刷者：	佛山市浩文彩色印刷有限公司
规　格：	787mm×960mm　1/32　总印张：20　总字数：303 千字
版次印次：	2014 年 5 月第 1 版　2014 年 5 月第 1 次印刷
总 定 价：	48.00 元（共 6 册）　印　数：1～13000 套

如发现本书因印装质量影响阅读，请与出版社发行部联系调换

为社会更加美好而读书

书籍是人类进步的阶梯。读书是每个人广识增智、修身养性、执业安身的基本功,也是推动整个社会移风易俗、与时俱进、走向更加文明进步的基本途径。周恩来总理少年时曾立志:"为中华之崛起而读书"。当前,中华民族正在为实现伟大复兴的"中国梦"而奋斗,如此关键时期,更需全社会形成读书蔚然之风,铸就文化巍然之魂,凝聚干事创业的强大正能量。

经典,是浩瀚书海中最有思想洞察力的一部分,是凝结人类最高智慧的一部分,是最具人文关怀的一部分。读书,当然要读经典。在今天,我们更应该谨记周总理的心愿,多读好书,多读经典。然而,古今中外,卷帙浩繁,大多数人没有时间和精力去阅读所有的经典书籍。幸好,中共

滨州经济开发区工委和南开大学语文教育研究中心合作编辑出版的"经典悦读"丛书面世，精心搜罗了古今中外一些经典书籍中的名篇名段以飨读者，四年来编印不辍，影响颇广。

书中篇章，或形象鲜明，或事件新奇，或哲理深邃，或文辞优美，不仅给我们以美的享受，更给我们以真的启迪、善的熏陶，读来如品香茗，余香满口；如饮甘泉，沁人心脾，自有一种油然而生的愉悦。相信会对读者大有裨益。

国民之魂，文以化之。知识的力量是无穷的。希望这套丛书能给读者带来学习的持续热情，为了自己的成长进步，更为了让我们的社会变得更加美好，早日实现中华民族伟大复兴的"中国梦"而奋发读书！

中共滨州市委书记　市人大常委会主任

文海撷珠　经典相传

转眼间,"经典悦读"丛书已走过了四个年头。在广大读者朋友一如既往的支持、鼓励下,这套丛书已然成为滨州文化的一张靓丽名片,"悦读"经典犹如一缕暖阳、一股春风,温暖了读者的心脾,拂去了苍宇的浮尘。

作为荟萃古今中外文学精华的典藏,这套丛书既有启迪人生的觉悟智慧,也有碰撞思想的哲学思辨;既有撼人心旌的至情至性,也有飘逸飞扬的斐然文采。阅读经典文学作品是涵养性情、净化心灵、提高修养的有效渠道,欣赏《经典悦读》中的系列作品,既有助于我们加强对民族文化的理解和感悟,更有助于实事求是、与时俱进地开展当下的文化建设工作。

志传、觉悟、史鉴、传奇、揽胜、才

情——每一册都是对文学经典闪光点的一次检索和挖掘,也宛如一扇扇崭新的窗口,让传世经典放射出璀璨的光芒。文海撷珠,汇聚先贤才思;时开一卷,氤氲情味无穷。希望"经典悦读"丛书成为传承文化的桥梁和点燃梦想的星火,为构筑我们共同的精神家园凝聚正能量,增添新动力。

中共滨州市委副书记 市长

目　　录

生死两隔　情深几许 ………………………… 1
　怀念萧珊（节选） ……………………巴　金　1
　《金石录》后序（节选） …………李清照　5
　风雨中忆萧红（节选） ………………丁　玲　11
　星斗其文，赤子其人（节选） …汪曾祺　16
　最后的一天 ……………………………许广平　20

趣事轶闻　谈笑风生 ………………………… 32
　辜鸿铭（节选） ………………………林语堂　32
　回忆鲁迅先生（节选） ………………萧　红　36
　志摩在回忆里 …………………………郁达夫　41

豪侠志士　赤子之心 ………………………… 53
　宋史·包拯传（节选） ………………………… 53
　虬髯客传（节选） ……………………杜光庭　58
　梵高传——对生活的渴求（节选）
　　…………………………（美）欧文·斯通　62
　罗曼·罗兰（节选） …………………徐志摩　68
　悼念玛丽·居里 ………………（美）爱因斯坦　73

清风明月　蕙质纨心……………… 77
　弘一法师之出家（节选）……… 夏丏尊 77
　Kissing the Fire（吻火）……… 梁遇春 81
　王子猷雪夜访戴………………… 刘义庆 84
　李贺小传（节选）……………… 李商隐 87
　柳子厚墓志铭…………………… 韩　愈 90
附　　录……………………………… 99
编写说明……………………………… 101

生死两隔　情深几许

怀念萧珊

（节选）

巴　金

梦魇一般的日子终于过去了。六年仿佛一瞬间似的远远地落在后面了。其实哪里是一瞬间！这段时间里有多少流着血和泪的日子啊。不仅是六年，从我开始写这篇短文到现在又过去了半年，半年中我经常在火葬场的大厅里默哀、行礼，为了纪念给"四人帮"迫害致死的朋友。想到他们不能把个人的智慧和才华献给社会主义祖国，我万分惋惜。每次戴上黑纱、插上纸花的同时，我也想起我自己最亲爱的朋友,一个普通的文艺爱好者,一个成绩不大的翻译工作者,一个心地善良的人。她是我的生命的一部分,她的骨灰里有我的泪和血。

她是我的一个读者。一九三六年我在上海第一次同她见面。一九三八年和一九四一年我们两次在桂林像朋友似的住在一起。一九四四年我们在贵阳结婚。我认识她的时候,她还不到二十,对她的成长我应当负很大的责任。她读了我的小说,给我写信,后来见到了我,对我发生了感情。她在中学念书,看见我以前,因为参加学生运动被学校开除,回到家乡住了一个短时期,又出来进另一所学校。倘使不是为了我,她三七、三八年一定去了延安。她同我谈了八年的恋爱,后来到贵阳旅行结婚,只印发了一个通知,没有摆过一桌酒席。从贵阳我和她先后到了重庆,住在民国路文化生活出版社门市部楼梯下七、八个平方米的小屋里。她托人买了四只玻璃

志传篇

杯开始组织我们的小家庭。她陪着我经历了各种艰苦生活。在抗日战争紧张的时期，我们一起在日军进城以前十多个小时逃离广州，我们从广东到广西，从昆明到桂林，从金华到温州，我们分散了，又重见，相见后又别离。在我那两册《旅途通讯》中就有一部分这种生活的记录。四十年前有一位朋友批评我："这算什么文章！"我的《文集》出版后，另一位朋友认为我不应当把它们也收进去。他们都有道理，两年来我对朋友、对读者讲过不止一次，我决定不让《文集》重版。但是为我自己，我要经常翻看那两小册《通讯》。在那些年代，每当我落在困苦的境地里、朋友们各奔前程的时候，她总是亲切地在我的耳边说："不要难过，我不会离开你，我在你的身边。"的确，只有在她最后一次进手术室之前她才说过这样一句："我们要分别了。"

（选自林非、李晓虹、王兆胜选编：《百年中国经典散文·挚爱卷》，内蒙古文化出版社2006年版）

知识

巴金（1904—2005），四川成都人，无党派人士，原名李尧棠，字芾甘，现代著名的文学家、出版家、翻译家，同时也被誉为"五四"新文化运动以来最有影响力的作家之一。代表作有长篇小说"激流三部曲"（《家》、《春》、《秋》）、"爱情三部曲"（《雾》、《雨》、《电》）。萧珊是巴金生命中唯一的爱侣，"文革"期间，他们经历了巨大的身心煎熬。在巴金遭受批斗的那些年，萧珊一直陪着他受苦，受尽辱骂和折磨。为了保护巴金，她还被红卫兵的铜头皮带打过。这段时间里，巴金十分自责，认为正是自己的写作害苦了萧珊。萧珊故去后，她的骨灰和译作一直放在巴金的卧室里。巴金对萧珊一往情深，写下了《怀念萧珊》、《再忆萧珊》、《一双美丽的眼睛》等文章。

解读

真正的爱情，除了两情相悦，更重要的是互相扶持。在巴金对萧珊的回忆字句里，我们不仅看到一个情深义重的丈夫对妻子的离世表现出无比沉痛与无限眷念，同时看到了这对风雨同舟的夫妻不仅惺惺相惜，更是相随相守。从巴金的深情中反映出来的却是妻子萧珊对巴金的支持和信任。没有一个深爱自己的妻子，又怎会有一个肝肠寸断的丈夫？珍惜身边同甘共苦的人。人生的经历如此波澜起伏、跌宕无常，不管是发妻还是挚友，能相伴走过，就是

志传篇

苍茫天地间最珍贵的缘分和情谊。

警语

两个人在一起,用一时的情感把身体系在一个共同的命运上,就应该相互帮助,相互谅解,相互改进自己。
——巴金

死生契阔,与子成说。执子之手,与子偕老。
——《诗经·邶风·击鼓》

《金石录》后序
(节选)
李清照

正文

余建中辛巳,始归赵氏。时先君作礼部员外郎,丞相作吏部侍郎。侯年二十一,在太学作学生。赵、李族寒,素贫俭,每朔望谒告出,质衣取半千钱,步入相国寺,市碑文果实归,相对展玩咀嚼,自谓葛天氏之民也。后二年,出仕官,便有饭蔬衣练,穷遐方绝域,尽天下古文奇字之志。

日就月将,渐益堆积。丞相居政府,亲旧或在馆阁,多有亡诗、逸史,鲁壁、汲冢所未见之书,遂尽力传写,浸觉有味,不能自已。后或见古今名人书画,一代奇器,亦复脱衣市易。尝记崇宁间,有人持徐熙《牡丹图》求钱二十万。当时虽贵家子弟,求二十万钱岂易得耶?留信宿,计无所出而还之,夫妇相向惋怅者数日。

后屏居乡里十年,仰取俯拾,衣食有馀。连守两郡,竭其俸入以事铅椠。每获一书,即同共勘校,整集签题。得书画彝鼎,亦摩玩舒卷,指摘疵病,夜尽一烛为率。故能纸札精致,字画完整,冠诸收书家。余性偶强记,每饭罢,坐归来堂烹茶,指堆积书史,言某事在某书某卷第几页第几行,以中否角胜负,为饮茶先后。中即举杯大笑,至茶倾覆怀中,反不得饮而起。甘心老是乡矣!故虽处忧患困穷,而志不屈。

收书既成,归来堂起书库大橱,簿甲

志传篇

乙，置书册。如要讲读，即请钥上簿，关出卷帙。或少损污，必惩责揩完涂改，不复向时之坦夷也。是欲求适意而反取憀栗。余性不耐，始谋食去重肉，衣去重采，首无明珠翡翠之饰，室无涂金刺绣之具，遇书史百家，字不刓阙、本不讹谬者，辄市之，储作副本。自来家传《周易》、《左氏传》，故两家者流，文字最备。于是几案罗列，枕席枕藉，意会心谋，目往神授，乐在声色狗马之上。

（选自王彬主编：《中华文学经典·散文（下卷）》，中国社会出版社2004年版）

译文

我在建中靖国元年才嫁到赵家来。当时先父作礼部员外郎，公公作吏部侍郎，德夫才二十一岁，正在太学里当学生。赵、李两家都是清寒门第，一向贫困节俭。德夫每逢初一、十五放例假从太学里回来，用衣服去当出半吊铜钱，走进相国寺，买些碑帖、果子回家，和我对坐打开碑帖来鉴赏，一面细品尝果子，这时自己认为我们简直就是葛天氏时代的人了。

两年之后，德夫出去做官，这时就有了节衣缩食、把

经典悦读

边远偏僻的地方普天下的古文奇字都收集起来的愿望。逐日逐月地积累起来，一点一点地收集得越来越多。公公在朝廷枢要部门，亲戚朋友有的在藏书机关，常常有一些散失了的诗篇和失传了的书，甚至连孔子家墙壁里、汲郡的古墓里都找不到的书籍，于是就下工夫抄写，渐渐地感觉到有趣味，自己也就不愿住手。

后来有时看见古代、当代名人的书画，某一代的稀奇器物，也要再脱下衣服典当出钱来把它买到。曾记得崇宁年间，有人拿来一轴徐熙画的《牡丹图》，讨价铜钱二百吊。当时即使富贵人家的子弟，想要立即凑足这二百吊钱，哪里容易办到呢！（那张画）被留在我们家两天，还是拿不定主意，只好还给了那人，夫妻俩你看着我、我看着你，难受了好几天。

后来我们在老家隐居，多方设法谋生，穿衣吃饭渐有节余。德夫接连做了两个郡的长官，把他全部收入都用来从事书籍的收购和校勘。每得到一种好书，就一起勘校，整理装潢，题上标签。得到书画钟鼎，也要摩抚赏玩，卷起来，又放开，指指点点地挑剔毛病，每天晚上总要点尽一支蜡烛才作罢。所以能够做到纸张精美细致，笔画完全工整，在许多藏书家当中要数第一。

我生来有时记忆力很强，每天吃完饭，（我们俩）坐在归来堂里，沏好了茶，指着堆积在一边的书籍经史，说出某事在某书某卷第几页第几行，以说得对不对来定赢输，分喝茶的先后。说对了就举起茶杯大笑，闹到把茶水倒翻在自己的身上，反而喝不到茶还得赶紧站起身来。我们心甘情愿地在这乡里活到老死。所以，虽说碰到公公身后遭受诬陷追查种种风波，但是我俩的志趣并未打断。

书籍已经收得差不多了，归来堂里造起了书库的大书橱，登记编号，按编号放置所有的书。如果要阅读，就讨取钥匙，写好登记，取出那种书来。有时稍微弄坏或者玷污，一定要责令修好、揩擦干净，不像过去那么随便了。这正是想要愉快自得反而自找顾虑。我性情不能忍受约束，于是开始打算吃饭只吃一种肉菜，衣服不穿过分华丽的，头不戴珍珠翡翠的首饰，屋子里没有涂金绣花的陈设，但只要遇到各种书籍字不残缺、版本没有错误的，就把它买下来储作复本。原来就有家传《周易》、《左氏传》，所以这两类书的有关著作最为完备。这样一来，茶几上桌子上堆着放着，枕头席上堆着铺着，意念体会，心里考虑，眼睛注视，精神领会，这种快乐超过了世俗上的音乐舞蹈养狗跑马的那种享受。

（选自崔淮清、何玉莲、沈绍瑾主编：《古代散文释译》，内蒙古人民出版社1981年版）

李清照（1084—1155?），号易安居士，山东省济南人。南北宋之交的女词人，婉约词派代表，有"千古第一才女"之称。李清照出身于书香门第，早期生活优裕。李清照18岁时与赵明诚结婚。婚后，两人情投意合，如胶似漆,"夫妇擅朋友之胜",过着幸福美好的生活。他们也一同致力于书画金石的搜集整理,二人共同撰有《金石录》,因赵明诚生前已写了书的序文,列于书首,李清照又作了这篇"序",附于书后,故称"后序"。作"后序"时,李清照夫亡已六载,个人生活又几经曲折,故百感交集,情不能自已。选文是后序中回忆从前与赵明诚"只羡鸳鸯不羡仙"生活的部分。

《〈金石录〉后序》是李清照在晚年撰写的,其时她面对的是国破家亡、流离失所与孤苦伶仃。《金石录》本是赵明诚和李清照夫妻二人共同编纂,到后来只剩下李清照一个人坚持着整理,有如保护与丈夫的骨肉亲儿一般呕心沥血。"后序"之所以闻名于世,并不在于它的记录有多么离奇或翔实,而是它的"真"——文章浓缩了李清照最宝贵的记忆与最真挚的情感,言辞率真,感情充沛,令读者不禁为之动容,感同身受。"甘心老是乡矣!"往往是,遭遇越是凄苦的人,就越是怀念往昔,也越让人同情。实际上,李清照和赵明诚因种种原因,婚姻没有得到幸福的结局。所以李清照的回忆,既是缅怀,也是悼念——悼念湮灭了的金石书画、青春往事,以及幸福时光。

荷西在婚后的第六年离开了这个世界,走得突然,我

志传篇

们来不及告别。这样也好,因为我们永远不告别。

——三毛

红藕香残玉簟秋,轻解罗裳,独上兰舟。云中谁寄锦书来,雁字回时,月满西楼。 花自飘零水自流,一种相思,两处闲愁。此情无计可消除,才下眉头,却上心头。

——李清照(怀念赵明诚)

风雨中忆萧红

(节选)

丁 玲

萧红和我认识的时候,是在一九三八年春初。那时山西还很冷,很久生活在军旅之中,习惯于粗犷的我,骤睹着她的苍白的脸,紧紧闭着的嘴唇,敏捷的动作和神经质的笑声,使我觉得很特别,而唤起许多回忆,但她的说话是很自然而真率的。我很奇怪作为一个作家的她,为什么会那样少于世故,大概女人都容易保有纯洁和

经典悦读

幻想，或者也就同时显得有些稚嫩和软弱的缘故吧。但我们都很亲切，彼此并不感觉到有什么孤僻的性格。我们尽情地在一块儿唱歌，每夜谈到很晚才睡觉。当然我们之中在思想上、在感情上、在性格上都不是没有差异，然而彼此都能理解，并不会因为不同意见或不同嗜好而争吵，而揶揄。接着是她随同我们一道去西安，我们在西安住完了一个春天。我们痛饮过，我们也同度过风雨之夕，我们也互相倾诉。然而现在想来，我们谈得是多么地少啊！我们似乎从没有一次谈到过自己，尤其是我。然而我却以为她从没有一句话是失去了自己的，因为我们实在都太真实，太爱在朋友的面前赤裸自己的精神，因为我们又实在觉得是很亲近的。但我仍会觉得我们是谈得太少的，因为，像这样的能无妨嫌、无拘束、不须警惕着谈话的对手是太少了啊！

……

志传篇

我们分手后,就没有通过一封信。端木曾来过几次信,在最后的一封信上(香港失陷约一星期前收到)告诉我,萧红因病始由皇后医院迁出。不知为什么我就有一种预感,觉得有种可怕的东西会来似的。有一次我同白朗说:"萧红决不会长寿的。"……

不幸的是我的杞忧竟成了现实,当我昂头望着天的那边,或低头细数脚底的泥沙,我都不能压制我丧去一个真实的同伴的叹息……

生在现在的这世界上,活着固然能给整个事业添一分力量,而死对于自己也是莫大的损失……

只要我活着,朋友的死耗一定将陆续地压住我沉闷的呼吸。尤其是在这风雨的日子里,我会更感到我的重荷。我的工作已经够消磨我的一生,何况再加上你们的屈死,和你们未完的事业,但我一定可以支持下去的。我要借这风雨,寄语你们,死去的，未死的朋友们，我将压榨我生命所有的余剩，为着你们的安慰和光荣。那怕就仅仅为着你们也好，因为你们是受苦难的劳动者，你们的理想就是真理。

风雨已停，朦朦的月亮浮在西边的山头上，明天将有一个晴天。我为着明天的胜利而微笑，为着永生而休息。我吹熄了灯，平静地躺到床上。

一九四二年四月二十五日

（选自林非、李晓虹、王兆胜选编：《百年中国经典散文·人生卷》，内蒙古文化出版社2006年版）

知识

丁玲（1904—1986），中国当代著名的作家、社会活动家，原名蒋伟，字冰之，笔名彬芷、从喧等，湖南临澧人。1930年5月，丁玲加入中国左翼作家联盟，1931年出任"左联"机关刊物《北斗》的主编，成为鲁迅旗下一位具有重大影响的左翼作家。1932年加入中国共产党，1936年9月成为到达中央苏区的第一位知名作家。代表作品有《莎菲女士的日记》、《太阳照在桑干河上》等。1938年1月，丁玲和萧红在山西临汾相识，中国新文学史上最具天才的两位女作家终于见面了。萧红与丁玲一起在

志传篇

西安度过了1938年的春天，其间丁玲曾力邀萧红去延安，然而萧红为了避开萧军，始终没有听从劝告。萧红对骆宾基追述说："丁玲有些英雄的气魄，然而她那笑，那明朗的眼睛，仍然是一个属于女性的柔和。"

丁玲与萧红是个性几乎完全相反的两个女作家，然而她们间却发展起毫无嫌隙的友情，这是十分难得的，也在中国近现代文学史上留下一段佳话。丁玲热情豪迈，爽朗而多情；萧红娇柔温婉，敏感但坚韧。如此性格不同的两人，可谓是"一个像夏天，一个像秋天"，但她们自相遇之始即相知，她们之间的友情，是才女与才女的惺惺相惜，更是灵魂与灵魂的契合与共鸣。当有着共同文学理想与生活抱负的两人走到一起，即使性格多么迥异，也能成为柏拉图式的灵魂伴侣。

友谊是一种温静与沉着的爱，为理智所引导，习惯所结成，从长久的认识与共同的契合而产生，没有嫉妒，也没有恐惧。

——荷麦

经典悦读

星斗其文,赤子其人

(节选)

汪曾祺

沈先生自奉甚薄。穿衣服从不讲究。他在《湘行散记》里说他穿了一件细毛料的长衫,这件长衫我可没见过。我见他时总是一件洗得褪了色的蓝布长衫,夹着一摞书,匆匆忙忙地走。解放后是蓝卡其布或涤卡的干部服,黑灯芯绒的"懒汉鞋"。有一年做了一件皮大衣(我记得是从房东手里买的一件旧皮袍改制的,灰色粗线呢面),他穿在身上,说是很暖和,高兴得像一个孩子。吃得很清淡。我没见他下过一次馆子。在昆明,我到文林街二十号他的宿舍去看他,到吃饭时总是到对面米线铺吃一碗一角三分钱的米线。有时加一个西红柿,打一个鸡蛋,超不过两角五分。三姐是会做菜的,会做八宝糯米鸭,炖在一个大砂

志传篇

锅里，但不常做。他们住在中老胡同时，有时张充和骑自行车到前门月盛斋买一包烧羊肉回来，就算加了菜了。在小羊宜宾胡同时，常吃的不外是炒四川的菜头，炒慈姑。沈先生爱吃慈姑，说"这个好，比土豆'格'高"。他在《自传》中说他很会炖狗肉，我在昆明，在北京都没见他炖过一次。有一次他到他的助手王亚蓉家去，先来看看我（王亚蓉住在我们家马路对面，——他七十多了，血压高到二百多，还常为了一点研究资料上的小事到处跑），我让他过一会来吃饭。他带来一卷画，是古代马戏图的摹本，实在是很精彩。他非常得意地问我的女儿："精彩吧？"那天我给他做了一只烧羊腿，一条鱼。他回家一再向三姐称道："真好吃。"他经常吃的荤菜是：猪头肉。

他的丧事十分简单。他凡事不喜张扬，最反对搞个人的纪念活动。反对"办生做寿"。他生前累次嘱咐家人，他死后，不开追悼会，不举行遗体告别。但火化之前，总要有一点仪式。新华社消息的标题是沈从文告别亲友和读者，是合适的。只通知少数亲友。——有一些景仰他的人是未接通知自己去的。不收花圈，只有约二十多个布满鲜花的花篮，很大的白色的百合花、康乃馨、菊花、菖兰。参加仪式的人也不戴纸制的白花，但每人发给一枝半开的月季，行礼后放在遗体边。不放哀乐，放沈先生生前喜爱的音乐，如贝多芬的《悲怆奏鸣曲》等。沈先生面色如生，很安详地躺着。我走近他身边，看着他，久久不能离开。这样一个人，就这样地去了。我看他一眼，又看一眼，我哭了。

沈先生家有一盆虎耳草，种在一个椭圆形的小小钧窑盆里。很多人不认识这种草。这就是《边城》里翠翠在梦里采摘的那种草，沈先生喜欢的草。

1988 年 5 月 26 日

（选自汪曾祺著：《中华散文珍藏本：汪曾祺卷》，人民文学出版社 1998 年版）

志传篇

知识

汪曾祺（1920—1997），江苏高邮人，中国当代文学史上著名的作家、散文家、戏剧家，京派作家的代表人物，在短篇小说创作上颇有成就，对戏剧与民间文艺也有深入钻研。著有小说集《邂逅集》、散文集《蒲桥集》等。汪曾祺博学多识，爱好书画，被誉为"抒情的人道主义者，中国最后一个纯粹的文人，中国最后一个士大夫"。沈从文是现代著名作家、历史文物研究家、京派作家的代表人物，撰写出版了《长河》、《边城》等小说。汪曾祺是沈从文在西南联大任教时的学生。从西南联大毕业后，汪曾祺辗转来到上海，时运不济，即将落魄街头。其时，他情绪异常低落，甚至想到自杀。沈从文知道后，写信道："你手里有一枝笔，怕什么！"并帮助汪曾祺找到工作、结交作家，步入文学圈。

解读

沈从文与汪曾祺均是中国现当代文坛上的著名作家，同时也是一对情谊深厚的师生。汪曾祺曾自豪地说："沈先生很欣赏我，我不但是他的入室弟子，可以说是得意高足。""文革"结束后，沈从文和汪曾祺如枯木逢春，而沈从文失传了30年的文学源流由汪曾祺续接上，汪曾祺也成为京派文学的最后一位传人。他们二人，是名师高徒，更是伯牙子期。没有沈从文的知遇之恩，汪曾祺可能还要随多舛的命运飘零；而若不是汪曾祺的才华与人品，也无法将沈从文的京派文学发扬光大。沈从文和汪曾祺亦师亦友的情谊，经受了种种考验，穿越了百年的历史风云，传诵至今，是我们品之不尽的一杯甘醇。

警语

生命都是太脆薄的一种东西，并不比一株花更经得住年月风雨，用对自然倾心的眼，反观人生，使我不能不觉得热情的可珍，而看重人与人凑巧的藤葛。在同一人事上，第二次的凑巧是不会有的。

——沈从文

最后的一天

许广平

正文

今年的一整个夏天，正是鲁迅先生被病缠绕得透不过气来的时光。许多爱护他的人，都为了这个消息着急。然而病状有些好起来了。在那个时候，他说出一个梦："他走出去，看见两旁埋伏着两个人，打算

志传篇

给他攻击,他想:你们要当着我生病的时候攻击我吗?不要紧!我身边还有匕首呢,投出去,掷在敌人身上。"

梦后不久,病便减轻了。一切恶的征候都逐渐消灭了。他可以稍稍散步些时,可以有力气拔出身边的匕首投向敌人,——用笔端冲倒一切,——还可以看看电影,生活生活。我们战胜"死神"。在讴歌,在欢愉。生的欣喜布在每一个朋友的心坎中,每一个惠临的爱护他的人的颜面上。

他仍然可以工作,和病前一样。他与我们同在一起奋斗,向一切恶势力。

直至十七日的上午,他还续写《因太炎先生而想起的二三事》(以前有《关于太炎先生二三事》一文,似尚未发表。)一文的中段。(他没有料到这是最后的工作,他原稿压在桌子上,预备稍缓再执笔。)午后,他愿意出去散步,我因有些事在楼下,见他穿好了袍子下扶梯。那时外面正有些风,但他已决心外出,衣服穿好之后,是很难劝止的。不过我姑且留难他,我说,"衣裳穿够了吗?"他探手摩摩,里面穿了绒线背心。说,"够了。"我又说:"车钱带了没有?"他理也不理就自己走去了。

回来天已不早了,随便谈谈,傍晚时建人先生也来了。精神甚好,谈至十一时,建人先生才走。

到十二时,我急急整理卧具。催促他、警告他,时候不早了。他靠在躺椅上,说:"我再抽一支烟,你先睡吧。"

等他到床上来,看看钟,已经一时了。二时他曾起来小解,人还好好的。再睡下,三时半,见他坐起来,我也坐起来。细察他呼吸有些异常,似气喘初发的样子。后来继以咳呛,咳嗽困难,兼之气喘更加厉害。他告诉我:"两点起来过就觉睡眠不好,做噩梦。"那时正在深夜,请医生是不方便的,而且这回气喘是第三次了,也不觉得比前二次厉害。为了减轻痛苦起见,

志传篇

我把自己购置在家里的"忽苏尔"气喘药拿出来看：说明书上病肺的可以服，心脏性气喘也可以服。并且说明急病每隔一二时可连服三次，所以三点四十分，我给他服药一包，至五点四十分，服第三次药，但病态并不见减轻。

从三时半病势急变起，他就不能安寝。连斜靠休息也不可能。终夜屈曲着身子，双手抱腿而坐。那种苦状，我看了难过极了。在精神上虽然我分担他的痛苦，但在肉体上，是他独自担受一切的磨难。他的心脏跳动得很快，咚咚的声响，我在旁边也听得十分清澈。那时天正在放亮，我见他拿左手按右手的脉门。跳得太快了，他是晓得的。

他叫我早上七点钟去托内山先生打电话请医生。我等到六点钟就匆匆地盥洗起来，六点半左右就预备去。他坐到写字桌前，要了纸笔，戴起眼镜预备写便条。我见他气喘太苦了，我要求不要写了，由我亲口托请内山先生好了，他不答应。无论什么事他都不肯马虎的。就是在最困苦的关头，他也支撑起来，仍旧执笔，但是写不成字，勉强写起来，每个字改正又改正。写至中途，我又要求不要写了，其余的由我口说好了。他听了很不高兴，放下笔，叹一口气，又拿起笔来续写，许久才凑成了那条子。那最后执笔的可珍贵的遗墨，现时由他的最好的老友留作纪念了。

清晨书店还没有开门，走到内山先生的寓所前，先生已走出来了，匆匆地托了他打电话，我就急急地回家了。

不久内山先生也亲自到来，亲手给他药吃，并且替他按摩背脊很久。他告诉内山先生说苦得很，我们听了都非常难受。

须藤医生来了，给他注射。那时双足冰冷，医生命给他热水袋暖脚，再包裹起来。两手指甲发紫色大约是血压变态的缘故。我见医生很注意看他的手指，心想这回是很不平常而更严重了。但仍然坐在写

志传篇

字桌前椅子上。

后来换到躺椅上坐。八点多钟日报（十八日）到了。他问我："报上有什么事体？"我说："没有什么，只有《译文》的广告。"我知道他要晓得更多些，我又说："你的翻译《死魂灵》登出来了，在头一篇上。《作家》和《中流》的广告还没有。"

我为什么提起《作家》和《中流》呢？这也是他的脾气。在往常，晚间撕日历时，如果有什么和他有关系的书出版时——但敌人骂他的文章，他倒不急于要看，——他就爱提起："明天什么书的广告要出来了。"他怀着自己印好了一本好书出版时一样的欢情，熬至第二天早晨，等待报纸到手，就急急地披览。如果报纸到得迟些，或者报纸上没有照预定的登出广告，那么，他就失望。虚拟出种种变故，直至广告出来或刊物到手才放心。

当我告诉他《译文》广告出来了，《死魂灵》也登出了，别的也连带知道，我以为可以使他安心了。然而不！他说："报纸，把我眼镜拿来。"我把那有广告的一张报给他，他一面喘息一面细看《译文》广告，看了好久才放下。原来他是在关心别人的文字，虽然在这样的苦恼状况底下，他还记挂着别人。这，我没有了解他，我不配崇仰他。这是他最后一次和文字接触，也是他最后一次和大众接触。那一颗可爱可敬的心呀！让他埋葬在大家的心之深处罢。

在躺椅上仍旧不能靠下来，我拿一张小桌子垫起枕头给他伏着，还是在那里喘息。医生又给他注射，但病状并不轻减，后来躺到床上了。

中午吃了大半杯牛奶，一直在那里喘息不止，见了医生似乎也在诉苦。

六点钟左右看护妇来了，给他注射和吸入酸素、氧气。

六点半钟我送牛奶给他，他说："不要吃。"过了些时，他又问："是不是牛奶来

志传篇

了?"我说:"来了。"他说:"给我吃一些。"饮了小半杯就不要了。其实是吃不下去,不过他恐怕太衰弱了支持不住,所以才勉强吃的。到此刻为止,我推测他还是希望好起来。他并不希望轻易放下他的奋斗力的。

晚饭后,内山先生通知我:(内山先生为他的病从早上忙至夜里,一天没有停止。)希望建人先生来。我说:"日里我问过他,要不要见见建人先生,他说不要。所以没有来。"内山先生说:"还是请他来好。"后来建人先生来了。

喘息一直使他苦恼,连说话也不方便。看护和我在旁照料,给他揩汗,腿以上不时地出汗,腿以下是冰冷的。用两个热水袋温他。每隔两小时注强心针,另外吸入氧气。

十二点那一次注射后,我怕看护熬一夜受不住,我叫她困一下,到两点钟注射时叫醒她。这时由我看护他,给他揩汗。

不过汗有些粘冷，不像平常。揩他手，他就紧握我的手，而且好几次如此。陪在旁边，他就说："时候不早了，你也可以睡了。"我说："我不瞌睡。"为了使他满意，我就对面的斜靠在床脚上。好几次，他抬起头来看我，我也照样看他。有时我还陪笑的告诉他病似乎轻松些了。但他不说什么又躺下了。也许是这时他有什么预感吗？他没有说。我是没有想到问。后来连揩手汗时，他紧握我的手，我也没有勇气紧握回他了。我怕刺激他难过，我装做不知道。轻轻地放松他的手，给他盖好棉被。后来回想：我不知道，应不应该也紧握他的手，甚至紧紧地拥抱住他。在死神的手里把我的敬爱的人夺回来。如今是迟了！死神奏凯歌了。我那追不回的后悔呀。

　　从十二时至四时，中间饮过三次茶，起来解一次小手。人似乎有些烦躁，有好多次推开棉被，我们怕他受冷，连忙盖好。他一刻又推开，看护没法子，大约告诉他

志传篇

心脏十分贫弱,不可乱动,他往后就不大推开了。

五时,喘息看来似乎轻减,然而看护妇不等到六时就又给他注射,心想情形必不大好。同时她叫我托人请医生,那时内山先生的店员终夜在客室守候,(内山先生和他的店员,这回是全体动员,营救鲁迅先生的急病的。)我匆匆嘱托他,建人先生也到楼上,看见他已头稍朝内,呼吸轻微了。连打了几针也不见好转。

他们要我呼唤他。我千呼百唤也不见他应一声。天是那么黑暗,黎明之前的乌黑呀,把他卷走了。黑暗是那么大的力量,连战斗了几十年的他也抵抗不住。医生说:过了这一夜,再过了明天,没有危险了。他就来不及等到明天,那光明的白昼呀。而黑夜,那可诅咒的黑夜,我现在天天睁着眼睛瞪它,我将诅咒它直至我的末日来临。

十一月五日,记于先生死后的二星期

又四天

(选自林非、李晓虹、王兆胜选编:《百年中国经典散文·人生卷》,内蒙古文化出版社2006年版)

知识

许广平(1898—1968),广州人。1923年考入北京女子高等师范学校国文系,成为鲁迅的学生。此后,许广平经常给鲁迅写信,有时还登门谒见,向鲁迅求教。1927年1月,鲁迅到中山大学任教,许任助教和广州话翻译,与鲁迅租房同居;10月与鲁迅到上海正式同居。此后10年中,许广平伴随着鲁迅在反革命的文化"围剿"中,过着半地下状态的生活。为了使鲁迅能把全副精力都放在工作上,她不但精心照料鲁迅的饮食起居,而且还替鲁迅购买书籍、抄写稿件、查找有关资料、校对译著等。由于得到许广平这样的助手,鲁迅后期10年的创作成果竟超过了以前的20年。

解读

鲁迅和许广平的爱情,哪怕放在今天看来,都是异常的前卫和勇敢的。在他们相识以前,鲁迅的封建家庭已为他娶好妻子,作为一个革命先锋,鲁迅撒手离去,实际上也没有接触过这个所谓的"妻子"。因而,当鲁迅和许广平相遇相知时,他们的爱情遇到了守旧者的讥讽和反对。在种种压力面前,许广平表现出了超凡脱俗的远见和坚韧

志传篇

不屈的精神。1925年10月,她在鲁迅主编的《国民新报》副刊发表了《同行者》一文,烈火一样炽热地公开表达了她对鲁迅的爱。她说,她不畏惧"人间的冷漠,压迫","一心一意的向着爱的方向奔驰"。结婚以后,他们的感情也是超于一般夫妻之上的。许广平自己说:"我自己之于他,与其说是夫妇的关系,倒不如说不自觉地还时刻保持着一种师生之谊。这说法,我以为是最妥切的。"许广平也常常天真地向鲁迅提问:"我为什么总觉得你还是我的先生?你有没有这种感觉?"鲁迅听了,总是惬意地笑笑,答非所问地说:"你这傻孩子。"他们始终是后人的榜样。

趣事轶闻　谈笑风生

辜鸿铭

（节选）

林语堂

辜鸿铭善诙谐。其诙谐，系半由目空一切，半由好拆字。例如他说："今日世界所以扰攘不安，非由于军人，乃由于大学教授与衙门吏役。大学教授是半受教育，而衙门吏役是不受教育的人，所以治此两种人之病只在——给以真正教育。"其好拆字，可见于将德谟克拉西拼为 demo crazy（德谟疯狂），又在其鄙恶新潮文学文中，将陀斯托斯基拆为 Dosto-Whiskey。在中文上，亦复如此。他解妾字为立女，妾者靠

志传篇

手也（elbow-rest），所以供男人倦时作手靠也。辜曾向二位美国女子作此说。女子驳曰："岂有此理？如此说，女子倦时，又何尝不可将男人作手靠？男人既可多妾多手靠，女子何以不可多夫乎？"言下甚为得意，以为辜辞穷理屈矣。不意辜回答曰："否否。汝曾见一个茶壶配四只茶杯，但世上岂有一个茶杯配四个茶壶者乎？"

实则辜鸿铭之幽默起源于其倔强之本性及其愤世嫉俗之见解。在举国趋新若鹜之时，彼则扬言尊礼；在民国时期，彼偏言尊君，偏留辫子；在崇尚西洋文明之时，彼力斥此西洋文化之非。细读其文，似非无高深见解，或缺诚意，然其持之过甚，乃由愤嫉而来。愤嫉原非坏事，比啖饭遗矢人云亦云者高一层，然试以精神分析言之，亦是一种压迫之反动而已。辜既愤世俗之陋，必出之以过激之辞，然在此过激辞气，便可看出其精神压迫来。想彼原亦只欲替中国人争面子出出气而已，故其言曰:"The disorder and confusion in China today is only a functional derangement, whereas the anarchy in Europe and America is really an organic disorder." "今日中国变乱病在失调(作用上的)而已。而欧美之无政府状态,乃在残缺(器官上的)。"又曰:"中国虽有盗贼贪官污吏,然中国的社会整个是道德的,西洋社会是不道德的。"夫以德化民,以政教民,孔道理论上何尝不动听?西洋法律观念之呆板及武力主义之横行,专恃法律军警以言治,何尝无缺憾?然中国无法治,人治之弊,辜不言,中国虽言好铁不打钉,而盗贼横行,丘八抢城,淫奸妇女,辜亦不言。《春秋大义》诚一篇大好文章,向白人宣孔教,白人或者过五百年后亦可受益,而谓中国不需法治,不需军警,未免掩耳盗铃。因有此种见地,故说来甚是好听,骂人亦甚痛快。其言英人则曰流氓崇拜(指商人之操政治实权),引Ruskin之言而詈曰猪 ratsand swine. 其言现代民国之中国人,亦曰顽石不灵。神经错乱之民国华人 imbecile, demented Republican Chinaman。一人愤世嫉俗至此,开口骂人,自然痛快。

(选自张昌华、汪修荣主编:《世界文豪同题散文经典·社会之窗》,贵州人民出版社 1995 年版)

林语堂(1895—1976),中国现代著名文学家、语言学家。早年留学国外,获美国哈佛大学文学硕士,德国莱比锡大学语言学博士,回国后在北京大学等大学任教,作品包括小说《京华烟云》及译著《浮生六记》等,于 1940 年和 1950 年两度获得诺贝尔文学奖的提名。

辜鸿铭(1857—1928),学贯中西,号称"清末怪杰",精通九国语言。他把中国"四书"中的三部(《论语》、《中庸》和《大学》)翻译成外文,并著有多部英文书,热衷于向西方人宣传东方文化和精神,产生了重大的影响,在西方形成了"到中国可以不看紫禁城,不可不看辜鸿铭"的说法。辜鸿铭在北京大学任教时,梳着小辫走进课堂,学生们一片哄堂大笑,辜平静地说:"我头上的辫子是有形的,你们心中的辫子却是无形的。"闻听此言,狂傲的北大学生一片静默。

在晚清那么腐朽没落、而人人向往西方的年代,辜鸿铭却反其道而行之,偏偏热衷于那个时代所"唾弃"的儒家经典和东方精神,把东方精神淬炼出精华,向西方输出。像辜鸿铭和林语堂这种学贯中西的大学者,越是走出到世界去,就越是要回到中国本土来,为中国了解世界、为世界了解中国贡献自己的所有力量。

只有快乐的哲学,才是真正深湛的哲学;西方那些严肃的哲学理论,我想还不曾开始了解人生的真义哩。在我看来,哲学的唯一效用是叫我们对人生抱一种比一般商人较轻松较快乐的态度。

——林语堂

回忆鲁迅先生

(节选)

萧 红

鲁迅先生生的病,刚好了一点,他坐

志传篇

在躺椅上,抽着烟,那天我穿着新奇的大红的上衣,很宽的袖子。

鲁迅先生说:"这天气闷热起来,这就是梅雨天。"他把他装在象牙烟嘴上的香烟,又用手装得紧一点,往下又说了别的。

许先生忙着家务,跑来跑去,也没有对我的衣裳加以鉴赏。

于是我说:"周先生,我的衣裳漂亮不漂亮?"

鲁迅先生从上往下看了一眼:"不大漂亮。"

过了一会又接着说:"你的裙子配的颜色不对,并不是红上衣不好看,各种颜色都是好看的,红上衣要配红裙子,不然就是黑裙子,咖啡色的就不行了;这两种颜色放在一起很浑浊……你没看到外国人在街上走的吗?绝没有下边穿一件绿裙子,上边穿一件紫上衣,也没有穿一件红裙子而后穿一件白上衣的……"

鲁迅先生就在躺椅上看着我:"你这裙

子是咖啡色的，还带格子，颜色浑浊得很，所以把红色衣裳也弄得不漂亮了。"

"……人瘦不要穿黑衣裳，人胖不要穿白衣裳；脚长的女人一定要穿黑鞋子，脚短就一定要穿白鞋子；方格子的衣裳胖人不能穿，但比横格子的还好；横格子的胖人穿上，就把胖子更往两边咧着，更横宽了，胖子要穿竖条子的，竖的把人显得长，横的把人显的宽……"

那天鲁迅先生很有兴致，把我一双短统靴子也略略批评一下，说我的短靴是军人穿的，因为靴子的前后都有一条线织的拉手，这拉手据鲁迅先生说是放在裤子下边的……

我说："周先生，为什么那靴子我穿了多久了而不告诉我，怎么现在才想起来呢？现在我不是不穿了吗？我穿的这不是另外的鞋吗？"

"你不穿我才说的，你穿的时候，我一说你该不穿了。"

志传篇

那天下午要赴一个筵会去,我要许先生给我找一点布条或绸条束一束头发。许先生拿了来米色的绿色的还有桃红色的。经我和许先生共同选定的是米色的。为着取美,把那桃红色的,许先生举起来放在我的头发上,并且许先生很开心地说着:

"好看吧!多漂亮!"

我也非常得意,很规矩又顽皮地在等着鲁迅先生往这边看我们。

鲁迅先生这一看,脸是严肃的,他的眼皮往下一放向着我们这边看着:

"不要那样装饰她……"

许先生有点窘了。

我也安静下来。

鲁迅先生在北平教书时,从不发脾气,但常常好用这种眼光看人,许先生常跟我讲。她在女师大读书时,周先生在课堂上,一生气就用眼睛往下一掠,看着他们,这种眼光是鲁迅先生在记范爱农先生的文字曾自己述说过,而谁曾接触过这种眼光的人就会感到一个时代的全智者的催逼。

(选自萧红著:《萧红全集》,哈尔滨出版社1991年版)

知识

萧红(1911—1942),原名张乃莹,中国现代女小说家。接触"五四"以来的进步思想和中外文学,尤受鲁迅、茅盾和美国作家辛克莱作品的影响。因反抗包办婚姻,1930年离家出走,1932年在哈尔滨与萧军相识。1934年与萧军一起到上海,与鲁迅交往密切。代表作为《生死场》和《呼兰河传》。鲁迅为她的《生死场》校阅并写序言,列入"奴隶丛书"出版。鲁迅在给她的《生死场》作序时说:"现在是一九三五年十一月十四的夜里,我在灯下再看完了《生死场》,周围像死一般寂静……我的心现在却好象古井中水,不生微波,麻木的写了以上那些字。这正是奴隶的心!——但是,如果还是扰乱了读者的心呢?那么,我们还决不是奴才。"

解读

萧红的天真烂漫与新鲜活泼在这篇回忆文里得到了很好的体现。在父亲一样的鲁迅面前,萧红绽放的生命力同时也感染着鲁迅,让他也罕见地活泼起来。萧红璞玉般的少女气质,在那个动荡的时代里、在她经历了那么多人生曲折之后,依然能这么难得地保留着,实属难能可贵。

志传篇

愿中国青年都摆脱冷气,只是向上走,不必听自暴自弃者流的话。

——鲁迅

横眉冷对千夫指,俯首甘为孺子牛。

——鲁迅

志摩在回忆里

郁达夫

新诗传宇宙,竟尔乘风归去,同学同庚,老友如君先宿草。

华表托精灵,何当化鹤重来,一生一死,深闺有妇赋招魂。

这是我托杭州陈紫荷先生代作代写的一副挽志摩的挽联。陈先生当时问我和志摩的关系,我只说他是我自小的同学,又是同年,此外便是他这一回的很适合他身分的死。

做挽联我是不会做的,尤其是文言的对句。而陈先生也想了许多成句,如"高处不胜寒","犹是深闺梦里人"之类,但似乎都寻不出适当的上下对,所以只成了上举的一联。这挽联的好坏如何,我也不晓得,不过我觉得文句做得太好,对仗对得太工,是不大适合于哀挽的本意的。悲哀的最大表示,是自然的目瞪口呆,僵若木鸡的那一种样子,这我在小曼夫人当初次接到志摩的凶耗的时候曾经亲眼见到过。其次是抚棺的一哭,这我在万国殡仪馆中,当日来吊的许多志摩的亲友之间曾经看到过。至于哀挽诗词的工与不工,那却是次而又次的问题了。我不想说志摩是如何如何的伟大,我不想说他是如何如何的可爱,我也不想说我因他之死而感到怎么怎么的悲哀,我只想把在记忆里的志摩来重描一遍,因而再可以想见一次他那副凡见过他一面的人谁都不容易忘去的面貌与音容。

志传篇

大约是在宣统二年（一九一〇）的春季，我离开故乡的小市，去转入当时的杭府中学读书，——上一期似乎是在嘉兴府中读的，终因路远之故而转入了杭府——那时候府中的监督，记得是邵伯炯先生，寄宿舍是大方伯的图书馆对面。

当时的我，是初出茅庐的一个十四岁未满的乡下少年，突然间闯入了省府的中心，周围万事看起来都觉得新异怕人。所以在宿舍里，在课堂上，我只是诚惶诚恐，战战兢兢，同蜗牛似地蜷伏着，连头都不敢伸一伸出壳来。但是同我的这一种畏缩态度正相反的，在同一级同一宿舍里，却有两位奇人在跳跃活动。

一个是身体生得很小，而脸面却是很长，头也生得特别大的小孩子。我当时自己当然总也还是一个孩子，然而看见了他，心里却老是在想，"这顽皮小孩，样子真生得奇怪"，仿佛我自己已经是一个大孩似的。还有一个日夜和他在一块，最爱做种种淘气的把戏，为同学中间的爱戴集中点的，是一个身材长得相当的高大，面上也已经满示着成年的男子的表情，由我那时候的心里猜来，仿佛是年纪总该在三十岁以上的大人，——其实呢，他也不过和我们上下年纪而已。

他们俩，无论在课堂上或在宿舍里，总在交头接耳的密谈着，高笑着，跳来跳去，和这个那个闹闹，结果却终于会出其不意地做出一件很轻快很可笑很奇特的事情来吸引大家的注意的。

而尤其使我惊异的，是那个头大尾巴小，戴着金边近视眼镜的顽皮小孩，平时那样的不用功，那样的爱看小说——他平时拿在手里的总是一卷有光纸上印着石印细字的小本子——而考起来或作起文来却总是分数得得最多的一个。

象这样的和他们同住了半年宿舍，除了有一次两次也上了他们一点小当之外，我和他们终究没有发生什么密切一点的关

志传篇

系；后来似乎我的宿舍也换了，除了在课堂上相聚在一块之外，见面的机会更加少了。年假之后第二年的春天，我不晓为了什么，突然离去了府中，改入了一个现在似乎也还没有关门的教会学校。从此之后，一别十余年，我和这两位奇人——一个小孩，一个大人——终于没有遇到的机会。虽则在异乡飘泊的途中，也时常想起当日的旧事，但是终因为周围环境的迁移激变，对这微风似的少年时候的回忆，也没有多大的留恋。

民国十三四年——一九二三、四年——之交，我混迹在北京的软红尘里，有一天风定日斜的午后，我忽而在石虎胡同的松坡图书馆里遇见了志摩。仔细一看，他的头，他的脸，还是同中学时候一样发育得分外的大，而那矮小的身材却不同了，非常之长大了，和他并立起来，简直要比我高一二寸的样子。

他的那种轻快磊落的态度，还是和孩

时一样，不过因为历尽了欧美的游程之故，无形中已经锻练成了一个长于社交的人了。笑起来的时候，可还是同十几年前的那个顽皮小孩一色无二。

从这年后，和他就时时往来，差不多每礼拜要见好几次面。他的善于座谈，敏于交际，长于吟诗的种种美德，自然而然地使他成了一个社交的中心。当时的文人学者、达官丽姝，以及中学时候的倒霉同学，不论长幼，不分贵贱，都在他的客座上可以看得到。不管你是如何心神不快的时候，只教经他用了他那种浊中带清的洪亮的声音，"喂，老×，今天怎么样？什么什么怎么样了？"的一问，你就自然会把一切的心事丢开，被他的那种快乐的光耀同化了过去。

正在这前后，和他一次谈起了中学时候的事情，他却突然的呆了一呆，张大了眼睛惊问我说：

"老李你还记得起记不起？他是死了哩！"

志传篇

这所谓老李者,就是我在头上写过的那位顽皮大人,和他一道进中学的他的表哥哥。

其后他又去欧洲,去印度,交游之广,从中国的社交中心扩大而成为国际的。于是美丽宏博的诗句和清新绝俗的散文,也一年年的积多了起来。一九二七年的革命之后,北京变了北平,当时的许多中间阶级者就四散成了秋后的落叶。有些飞上了天去,成了要人,再也没有见到的机会了;有些也竟安然地在牖下到了黄泉;更有些,不死不生,仍复在歧路上徘徊着,苦闷着,而终于寻不到出路。是在这一种状态之下,有一天在上海的街头,我又忽而遇见了志摩。

"喂,这几年来你躲在什么地方?"

兜头的一喝,听起来仍旧是他那一种洪亮快活的声气。在路上略谈了片刻,一同到了他的寓里坐了一会,他就拉我一道到了大赉公司的轮船码头。因为午前他刚接到了无线电报,诗人太果尔回印度的船系定在午后五时左右靠岸,他是要上船去看看这老诗人的病状的。

当船还没有靠岸,岸上的人和船上的人还不能够交谈的时候,他在码头上的寒风里立着——这时候似乎已经是秋季了——静静地呆呆地对我说:

"诗人老去,又遭了新时代的摈斥,他老人家的悲哀,正是孔子的悲哀。"

因为太果尔这一回是新从美国日本去讲演回来,在日本在美国都受了一部分新人的排斥,所以心里是不十分快活的,并且又因年老之故,在路上更染了一场重病。志摩对我说这几句话的时候,双眼呆看着远处,脸色变得青灰,声音也特别的低。我和志摩来往了这许多年,在他脸上看出悲哀的表情来的事情,这实在是最初也便是最后的一次。

从这一回之后,两人又同在北京的时候一样,时时来往了。可是一则因为我的疏懒无聊,二则因为他跑来跑去的教书忙,

志传篇

这一两年间,和他聚谈时候也并不多。今年的暑假后,他于去北平之先曾大宴了三日客。头一天喝酒的时候,我和董任坚先生都在那里。董先生也是当时杭府中学的旧同学之一,席间我们也曾谈到了当时的杭州。在他遇难之前,从北平飞回来的第二天晚上,我也偶然的,真真是偶然的,闯到了他的寓里。

那一天晚上,因为有许多朋友会聚在那里的缘故,谈谈说说,竟说到了十二点过。临走的时候,还约好了第二天晚上的后会才兹分散。但第二天我没有去,于是就永久失去了见他的机会了,因为他的灵柩到上海的时候是已经验好了来的。

文人之中,有两种人最可以羡慕。一种是象高尔基一样,活到了六七十岁,而能写许多有声有色的回忆文的老寿星,其他的一种是如叶赛宁一样的光芒还没有吐尽的天才夭折者。前者可以写许多文学史上所不载的文坛起伏的经历,他个人就是一部纵的文学史。后者则可以要求每个同时代的文人都写一篇吊他哀他或评他骂他的文字,而成一部横的放大的文苑传。

现在志摩是死了,但是他的诗文是不死的,他的音容状貌可也是不死的,除非要等到认识他的人老老少少一个个都死完的时候为止。

一九三一年十二月十一日

【附记】

上面的一篇回忆写完之后,我想想,想想,又在陈先生代做的挽联里加入了一点事实,缀成了下面的四十二字:

三卷新诗,廿年旧友,与君同是天涯,只为佳人难再得。

一声河满,九点齐烟,化鹤重归华表,应愁高处不胜寒。

一九三一年十二月十九日

(选自郁达夫著:《郁达夫文集第三卷·散文》,花城出版社、生活·读书·新知三联书店香港分店 1982 年版)

志传篇

知识

郁达夫（1896—1945），原名郁文，乳名荫生、阿凤，字达夫，浙江富阳人，中国现代著名小说家、散文家、诗人。郁达夫精通日语、英语、德语、法语、马来西亚语。代表作为《沉沦》、《春风沉醉的晚上》等。1945年8月29日，郁达夫在苏门答腊失踪。日本学者铃木正夫收集的第一手资料证实，他于1945年9月17日遭日本宪兵杀害，终年49岁。郁达夫的小说创作因为对传统道德观念提出了挑战，并且首创了自传体小说这种抒情浪漫的形式，对当时一批青年作家产生了深刻的影响，形成了20世纪二三十年代中国文坛一股浪漫派的壮观潮流。郁达夫还是中国新文学史上第一位在世时就已出版日记的作家。

解读

郁达夫与徐志摩的情谊，虽然是源自中学同学的缘分，然而两人同为一个时代的文学巨子，这种精神的契合、思想的共鸣，却是两人变成"即使不见面也不会疏远"的好朋友的实质羁绊。郁达夫是徐志摩的朋友中少数几个支持他和陆小曼走到一起的人。他赞美年轻人自由恋爱、不顾社会偏见和封建道德束缚的胆量。这出自他对徐志摩由衷的爱护，表露了他对徐志摩的一片诚意和祝福。郁达夫于徐志摩骤然逝世后写有《志摩在回忆里》，此文刊于1932年1月1日《新月》第四卷第一期。四年之后，

《宇宙风》第八期又刊出郁达夫的《怀四十岁的志摩》。这两篇文章,篇幅不长,但感情真挚,论说精当,已成为研究徐志摩的重要资料,文中的一些话语一再被后人引用。

豪侠志士　赤子之心

宋史·包拯传
（节选）

包拯字希仁，庐州合肥人也。始举进士，除大理评事，出知建昌县。以父母皆老，辞不就。得监和州税，父母又不欲行，拯即解官归养。后数年，亲继亡，拯庐墓终丧，犹裴徊不忍去，里中父老数来劝勉。久之，赴调，知天长县。有盗割人牛舌者，主来诉。拯曰："第归，杀而鬻之。"寻复有来告私杀牛者，拯曰："何为割牛舌而又告之？"盗惊服。徙知端州，迁殿中丞。端土产砚，前守缘贡，率取数十倍以遗权贵。拯命制者才足贡数，岁满不持一砚归。

……

拯立朝刚毅，贵戚宦官为之敛手，闻者皆惮之。人以包拯笑比黄河清，童稚妇女，亦知其名，呼曰"包待制"。京师为之语曰："关节不到，有阎罗包老。"旧制，凡讼诉不得径造庭下。拯开正门，使得至前陈曲直，吏不敢欺。中官势族筑园榭，侵惠民河，以故河塞不通，适京师大水，拯乃悉毁去。或持地券自言有伪增步数者，皆审验劾奏之。

……

拯性峭直，恶吏苛刻，务敦厚，虽甚嫉恶，而未尝不推以忠恕也。与人不苟合，不伪辞色悦人，平居无私书，故人、亲党皆绝之。虽贵，衣服、器用、饮食如布衣时。尝曰："后世子孙仕宦，有犯赃者，不得放归本家，死不得葬大茔中。不从吾志，非吾子若孙也。"初，有子名繶，娶崔氏，通判潭州，卒。崔守死，不更嫁。拯尝出其媵，在父母家生子，崔密抚其母，使谨

志传篇

视之。繐死后，取媵子归，名曰綖。有奏议十五卷。

（选自脱脱等撰：《宋史》卷三百一十六，中华书局1977年版）

包拯字希仁，庐州合肥人。最初举进士，除大理评事，出京知建昌县。因父母都年老，推辞不去就职。得以监管和州税务，父母又不想出行，包拯就解官回去供养。后来过了几年，父母相继去世，包拯守墓服满丧期，仍然徘徊不忍离去，乡里父老几次来劝说勉励。过了很久，听候迁转，知天长县。有盗割去他人牛舌的，牛的主人来上诉。包拯说："只管回去，杀了卖掉它。"不久又有人来告发私自杀牛，包拯说："为什么要割去牛舌而又告发他？"盗惊恐认罪。调任知端州，迁升殿中丞。端州本地产砚，以前的太守趁着进贡，一般索取几十倍的端砚送给权贵。包拯命令制砚者仅制足上贡的数量，任职期满不拿一块砚回去。

……

包拯在朝中刚正坚毅，贵戚宦官为之收敛，听说的人都畏惧他。人们把包拯的一笑和黄河水变清相比，童稚妇女，也知道他的名声，叫他"包待制"。京城为此传言说："请托不到，有阎罗包老。"旧时制度，凡是诉讼不

经典悦读

能径直来到庭下。包拯打开正门,让人能够到庭前陈述事情对错,府吏不敢欺骗。朝内官员和有权势的家族修建园林亭榭,侵入惠民河,因此河道堵塞不通,正值京师发大水,包拯就将这些全部拆毁。有人拿着地契自己陈述有伪造增加尺度的,都审察验证将他们揭发上奏。

……

包拯性情严厉正直,厌恶官吏行政苛刻,注重宽厚,虽然很痛恨恶行,但不曾不推之以忠恕之心。与人不随便附和,不伪装言辞神色取悦别人,平时没有私人书信,和旧友、亲戚都断绝往来。虽然显贵,衣服、器用、饮食同平民时一样。曾经说:"后代子孙做官,有犯贪污罪的,不能放回到同宗姓的本家中,死了不能葬在家族大坟中。不服从我的意愿,就不是我的儿子或孙子。"当初,有儿子名繶,娶崔氏,通判潭州,去世。崔氏守寡到死,不改嫁。包拯曾经弃逐他的媵妾,媵妾在父母家生了儿子,崔氏暗中抚慰他的母亲,让她小心地照看他。包繶死后,把媵妾的儿子带回家中,取名为綖。有奏议十五卷。

(选自许嘉璐主编:《二十四史全译·宋史》,汉语大词典出版社 2004 年版)

知识

《宋史》是二十四史之一,于元末至正三年(1343)由丞相脱脱和阿鲁图先后主持修撰,《宋史》与《辽史》、

《金史》同时修撰。《宋史》全书有本纪47卷,志162卷,表32卷,列传255卷,共计496卷,约500万字,是二十五史中篇幅最庞大的一部官修史书。

包拯(999—1062),字希仁,北宋庐州(今合肥)人,天圣进士。后改知谏院,多次弹劾权贵大臣。历任知开封府、权御史中丞、三司使等职。嘉祐六年(1061),任枢密副使,后卒于位,谥号"孝肃"。因不畏权贵,不徇私情,清正廉洁,其事迹被后人改编为小说、戏剧,清官包公形象及"包青天"的故事家喻户晓,历久不衰。

纵观中国历史,清官好官不少,但是能像包拯这样不但名垂千古、受民众热爱,而且到了当代还能有无数的戏剧影视作品来歌颂的,就比较罕见了。也许是包拯别有特色的外貌满足了人们对能人异士的想象,又或许是以包拯为主人公的公案小说(中国的侦探小说)特别吸引群众,总之,这些林林总总的因素,把包拯这个历史人物变成了一个广受喜爱的形象,使他的故事流传至今。

虬髯客传

(节选)

杜光庭

正文

公策马而归。即到京,遂与张氏同往。乃一小版门子,叩之,有应者,拜曰:"三郎令候李郎一娘子久矣。"延入重门,门愈壮。婢四十人,罗列廷前。奴二十人,引公入东厅。厅之陈设,穷极珍异,箱中妆奁冠镜首饰之盛,非人间之物。巾栉妆饰毕,请更衣,衣又珍异。既毕,传云:"三郎来!"乃虬髯纱帽裼裘而来,亦有龙虎之状,欢然相见。催其妻出拜,盖亦天人耳。遂延中堂,陈设盘筵之盛,虽王公家不侔也。四人对馔讫,陈女乐二十人,列奏于前,似从天降,非人间之曲。食毕,行酒。家人自东堂舁出二十床,各以锦绣帕覆之。既陈,尽去其帕,乃文簿钥匙耳。虬髯曰:"此尽宝货泉贝之数。吾之所有,悉以充

志传篇

赠。何者？欲于此世界求事，当龙战三二十载，建少功业。今既有主，住亦何为？太原李氏，真英主也。三五年内，即当太平。李郎以奇特之才，辅清平之主，竭心尽善，必极人臣。一妹以天人之姿，蕴不世之艺，从夫之贵，以盛轩裳。非一妹不能识李郎，非李郎不能荣一妹。起陆之贵，际会如期，虎啸风生，龙吟云萃，固非偶然也。持余之赠，以佐真主，赞功业也，勉之哉！此后十年，当东南数千里外有异事，是吾得事之秋也。一妹与李郎可洒酒东南相贺。"因命家童列拜，曰："李郎一妹，是汝主也！"言讫，与其妻从一奴，乘马而去。数步，遂不复见。公据其宅，乃为豪家，得以助文皇缔构之资，遂匡天下。

（选自鲁迅校录、鲁迅先生纪念委员会编纂：《唐宋传奇集》，鲁迅全集出版社1941年版）

李靖骑着马回去。到了京城，立即和张氏一起前去。却见是一个小板门，敲门，有人答应着出来开门，下拜说:"三爷叫我等候李郎和一娘子已很久了。"请他们进了几道门,门越来越壮丽。四十个婢女立在庭院前面。男仆二十人,带李靖进入东厅。厅里的陈设华丽无比。盛头巾的箱子,梳妆用的盒子,以及帽子、镜子、首饰的华美,不像是人间的东西。他们请李靖夫妇梳洗装扮之后,请让更换衣服,衣服特别珍奇贵重。一切就绪,才传话说:"三爷来了!"原来是虬髯客戴着纱帽、敞着皮袍子走来,他颇有皇帝的气派,大家高高兴兴地见了面。虬髯客催他的妻子出来拜见,妻子也像是天上的仙女。随即请二人到中堂,筵席上陈设的菜肴之丰盛,即是王公家里也比不上。四个人对坐吃完饭,出来女乐二十人,排列于前,像从天上下凡,乐曲也不像人间的曲子。吃完饭,又饮了一回酒。家人从堂东抬出二十张坐榻,每只上面都用锦绣丝帕盖着。放好后,全都撤去丝帕,原来是账簿和钥匙。虬髯客说:"这是全部珍宝钱财的账目。我所拥有的全都赠给你们。为什么呢?想在这个世界上干番事业,定要拼搏三二十年,才能建立一些功业。现在已经有了主人,我耽在这里还能干什么呢?太原的李氏,真是个英明的君主。三五年之内,天下就会太平。李郎以卓越的才能,辅佐清平之君主,尽心竭力,一定能够做到群臣之首。一妹以神仙般的姿容,蕴有世上少有的才能,妻随夫贵,将享尽荣华富贵。不是一妹不能赏识李郎,不是李郎不能使一妹显耀。贤士出仕必遇贤君,君臣会合,如同虎啸风生、龙吟云聚一样,本不是偶然的。拿我赠送的财物，辅佐真命天子，成就功业，努力吧！今后十年，在东南几千里外将发生不寻常的事情，那就是我事业成功之时。一妹和李郎可对着东南方洒酒庆贺。"接着他命令家僮列队下拜，并说："李郎和一妹，是你们的主人了！"说完，和他妻子带一个仆人，骑马走了。走了几步就不见踪影了。李靖拥有这所住宅，便成了富豪人家，得以作为帮助文皇创业的资财，终于使天下太平了。

（选自周晨译注：《唐人传奇选译》，巴蜀书社1990年版）

知识

《虬髯客传》属于唐代传奇。全文叙述的故事是：隋末，李靖在长安拜见司空杨素，结果杨素家妓红拂对他一见钟情，随之出奔，途中结识豪侠张虬髯，即虬髯客，后一同到太原去，通过刘文静会见李世民（即唐太宗）。虬髯客本来有争夺天下之志，但见李世民神采飞扬、器宇不凡，知道他就是未来的君主了，自问不能匹敌，便拱手把全部家财奉送给李靖，使他能辅佐李世民成就功业。

解读

"慧眼识英雄"，这是后人对唐传奇《虬髯客传》中奇女子红拂的赞誉。同样的赞誉何尝不更适用于虬髯客呢？虬髯客见到李靖、红拂，就知道他们是贤士、能人，见到李世民就更加信服他是个清明的君主，可以建造太平之世，虬髯客才是最"识英雄"的那位。而如此"英雄识英雄，英雄重英雄"的李靖、红拂女、虬髯客三人，亦被人称为"风尘三侠"。

梵 高 传
——对生活的渴求
（节选）
（美）欧文·斯通

正文

四个小时后，他摇摇晃晃地穿过昏暗的饭馆。拉伍太太尾随他到了他的房间，看到了他衣服上的血。她马上跑去请来伽赛大夫。

"哦，温森特，温森特，你干了什么呀！"伽赛走进房时叹息着说。

"我想我没干好，你说呢？"

伽赛检查了伤口。

"哦，温森特，我可怜的老朋友，你一定非常不愉快，所以才这样做的呀！为什么我早不知道呢？我们全都这么爱你，可

志传篇

你为什么偏要离开我们呢？想一想你还得为这个世界画的那些美丽的图画吧！"

"请你把我背心口袋里的烟斗拿给我，好吗？"

"当然，我的朋友。"

他给烟斗装上烟丝，然后把烟嘴插进温森特牙齿间。

"对不起，请点上火，"温森特说。

"当然，我的朋友。"

温森特平静地从烟斗中吸了一口烟。

"温森特，今天是星期日，你的弟弟不在画店里。他家地址在哪儿？"

"这我可不能告诉你。"

"唉，温森特，你一定得告诉我！我们得赶紧与他取得联系呀！"

"提奥的星期天是绝对不能打扰的。他太疲劳，太操心了。他需要休息休息。"

怎么劝说也不能从温森特那儿得到皮加莱区的地址。伽赛大夫护理他的伤口一直陪他到深夜。然后他回家稍事休息，留下他的儿子照看温森特。

温森特整夜没有跟保罗说一句话,他睁着眼睛躺在那儿,不停地填着烟斗,吸着烟。

第二天早上提奥来到古比尔时,伽赛的电报正等着他。他赶上了第一班火车,接着匆匆乘马车直奔奥维尔。

"啊,提奥,"温森特说。

提奥在床边跪下来,像抱着一个很小的孩子一样把温森特抱在怀里。他说不出话来。

大夫到来时,提奥把他带到外面的过道里。伽赛伤心地摇摇头。

"没有希望了,我的朋友。我不能动手术取子弹,因为他的身体太弱了。如果他不是像铁打的一般坚强,他本来会死在田野上的。"

整整一天,提奥守在床边,握着温森特的手。夜晚来临,房间里只剩下他们两人。他们开始轻轻地谈起他们在布拉邦特的童年。

"你记得莱斯维克的那个磨坊吗,温森特?"

"那是个很可爱的老磨坊,是不是,提奥?"

"咱们常爱沿着溪边的小路散步,计划着怎样度过一生。"

"仲夏时节咱们在高高的麦子中间玩耍时,你就常常像现在这样握着我的手。记得吗,提奥?"

"记得,温森特。"

"我在阿尔住院时,时常想起松丹特的事。提奥,我们,你和我,曾经度过了一个美好的童年。咱们常常在厨房后面花园里的刺槐树下玩耍,午饭妈妈总给咱们做奶酪饼吃。"

"那似乎都是很久以前的事了,温森特。"

"……是的……啊……人生是漫长的。提奥,看在我的面上,注意你自己的身体,要多多保重。你得为乔和小家伙着想。把他们带到乡下什么地方去吧,那样他们才能长得健壮。你也不要在古比尔呆下去了，提奥。他们已经耗去了你生命的全部……但没有给你任何报答。"

"我准备自己开一个小画廊，温森特。而且我举行的第一次画展，将是一次个人画展。温森特·梵高的全部作品……就像你亲手……在公寓房间里设计的一样。"

"啊，我的作品……为了它，我冒了生命的危险……而我的理智也已经差不多完全丧失了。"

奥维尔夜晚的那种深沉的宁静降临到这个房间。

早晨一点钟刚过，温森特微微转了一下头，喃喃地说：

"我现在能死就好了，提奥。"

过了几分钟，他闭上了眼睛。

提奥觉出他的哥哥离开了他，永远地离开了。

[选自（美）欧文·斯通著：《梵高传——对生活的渴求》，常涛译，北京出版社1995年版]

志传篇

知识

欧文·斯通（1903—1989），美国传记作家。他的写作生涯是从写剧本开始的，以后转向人物传记小说的创作。他一生写了25部传记小说，其中最有名的是《梵高传——对生活的渴求》（1934）。他还为杰克·伦敦、米开朗基罗、弗洛伊德、达尔文等历史文化名人写过传，在欧美各国很有影响。文森特·威廉·梵高（Vincent Willem van Gogh，1853—1890），荷兰后印象派画家。他是表现主义的先驱，并深深影响了20世纪艺术，尤其是野兽派与表现主义。梵高的作品，如《星空》、《向日葵》与《麦田上的乌鸦》等，现已是全球最著名、最广为人知与珍贵的艺术作品。1890年，梵高因精神疾病的困扰，在法国瓦兹河边的麦田开枪自杀，时年37岁。

解读

天才的前瞻性与独特性，往往使他们不被同时代的人所理解和接受，而天才的敏感、脆弱，又总让他们比常人承受了更大、更频繁的苦痛。在别人的漠视、误解和自己的精神困扰中，天才总是比红颜更薄命。梵高、荷尔德林、尼采等，都是最好的例子。梵高的画，在生前不名一文，只有兄弟提奥始终支持他、相信他，这样的温情，更是令人为梵高的寂寥而心痛。而梵高的伟大，最终得到认可。时至今日，我们都仍能从梵高的画作中感受到穿越时空的美。有首歌就叫 *Vincent*，娓娓道出的，是梵高令人唏嘘的一生。下次在昂首注视天上闪烁的繁星时，也许我们能哼起这首歌，缅怀这位伟大而命途坎坷的艺术家，成为他遥远的知音。

在我的生活与绘画中，我可以不要上帝，但是像我这样的笨人，却不能没有比我伟大的某种东西，它是我的生命——创造的力量。

——（荷）梵高

罗曼·罗兰

（节选）

徐志摩

罗曼·罗兰（Romain Rolland），这个美丽的音乐的名字，究竟代表些什么？他为什么值得国际的敬仰，他的生日为什么值得国际的庆祝？他的名字，在我们多少知道他的几个人的心里，唤起些个什么？

志传篇

他是否值得我们已经认识他思想与景仰他人格的更亲切的认识他,更亲切的景仰他;从不曾接近他的赶快从他的作品里去接近他?

……

我已经没有时候与地位叙述罗兰的生平与著述;我只能匆匆的略说梗概。他是一个音乐的天才,在幼年音乐便是他的生命。他妈教他琴,在谐音的波动中他的童心便发见了不可言喻的快乐。莫察德与贝德花芬是他最早发见的英雄。所以在法国经受普鲁士战争爱国主义最高激的时候,这位年轻的圣人正在"敌人"的作品中尝味最高的艺术。他的自传里写着:"我们家里有好多旧的德国音乐书。德国?我懂得那个字的意义?在我们这一带我相信德国人从没有人见过的。我翻着那一堆旧书,爬在琴上拼出一个个的音符。这些流动的乐音,谐调的细流,灌溉着我的童心,像雨水浸入泥土似的淹了进去。莫察德与贝德花芬的快乐与苦痛,想望的幻梦,渐渐的变成了我的肉的肉，我的骨的骨。我是它们，它们是我。要没有它们我怎过得了我的日子？我小时生病危殆的时候，莫察德的一个调子就像爱人似的贴近我的枕衾看着我。长大的时候，每回逢着怀疑与懊丧，贝德花芬的音乐又在我的心里拨旺了永久生命的火星。每回我精神疲倦了，或是心上有不如意事，我就找我的琴去，在音乐中洗净我的烦愁。"

……

我们从此可以知道，凡是一件不勉强的善事就比如春天的薰风，它一路来散布着生命的种子，唤醒活泼的世界。

但罗兰那时离着成名的日子还远，虽则他从幼年起只是不懈的努力。他还得经尝身世的失望（他的结婚是不幸的，近三十年来他几于是完全隐士的生涯，他现在瑞士的鲁山，听说与他妹子同居），种种精神的苦痛，才能实受他的劳力的报酬——他的天才的认识与接受。他写了十二部长篇剧本，三部最著名的传记（密仡朗其罗、贝德花芬、托尔斯泰），十大篇 Jean Christophe，算是这时代里最重要的作品的一部，还有他与他的朋友办了十五年灰色的杂志，但他的名字还是在晦塞的灰堆里掩着——直到他将近五十岁那年，这世界方才开始惊讶他的异彩。贝德花芬有几句话，我想可以一样适用到一生劳悴不息的罗兰身上：

我没有朋友，我必得单独过活；但是我知道在我心灵的底里上帝是近着我，比别人更近。我走近他我心里不害怕，我一向认识他的。我从不着急我自己的音乐，那不是坏运所能颠仆的，谁要能懂得它，它就有力量使他解除磨折旁人的苦恼。

[选自韩石山编：《徐志摩全集》第二卷·散文（2），天津人民出版社2005年版]

知识

徐志摩（1897—1931），现代诗人、散文家。原名章垿，字槱森，留学英国时改名志摩。徐志摩是新月诗社成员，新月派代表诗人，先后就读于上海沪江大学、天津北

经典悦读

洋大学和北京大学。1921年赴英国留学,入剑桥大学当特别生,研究政治经济学。在剑桥两年深受西方教育的熏陶及欧美浪漫主义和唯美派诗人的影响。1923年成立新月社,1924年任北京大学教授,1931年11月19日因飞机失事罹难。代表作品有《再别康桥》、《翡冷翠的一夜》。

罗曼·罗兰,1866年生于法国,不仅是思想家、批判现实主义作家,还是音乐评论家、社会活动家。罗曼·罗兰是1915年诺贝尔文学奖得主,他的小说特点被人们归纳为"用音乐写小说"。他是20世纪上半叶法国著名的人道主义作家,一生都在为争取人类自由、民主与光明进行不屈不挠的斗争。

罗曼·罗兰在1915年获得诺贝尔文学奖时获得的评语是:"文学作品中的高尚理想和他在描绘各种不同类型人物时所具有的同情和对真理的热爱。"从获奖评语中可见,罗曼·罗兰的人道主义是他最为突出的特点。一个热爱音乐、热爱生命的作家,沟通了乐韵与文学的精华,显现出唯美。而同样地,徐志摩也在毕生追求一种浪漫主义的唯美,这也许就是为什么徐志摩能如此深切地感受到罗曼·罗兰的精髓的原因吧。再品味"轻轻的我走了,正如我轻轻的来;我轻轻的招手,作别西天的云彩",徐志摩最有名的诗句,是否也透露出一种罗曼·罗兰式的、音乐的韵律美?

警语

不要为过去的时间叹息！我们在人生的道路上，最好的办法是向前看，不要回头。凡是对真理没有虔诚的热烈的敬意的人，绝对谈不到良心，谈不到崇高的生命，谈不到高尚。你失掉的东西越多，你就越富有；因为心灵会创造你所缺少的东西。

——（法）罗曼·罗兰

悼念玛丽·居里

（美）爱因斯坦

正文

在像居里夫人这样一位崇高人物结束她的一生的时候，我们不要仅仅满足于回忆她的工作成果对人类已经作出的贡献。第一流人物对于时代和历史进程的意义，在其道德品质方面，也许比单纯的才智成就方面还要大。即使是后者，它们取决于品格的程度，也远超过通常所认为的那样。

我幸运地同居里夫人有二十年崇高而

真挚的友谊。我对她的人格的伟大愈来愈感到钦佩。她的坚强，她的意志的纯洁，她的律己之严，她的客观，她的公正不阿的判断——所有这一切都难得地集中在一个人的身上。她在任何时候都意识到自己是社会的公仆，她的极端的谦虚，永远不给自满留下任何余地。由于社会的严酷和不平等，她的心情总是抑郁的。这就使得她具有那样严肃的外貌，很容易使那些不接近她的人发生误解——这是一种无法用任何艺术气质来解脱的少见的严肃性。一旦她认识到某一条道路是正确的，她就毫不妥协地并且极端顽强地坚持走下去。

她一生中最伟大的科学功绩——证明放射性元素的存在并把它们分离出来——所以能取得，不仅是靠着大胆的直觉，而且也靠着在难以想象的极端困难情况下工作的热忱和顽强，这样的困难，在实验科学的历史中是罕见的。

居里夫人的品德力量和热忱，哪怕只

志传篇

要有一小部分存在于欧洲的知识分子中间，欧洲就会面临一个比较光明的未来。

（选自许良英、范岱年编译：《爱因斯坦文集》第一卷，商务印书馆1976年版）

知识

阿尔伯特·爱因斯坦（1879—1955），德裔犹太人，因其对理论物理的贡献，特别是解释了"光电效应"，而获得1921年诺贝尔物理学奖。他是现代物理学的开创者、奠基人，相对论的创立者。他所创立的相对论，为核能开发奠定了理论基础，被公认为是继伽利略、牛顿以后最伟大的科学家、物理学家。

玛丽·居里（1867—1934），通常称为居里夫人，波兰裔法国籍女物理学家、放射性化学家。她与丈夫皮埃尔·居里共同发现了放射性元素钋和镭，因此她和丈夫及亨利·贝克勒尔共同获得1903年诺贝尔物理学奖，1911年又因放射化学方面的成就获诺贝尔化学奖，成为历史上第一个两获诺贝尔奖的人。在她的指导下，人们第一次将放射性同位素用于治疗癌症。但居里夫人由于长期接触放射性物质，于1934年7月4日因恶性白血病逝世。

解读

被人们尊称为"镭之母"的居里夫人，为人类作出如此大的贡献，最后也是因为研究而去世。这也许是科学家最伟大之处——他们以个人的智慧和力量，改变着整个人类的命运，哪怕要以自己的生命为代价，他们也不会因此放弃。同样改变了整个人类命运的，还有爱因斯坦。他在量子力学、光学方面的贡献，切实地影响着人们的生活。令人惊叹的是，爱因斯坦的伟大，始于一条简洁却蕴含无穷力量的公式：$E = mc^2$。也许就像时尚教主 Coco Chanel 所言，Less is more（越少，越多）。越简单的外壳，包含着越大的力量，这是否又让人想起太极的道理？

如果能随理想而生活，本着正直自由的精神，勇敢直前的毅力，诚实不自欺的思想而行，一定能臻于至美至善的境地。

——（法）居里夫人

我要把人生变成科学的梦，然后再把梦变成现实。

——（法）居里夫人

清风明月　蕙质纨心

弘一法师之出家
（节选）
夏丏尊

正文

　　转瞬阴历年假到了，大家又离校。哪知他不回上海，又到虎跑寺去了。因为他在那里住过三星期，喜其地方清静，所以又到那里去过年。他的皈依三宝，可以说由这时候开始的。据说，他自虎跑寺断食回来，曾去访过马一浮先生，说虎跑寺如何清静，僧人招待如何殷勤。阴历新年，马先生有一个朋友彭先生求马先生介绍一个幽静的寓处，马先生忆起弘一法师前几天曾提起虎跑寺，就把这位彭先生陪送到虎跑寺去住。恰好弘一法师正在那里，经马先生之介绍就认识了这位彭先生。同住了不多几天，到正月初八日，彭先生忽然发心出家了，由虎跑寺当家为他剃度。弘一法师目击当时的一切，大大感动，可是还不就想出家，仅皈依三宝，拜老和尚了悟法师为归依师。演音的名，弘一的号，就是那时取定的。假期满后仍回到学校里来。

从此以后，他茹素了，有念珠了，看佛经了，室中供佛像了。宋元理学书偶然仍看，道家书似已疏远。他对我说明一切经过及未来志愿，说出家有种种难处，以后打算暂以居士资格修行，在虎跑寺寄住，暑假后不再担任教师职务。我当时非常难堪，平素所敬爱的这样的好友将弃我遁入空门去了，不胜寂寞之感。在这七年之中，他想离开杭州一师有三四次之多，有时是因为对于学校当局有不快，有时是因为别处来请他，他几次要走，都是经我苦劝而作罢的。甚至于有一个时期，南京高师苦

志传篇

苦求他任课,他已接受聘书了,因我恳留他,他不忍拂我之意,于是杭州南京两处跑,一个月中要坐夜车奔波好几次。他的爱我,可谓已超出寻常友谊之外,眼看这样的好友因信仰的变化要离我而去,而且信仰上的事不比寻常名利关系,可以迁就。料想这次恐已无法留得他住,深悔从前不该留他。他若早离开杭州,也许不会遇到这样复杂的因缘的。暑假渐近,我的苦闷也愈加甚。他虽常用佛法好言安慰我,我总熬不住苦闷。有一次,我对他说过这样一番狂言:

"这样做居士究竟不彻底。索性做了和尚,倒爽快!"

我这话原是愤激之谈,因为心里难过得熬不住了,不觉脱口而出,说出以后,自己也就后悔。他却是仍是笑颜对我,毫不介意。

(选自林非、李晓虹、王兆胜选编:《百年中国经典散文·人生卷》,内蒙古文化出版社2006年版)

知识

夏丏尊（1886—1946），名铸，字勉旃，后改字丏尊，号闷庵，浙江上虞崧厦人。我国著名文学家、教育家、出版家。1905年赴日本留学，1907年辍学回国，开始其教书和编辑生涯。曾与鲁迅先生等参加反对尊孔复古的"木瓜之役"，在浙一师积极支持校长经亨颐提倡新文化，被誉为"四大金刚"之一。曾与毛泽东共事，在春晖中学任国文教员兼出版部主任，并译成《爱的教育》。著有《现代世界文学大纲》、《夏丏尊文集》，译有《爱的教育》、《近代日本小说集》。

弘一法师，即李叔同（1880—1942），是著名音乐、美术教育家，书法家，戏剧活动家，中国话剧的开拓者之一。他从日本留学归国后，担任过教师、编辑之职，后剃度为僧，法名演音，后被人尊称为弘一法师。南京大学历史上第一首校歌——南京高等师范学校校歌就是由他谱曲的。

解读

尽管弘一法师（李叔同）比夏丏尊年长，但他与夏丏尊意气相投、情同手足。虽然无论李叔同还是夏丏尊，都提到李叔同的出家是因为受到夏丏尊的戏言所影响，但究其根本，李叔同出家为僧的真正原因应是当时的社会处境所迫。当时中国社会急剧动荡，无论是思想观念还是社会制度都在变换不停,一再的变幻使得李叔同逐渐看破了人世、看破了红尘。夏丏尊很长一段时间都非常介怀,好朋友因为自己的话而萌生出家的念头,但是他后来也明白,出家并不是一件坏事,反而是像后来的弘一法师那样洒脱才能在动荡的天地间找到自己的安身之所。

Kissing the Fire(吻火)

梁遇春

回想起志摩先生,我记得最清楚的是他那双银灰色的眸子。其实他的眸子当然不是银灰色的,可是我每次看见他那种惊奇的眼神,好像正在猜人生的谜,又好像正在一叶一叶揭开宇宙的神秘,我就觉得他的眼睛真带了一些银灰色。他的眼睛又有点像希腊雕像那两片光滑的,仿佛含有无穷情调的眼睛,我所说银灰色的感觉也就是这个意思吧。

他好像时时刻刻都在惊奇着。人世的

悲欢，自然的美景，以及日常的琐事，他都觉得是很古怪的，从来没有看见过的，完全出乎意料之外的。所以他天天都是那么有兴致（Gusto），就是说出悲哀的话时候，也不是垂头丧气，厌倦于一切了，却是发现了一朵"恶之华"，在那儿惊奇着。

　　三年前，在上海的时候，有一天晚上，他拿着一根纸烟向一位朋友点燃的纸烟取火，他说道："Kissing the fire"，这句话真可以代表他对于人生的态度。人世的经验好比是一团火，许多人都是敬鬼神而远之，隔江观火，拿出冷酷的心境去估量一切，不敢投身到轰轰烈烈的火焰里去，因此过个暗淡的生活，简直没有一点的光辉，数十年的光阴就在计算怎么样才会不上当里面消逝去了，结果上了个大当。他却肯亲自吻着这团生龙活虎般的烈火，火光一照，化腐臭为神奇，遍地开满了春花，难怪他天天惊异着，难怪他的眼睛跟希腊雕像的眼睛相似，希腊人的生活就是像他这样吻着人生的火，歌唱出人生的神奇。

这一回在半空中他对于人世的火焰作最后的一吻了。

(选自吴福辉选编：《梁遇春散文》，浙江文艺出版社2001年版)

知识

梁遇春（1906—1932），福建闽侯人，别署驭聪，又名秋心，民国散文家，1906年出生于福州城内一个知识分子家庭，1924年进入北京大学英文系学习。梁遇春在大学读书期间就开始翻译西方文学作品，并兼写散文，署名梁遇春。他的译著多达二三十种，从英国，到俄罗斯、波兰等东欧国家的均有，其中以《小品文选》、《英国诗歌选》影响最大。他的散文则从1926年开始陆续发表在《语丝》、《现代文学》及《新月》等刊物上，其中绝大部分后来集成《春醪集》（1930年）和《泪与笑》（1934年）出版。他的散文总数不过50篇，但独具一格，在现代散文史上有其不可替代的地位，堪称一家。好友冯至称他足以媲美中国唐代的李贺、英国的济慈、德国的诺瓦利斯。

解读

梁遇春在中国现代文学史上算是颇为边缘的角色，在那个作家辈出、人人都热爱文学的年代，最终未能成为家喻户晓的作家。然而，在他极为短暂的生命里（终年仅27岁），他留下了37篇小品文和二三十部译作。然而，他自己就像是他笔下的那个吻火者，是一个率性而为的蹈火者形象。梁遇春对火有着一种特殊的情愫，也许他本人的生命也像一团跳动的火焰，哪怕最终剩下的只是一抔灰烬，哪怕命运注定要湮灭，却仍然义无反顾、奋不顾身地燃烧自己，从容起舞。他在《观火》中写道："我们的生活也该像火焰这样无拘无束，顺着自己的意志狂奔，才会有生气，有趣味。我们的精神真该如火焰一般地飘忽莫定，只受里面的热力的指挥，冲倒习俗，成见，道德种种的藩篱，一直恣意下去，任情飞舞，才会迸出火花，幻出五色的美焰。"梁遇春的文正如他的人，即使是观火，也是一种把自己燃烧进去的视角。

王子猷雪夜访戴

刘义庆

王子猷居山阴，夜大雪，眠觉，开室，命酌酒，四望皎然。因起彷徨，咏左思《招隐诗》，忽忆戴安道。时戴在剡，即便夜乘小船就之。经宿方至，造门不前而返。

志传篇

人问其故，王曰："吾本乘兴而行，兴尽而返，何必见戴？"

（选自陈振鹏、章培恒主编：《古文鉴赏辞典》上册，上海辞书出版社1997年版）

译文

王子猷（徽之）住在山阴，一天夜里下起大雪，一觉醒来，打开房门，叫人斟酒，环视四周，皎然洁白。于是起身徘徊，吟咏左思的《招隐诗》。忽然思念起戴安道（逵）。当时戴在剡县，当即就乘上小船连夜到他那里去。船行一夜才到达，到了门前却不进去相见，又返回山阴。有人问他这是什么缘故，王说："我本是乘兴而行，兴尽则返回，为什么一定要见到戴安道呢！"

（选自张万起、刘尚慈译注：《世说新语译注》，中华书局1998年版）

知识

刘义庆（403—444），原籍南朝宋彭城，世居京口，南朝宋文学家。南朝宋武帝刘裕之侄，长沙景王刘道怜之次子，其叔临川王刘道规无子，即以刘义庆为嗣，袭封临川王，赠任荆州刺史等官职，在政8年，政绩颇佳。后任江州刺史。爱好文学，38岁开始编撰《世说新语》。与当时的文人、僧人往来频繁。后因疾还京，卒年41，谥康王。著有《幽明录》、《宣验记》等，但皆已散佚，现只存《世说新语》一书流传于世。

王子猷（338—386），本名王徽之，东晋琅玡临沂（今山东临沂）人，大书法家王羲之的第五子。他既无绝世之才，也无丰功伟绩，在品德方面更是乏善可陈，似乎古人所追求的"三不朽"——立德、立功、立言，他一个都沾不上边。但他出身名门，性格不羁，颇具魏晋文人率性而为的作风。

王子猷这种不问实务效果、但凭兴之所至的行为，惊世骇俗，很好地体现了当时士人所崇尚的"魏晋风度"的任诞不拘、放浪形骸。"吾本乘兴而行，兴尽而返，何必见戴？"一语，就道出了王子猷潇洒自在的真性情，只追求事情的过程，不在乎结果，这样的率真、任性，同时也是一种豁达。放下结果，才能看得见过程中的美。现代都市人太计较得失，反而让自己愈发不快乐，何不学一学王子猷，轻松面对结果？

目送归鸿，手扶五弦。俯仰自得，游心太玄。

——嵇康

天下快意之事莫若友，快友之事莫若谈。

——蒲松龄

志传篇

君子之交淡若水,小人之交甘若醴。君子淡以亲,小人甘以绝。

——庄子

李贺小传
(节选)
李商隐

长吉将死时,忽昼见一绯衣人,驾赤虬,持一版,书若太古篆,或霹雳石文者,云当召长吉。长吉了不能读。欻下榻叩头,言阿妳老且病,贺不愿去。绯衣人笑曰:帝成白玉楼,立召君为记,天上差乐,不苦也。长吉独泣。边人尽见之。少焉,长吉气绝。常所居窗中,勃勃有烟气,闻行车嘒管之声,太夫人急止人哭,待之如炊五斗黍许时,长吉竟死。呜呼!天苍苍而高也,上果有帝耶?帝果有苑圃宫室观阁之玩耶?苟信然,则天之高邈,帝之尊严,

亦宜有人物文采愈此世者，何独番番于长吉，而使其不寿耶？噫，又岂世所谓才而奇者，不独地上少耶，天上亦不多耶？长吉生二十四年，位不过奉礼太常中，当时人亦多排摈毁斥之。又岂才而奇者，帝独重之，而人反不重耶？又岂人见会胜帝耶？

［选自（清）王符曾辑评、杨扬标校：《古文小品咀华》，书目文献出版社1983年版］

李贺快要死的时候，忽然在大白天里看见一个穿着红色丝帛衣服的人，驾着红色的虬龙，拿着一块板，上面写着远古的篆体字或石鼓文，说是召唤长吉。长吉一点都读不懂，连忙下床磕头说："我母亲老了，而且生着病，我不愿意去。"红衣人笑着说："天帝刚刚建成一座白玉楼，马上召你去为楼写记。天上的生活还算快乐，并不痛苦啊！"长吉独自哭泣。旁边的人都看见了。过了一会儿，长吉断气了。他平时所住的房屋的窗子里，有烟气袅袅升腾，还能听到行车的声音和微微的奏乐声。长吉的母亲赶紧制止他人的哭声，等了如同煮熟五斗小米那么长时间，长吉最终死了。

唉！天空碧蓝而又高远，天上确实有天帝吗？天帝确实有林苑园囿、宫殿房屋、亭观楼阁这些东西吗？如果确

志传篇

实如此,那么上天这么高远,天帝这么尊贵,也该有文学才华超过这个世上的人物啊,为什么唯独眷顾长吉而使他不能长寿呢?唉,又难道是世上所说的有才华而且奇异的人,不仅仅地上少,天上也不多吗?长吉活了二十四年,职位不过奉礼太常中,当时的人也多排挤诽谤他。又难道是有才华而且奇异的人,天帝特别重视他,世人反倒不重视吗?又难道是人的见识会超过天帝吗?

(编者译)

知识

李贺(790—816),字长吉,河南福昌(今河南宜阳)人。唐代诗人,世称"诗鬼"。唐代元和年间常往来于长安、洛阳,曾经以诗歌作品拜谒韩愈,韩愈劝他考进士。但竞争者认为,李贺之父名"晋肃","晋"与"进"同音,因此李贺考进士便是犯了父名之讳。为此,韩愈曾作《讳辩》,但李贺终未能被录取。李在长安时曾担任过奉礼郎,27岁即因病去世。李贺诗风追求怪奇,想象极为丰富,后人因而称为"长吉师心,故尔作怪"。李商隐感叹人才,同情李贺,其中也带有点讽刺意味,讽刺这个社会让无能的人做官,却让人才流落民间,喟叹"诗鬼"李贺的怀才不遇。

解读

小传虽小,但小中有大、以小见大。作者并不全面勾勒诗人李贺的一生,对其生平经历也不多费笔墨,而是选取了若干生活小插曲进行描述,以小事件撑起传记的主干。原文寥寥数百字,语言极为精练,非常考究语言功底。然而极小极短的篇幅,却有很大的容量,集叙事、议论和曲折的抒情于一体,内容浑厚,意味深长。

柳子厚墓志铭

韩 愈

　　子厚,讳宗元。七世祖庆,为拓跋魏侍中,封济阴公。曾伯祖奭,为唐宰相,与褚遂良、韩瑗俱得罪武后,死高宗朝。皇考讳镇,以事母弃太常博士,求为县令江南。其后以不能媚权贵,失御史。权贵人死,乃复拜侍御史。号为刚直,所与游皆当世名人。

　　子厚少精敏,无不通达。逮其父时,虽少年,已自成人,能取进士第,崭然见头角,众谓柳氏有子矣。其后以博学宏词

志传篇

授集贤殿正字。俊杰廉悍,议论证据今古,出入经史百子,踔厉风发,率常屈其座人,名声大振,一时皆慕与之交。诸公要人,争欲令出我门下,交口荐誉之。

贞元十九年,由蓝田尉拜监察御史。顺宗即位,拜礼部员外郎。遇用事者得罪,例出为刺史。未至,又例贬永州司马。居闲益自刻苦,务记览,为词章,泛滥停蓄,为深博无涯涘,而自肆于山水间。元和中,尝例召至京师,又偕出为刺史,而子厚得柳州。既至,叹曰:"是岂不足为政邪?"因其土俗,为设教禁,州人顺赖。其俗以男女质钱,约不时赎,子本相侔,则没为奴婢。子厚与设方计,悉令赎归。其尤贫力不能者,令书其佣,足相当,则使归其质。观察使下其法于他州,比一岁,免而归者且千人。衡、湘以南为进士者,皆以子厚为师,其经承子厚口讲指画为文词者,悉有法度可观。

其召至京师而复为刺史也,中山刘梦

得禹锡亦在遣中,当诣播州。子厚泣曰:"播州非人所居,而梦得亲在堂,吾不忍梦得之穷,无辞以白其大人,且万无母子俱往理。"请于朝,将拜疏,愿以柳易播,虽重得罪,死不恨。遇有以梦得事白上者,梦得于是改刺连州。呜呼!士穷乃见节义。今夫平居里巷相慕悦,酒食游戏相征逐,诩诩强笑语以相取下,握手出肺肝相示,指天日涕泣,誓生死不相背负,真若可信。一旦临小利害,仅如毛发比,反眼若不相识,落陷阱,不一引手救,反挤之,又下石焉者,皆是也。此宜禽兽夷狄所不忍为,而其人自视以为得计,闻子厚之风,亦可以少愧矣。

子厚前时少年,勇于为人,不自贵重顾藉,谓功业可立就,故坐废退。既退,又无相知有气力得位者推挽,故卒死于穷裔,材不为世用,道不行于时也。使子厚在台、省时,自持其身,已能如司马、刺史时,亦自不斥。斥时,有人力能举之,

志传篇

且必复用不穷。然子厚斥不久，穷不极，虽有出于人，其文学辞章，必不能自力以致必传于后，如今，无疑也。虽使子厚得所愿，为将相于一时，以彼易此，孰得孰失，必有能辨之者。

子厚以元和十四年十一月八日卒，年四十七。以十五年七月十日归葬万年先人墓侧。子厚有子男二人，长曰周六，始四岁，季曰周七，子厚卒乃生。女子二人，皆幼。其得归葬也，费皆出观察使河东裴君行立。行立有节概，重然诺，与子厚结交，子厚亦为之尽，竟赖其力。葬子厚于万年之墓者，舅弟卢遵。遵，涿人，性谨慎，学问不厌。自子厚之斥，遵从而家焉，逮其死不去。既往葬子厚，又将经纪其家，庶几有始终者。

铭曰：是惟子厚之室，既固既安，以利其嗣人。

[选自钟基、李先银、王身刚译注：《古文观止》（下），中华书局2009年版]

经典悦读

子厚，名宗元。七世祖柳庆，是北魏时的侍中，封济阴公。曾伯祖柳奭，在唐朝曾任宰相，和褚遂良、韩瑗一同得罪了武后，死在高宗朝。父亲柳镇，为了亲自侍奉母亲，放弃了太常博士的官职，请求到江南去任县令。后来又因为不能取悦于权贵，失去了殿中侍御史的职位。直到那个权贵死了，才重新被任命为侍御史。为人刚直，所交游的都是当时很有名望的人。

子厚小时候就聪明敏捷，没有什么事理不通晓的。当他父亲还健在时，他虽然年纪轻，已经自立成人，能够考中进士，显得气度出众，大家都说柳家出了个优秀的儿子。以后又参加博学宏词科考试，授集贤殿正字。他俊秀出众，廉洁强悍，发表议论往往引经据典，融会贯通经史百家的学说，意气风发，常常折服在座的人，因此名声大振，一时间人人都想和他交游。那些地位显赫的要人，争着要把他罗致到自己门下，异口同声地称赞举荐他。

贞元十九年，子厚由蓝田县尉升为监察御史。顺宗即位后，子厚任礼部员外郎。当时遇到当权的人得了罪，他被视为同党，按例被遣出京城做刺史。还没到任，又按例被贬为永州司马。子厚职位清闲，更加刻苦上进，专心阅览、记诵，写诗作文，就像泛滥的江水、蓄积的湖海那样，诗文的造诣可谓博大精深没有止境，但也只能尽情地寄情于山水之间罢了。元和年间，曾将他和一同被贬的人

志传篇

召回京城，又再次一同出京做刺史，这次子厚被派到柳州。刚到任，他慨叹道："这里难道就不值得做出一番政绩吗？"于是随着当地的风俗，制定了劝谕和禁止的政令，柳州民众都顺从、信赖他。当地风俗：借钱时习惯用子女做人质抵押借款，如果到期不能赎回，等到利息和本钱相等时，子女就要沦为债主的奴婢。子厚为借钱的人想方设法，让他们全都能把抵押出去的子女赎回家。其中特别贫穷实在没有能力赎取的，就让债主记下人质当佣工所应得的酬劳，等到酬劳和借款数额相等时，就要债主归还人质。观察使把这个办法下放到其他的州，才一年，免除了奴婢身份而回到自己家里的就有近千人。衡山、湘江以南考进士的人，都以子厚为老师。那些经过子厚耳提面命指点过的人，从他们撰写的文辞中都能看到很可观的章法技巧。

当子厚被召回京城又出京做刺史时，中山人刘梦得禹锡也在遣放之列，应当前往播州做刺史。子厚流泪说道："播州不适宜人居住，而梦得的母亲还健在，我不忍心看到梦得的困窘处境，无法向母亲交代，况且也绝不能母子一起去往贬所啊。"准备上朝，上疏请求，愿以柳州和播州交换，就算因此再次得罪，虽死无憾。当时正好又有人将梦得的事报告了朝廷，梦得于是得以改为连州刺史。唉！人在困窘时才能表现出他的义气和气节。如今人们互相爱慕敬悦，你来我往彼此宴请，追逐游戏，强颜欢笑表示谦卑友好，频频握手表示肝胆相照，对天发誓，痛哭流

经典悦读

涕，表示死也不会相互背弃，似乎像真的一样可信。然而一旦遇到小小的利害冲突，哪怕只有毛发那么细小，也会反目相向，好像从不认识的样子，这个已落入陷阱，那个不但不施以援手，反而乘机排挤，落井下石，前面说到的那种人都是如此。这种事情恐怕连禽兽和异族都不忍心做出来，而那些人却自以为得计，他们听到子厚的为人风度的话，也该稍微感到有些惭愧吧。

子厚年轻时，勇于助人，不知道顾惜、看重自己，以为功名事业可以很快成就，结果反受牵连而遭贬。被贬后，又没有赏识他的有权有势的人拉一把，所以终于死在穷困荒远的地方，才能得不到施展，抱负没能实现。要是子厚在御史台、尚书省任职时，能够谨慎持身，像后来做司马、刺史时一样，也就不会遭受贬斥。要是遭受贬斥时，有人大力举荐他，他也会重新被起用而不会陷入困境。但是如果子厚被贬斥不久的话，他的困窘如果不到达极点，他就算有过人之处，他的文学创作，必定不会致力钻研，从而取得像今天这样的成绩，这是确定无疑的。虽说让子厚满足了自己的心愿，可以使他在某个时期内出将入相，但用那个来换这个，什么是得，什么是失，一定有人能分辨清楚。

元和十四年十一月初八，子厚去世，终年四十七岁。十五年七月初十，他的灵柩运回到万年县葬在祖先的坟墓旁。子厚有两个儿子，长子叫周六，才四岁；次子叫周七，子厚死后才生。有两个女儿，都还年幼。子厚的灵柩之所以能运回落葬,费用全部出自观察使河东人裴行立。行立有节操有气概,信守承诺,跟子厚结交,子厚对他也是极为尽心尽力,最终竟然全靠他料理后事。把子厚安葬在万年县祖先墓地的,是他的姑舅表弟卢遵。卢遵,涿州人,生性谨慎,问学从不满足。自从子厚被贬以来,卢遵一直跟着他与他同住,直到他去世也没有离开过。将子厚安葬以后,他还将要安置子厚的家属,他真可以说是位有始有终的人啊。

铭文:这里是子厚的墓室,既牢固又安宁,有利于他的后代。

[选自钟基、李先银、王身刚译注:《古文观止》(下),中华书局2009年版]

知识

韩愈(768—824),字退之,孟州河阳(今河南孟县)人,唐代杰出的文学家,与柳宗元倡导古文运动,主张"文以载道",复古崇儒,抵排异端,攘斥佛老,是唐宋八大家之一。他出生于官宦家庭,从小受儒学正统思想和文学的熏陶,并且勤学苦读,有深厚的学识基础。但三次应考进士皆落第,至第四次才考上,时年24岁。著有《韩昌黎集》。

解读

此文之所以脍炙人口、千载流传,是因为韩愈在文章里倾注和渗透了丰沛的个人情感,因而愤激之笔频出,不平之鸣屡见,行文之中非常自然地打破了传统碑志文的形式,形成了夹叙夹议、深沉蕴藉、诚挚委婉的特殊风格。铭文一般用四言韵文连缀而成,大都用来概括前面所述之事。可是韩愈却有意识地只写了三句有韵脚却失体例的奇句单行,便就此搁笔。如果人们能够了解到柳宗元对孱弱幼子的眷恋之心的话,那么韩愈的这三句别有用心的铭辞也就是最能使这位逝去的好友安息的话了。

附 录

拓展阅读书目

司马迁著,韩兆琦译注:《史记》,中华书局2010年版。

唐浩明著:《曾国藩》,人民文学出版社2002年版。

王晓明著:《无法直面的人生:鲁迅传》,上海文艺出版社2001年版。

(美)罗斯·特里尔著:《毛泽东传》(插图本),胡为雄、郑玉臣译,中国人民大学出版社2006年版。

(美)海伦·凯勒编著:《假如给我三天光明》,李汉昭译,华文出版社2003年版。

(法)罗曼·罗兰著:《贝多芬传》,傅雷译,华文出版社2013年版。

(法)罗曼·罗兰著:《托尔斯泰传》,傅雷译,华文出版社2013年版。

（法）罗曼·罗兰著：《米开朗琪罗传》，傅雷译，华文出版社2013年版。

（爱尔兰）赫里斯著：《萧伯纳传》，黄嘉德译，团结出版社2006年版。

纪江红编：《中国100杰出名人传记》，华夏出版社2009年版。

编写说明

志传者,传记也,是用以记录他人生活大事、趣事的文体。史上最有名的人物传记恐怕要数《史记》了。看似只是记录他人人生、为他人作传的文章,实际上也成就了传记撰写人,他们是伟大时刻的见证者,好的传记成为传世之作的同时,又会让撰写人名垂青史——司马迁就是最好的例子。

但其实往往愿意写、能为名人写传记、写得出有质量的传记的,通常是这些名人的好朋友,这些撰写人本身也同样是圈子里的名人。朋友间才可能发生的私密对话,不同于人们传统印象的趣事,和朋友间深厚的情谊,等等,都只有在这些传记中才能窥见一二。

我们在本册中选取了以下几组文章:

"生死两隔　情深几许",展现情感细腻的人们面对生死的痛彻心扉;"趣事轶闻　谈笑风生",展现大学者、大作家不为公众所知的风趣幽默的一面;"豪侠志士　赤子之心",让我们看到一些性情豪爽之士的传奇故事;"清风明月　蕙质纨心",则让读者看到高雅之士的蕙质兰心。这四组文章共同勾勒出名人伟人们一生最重要的品质:真诚善良。

需要说明的是,除了中外经典美文外,我们也特别选取了一些堪称精品的当代作家作品,在此对所有选文作者表示感谢。限于各种原因,仍有几位作者一时无法取得联系,对此我们深表歉意,烦请这些作者看到本书后及时与我们联系,以便商讨版权事宜并致以薄酬略表谢意。

编者

2014 年 1 月